[中国新文学发展史研究丛书]

U0749371

转折与新变

——新时期文学史论

王冰冰　徐　勇　著

浙江工商大学出版社
ZHEJIANG GONGSHANG UNIVERSITY PRESS

·杭州·

图书在版编目（CIP）数据

转折与新变：新时期文学史论 / 王冰冰，徐勇著
. — 杭州：浙江工商大学出版社，2020.1（2020.12 重印）
（中国新文学发展史研究丛书 / 高玉主编）
ISBN 978-7-5178-3502-8

Ⅰ. ①转… Ⅱ. ①王… ②徐… Ⅲ. ①中国文学 – 当
代文学 – 文学史研究 Ⅳ. ① I209.7

中国版本图书馆 CIP 数据核字 (2019) 第 222195 号

转折与新变——新时期文学史论

ZHUANZHE YU XINBIAN —— XINSHIQI WENXUE SHILUN

王冰冰　徐　勇　著

策划编辑　郑　建
责任编辑　唐　红　谭娟娟
封面设计　王　辉　张俊妙
责任印制　包建辉
出版发行　浙江工商大学出版社
　　　　　　（杭州市教工路 198 号　邮政编码 310012）
　　　　　　（E-mail: zjgsupress@163.com）
　　　　　　电话：0571-88904980，88831806（传真）
排　　版　庆春籍研室
印　　刷　杭州高腾印务有限公司
开　　本　710mm×1000mm　1/16
印　　张　17.25
字　　数　265 千
版 印 次　2020 年 1 月第 1 版　2020 年 12 月第 2 次印刷
书　　号　ISBN 978-7-5178-3502-8
定　　价　49.00 元

总　序

当今文学教育主要是通过文学史来完成的，本科教育是这样，研究生教育也是如此。在学科分类和学术研究中，文学史都是文学中最重要的内容，没有之一。在某种意义上，文学史涵盖或牵涉所有的文学现象和理论问题，所以不论是学术研究还是教材编写，文学史都将是说不完的话题，文学史作为教材"常编常新"，作为学术"常研究常新"。

大约从 2008 年起，我和同事们有意编一套中国现当代文学史教材，并且希望有所突破和创新。这种突破和创新不仅体现在教材内容上，也体现在体例上。我们也希望这能对中国现当代文学的教学改革有所推进，避免各种陈陈相因。我发现，很多教材之所以陈陈相因，很重要的一个原因是编纂者缺乏对他书写内容的深入研究，因而多是人云亦云，甚至以讹传讹。我们最大的努力就是把教材编写建立在研究的基础上，以此希望能够提供一些新鲜的东西，于是就有了"中国新文学发展史研究丛书"这个项目，并于 2015 年申请浙江省高校人文社科重大攻关项目，获得通过（编号 2014GH006）。

需要特别说明的是关于中国现当代文学（或"新文学"）"时间段"划分及其模式的问题。虽然说中国新文学发展至今只有一百余年的历史，就时间而论其无法与古代几千年的文学史相提并论，但这百余年与古代的任何一百年都不一样，就其发展演变的复杂性、内容的丰富性（如涉及的材料、文学现象、文化背景的交融等）、矛盾的多重性（古／今、中／外、城／乡、传统／

现代等）、作家作品数量上的巨大性（21世纪以来，仅每年出版的长篇小说，就达数千部之多）等特征而论，它是全新的类型和品质，所以中国现当代文学史与古代断代文学史式的简单叙述不同，需要一种新的研究方式。

同时，百年来的新文学本具有一体性，把它简单地划分为中国现代文学与中国当代文学，在20世纪80年代是适合的，在今天则完全不合适了，最重要的原因就是内容上的严重不平衡。现当代文学史在发展上是"自由落体运动"式的，也即文学现象特别是作品在量上是以"加速度"的形式增加的，90年代以来的中国文学"密度"很大，内容非常丰富且复杂，但在文学史的版图里却被"压缩"在非常有限的空间里。现代文学仅30年，而当代文学已有70年，且时间上还在向前延伸，这不仅在时间上不平衡，在内容上更不平衡。当代文学内部，由于内容的丰富性与复杂性，再加上巨大的差异性，笼统地研究中国现当代文学已经不可能，笼统地研究当代文学也不可能，因此，中国现当代文学研究也需要分工协作，需要分"时间段"来研究。

事实上，自晚清以来，新文学经历了多次转型，其中既有晚清以降传统向现代的新旧转型、中华人民共和国成立后"十七年"文学的当代转折，以及70年末80年代初的新时期裂变等这样具有"知识型"层面的大的转折，也有像五四时期新文学的发生发展、20—30年代的新文学繁荣、40年代初至1949年的文学发展的区域性分割、"文革"前后文学演变的反转、80年代文学的盛世想象、90年代文学的"大转型"等阶段性特征非常明显的时段。如此种种，使得以发展阶段为基础，对其特征进行深入、细致的"史"的研究，成为必要。中国现当代文学史研究既需要宏观的演变研究，也需要更为细致甚至琐碎的"横断面"的"解剖性"研究。

狭义的"中国现代文学"最初作为一个独立的学科有它的合理性，它意味着一种不同于过去三千年文学的新文学的开始，但随着新文学的发展，它越来越成为新文学的一个组成部分而不具有独立性，现代文学在实绩上的确具有巨大成就，伟大作家群星闪耀，但从文学史的角度来说，现代文学作为一个宏观时期越来越不合适，它甚至没有纯粹属于自己时代的作家，鲁迅、郭沫若、茅盾、巴金、老舍、曹禺等多跨两个时代，或者从晚清到民国，或者从现代到当代，没有跨越时间之外的叙述，这些作家都不可能是完整的。正是从"完整"的角度，本丛书专著"清末民初"文学一册。我相信，将百余年文学发展的自然时段作为分段的依据，这既是一种分期法和对约定俗成的文学现象的认知，也是一种新的文学史观的体现。这一体例既能有效避免在现代和当代之间人为强制地划定界限，避免对现代文学和当代文学中各自复杂性的化约，也能更为详细地梳理百年文学的纹理脉络，有利于我们更好地把握百年文学的历史走向。

高 玉

2019 年 10 月 23 日于浙江师范大学

目 录

上编 文学语境

下编　文学创作

上编　文学语境

第一章

新时期话语与多种文化的冲突

第一节　新时期文学的提出

一、"乍暖还寒"：历史在这里转折

1976 年 10 月"四人帮"被打倒，这在中华人民共和国的历史上是一个转折性的重大事件，宣告了一个时代的终结，同时标志着另一个不同于以往的时代即将到来。但这并不意味着文学及文化新时期的到来，从某种程度上说，"四人帮"被打倒后的两年仍是"文革"的继续，因为显然，"两个凡是" [01] 仍是束缚着当时人们思想的绳索，这种状况一直要到思想解放运动兴起才被彻底打破。

虽然各种残余文化还在发挥影响，但这并不意味着一切仍在原地踏步，新生力量正在积蓄能量。可谓暗潮汹涌，蓄势待发，一切处于一种大的激荡之中，此时显然处于一个伟大的历史转折时期。而作为时代感应的文化及文学率先冲破各种樊篱，表达了那个时代特有的兴奋、喜悦和困惑之情。

这种复杂状态在当时的文化及文学中有着鲜明而形象的表现。发表于 1977 年第 11 期《人民文学》中的短篇小说《班主任》（刘心武）

---

[01] "两个凡是"最标准的一个版本出自 1977 年 2 月 7 日《人民日报》、《红旗》杂志和《解放军报》的社论《学好文件抓好纲》，即"凡是毛主席做出的决策，我们都坚决维护；凡是毛主席的指示，我们都始终不渝地遵循"。

率先奏响了启蒙的主张，但这种主题却是在肯定"文革"的基础上提出的。小说完成于 1977 年 11 月，而若从文中的叙述看，小说的叙述时间则应该是 1977 年春天，文中有 3 次出现"一九七七年的春天"的字样。但也恰恰是这个特殊的时段——"四人帮"被打倒，而"文革"的影响还存在——使得小说矛盾重重：一方面叙述者在肯定"文革"，另一方面叙述者又迫不及待地高举起启蒙的大旗（文中多次强调"一九七七年的春天"即暗示叙述者按捺不住的激动），"文革"话语和启蒙话语在小说中互相纠结互为证明，而所谓"救救孩子"式的启蒙主题也是在批判"四人帮"的语境中被提出的，实际上并没有触及"文革"。

而最形象地表现这种复杂状况的当数发表于 1979 年 1 月（1979年《清明》第 1 期），后于 1980 年被拍摄成电影的《天云山传奇》（鲁彦周著，谢晋导演）。影片从 1978 年冬开始叙述，在"文革"前已被定性为"右派"的罗群并没有因为"四人帮"的倒台而得到平反。"四人帮"覆灭后需要重新审定的既有在"文革"期间被"四人帮"迫害的一群，也有"文革"前就被定性的一批。对于那些曾经参与了"文革"前历次运动的领导而言，打倒"四人帮"常常意味着把"四人帮"推翻的重新翻转过来；而对于那些"文革"前已被定性为"历史罪人"的边缘人群，他们对当时的社会却有种种不同的看法。影片《天云山传奇》就是以十一届三中全会召开前后这一历史时段作为故事发生的背景展开，形象地表现历史过渡时期可能存在的种种微妙处。

可以说，文化及文学在表现当时社会上存在的种种情绪及思想变化的同时，也在相当程度上促进当时的思想解放运动的发生发展。《班主任》和《天云山传奇》一出现即引起很大的反响正说明了这点，前者更是被视为"新时期文学"的发轫之作而备受推崇 [01]。启蒙能在

---

[01] 陈墨：《刘心武论》，安徽教育出版社 1996 年版，第 60 页。此外，当时很多研究著述对此小说有很高评价，如宋耀良就把《班主任》视为"发出"的"第一声低沉而又悲怆的啸吟，惊涛裂岸"，更被有些人比喻为"民族灵魂的一次呐喊"，参见宋耀良：《十年文学主潮》，上海文艺出版社 1988 年版，第 4 页；中国社会科学院文学研究所当代文学研究室编写的《新时期文学六年》，则把《班主任》视为新时期"恢复和发扬"中断了多年的"革命现实主义传统"的"一篇具有代表性的作品"（参见该书第 146 页，中国社会科学出版社 1985 年版），显然，这也是把该小说视为新时期文学的发端看待的；而南帆在写于 1982 年的一篇文章中更是径直把《班主任》视为"近年新文学潮流当之无愧的发轫点"，参见《认识生活和认识自己的结晶——评刘心武的创作风格》，原载《钟山》1983 年第 2 期。

"文革"的框架内被提出（《班主任》），同样，启蒙及思想的进一步解放也能在这种框架下进行，其最典型的就是当时关于"实践是检验真理的唯一标准"的提出。当时阻碍思想解放的主要障碍是"两个凡是"，因此，能否批判"两个凡是"就成为拨乱反正和社会能否向前发展的关键。正如《实践是检验真理的唯一标准》一文的参与者及作者之一胡福明所说，"要拨乱反正，就必须冲破'两个凡是'的桎梏"，而"公开说毛泽东的理论、路线、政策也要经过社会实践，在当时是不行的，说毛泽东也会犯错误更不行。经过苦思，我想出了一个办法：以马克思、恩格斯依据实践修改自己的理论观点做例子，说明马克思主义导师的认识发展也遵循人类的认识规律，他们的理论、观点是否正确也必须受社会实践的检验"[01]，以此方式来推动思想解放的进行和对"两个凡是"的批判。当时流行一种方法，即"找毛主席的几句话推动拨乱反正"[02]，"实践是检验真理的唯一标准"的出炉虽不是这种方法的炮制，却是"以马列主义、毛泽东思想批判'文化大革命'"，其在逻辑和思路上仍旧是一致的。在这种情况下，《光明日报》1978年5月11日以头版头条的形式发表了这篇文章，随即引起了全国范围的大讨论，并最终促成了思想解放潮流的出现和进一步深入，其不可挡之势，为不久后召开的十一届三中全会（1978年12月）提出工作重心转移到社会主义现代化建设上来提供了思想理论和舆论上的准备。

　　在这种背景下，文化及文学界的思想解放也在迅速展开，其矛头首先对准的自然是"文革"造成的恶果及其种种错误，重新评价被"四人帮"批判过的现象也一度成为当时文化及文学界的主流，但这种重评和反省一定程度上又受当时仍作为红头文件存在的《江青同志委托林彪同志召开的部队文艺工作座谈会纪要》（以下简称《纪要》）的限制，因此，如何冲破《纪要》设置的重重障碍就成为文化界拨乱反正的关键。《纪要》自1966年出笼，1967年正式公布，一直是压在文艺界头上的一块巨石，而其又因为毛泽东的参与，一度成为"两

---

[01] 胡福明：《〈实践是检验真理的唯一标准〉一文产生经过》。转引自张树军编：《历史转折 中国1977—1978》，湖南人民出版社2009年版，第41、42页。

[02] 胡福明：《〈实践是检验真理的唯一标准〉一文产生经过》。转引自张树军编：《历史转折 中国1977—1978》，湖南人民出版社2009年版，第40页。

个凡是"的题中之义不能动弹。随着思想解放运动的深入和十一届三中全会的召开，文艺界在 1978 年底和 1979 年初展开了针对《纪要》的批判。在这种情势下，终于在 1979 年 5 月 2 日，中央决定撤销《纪要》，并转批了总政治部《关于建议撤销 1966 年 2 月部队文艺工作座谈会纪要的请示》，自此，文艺界的春天才真正到来，所谓乍暖还寒的早春天气终于成为过去，万物开始复苏，文学创作和理论批评亦如雨后春笋般蓬勃发展起来。

　　在文化及文学界的拨乱反正中，影响最大和最为深刻的要算"为文艺正名"的讨论了，而这必然要涉及文艺和政治的关系。文艺和政治的关系一直是五四以来中国文学界十分重要的问题，就实际情况而言，其已超越纯粹的理论层面而更多关乎特定时代的社会历史政治，因此对这二者之间的关系的探讨也应结合特定的历史加以考察。也就是说，二者之间关系的确立是特定历史时刻的产物，而对二者关系的重新认定也同样与特定历史有关。就像中国自近代以来灾难深重的历史现状决定了文艺不可能脱离政治而存在一样，中华人民共和国成立后的文学及文艺与政治之间的密切关系也同样受到时代需要和现实政治的制约。自毛泽东在《在延安文艺座谈会上的讲话》中提出文艺要为"最广大的人民大众服务"以来，文艺的现实功利性的一面被越来越多地强调，而其自身的审美性的功能则不常被关注。在经历了从中华人民共和国成立初期提出的文艺要为政治服务，到文艺或文学写政治或写政策，到"从属论"和"工具论"的出笼，到最后演变为"文艺是阶级斗争的工具"的过程之后，文学彻底失去独立性的一面，其在一定意义上就成为政治的代名词。因此，在打倒"四人帮"和结束"文革"以后，摆在文艺界面前的一个重要问题，就是要恢复文学的独立地位和多重功能特征，而不仅仅是政治的附庸。从这个意义上讲，关于"为文艺正名"的讨论其实就是重新阐释文艺和政治之间关系的一次尝试和努力。1979 年 1 月，陈恭敏发表了题为《工具论还是反映论——关于文艺与政治之间的关系》一文，对"文艺是政治的工具"观点提出了质疑。随后不久，在《文艺报》举行的理论工作座谈会上，"文艺为政治服务"的口号再次受到普遍的质疑。在此背景下，《上海文学》1979 年第 4 期推出了评论员文章《为文艺正名——驳"文艺是阶级斗争的工具"说》，并开辟讨论专栏，自此，在一年内全国范围有数百篇文章参与了争鸣讨论。而随着讨论的进行，许多相关问题如文艺与政治，文艺与生活，文艺的性质、功能及特征等等都被再次提出并得到了重新阐释，其间虽也有很多反对意见[01]，但事变时迁，其终究不能阻碍讨论的进一步深入。这次讨论不仅撼动了主宰文坛数十年的文艺方针，使这些文艺方针不再是不证自明的命题，而且也为文艺走出误区回归自身提供了条件，其虽没有得出一个公认的结论，但意义是十分深远的。正是在文艺界思想解放的推动下，邓小平在 1979 年 10 月底召开的第四次全国文代会上的祝词和稍后的《目前的形势和任务》中公开宣布要放弃"文艺从属于政治"的提法；在这种背景下，1980 年 7 月 26 日，《人民日报》发表社论《文艺为人民服务，为社会主义服务》，正式提出以"文艺为人民服务，为社会主义服务"取代"文艺为政治服务"。自此，"文艺为政治服务"这一带有特定时期性质的文艺方针终于彻底退出历史舞台，文艺从此翻开了历史的新的一页，标志着一个新的时代即将出现。

二、"新时期文学"概念的提出及文艺批评的初步繁荣

在中华人民共和国的历史中，一般把"文革"结束后称为社会主义革命和建设的"新时期"，在此逻辑中，"文革"结束后的中国文学也就顺理成章地被称为"新时期文学"。"新时期文学"这一概念在文学界的提出，有研究者认为是文艺界对政治气候的敏感所致[02]，其实并不尽然。这既是一种历史的断代法，更是一种对文学的全新认识。其作为一个概念被提出，并非空穴来风，而是在社会历史与文学的互动中自然而然出现的一种归纳和总结，是文学和社会、政治的一次亲密接触的结果，同时更是一种话语形态不同于以往的阐释方式。

虽然这一概念直接派生或源自政治话语，但作为新的话语形态却并非政治专有。应该说，"新时期"只是当时有关"新"的话语群中的一种。"四人帮"的倒台被认为预示着一个新时代的到来，当时的各种文献中到处充满有关"新"的说法，如"新时代""新的历史条

[01]《文汇报》编印的《理论探讨》中的《讨论〈为文艺正名〉简报》，其中归纳了各种反对意见，参见刘锡诚：《在文坛边缘上——编辑手记》，河南大学出版社 2004 年版，第 269—273 页。

[02] 丁帆、朱丽丽：《新时期文学》，洪子诚、孟繁华主编：《当代文学关键词》，广西师范大学出版社 2002 年版，第 150 页。

件""新的问题""新的历史时期""新的群众"等，所谓弃"旧"图"新"成为身处一个转折时期的人们普遍的心态和愿望，从这个角度来看，"新时期文学"概念的提出，也可以看成是人们美好希望的一种表达。

但这里存在一个差别，若从话语群的角度来看，显然"新时期文学"是指"文学的新时期"，如周扬在第四次文代会上的报告《继往开来，繁荣社会主义新时期文艺》中说，第四次文代会"它标志着……社会主义文学艺术新繁荣的时期已经开始"；而邓小平的祝词中也说"文学艺术蓬勃繁荣、争奇斗妍的新阶段，必将……展现在我们面前"（《文艺报》，1979年第11—12期）。而从当时人们的最初表述来看，"新时期文学"更多的是指"新时期的文学"，如1978年6月5日中国文联第三届全国委员会第三次扩大会议的决议中说，"在明年（指的是1979年——引注）适当的时候，召开中国文学艺术工作者第四次全国代表大会……讨论新时期文艺工作的任务和计划"（《文艺报》，1978年第1期祝词），等等。可见当时的人们并没有严格区分"新时期文学"所蕴含的两种不同意义，而正是由于这种有意无意的含混，后来才有了"新时期文学"始于何年的争论，有人认为"新时期文学"始于1977年11月刘心武的《班主任》的发表[01]，也有研究者把"新时期文学"的源头追溯到1976年的"四五"天安门诗歌运动[02]。显然，这些都是在"文学的新时期"这一脉络中去寻找源头，自然会有不同的看法，而若从作为一个时段的文学来看，"新时期文学"当从"文革"结束，特别是从十一届三中全会召开算起，这显然是没有什么疑义的。

无论如何，作为一种话语形态，这种从新、旧二元对立的模式中提出、建立的"新时期文学"从它被提出之日起即已表现出了强烈的"现代性"焦虑，"这种'现代性'的焦虑的展开乃是基于两个前提的：一是中国所面临的异常严峻的发展问题，这种发展问题乃是中国作为第三世界国家的最为巨大的焦虑。中国的'现代化'的强烈诉求在经历了'文革'的忽略物质生产的极左选择之后，再次变为一个民族的整体性目标。二是在'文革'时代的极端的社会控制之后，将一

[01] 黄政枢：《新时期小说的美学特征》，南京大学出版社1991年版，第17页。
[02] 何西来：《新时期文学思潮论》，江苏文艺出版社1985年版，第8页。

种'人'的话语再度置于文化的中心"[01]。这是问题的一个方面，另一方面，这种新、旧二元对立的模式，也奠定了"新时期文学"一种积极的理想主义色调。可以说，正是在这种"现代性"的焦虑和乐观的理想主义基调的双重推动下，才有了"新时期文学"创作潮流，此潮流此消彼长，并不断被向前推进。而"新时期文学"研究话语的不断更新递嬗也在某种程度上与新时期话语的这种特征有关。

虽然"新时期文学"的概念已深入人心，但"新时期文学"所蕴含的种种丰富复杂的内涵和诉求并不能为所有作家或研究者所理解，而"新时期"共识的建立也并非一蹴而就。此外，这种新旧对立的思维模式，也使得"新时期文学"在建立自己的主体的过程中必然遭遇种种冲突，而新时期大为改善的宽松的社会政治环境也在客观上推动了文学批评和争鸣的迅速勃兴。因此，从某种程度上说，"新时期文学"（或曰"新时期意识"）更是当时异常活跃的文艺争论及争鸣的文学实践的结果，是在与旧式文学规范的冲突中逐渐建立自己的质的规定性和共识的实践。

相比较而言，从 1976 年"四人帮"被打倒到关于"实践是检验真理的唯一标准"的大讨论及十一届三中全会的召开，这一时期的文学创作，特别是争鸣较为沉寂，鲜有反响很大的文学创作；而到了1978 年，特别是 1979 年以后，文坛上的情况是，每一反映新的问题／话题的文学作品一出，必引起评论界及研究界极大的反响，如蒋子龙的《乔厂长上任记》、从维熙的《大墙下的红玉兰》、白桦的《苦恋》、谌容的《人到中年》等都是在新时期转折期影响很大又引起相当争议的作品，而关于朦胧诗及伤痕文学等文学创作潮流的争论也反映了当时人们思想上一度存在的激烈冲突和差异。对这些作品及现象的争鸣不仅在文学的层面，而且还在政治及思想的层面展开，这在一定意义上对新时期共识的形成起到了推动作用。

以《乔厂长上任记》为例，小说在 1979 年发表后旋即遭到了极为严厉的批判，由此引发了相当广泛的争论；而也正是这场争论才真正确立了《乔厂长上任记》日后的地位。回顾这场争论，我们发现，与其说是蒋子龙及其肯定方的胜利，毋宁说是"改革"及"四个现代

---

[01] 张颐武：《从现代性到后现代性》，广西教育出版社 1997 年版，第 5 页。

化”这一时代意识形态的胜利；争论的双方对造成小说描写中“四人帮”被打倒后混乱局面产生的原因及这一段历史有不同的理解，最终决定了他们对小说的不同态度。批判的一方把矛头指向“揭批查”运动的对象“火箭干部”（在小说中的代表是都望北），他们从“四人帮”被打倒开始叙述（阅读和评论也是一种叙述方式），这种叙述虽然也能导向对“四个现代化”的呼吁，但改革的时代主题和必然性却不一定得以呈现。在这种视域中，一切混乱和悲剧，都是“四人帮”和林彪所为，按照这种逻辑，似乎只要肃清“四人帮”和林彪的流毒，任何问题也都迎刃而解了，故此，首要的任务就是要将“揭批查”运动进行到底。而肯定的一方则从现代化的建设角度为都望北辩护，其虽然把错误归结为“四人帮”，但他们从 1978 年以后的历史开始叙述，其显然是以时代的宏大主题——改革的意识形态——作为评判和观察的角度和依据，冀申自然就成了被批判的对象，而这之前出现的种种混乱都能在改革和“四个现代化”的视域中得到合理的解释（即“四化”的阻碍），也能在改革和现代化的承诺中得到彻底的解决，故此，改革的迫在眉睫和压倒一切的必要性在这种混乱局面中呈现出来。可以说，正是这次广泛而激烈的争论，使得改革和“四个现代化”的意识形态进一步深入人心，以至于当时竟有很多工厂呼唤乔厂长的到来。现实和文学想象在这“四个现代化”的许诺中互为前提互相促进，而这种现代化的许诺作为新时期共识的一部分也逐渐演化为超验的“能指”，无形中影响着新时期的文化及文学生活。其影响之广之深如新时期的很多电影，像《小字辈》《甜蜜的事业》中“现代化”话语既是电影叙述的起点，也是终点。这种现象在新时期的文学研究中也往往鲜明地表现出来，如“现代主义”借“现代化”之名而成功地重新登陆中国即众所周知的例子。

如果说“新时期文学”概念的提出是经时代的巨变之手推动而后由政治精英与文化精英有意识地“合谋”的结果的话，那么“后新时期文学”概念则是在商业及市场的大潮涌动中悄然诞生的 [01]。相比之下，“新时期文学”的概念及其形态，是在人们弃“旧”迎“新”的时代精神下自然而然建立起来的，而“后新时期文学”概念的提倡则

---

[01] 正因为“后新时期文学”的这种特点，以至于研究者称之为“商业社会的文学形态”，参见谢冕、张颐武：《大转型——后新时期文化研究》，黑龙江教育出版社1995年版，第37页。

更多是一种理论上的描述、总结和归纳 [01]。显然，"新时期"话语在面对变化了的现实时已不再具有多大的阐释力，其阐释现实的有效性也越来越遭到怀疑，而相反的是，关于"新时期文学"的终结说却越来越被人认同，所有这一切都是在"不知不觉"中进行，一时间令人无所适从。发表于 1993 年第 3 期《文学自由谈》上的冯骥才的文章《一个时代结束了》十分鲜明地表达了这种感受："不知不觉，'新时期文学'这个概念在我们心中愈来愈淡薄。那个曾经惊涛骇浪的文学大潮，那景象、劲势、气概、精髓，都已经无影无踪，魂儿没了，连那种'感觉'也找不到了……这一时代已然结束，化为一种凝固的、定形的、该盖棺而论的历史形态了。"而其实王蒙早在 1988 年已预感到这种变化的到来，其《文学：失却轰动效应之后》一文集中表达了这种困惑："人们变得日益务实之后，一个社会日益把注意力集中在经济建设、经济活动上而不是集中在政治动荡、政治变革和寻找新的救国救民的意识形态的时候，对文学的热度会降温。" [02] 虽然不无感慨和无奈，但他们心里明白，作为一个时代的表征或象征，"新时期文学"最终将成为历史。而随着最近几年来"新世纪文学"等概念的出现，以及对 20 世纪 80 年代的反思，很多时候，为了与以 20 世纪 90 年代年代文学为代表的"后新时期文学"相区别，"新时期文学"又往往被称为"八十年代文学"。自此，"新时期文学"这个概念所曾蕴含的青春的理想激情色彩在"八十年代文学"的提法中日渐减弱，而更多地作为一个历史范畴成为当代文学史教学和研究中的一个特定的时段而已。所谓"新时期文学"之"新"质，在其后"后新时期文学"及"新世纪文学"等提法中，更多变成了一种时段之"新"的划分，"新"质已然耗尽，那么，作为新时期文学之"新"在我们今天看来，其在多大程度可称为"新"，也越来越让人们感到怀疑了。

---

[01] 谢冕、张颐武：《大转型——后新时期文化研究》，第一章"后新时期与文化转型"，黑龙江教育出版社 1995 年版，第 29—45 页。

[02] 王蒙：《文学：失去轰动效应之后》。转引自洪子诚主编：《中国当代文学史·史料选》，长江文艺出版社 2002 年版，第 885 页。

第二节　社会转型与多重话语的纠缠

　　虽说刘心武的《班主任》通常被视为"新时期文学"的发轫之作，亦被作为"伤痕文学"的代表列举，但有一个事实不容忽视，即，这部小说并没有批判否定"文革"，其批判的只是"四人帮"。换言之，这仍是一部在"无产阶级文化大革命"的继续革命逻辑下的文学写作，其与"文革"文学仍有千丝万缕的联系。这一矛盾表明，《班主任》是一个复杂的文本和悖论的文本。"文革"话语和启蒙话语在小说中互相纠结排斥，这就必然造成一种分裂，小说也因此呈现出某种特定历史的"症候"。

　　事实上，对于20世纪七八十年代转型期，特别是"四人帮"被打倒而"文革"仍在继续的特定时期内的很多作品，都存在这样一种状况。本节将以《班主任》为中心，集中考察社会转型期的文学作品中多重话语互相纠缠的复杂状况。

一、启蒙与"文革"双重话语的纠结

　　显然，小说主要呈现的是一套启蒙话语，这从题名"班主任"即可看出，班主任张俊石老师也是这样要求自己的，他要把对"四人帮"的"汹涌的感情波涛，能集中到理智的闸门"，"来执行自己这班

主任的职责"。这是一种典型的启蒙立场，对理智（理性）和知识的推崇是其一贯主张（但理智并不代表就能发现问题）。张老师也是在这种理智之下对"四人帮"进行批判和反思的，这从张老师被比作"播种机"和"大笤帚"可以看出。他接收宋宝琦正是想扫走"四人帮"在他身上留下的"灰尘"，播下"革命思想和知识的种子"，他认为宋堕落的根源是"什么书也不读而堕落于无知的深渊"，乃至"充斥着空虚与愚蠢"；同样，他对谢惠敏那种"正直的品格"与僵化的思想的奇异感到痛心，也是因为谢惠敏的盲从和缺少对知识的渴求而造成"是非模糊"。在张老师的眼里，只有知识，也只能是知识才是解决这一切问题的关键所在，而当他想到"他所培养的，不要说只是一些学生，一些花朵，那分明就是祖国的未来"时，他就会产生"一种不容任何人凌辱、戏弄祖国，不容任何人扼杀、窒息祖国未来的强烈感情"。显然，张老师是把自己视为崇高的启蒙者而要求自己的。我们知道，在康德看来，所谓"启蒙"就是人从加诸自己身上的那种不成熟情境中脱离出来，呈现出他个人的独立判断力及理性运作的境界。[01] 而启蒙在《班主任》中则显然被赋予了民族国家富强的重要使命，启蒙不仅意味着个人蒙昧和不成熟的"脱离"，更意味着国家的未来。如果说现代文学自五四以来是"救亡"（或"民族国家"）话语逐渐压倒了"启蒙"（或"个人"）话语，中华人民共和国成立后的十七年乃至"文革"时期是"救亡"话语独占鳌头的话，那么可以说，新时期之初则是"启蒙"话语和"救亡"话语的互相融合互为前提，这从《班主任》中可以明显看出来。

同时，小说中还有另一套话语，即"文革"话语。这种话语不仅表现为一种思维方式，如阶级斗争思维。小说中，对小流氓的审讯被叙述者说成是"无产阶级专政的强大威力与政策感召"，接纳他也是要"团结起来同他做斗争"，是一场谢惠敏认为的"阶级斗争"。同样，这种"文革"话语也表现为"文革"语汇的使用，如"白骨精化为美女现形""香花""毒草"等等。而更为关键的还在于叙述者对"文革"的暧昧态度，小说的完成时间是 1977 年 11 月，当时虽然"四人帮"被打倒了，"文革"其实并没有结束，"两个凡是"仍旧是

---

[01] 艾布拉姆斯：《文学术语词典》，北京大学出版社 2009 年版，第 153 页。

当时的主导话语，在这种情况下，小说《班主任》也呈现出一种过渡色彩和暧昧之处：一方面是竭尽批判"四人帮"之能事，在张老师的眼中，似乎每一件事都能同"四人帮"的罪恶扯上关系；另一方面，小说又从来不曾怀疑"文革"。于是就出现这样一种情况，凡是"文革"中的过失全部都被算在"四人帮"的头上，这其实是把"四人帮"从"文革"中剥离出来，"文革"仍旧是一个缺席的"在场"在起作用。而在我们今天看来，"文革"和"四人帮"之间的内在联系已成为一个不争的事实。

如此一来，问题就不再仅仅是小说为什么会同时出现两套话语，而是这两套话语是否融合及如何融合的问题。《班主任》之所以在新时期获得殊荣，自然与小说率先张扬启蒙的旗帜有关，但文学史家往往也忽略了一个问题，即这两套话语果真相安无事吗？显然，这里存在着某种不可弥补的裂痕。这仍旧可以从启蒙话语中去寻找答案。从对谢惠敏和宋宝琦进行启蒙的话语来看，张老师并不拥有自己的话语（知识分子话语），他使用的还是所谓"马列主义、毛泽东思想"，而且更为重要的是，当时（1977年）对毛泽东思想的看法与今天并非一致，换句话说，小说中张老师当时使用的毛泽东思想资源与我们今天谈论的毛泽东思想是不尽一致的，其中部分包含着"文革"话语；因此，在这种情况下，如何启蒙及启蒙的限度是颇值得怀疑的。这种矛盾集中表现在张老师对宋宝琦和谢惠敏的不同态度上。如当被问及是否怕宋宝琦时，谢惠敏的一句"这是阶级斗争！"令"张老师心里一热"，这"一热"不正说明与张老师内心所想心有暗合吗？由此可见，张老师对宋宝琦的态度混合着启蒙和"文革"双重话语，一方面是"只有团结起来同他斗争"，另一方面是要对他"进行教育"，对阶级敌人（阶级斗争的对象宋宝琦）也要进行教育。而张老师对谢惠敏前后不同的态度也显现出这种矛盾之处：他一方面肯定她"身上"的"可贵的闪光品质"（"绝不能让贫下中农损失一粒麦子"的信念）；另一方面又"同谢惠敏之间显露出某种似乎解释不清的矛盾"，这似乎源于她的僵硬的作风，又似乎是因为她与"四人帮"之间有着某种联系，但问题是谢惠敏不让带走麦穗不也是僵硬的表现吗？为什么当时张老师没有发现这个问题呢？之前对谢惠敏是"心里一热"，到了后来却感到"震惊"而"皱起眉头"。张老师为什么会出现前后不一致之处？从叙述的角度来看，问题显然不在张老师，而在叙述者（或者作者）。

二、双重视角的重叠及知识分子主体的伸张

小说存在两重叙述视角，一个是"我们"或"我"的视角，一个则是张老师的视角。小说伊始，这两重视角是一个叠加在另一个之上的，张老师在"我"（或"我们"）的视角下呈现："张老师是个什么样的人呢？趁他顶着春天的风沙，骑车去公安局了解宋宝琦情况的当口，我们可以仔细观察他一番。"因而"我们"（"我"）就成为一个高高在上的全能的"观察"者，但随着小说故事情节的进展，"我"（或"我们"）的视角渐渐隐退，重叠在张老师的视角之内，张老师也似乎变成了代"我们"观察立言的启蒙者，他"救救被'四人帮'坑害的孩子！"的口号也正反映了叙述者甚至刘心武的启蒙立场，张老师在一定程度上就只是叙述者表达启蒙立场的工具和符号而已。这里虽然存在着不可弥补的矛盾，但矛盾的背后却是一个焦虑的启蒙者的闪亮登场。

我们知道，"文革"对知识和文化的否定，造成的直接后果是知识分子遭到了唾弃，并一度成为被启蒙和被改造的对象，这种状况到作者写作《班主任》时并没有得到多大改观，而小说选择"班主任"对"文革"期间曾经是革命主体的两个学生进行再启蒙，不也体现出知识分子想重新获得历史地位的焦虑？在这满目疮痍的废墟中，走出的是一个大写的知识分子的形象，对这个知识分子而言，如何启蒙及结果如何似乎并不重要，小说也没有告诉我们这两个孩子的将来，重要的是知识分子重又站在了历史的中心地位。从中，知识分子的焦虑和踌躇满志可想而知。但从我们今天的解读来看，其中充满了重重矛盾。自然，民众需要启蒙，而对知识分子而言，他们又何尝不需要再次启蒙呢？魂兮归来！

三、从该小说看新时期文学与"文革"文学之间的关系

对于这篇小说，我们还可以从另一个角度来看，即，为什么这篇小说被几乎所有的当代文学史著作视为新时期文学的发轫之作？显然，仅仅从小说的艺术性层面，是不能说明问题的。在我看来，问题

还是出在小说所率先体现出来的启蒙立场。这种启蒙立场和对人道主义的张扬，被众多文学史著作视为新时期文学与十七年文学乃至"文革"文学之间断裂的标志。如果从两个时段文学总的走向和发展概貌来看，情况的确如此，但并不意味着这之间就毫无联系之处。

这里可以引用葛兰西的"霸权"理论。在葛兰西的"霸权"理论框架中，所谓霸权"主要是指统治阶级在某些历史时期实施社会与文化领导权的能力，通过这种方式——而不是对下层阶级的直接高压统治——以保持它们在国家经济、政治与文化方面的权力"[01]。"尽管霸权暗指一个高度一致的社会，但它也不应该被理解为是指一个不存在任何冲突的社会。这一概念是用来指一个对（阶级）冲突进行控制和疏导使之流进安全的意识形态港湾的社会。也就是说，霸权是通过占支配地位的各个集团和阶级与居附属地位的各个集团和阶级进行'谈判'，并向他们做持续的、不间断的让步的过程"，"它是一个以'抵制'和'融合'为标志的过程；它绝不是一种由前者自上而下强加给后者的权力"。[02] 葛兰西的"霸权"理论告诉我们，即使"高度一致的社会"中也存在"冲突"，而所谓"霸权"正是在这种"冲突"中通过"谈判""抵制"和"融合"等方式建立起来的。

众所周知，从 1976 年"四人帮"垮台到 1978 年十一届三中全会召开之前，这段时间的中国并非"高度一致的社会"，当时的主流话语——以所谓"两个凡是"为代表的具有延续性的"文革"话语——显然已不具备凝聚和阐释现实的能力，其霸权地位已岌岌可危，在这种情况下，自然会发生话语之间的冲突及争夺话语霸权的斗争。而当时情况复杂的一面还在于，"文革"话语仍作为一种带有统治性的话语在起约束性的作用，因此，在小说《班主任》中出现启蒙话语和"文革"话语相互纠结、冲突和彼此利用等现象自然就毫不奇怪了。在这里，有必要修正一下葛兰西的"霸权"理论。本文认为，话语霸权的产生也能出现在并非"高度一致的社会"。在这个社会中，虽然存在占主导地位的话语形态，但其并不一定就具有话语霸

---

[01] 约翰·费斯克等：《关键概念：传播与文化研究》，转引自王先霈、王又平主编：《文学理论批评术语汇释》，高等教育出版社 2006 年版，第 598 页。

[02] 约翰·斯道雷：《文化理论与通俗文化导论》，转引自王先霈、王又平主编：《文学理论批评术语汇释》，高等教育出版社 2006 年版，第 599 页。

权的能力，其间也有各个阶层和集团之间的斗争，它们不一定是"占支配地位"和"居附属地位"的关系，它们之间的争夺可以通过"谈判""抵制"和"融合"等方式来进行，而所谓话语霸权也正是在这种"融合"和"抵制"中得以建立。"四人帮"垮台以后启蒙话语的建立，一定意义上就是在与"文革"话语的"冲突""融合"中，先利用后者预设的合理性存在，然后从内部"抵制"它并最终建立自己的合法性地位。换句话说，启蒙话语只有在当时——"两个凡是"仍作为主导话语存在的语境下——"文革"话语的框架中才能被提出，然后才有可能在内部抵制并实现对其最终的突破，这从本文前面对《班主任》的分析中可以看出。

如是，我们就可以这样说：启蒙即孕育于蒙昧中，新时期文学也是如此。在某种程度上，新时期文学即孕育在"文革"文学之中，这主要表现在三个方面：首先，启蒙精神融汇在对"文革"话语的肯定之中，小说中张老师用来启蒙的武器即马列主义和毛泽东思想，而毛泽东思想在小说中（当时是 1977 年）更是一个含义驳杂的范畴，既有科学的一面，也有在今天看来不尽合理的部分，因而使得小说表现出一方面批判"四人帮"，一方面又肯定"文革"的矛盾之处。其次，张老师对谢惠敏和宋宝琦的前后态度的变化，正好对应着启蒙精神的觉醒过程，从开始对宋宝琦的阶级分析，到后来认识到其堕落的根源在于"四人帮"造成的无知，启蒙通过批判"四人帮"得以进行，宋宝琦也从阶级斗争的对象一跃成为启蒙的对象。同样，张老师对谢惠敏的认识也经历了一个深化的过程，开始是赞赏其"品行端方"、立场分明，到后来发现这种优点竟被"四人帮"的愚民政策所利用，启蒙刻不容缓。再次，毛泽东思想（不管这思想多么驳杂）本身蕴含了启蒙精神，这也是为历史所证明了的。如果说毛泽东思想一旦作为清规戒律容易演变为阻碍社会发展的保守思想的一部分的话，那么，其在另一时刻也能成为思想启蒙的工具。而事实也往往如此，1978 年关于"实践是检验真理的唯一标准"的大讨论就是在毛泽东思想的框架内，在毛泽东思想所确立的立场和原则的基础上进行的（如果不如此，是很难想象的）。毛泽东思想中蕴含了对"文革"话语的批判力量，启蒙即在这种批判当中获得了理论资源。

第三节　"启蒙"的"位置"及其变迁

　　铁凝的中篇小说《没有纽扣的红衬衫》(1983)发表以后，曾经有评论家这样评论小说的主人公——中学生安然："走进现实中的安然，毕竟不同于作者理想中的安然，她已经向祝文娟靠拢，长大后便是班主任韦婉！这是作者始料不及的。"这里的言外之意是，班主任韦婉并非什么正面形象，更不可能是张俊石(刘心武《班主任》)式的启蒙者了；而按照同一篇文章的逻辑，如果小说"提出青少年应该走什么样的生活道路的课题"[01] 的话，那么，引导或启蒙青少年安然的，就不可能是什么班主任，而是其他了。她们之间，与其说是启蒙 / 被启蒙的关系，不如说仅仅互相映衬——未长大 / 长大后——的关系。从这个角度看，小说其实是改写了刘心武的《班主任》(1977)：班主任的启蒙位置在这一改写中被置换。自此，我们不仅应该追问这另一引导者的形象究竟是谁(小说并没有告诉我们)，还应该提出，为什么班主任韦婉不能承担启蒙 / 引导青少年的责任？谁又能或有资格去承担这一启蒙主体的责任呢？

　　事实上，就像福柯所说，"主体"并不是一经形成便一成不变，

---

[01] 栾梅健：《安然论》，《小说评论》1986 年第 1 期。

而实际上是在"一个关系系统"中，它是处在"一容纳主体不同地位的规律性范围"中的"分散离析，自相不连贯的状态"[01]，因此，我们讨论青少年启蒙者的主体形象，就不能只从"班主任"这一位置和身份去探讨，而应该从决定"班主任"这一启蒙主体位置的"权力"入手。换言之，我们应该问，"班主任"（《班主任》）是在什么意义上成为启蒙者的？而在《没有纽扣的红衬衫》中，又是在什么意义上不再作为启蒙的主体的？这一"成为"和"不再作为"之间的变化，说明了什么？

一、启蒙 / 班主任的主体位置

刘心武的小说《班主任》，其结尾一句"救救被'四人帮'坑害的孩子！"让人不禁想起五四新文化运动时期鲁迅的小说《狂人日记》，及其表现出的启蒙意识和立场；而事实上，在谈到《班主任》《爱情的位置》和《醒来吧，弟弟》等小说时，刘心武也这样明确表明自己的启蒙立场："这几篇小说各有自己试图启蒙的读者群，也起到了相当的作用""社会的问题的闸门应该由我这样的人背起来，放年轻人'到光明宽阔的地方去'"。[02] 这一自我表白，鲜明地表明作者是以鲁迅的当代传人自居[03]。表面看来，这是作者在想象中对自身启蒙主体位置的确认，作者的主动性或能动性十分明显。但接下来的问题是，又是什么促使刘心武产生启蒙主体的自我想象呢？如果在这之前，是否有这种可能？显然，在这之前，这是不可想象的。因为我们知道，在"文革"中，以及"文革"之前，作为知识分子的班主任和任课老师们，往往是被怀疑和打倒的对象。

当人们把目光都投在《班主任》中塑造的两个孩子——谢惠敏和宋宝琦——身上时，刘心武曾这样提醒读者："我所刻画的主要人物

---

[01] 福柯：《知识的考掘》，台湾麦田出版社 1993 年版，第 139—140 页。

[02] 刘心武、张颐武：《知识分子：位置的再寻求——对八十年代的回首》，《艺术广角》1996 年第 3 期。

[03] 鲁迅在《我们现在怎样做父亲》一文中，曾有这样叙述："自己背着因袭的重担，肩住了黑暗的闸门，放他们（孩子们）到宽阔光明的地方去；此后幸福的度日，合理的做人。"

既不是宋宝琦和谢惠敏，也不是石红，而是张俊石老师。我不是纯客观地把宋宝琦、谢惠敏的问题摆到读者面前，而是通过张俊石这个班主任的眼光，特别是通过他爱恨交织的感情和犀利的剖析，既向读者提出问题，也向读者提供我力所能及的答案。"[01] 换言之，所谓"救救孩子"这一"问题"及其"答案"，在这篇小说中，是通过张俊石的眼睛得以呈现的。这就像福柯分析医生的"目视（regard）"作用时所指出的，"这'一瞥'不过是在它所揭示的真理上的运作，或者说这是在行使它握有全部权利的权力"[02]。如此看来，小说的关键之处，就不在于张俊石的形象塑造得成功与否，而在于张俊石的班主任位置——显示伤痕（内伤或外伤）存在的那个位置。这一位置就是引导者或启蒙者的主体位置。通过这一位置，小说重构了启蒙和被启蒙的新型关系。从这个角度看，小说与其说仅仅是提出对"四人帮"的批判或对"文革"的反思，不如说是彰显了知识分子的主体地位。因为事实上，在"文革"期间，知识分子是不可能有什么主体地位的。在当时的语境下，青少年形象常常以反叛者的形象显现，而也正是通过《班主任》这篇小说，知识分子的启蒙形象重新得以确立：它不仅提出了一个引导青少年的问题，更重建了知识分子的主体位置。这显然是一种颠倒，是启蒙关系的新的建构。

　　而事实上，在这之前的文学创作中，引导青少年的并不是知识分子。仍以刘心武的小说为例。其发表于 1975 年的《睁大你的眼睛》，是一篇描写中小学生的中篇小说，但小说中引导青少年主人公方旗的，并非老师或班主任，而是党代表方大妈。再往前回溯，我们发现，即使是王蒙写于 20 世纪五六十年代、在 1979 年出版的小说《青春万岁》中，同样是班主任形象的袁先生，其作用明显不同于《班主任》中的班主任张俊石老师。小说中有这样一段对话：

　　　　聊着聊着，袁先生说："你们给我这个班主任提提意见吧。"

　　　　蔷云说："哎呦，那怎么提？"

　　　　郑波笑着说："我们来给您拜年，是希望您把这个学期

[01] 刘心武：《生活的创造者说：走这条路！》，《文学评论》1978 年第 5 期。
[02] 福柯：《临床医学的诞生》，译林出版社 2001 年版，第 2 页。

我们的毛病给提出来。学生哪能给老师提意见呀。"

　　袁先生摘下眼镜，哈着气，掏出手绢擦一擦镜片。他说："没有关系，先生错了，一样要提——吾爱吾师，吾更爱真理嘛。说实在的，虽然我教了你们好几年，虽然我还是班主任，但是，我和你们，老师和同学之间，互相了解得仍然很少……"

　　…………

　　"谁都知道学生怕先生，但不是每个人都知道先生同样地怕学生。甚至更厉害。……举例说，……那时候我去高三——那时你们才高一喽——可辅导什么？同学们讨论得慷慨激昂，分支书记讲得头头是道。同学们要我讲，我说：'我们要抗美援朝，保家卫国……保家卫国，抗美援朝……'讲了半天也讲不出什么名堂，只好红着脸下来。……从此我越发尊敬学生，尊敬学生中的党员、团员。同时也就有些怕。

　　"……这些年，青年团在学生工作上，做了许多事，我们当先生的应该自愧不如。"[01]

　　从这段对话中可以看出，与其说是班主任袁先生在指导或引导学生们，不如说是学生在推动老师进步。这部小说虽然发表于 70 年代末，其与刘心武的《班主任》相比，在表现班主任和学生之间的关系上，明显不同。某种程度上，这既是"讲述话语的时代"的不同，也是"话语讲述的时代"的不同。因为显然刘心武的小说《班主任》表现的是"文革"结束前后——具体而言，即 1977 年春天——的故事，而《青春万岁》讲述的则是 50 年代前后的事；而若从写作年代来看，前者写作于 1977 年 11 月，后者则写作于"1953 年深秋"。用王蒙自己的话说，他在写作这篇小说时，"我觉得神圣，觉得庄严，深知自己是在努力把美好的却也是稍纵即逝的生活记录下来。是在给熟悉的、难以把握的激情赋予固定的形式"[02]。写这部小说的时候，作者只有 19 岁，虽然作为团的干部，但他也并不比学生或老师更"清

---

[01] 王蒙：《青春万岁》，人民文学出版社 1979 年版，第 145—146 页。
[02] 王蒙：《我在寻找什么？》，《漫话小说创作》，上海文艺出版社 1983 年版，第 20 页。

醒"。因为显然，照前引作者的话来看，是时代和"稍纵即逝的生活"
在推动作者王蒙，促使他写作，而不是其他（如刘心武所谓启蒙的意
图）。而从小说的叙述来看，在《青春万岁》中真正起着引导青少年
作用的也是变革的时代，以及时代中的社会思潮。可见，在班主任和
学生之间，与其说是学生在推动老师，不如说他们都是被时代的潮流
裹挟和推动；只不过，相对老师来说，青少年更容易感受和把握时代
的脉搏，更容易适应，因此，也就更容易影响老师，而不是相反。

　　这样来看刘心武的《班主任》，我们会发现，虽然作者和小说主
人公班主任都表现出启蒙学生的意图，但其实他们也都只是为历史所
推动，而不能超越时代。就像刘心武所说的："70年代末，'文化大
革命'的结束，形成了一个很巨大的社会心理空间。1976年从政治
上解决问题是一个起点，由这个起点开始，很多问题就可以逐步解决
了。"[01] 刘心武之自我想象中对启蒙位置的确认，并不表明他有多高
明，而毋宁说是社会时代的变化，创造了一个"启蒙"的"空间"，
刘心武适逢其时地占据了这一启蒙的位置。"四人帮"被打倒，使得
对"四人帮"的批判乃至对"文革"的反思成为可能（而不是批判
"文革"，因为当时"文革"事实上并没有结束，"文革"的正式结束
要到1978年十一届三中全会的召开），这就使得本就并不单一的"文
革"话语出现了裂缝，刘心武恰好处在这样一个"含混"的位置：既
非"红卫兵"，亦非"右派"的身份[02]。这使得他有可能率先充当这一
历史所赋予的主体位置。因为显然，如果他是参与造反的"红卫兵"，
他便无权参与启蒙；而如果他是"右派"，也不可能提出这一命题，
毕竟，"右派"问题彼时并没有得到根本解决。从这个角度看，通过
《班主任》等小说的写作，与其说刘心武仅仅是在进行启蒙主体的自
我确认，不如说是他在进行一次意识形态的"询唤"和自我"询唤"：

---

[01] 刘心武、张颐武：《知识分子：位置的再寻求——对八十年代的回首》，《艺术广角》1996年
　　第3期。
[02] 用他自己的话来说，就是"我也就成了一个位置相当尴尬的人物，与红卫兵间的关系既与学
　　生的参与介入不同，也和老教师的受迫害和受压抑不同"，"所以我就成了一个'位置'不大
　　清楚，也没有什么紧迫的选择的旁观者，一个有机会从容观察的人。所以我写这些作品，
　　也不是偶然的，而是来源于较长时间相对平静的观察。我写这些小说时仅仅是北京出版社
　　的一个普通编辑，也还没有入党。可能这构成了我参与文学启蒙的一个条件，可以有一些机
　　会沉静下来思考一些事"。（刘心武、张颐武：《知识分子：位置的再寻求——对八十年代的
　　回首》，《艺术广角》1996年第3期。）

时代社会创造了这种要求，刘心武敏锐地感受到，并及时地把这种要求表达出来。而事实上，在小说《班主任》中，启蒙的立场和意识也并不像后来的文学史所描述的那样鲜明；相反，这一姿态其实十分含混，其既批判"四人帮"，又不否定"文革"——"启蒙"就是在这一"裂缝"中迂回前进。这也表明，80 年代的"思想启蒙"（或"新启蒙"），并不是我们今天想象的那样简单明晰。

众所周知，在这之前，知识分子并不具有启蒙的正当性。毛泽东在《在延安文艺座谈会上的讲话》中就曾明确告诫知识分子："有许多知识分子，他们自以为很有知识，大摆其知识分子架子，而不知道这种架子是不好的，是有害的，是阻碍他们前进的。他们应该知道一个真理，就是许多所谓知识分子，其实是比较地最无知识的，工农分子的知识有时倒比他们多一点。"[01] "拿未曾改造的知识分子与工人农民比较，就觉得知识分子不干净了，最干净的还是工人农民，尽管他们手是黑的，脚上有牛屎，还是比资产阶级和小资产阶级知识分子都干净。"[02] 毛泽东的表述，虽然确立了知识分子和工农大众之间的被颠倒的关系，即知识分子从属于工农大众，但并不意味着对工农大众的启蒙位置的指认。启蒙者的使命，在某种程度上仍旧由一部分知识分子担当。这从毛泽东另一个经典的"重要的问题在于教育农民"这一表述中可以看出，只不过，这一充当教育者的人，已经不再是原来意义上的知识分子，而是改造好了的革命知识分子，或掌握一定文化知识的党员干部。在这一逻辑中，一方面是知识分子在地位上从属于工农群众，另一方面思想上又要充当教育者的角色，这种矛盾使教育者处于尴尬的位置。这样一种尴尬处境往往表现为一种思想和专业——所谓"红"和"专"——之间矛盾的展开方式。在这两者之间，思想上的"红"——甚至表现为出身上的根正苗红——往往成为主导性的方面。

由此可见，知识的习得，并不具有天然的主体性。其在 20 世纪50—70 年代的文学实践中，只有在结合进步思想的引导中，才可能建立自身的合法性。这一倾向在《青春之歌》中卢嘉川和江华之间的

---

[01] 毛泽东：《整顿党的作风》，《毛泽东著作选读》，人民出版社 1986 年版，第 492 页。

[02] 毛泽东：《在延安文艺座谈会上的讲话》，《毛泽东著作选读》，人民出版社 1986 年版，第 528 页。

关系设置上可以看出。在引导林道静的过程中，知识分子出身的共产党员卢嘉川的牺牲和工人出身的共产党员江华的取而代之，最能说明这点。以此来看《班主任》，我们发现，小说把青少年谢惠敏和宋宝琦塑造成"文革"造成的内外伤的形象，其意不仅在于批判"四人帮"，还在于建构知识分子的主体性。这样来看小说中关于《牛虻》的那一细节，就尤有深意了。在这里，书本其实成为一"中介"，把截然不同的两种青少年类型谢惠敏和宋宝琦联系在一起，以此表明书本——知识在他们身上的缺失，并进而表明他们愚昧的根源和启蒙的紧迫程度："宋宝琦和谢惠敏的品行相差如此悬殊，但他们对《牛虻》这本书的态度却又如此一致。我写到这一节，终于抑制不住胸中翻滚的愤怒与痛惜的波涛，很自然地发出了'救救被'四人帮'坑害了的孩子'的呼喊。"[01] 然而具有讽刺意味的是，《牛虻》只是一部革命小说，并不能充当启蒙的武器。而事实上，即使他们不把小说当作"黄书"来读，也并不能从中获得冲破束缚、思想解放的启示。在这里，书本只是一个指向知识的能指的符号，至于到底能否充当启蒙的工具并不重要。如果说是"无知"使得谢惠敏和宋宝琦把《牛虻》视为"黄书"的话，当张俊石把小说从性的符号中解放出来的时候，他也并没有还原小说原有的革命色彩，而是做了一种启蒙式的解读。这一有意无意的"误读"，是否也正暗示了革命和启蒙之间原本界限不清，或者启蒙原本就寄寓在革命之中？

二、如何启蒙，怎样范导："谁"来引导青少年

在这里，探讨张俊石如何进一步对谢惠敏或宋宝琦进行"启蒙"，其实并不重要（而事实上小说作者／叙述者也没有告诉我们），重要的是去追问，到底是什么使得张俊石充当了启蒙者的角色？从前面的分析可以看出，班主任张俊石之所以能充当启蒙者的角色，并不是因为他对文化知识的掌握，而是因为批判"文革""四人帮"的需要。换言之，知识在这里首先是作为对"四人帮"进行批判的工具出现的，而不是相反。这样也就能理解为什么小说中会出现《牛虻》这一"知识"的道具。因为，显然，《牛虻》这一本书是不可能引向对"革

---

[01] 刘心武：《生活的创造者说：走这条路！》，《文学评论》1978 年第 5 期。

命"话语的"启蒙"的。因此可以得出结论，与其说张俊石是一个启蒙者，不如说是"革命"话语中的异己的力量。这一异己的因素，因为后"文革"的话语逻辑预设，而被解读成"启蒙"或"思想解放"的先声。

可见，在20世纪70年代和80年代之交，启蒙和思想解放往往是以对"文革"的批判为前提的，换言之，启蒙和思想解放的价值也往往是在批判"文革"的意义上显示出来的。这样也就能理解，大凡"文革"结束后的小说在表现对宋宝琦式的"流氓"的引导时，总是与对"文革"的批判[01]有关；同样，这也可以理解《没有纽扣的红衬衫》中班主任启蒙者形象的失效了。在谈到小说中对班主任韦婉形象的矮化时，有批评家这样指责作者："作为班主任老师，韦婉特别有权利也有义务和责任教育、引导学生克服缺点，发扬优点，稳步前进。不这样做倒是严重的失职。作为一个未成年学生，安然无论怎么善于独立思考也离不开老师、家长、领导的正确引导。老师批评学生动辄得咎，一切否定，谁还管学生？这倒使笔者有回到大批'师道尊严'的'那个年代'之感了。"[02]其实，批评家大可不必这么紧张，小说也并非否定知识主体的作用，或者班主任的引导职责；其提出的问题，也并非主要是启蒙问题。

通过前面的分析可以看出，在20世纪80年代，启蒙问题是和对"文革"的批判息息相关的，其意义也往往在对"文革"的批判中彰显出来。显然，在这篇小说中，安然的身上是几乎没有"文革"特定年代的影子的；虽然安然也有随父母一同下放的经历，但"文革"及其"创伤"并没有在安然身上得以呈现。因此，从这个角度看，与之相对应的问题，就不是班主任的"启蒙"或引导，而是其他了。而事实上，小说也并没有从启蒙或引导安然的角度来写作。小说《班主任》中班主任张俊石之所以能充当启蒙者，是因为我们看不出他身上有什么缺点：张俊石实际上是作为一个抽象之"启蒙主体"来塑造的，他不是一个"个体"存在。即使是伤痕小说（比如从维熙的小

---

[01] 参见柯岩的《寻找回来的世界》和陈国凯的《代价》。在《代价》中，失足青年徐惠玲就是在受难英雄老厂长周仁杰的引导下回到正道中来的。而《寻找回来的世界》（这是一篇描写工读学校的小说）中，更是把批判"文革"和引导／启蒙"问题青年"结合起来叙述的。

[02] 周森甲：《我看〈没有纽扣的红衬衫〉》，《湘潭大学学报（语言文学）》（增刊），1985年第S2期。

说）中，复出的右派之所以能充当启蒙者或先觉者，也都缘于他们表现出的对"文革"的反抗和受难的经历。这样来看《没有纽扣的红衬衫》，小说中显然没有谁有资格担此重任。班主任韦婉和姐姐安静无疑不行，她们的红卫兵出身决定了这一点；母亲更是如此，其"文革"期间的投机和市侩的行径注定了话语上的无能；而即使是从不媚俗的父亲，因为向来软弱，似乎也无缘于此。

虽然说《没有纽扣的红衬衫》并没有表现出启蒙的主题，但小说其实是从反面强化了"启蒙"的命题，即虽然启蒙的主体必须由有知识的主体承担，但并不是什么人都可以成为启蒙者的。从这个角度看，小说与《班主任》其实又有内在的关联之处。这实际上是从另一个层面提出了"启蒙"的限度及方向问题，即当"文革"的阴影不再，或对"文革"的批判已经不再成为一个问题的时候，启蒙如何进行并延续下去的问题。因为，当"文革"作为一种远景，渐渐淡出人们的视野的时候，最初意义上的"启蒙"及其价值和意义，也就越来越变得可疑了。这一方面是当时的语境造成的，另一方面也表明，当"启蒙"仅仅依托于批判"文革"，而不注重自身合法性的建构的话，其能量是十分有限的。从这个角度看，张笑天的中篇小说《公开的"内参"》（1982）从某种程度上提出了启蒙的自我反思和限度的问题。小说中，作家陆琴方，在包括自己在内的人们的眼里，是被作为"青年导师"的形象被解读的。这一"青年导师"的形象，显然与他在"文革"中受难的经历有关（他是一个右派），这一受难本身就指向对"文革"的批判；同时他又是名记者兼作家，他能把他对"文革"的批判和反思形成文字而促成启蒙的效果。在这里，受难英雄和知识分子的双重身份，使得他成功地占据了启蒙者（青年导师）的位置，而事实上，他也是这样想象自身的。他来到 S 大学时，也是抱着这样一个启蒙 / 引导青年的使命来的；他在康五四、徐晴等人面前，也总是有意无意把自己想象成"青年导师"的形象。

但讽刺的是，当他遇到戈一兰时，这一启蒙者的自身想象顿时坍塌：思想深刻的受难英雄，在具有魅惑力的年轻女性面前，原来是那样不堪一击。显然，在他和戈一兰之间，并不是什么启蒙 / 被启蒙者的关系，而只是正常的男人和女人之间的关系。为什么会出现这种偏差呢？一定意义上，这与康五四、徐晴和戈一兰她们的身份有关。康和徐都是知青出身，并且都有不同程度的精神创伤和程度不一的思想包袱，这一前史决定了陆琴方"青年导师"形象：他自认为（想象中）有责任引导她们走出"文革"造成的创伤和阴影。相反，戈一兰则不同，我们从小说中看不出她有过什么创伤，更无从得知她是否知青出身；而事实上，她的思想相当前卫，没有任何包袱和顾忌，故而，也就不需要任何导师了。虽然，她的思想中有许多"不健康"的东西存在，但在小说中，对这种"不健康"的东西行使清除权力的，不是启蒙者，而是法律和伦理。而且这并不意味着，对戈一兰的引导，就不需要启蒙者。这篇小说通过塑造戈一兰和陆琴方，提出了"启蒙"的限度和反思的问题。因为，对于 20 世纪 80 年代而言，当启蒙者只是从批判"文革"中获得自身的合法性的话，这一启蒙的立场和有效性是不可能持续很久的。实际上，只有从对"文革"的批判中挣脱出来，启蒙才能走得更远。

三、知识的主体性与班主任的位置

看来，班主任的启蒙位置，只是历史的短暂的赋予，就像复出的受难英雄陆琴方不可能一直充当启蒙者的角色一样，当时过境迁，青少年问题不再作为"文革"历史的"冗余物"或债务的时候，其启蒙的主体位置也将不再。《没有纽扣的红衬衫》和何立伟的小说《花非花》（1985）中班主任老师启蒙／引导者位置的失效正说明这点，但也只有这时，班主任老师作为"人"的丰富性的一面才得到充分的展现。而这，其实也提出了这样的问题，即通过批判"文革"建构自身合法性的启蒙话语——比如说班主任的形象——如何在新的时代和环境中调整自身的问题。但这并非说"思想启蒙"不再重要，而只是意味着"思想启蒙"已经脱离了"思想解放运动"所设定的轨道。因为，如果按照贺桂梅所说，"在 70—80 年代转折期的'思想解放运动'中，'新时期'就已经被叙述为继'五四运动'、延安整风运动之后的'第三次伟大的思想解放运动'。正因为'文革'被定性为'封建法西斯式的新蒙昧主义'，70—80 年代的转折期便成为重新高扬五四'民主与科学'大旗的'新时期'"[01]，那么在 20 世纪七八十年

[01] 贺桂梅：《"新启蒙"知识档案》，北京大学出版社 2010 年版，第 33 页。

代的转折期，思想启蒙和思想解放运动是"耦合"在一起的，而事实上，这两个思想运动的诉求并不一致。在谈到 80 年代初的思想运动时，李陀提出要对"相互对立又相互限制"的"新启蒙"和"思想解放"进行区分："'新启蒙'要干什么？……其中最激进、最核心的东西，是它想凭借'援西入中'，也就是凭借从'西方''拿过来'的新的'西学'话语来重新解释人，开辟一个新的论说空间，建立一套关于人的新的知识……从这个角度看，它当然要和'思想解放'发生严重的冲突和矛盾。'思想解放'要干什么？……作为由国家主导的一个思想运动，它的目标就更具体、更明确，那就是对'文革'进行清算和批判，并且在这样的清算的基础上建立以'四个现代化'为中心的政治、经济以及文化思想上的新秩序。"[01] 汪晖也指出："如果简单地认为中国当代'思想启蒙'是一种与国家目标相对立的思潮，中国当代'启蒙知识分子'是一种与国家对抗的政治力量，那就无法理解新时期以来中国思想的基本脉络。……历史地看，中国'新启蒙'思想的基本立场和历史意义，就在于它是为整个国家的改革实践提供意识形态的基础的。中国'新启蒙知识分子'与国家目标的分歧是在两者的紧密联系中逐渐展现出来的。"[02] 从这个角度看，《没有纽扣的红衬衫》中启蒙者的缺失，并不意味着启蒙的不再重要，而是表明了启蒙话语自身遭遇的困境。

小说中，安然有一段描写班长祝文娟的话，很值得玩味：

一些同学谈起我们的班长时，总说她尊重老师、团结同学，从不和人打架、红脸，仿佛已经具备了做人的美德。我不这样认为。原来班长把同学们那些小小的缺点都捅到老师那里去了，甚至连谁上课讲话、谁在走廊吹口哨、谁叫了女生的外号都不放过。但是，遇到关键问题却缺乏起码的勇气和正义感。……一个班干部连这点起码的诚实和正义感都不具备，我对这样的干部很不以为然。

我认为，青年很重要的两种品质是正义感和诚实。我

<hr>

[01] 查建英：《八十年代访谈录》，生活·读书·新知三联书店 2006 年版，第 274 页。
[02] 汪晖：《当代中国的思想状况与现代性问题》，《死火重温》，人民文学出版社 2000 年版，第 55 页。

愿意和诚实的同学交朋友，哪怕他们有别的这样那样的
缺点……

祝文娟在班主任韦婉和别的同学眼里，无疑是好学生，这一"好
学生"使我们想起了《班主任》中的谢惠敏。如果说，在班主任张俊
石眼里，这样的"好学生"并不好，是因为"文革"的愚昧政策，那
么，在安然眼里，这种"好学生"并不好，却不是这样，而只是因为
缺乏"正义感和诚实"。实际上，谢惠敏和祝文娟这两个人物的性格
特征并无本质区别：她们在没有个性这一点上无疑是共通的，她们都
是班干部而且都是团员，思想单纯；她们都是被"驯服"的身体，很
少有自己的思想。但问题是，一个（如前者）被塑造成"文革"造成
的"内伤"的代表，一个却只是作为特有个性之人——安然的陪衬。

由此可见，《班主任》中表现的启蒙思想，显然不是要生产出有
个性的身体，而只是为了批判"四人帮"的愚昧政策。这就引出两个
互为前提的问题，即启蒙话语如何才能生产出有个性的身体？而当有
个性的身体如安然被生产出来后，原有的启蒙话语又该如何面对？在
这里，《没有纽扣的红衬衫》其实是以对第一个问题的回避，而提出
第二个问题。但这并不意味着已经解决了第一个问题，即作为有个性
的身体，安然又是如何被"生产"出来的？当时已有批评者敏锐地指
出："为了突出安然的高贵品质，作者一方面不惜把她的形象加以夸
大与拔高，做了过于完美的描写；另一方面，又不惜把安然形象的对
立面——祝文娟，写得过于世故和虚伪。……而为了使人们相信真诚
和正义感的可贵与难得，作者不仅把社会环境描写得过于糟糕，如在
班主任韦婉身上，除了庸俗自私之外，根本就没有一点正直与慈爱的
影子，而且，对家庭生活也做了过于紧张的描写。"[01] 安然"更多地
带着作者的主观色彩，在很大程度上是作者意念的产物"[02]。如果从
人物关系的角度来看，这种指责当然无可厚非，但问题是，作者为什
么要把安然塑造成这样一个"比谁都正确、高明"[03] 的人呢？小说以

---

[01] 栾梅健：《安然论》，《小说评论》1986 年第 1 期。
[02] 周森甲：《我看〈没有纽扣的红衬衫〉》，《湘潭大学学报（语言文学）》（增刊），1985 期。
[03] 周森甲：《我看〈没有纽扣的红衬衫〉》，《湘潭大学学报（语言文学）》（增刊），1985 年第
    S2 期。

作者预设的方式回避这一矛盾，其实正表明了启蒙话语与个性解放之间难以弥合的罅隙。

但是反过来说，作者把安然塑造成一个个性鲜明的人，这样一种意图，无疑又是具有现代性和"人的解放"精神的：安然并不是一个需要被启蒙的对象。她不人云亦云，她有自己的主见，有自己看问题的角度和方法；换言之，她实际上已是一个成熟的人、理性的人，故而在某种程度上非常符合启蒙的理论预设 [01]。对于那些还停留在"文革"记忆中的作为知识主体的班主任、姐姐和父母，如不能很好地调整自己，走出历史的阴影，并做出相应的选择，势必会再度失去引导者／启蒙者的位置。因为此时，社会的要求已经不再仅仅停留在疗救"文革"的创伤，并使得青少年回到"正常的世界"中来了。在小说《没有纽扣的红衬衫》中，虽然有故意夸大安然之嫌，但通过这种夸张——比如"丑化"班主任——的表现，其实是提出如何在新的时代进一步引导青少年的问题。对于这样一个成熟的个体，又该如何引导？小说叙述者（包括作者本人）也似乎并不比读者更清楚。

而事实上，从当时的文学写作来看，这一启蒙话语关注的并不是人的个性，而只是要把人从旧有的意识形态中解放出来，其结果，却阴差阳错地被询唤／规训到一个新的"封闭的意识形态圆圈"——改革意识形态——中来。这一倾向在蒋子龙的《赤橙黄绿青蓝紫》（1981）中可以十分明显地看到。在这一小说中，"纯洁的灵魂"的解静几乎可以等同于谢惠敏，她们都是以被"文革"意识形态毒害或造成"内伤"的"好学生"／"好青年"的形象出现。所不同的是，在《班主任》中引导谢惠敏的是启蒙知识者班主任张俊石，而在《赤橙黄绿青蓝紫》中，引导解静的却不再是知识者班主任（小说中没有知识引导者），也不是党委书记祝同康，而毋宁说是改革意识形态和现代化的想象。这一现代化的想象力量之大，在小说另一青年形象身上得以体现，它把桀骜不驯的刘思佳最终成功地改造成为现代化的想象所急需的"驯服"的身体。在这里，刘思佳这一带有强烈反抗的个性的身体，其实是以历史的中间物的过渡形象出现的：他作为旧有的"文革"意识形态的叛逆儿，最终被成功地"规训"到改革意识形态

---

[01] 栾梅健：《安然论》，《小说评论》1986 年第 1 期。

中去。从这个角度来看《没有纽扣的红衬衫》，小说中启蒙话语这一位置的空缺，其实是从另一个层面为现代化和全球化的到来并填充这一位置做了最充分的准备。

四、结语

看来，在《没有纽扣的红衬衫》中，班主任韦婉失去的不仅是班主任的启蒙位置，还有知识者的主体性。这一丧失，并非因为启蒙自身，也并非缘于知识本身的问题，而是因为思想启蒙在新的时代面临的困境。"在迅速变迁的历史语境中，曾经是中国最具活力的思想资源的启蒙主义日益处于一种暧昧不明的状态，也逐渐丧失批判和诊断当代中国社会问题的能力。这并不是说中国新启蒙主义的那些思想命题已经完全没有意义，我也不是说80年代的思想运动已经达到了目的。我的意思仅仅是，中国的启蒙主义面对的已经是一个资本化的社会……启蒙主义的抽象的主体性概念和人的自由解放的命题在批判毛的社会主义尝试时曾经显示出巨大的历史能动性，但是面对资本主义市场和现代化过程木身的社会危机却显得如此苍白无力。"[01] 随着改革开放的深入，以及中国大陆全球化进程的加快，启蒙在这一新的"时代主题"面前，已变得踟蹰不前；而事实上，当其被"耦合"进"思想解放运动"的时候，其应有的诉求并没有得到实现，其暴露的问题，也一度被遮蔽，如此种种最后都在中国加入全球化的进程中被凸显并被强化：启蒙在20世纪80年代文学写作中并没有完成其应有的使命，即面临坍塌。这一坍塌，在王蒙的《文学，失去轰动效应之后》这一文章中有极为象征性的表达。"人们变得日益务实之后，一个社会日益把注意力集中在经济建设、经济活动上而不是集中在政治动荡、政治变革和寻找新的救国救民的意识形态上的时候，对文学的热度会降温。……五十年代或者更早，青年人希望通过文学作品来确定自己的人生道路、价值观与政治方向……七十年代后期人们通过'得风气之先'的作品来体察社会的新的萌动。……现在呢，未必有太多的人希望通过文学作品来帮助他们理解或者解决最关心的物

---

[01] 汪晖：《当代中国的思想状况与现代性问题》，《死火重温》，人民文学出版社2000年版，第66页。

价……问题。"[01] 从王蒙这里的表述中可以看出,在 80 年代中期以前,包括思想启蒙在内的思想解放运动,在某种程度上都是内化于文学实践,并以此作为介入现实的方式。而在这之后,在文学被边缘化的同时,启蒙随之也面临新的挑战。

事实上,这一文学被边缘化的力量,并不仅仅表现在"社会日益把注意力集中在经济建设、经济活动上",而毋宁说是新一波全球化所带来的冲击(这从前引汪晖的同一段话中可以看出)。这一全球化的进程在张一弓的《黑娃照相》中已有极具象征和夸张意义的表征:

> "爹,你猜这兔毛为啥恁金贵?"
> "那为啥?"黑娃爹早已听愣了。
> "就因为外国人爱穿毛线衣。"黑娃一针见血地指出:
> "美国大总统他屋里人穿的那花毛衣,就是用这兔毛做的。"
> (《黑娃照相》)

事实上,黑娃这种漫无边际的想象或联想,恰恰表征了全球化的伟力:其能把最遥远和最没有联系的事物联系起来,即使是最为偏远落后的山村,也没有例外。小说通过照相馆这一象征性的空间,以及照相馆里仿真的布景,在全球化的意义上把中国和美国联结了起来:黑娃通过参与中国的农业现代化建设(农村改革),却意外地加入全球化生产和消费的链条之中,成为全球化空间中不可或缺的一员。

如果说,在《没有纽扣的红衬衫》中,知识者启蒙位置的缺失多少是知识者自身的原因造成的话,那么在铁凝的另一篇小说《哦,香雪》(1982)中,知识者启蒙位置的缺失则显而易见是城市化和全球化带来的。小说中极具象征性的火车这一意象,某种程度上就成为联结传统中国和现代西方的隐喻式的存在。在这篇小说中,传统封闭的中国同现代开放的西方的对立,与乡村同城市之间的对立,在"民族寓言"的意义上是对位同构的。"'民族寓言'式的写作意味着第三世界的知识分子接受了一种西方式的'视点',以西方式的价值和'知识'对自身进行审视。它把第三世界的写作变成了一种现代民族国家

---

[01] 王蒙:《文学,失去轰动效应之后》,《人民日报》1988 年 2 月 9 日。

意识的代码，变为'现代性'文化话语将第三世界'他者化'的方式。'民族'在此被'现代性'建构为世界文化'主体'的'他者'，它只能以整体的方式展现自身。这个'民族寓言'的写作将本土的文化书写为既被放逐于世界历史之外的特异的文明空间，又被'现代性'话语纳入世界历史进程之中的时间上滞后的社会。"[01] 这种所谓"民族寓言"的呈现，在 20 世纪 80 年代的中国文学中，往往以全球化进程的"症候"来表现。

有研究者通过比较《哦，香雪》和方方的《奔跑的火光》，指出："由大规模的'市场化'和'全球化'所带来的历史震惊，其催生当代中国人的个人意识的前提，即是不可避免地摧毁原有社会结构中的'共同体'（集体），由此使得当代中国的个人意识不能不以某种矛盾的形态呈现出来：一方面'个人'努力从各种似乎束缚了'个人意识'发展的'共同体'（集体）中挣脱出来；另一方面从'共同体'中'解放'出来的'个人'，却只能孤零零地暴露在'市场'面前，成为'市场逻辑'所需要的'人力资源'，'个人'的'主体性'被高度地'零散化'，'解放'的结果走向了它的反面。"[02] 其实，并不是"解放"走向了"反面"，而是启蒙在 20 世纪 80 年代的先天不足造成这种状况。在 80 年代的文学实践中，随着中国社会走向改革开放和加入全球化，启蒙并未充分发展便遭遇全球化，其"未完成性"就不难理解了。除《哦，香雪》之外，在路遥的《人生》（1982）和《平凡的世界》（1986），以及张一弓的《黑娃照相》（1981）等小说中，引导这些农村青年男女的，与其说是知识，不如说是外面的（城市）世界。他们还未及时被知识启蒙，即被外面的世界诱惑。这是一个充满想象的，寄托了无限期望的世界。从这个角度看，香雪和高加林等形象的出现，其实已然预示了启蒙话语或者人文主义话语的限度。20 世纪 90 年代初期关于人文精神的讨论及其呈现出的知识界的分裂，正表明了这点。

[01] 张颐武：《从现代性到后现代性》，广西教育出版社 1997 年版，第 21 页。

[02] 罗岗、刘丽：《历史开裂处的个人叙述——城乡间的"女性"与当代文学中'个人意识'的悖论》，《文学评论》2008 年第 5 期。

第二章

新时期文学资源

第一节 "皮书文化"、抄书与文学新变

一、"皮书文化"

在大多数人看来，20世纪七八十年代的文学新变与"文革"结束后被大量翻译介绍的外国文学作品的出版有关，当时影响较大的有袁可嘉主编的上海文艺出版社出版的《外国现代派作品选》4卷8本、《外国短篇小说》3卷，周煦良主编的上海译文出版社出版的《外国文学作品选》4卷，等等。事实上，很多被称为"现代派"的作家作品早在"文革"前后即已有翻译介绍，只不过当时主要是以内部发行的"黄皮书"的形式在特定人群流通、传阅。

当时出版的内部读物中，"黄皮书"是其中的一部分，另外还有所谓的政治类的"灰皮书""白皮书""蓝皮书"等。20世纪50—70年代，文学类"黄皮书"的出版大致可以分为两个历史阶段。第一个阶段是"文化大革命"之前，主要在1962年至1965年间，第二阶段是"文革"中期到"文革"结束。就构成来看，"黄皮书"中有一半以上都是苏联文学。在当时的语境下，"皮书"是作为"反面教材"为配合"反修批修"和"反帝反修"的斗争的需要而出版的，其中主要有爱伦堡的《人·岁月·生活》《解冻》，索尔仁尼琴的《伊凡·杰尼索维奇的一天》《索尔仁尼琴短篇小说选集》，叶夫图申科的《〈娘

子谷〉及其他》，阿克肖诺夫的《带星星的火车票》，西蒙诺夫的《生者与死者》《最后一个夏天》，艾特玛托夫的《白轮船》《艾特玛托夫短篇小说选》，特罗耶波尔斯基的《白比姆黑耳朵》，特里丰诺夫的《滨河街公寓》，沙米亚金的《多雪的冬天》，拉斯普金的《活着，可要记住》，邦达列夫的《热的雪》《岸》，《苏联青年作家小说集》，《苏修短篇小说集》，塞林格的《麦田的守望者》，凯鲁亚克的《在路上》，加缪的《局外人》，萨特的《厌恶及其他》，贝克特的《等待戈多》《椅子》，三岛由纪夫的《忧国》《丰饶的海》，等等小说、戏剧，以及《托·史·艾略特论文选》和《苏联文学与人道主义》等理论著作。

　　虽然说这些内部读物的出版是供批判用的，但历史的反讽也恰恰就在这里：供批判他者出版的内部读物，最后有可能成为颠覆自身的理论武器。贺桂梅指出："在这里，真正有意味的是，那些为着'供批判用'的禁书，成了下一代人用以批判中国社会现实并构想未来的主要理论依据和精神资源。……这些内参读物主要源自冷战时期与社会主义阵营相对的另一方或国际共运内部的异端，多以右翼思想资源为主导。用这样的思想来批判60—70年代的中国社会主义实践无疑是极为容易产生效应的。但它所带来的一个未曾预料的后果是：如果说80年代知识界的内在诉求是'告别革命'的话，那么，无疑，这些内参读物或许扮演着输送思想弹药、更新话语资源的极为重要的角色。这也就是说，80年代的文化变革方向可以在这些灰皮书、黄皮书等中找到其思想源头。这一点或许更为清晰地表现在对作为'黄皮书'的内参读物的流传、阅读、接受与变形之上。"[01]

　　北岛就曾这样形容读了"黄皮书"后的转变："在上山下乡运动以前，我们就开始读书了。那时受周围同学的影响，读的都和政治历史经济有关，准备为革命献身嘛。当建筑工人后，我的兴趣开始转向文学。当时最热门的是一套为高干阅读的内部读物，即'黄皮书'。我最初读到的那几本印象深刻，其中包括卡夫卡的《审判及其他》、萨特的《厌恶》和伊利亚·爱伦堡的《人·岁月·生活》等，其中《人·岁月·生活》我读了很多遍，它打开一扇通向世界的窗户，这个世界和我们当时的现实距离太远了。现在看来，爱伦堡的这套书并

---

[01] 贺桂梅：《"新启蒙"知识档案》，北京大学出版社2010年版，第127—128页。

没那么好，但对一个在暗中摸索的年轻人来说是多么激动人心，那是一种精神上的导游，给予我们梦想的能力。"[01] 其对文学的影响，按照北岛的说法，即"翻译文体"。"一九四九以后一批重要的诗人与作家被迫停笔，改行搞翻译，从而创造了一种游离于官方话语之外的独特文体，即'翻译文体'，六十年代末地下文学的诞生正是以这种文体为基础的。我们早期的作品有其深刻的痕迹。"[02]

二、抄书

除了"皮书"之外，"文革"期间因红卫兵抄家，导致流传的各种书籍也成为 20 世纪 70—80 年代文学转型的重要文学资源。这种流传，很多是以"偷书"后"换书""抄书"的形式展开。关于换书的记忆，在很多人的回忆性文章中都有记载。在一次访谈中，北岛说："那时北京（指的是 60 年代末——引注）可热闹了，除了打群架、'拍婆子'（即在街上找女朋友）这种青春期的疯狂外，更深的潜流是各种不同文化沙龙的出现。交换书籍把这些沙龙串在一起，当时流行的词叫'跑书'。而地下文学作品应运而生。"[03] 甘阳也有这样的说法："假如这个时候（即"文革"开始后——引注）没有书的话，你当时也不知道干吗，有书看又不同。那个时候印象最深的是普希金和莱蒙托夫。我抄过几本书，我看得比较早，在他们偷书前巴尔扎克我几乎全看过了，那时候比较容易找到巴尔扎克嘛。好像巴尔扎克印量大，后来有一段时间大家换书嘛，你手里边巴尔扎克不值钱的，但是普希金书籍那时候很值钱的，我想可能是与当时印象有关系，但比如莱蒙托夫的《当代英雄》，好像就少些。但是巴尔扎克，很多人早有了。一九六八、一九六九一直到一九七〇年，大家还是换书。"[04] 徐晓在《〈今天〉与我》中也讲道："（赵）一凡与众多所谓地下文坛的青年往来，热衷于搜集民间诗文，从他那里我读到了许多手抄的诗和小说。他还以传抄传看禁书为己任，我看的《带星星的火车票》

[01] 查建英：《八十年代：访谈录》，生活·读书·新知三联书店 2006 年版，第 69 页。
[02] 查建英：《八十年代：访谈录》，生活·读书·新知三联书店 2006 年版，第 74 页。
[03] 查建英：《八十年代：访谈录》，生活·读书·新知三联书店 2006 年版，第 68 页。
[04] 查建英：《八十年代：访谈录》，生活·读书·新知三联书店 2006 年版，第 174 页。

《麦田里的守望者》《新阶级》等书都来自一凡。"[01]

当然，偷书、换书、抄书和读书，以及因此而起的思想观念的变化和文学上的新变，这一系列的逻辑推演并不是对每一个红卫兵都有效的；只有对那些喜欢读书和思考，并勇于和敢于怀疑的人，才有可能奏效。这里有一个背景，就是 1971 年林彪的叛逃和坠机事件。这一事件某种程度上成为"文革"的分水岭，此前确信无疑的，此时变得岌岌可危，此前被批判过的，此时看来并非没有道理。"大多数人基本都是一九七一年林彪死以后，相当有一批开始反省，想问题了。"（甘阳）[02] 怀疑之风如雨后春笋，迅速波及开来。这在 20 世纪七八十年代的很多小说特别是知青小说如叶辛的《蹉跎岁月》、老鬼的《血色黄昏》等中都有表征。黄子平曾用拉康式的语言形容这一转变："黑洞，虚无，空白。用来支撑这个史无前例的'革命'的整个意义系统，在那个瞬间坍塌了。'革命'死了，——'革命'把自己掐死了。知识（'洞察一切'）和行为（'背后下毒手'）的强烈反差，揭示出拉康所说的那个命题，即'大他者并不存在'。他到底想要我们干什么，得了，他自己就晕头转向，事件的所有细节和理由都根本不重要，重要的是关于一个历史时刻的宣告，在我看来，所谓'七十年代'是在那个瞬间开始的。"[03]

三、各种观念的新变

事实上，正如弗洛伊德所说："对一件没有任何人企图要做的事情加以禁制是多余的。一件被强烈禁止的事情，必然也是一件人人想做的事情。"[04] 在某些时候，特别是在"文革"期间，情况往往如此：越是被加以禁锢或禁止的东西，往往越具有吸引力和影响力。所谓"皮书"，虽然标明不同颜色，以示禁忌的分类和种属，但这其实也是一种变相"召唤"和反向期待。具言之，禁忌设定了一个阅读中的"期待视野"，如果阅读者的"前理解"在意识形态的宣传下没有发生

---

[01] 徐晓：《〈今天〉与我》，刘禾变《持灯的使者》，广西师范大学出版社 2009 年版，第 44 页。

[02] 查建英：《八十年代：访谈录》，生活·读书·新知三联书店 2006 年版，第 185 页。

[03] 黄子平：《七十年代日常语言学》，北岛、李陀主编：《七十年代》，生活·读书·新知三联书店 2009 年版，第 323 页。

[04] 弗洛伊德：《图腾与禁忌》，中央编译出版社 2005 年版，第 74 页。

改变的话，阅读中的裂缝、空白虽时有出现，但并不影响总体理解上的"视域融合"；而一旦"前理解"出现偏差，比如说 1971 年林彪事件导致人们普遍产生怀疑精神的流行，主流意识形态岌岌可危，阅读中的裂缝、空白会扩大弥散最终导致理解的偏差出现，政治、历史、文学等各种思想观念的新变，某种程度上正是孕育于这一阅读过程中的偏差之上的。从这个意义上讲，"皮书文化"及"皮书"的流通方式，确实起到了推动、促进 70—80 年代文学、文化转型的关键作用。而事实上，"文革"后期"白洋淀诗群"的诗歌创作活动、北岛的《波动》等小说的写作，以及《今天》民刊的创刊，等等，在当时看来皆为"异数"的现象的出现，都与"皮书文化"的影响有密不可分的关联。

第二节　七八十年代转型期的文学选本
与文学观念的变迁

关于 20 世纪 70—80 年代的文学转型，研究者们多从政治变动、文学创作的新变、文学批评与争鸣、西方文学及理论的译介等角度展开，这些层面当然是显而易见的。但事实上，还有不为察觉但影响甚大的层面存在，文学选本即其中的重要体现。

相比七八十年代之交文学创作上的犹抱琵琶、犹豫不决，彼时的文学选本可谓繁荣昌盛、蔚为大观。就中华人民共和国成立后的文学格局而言，十七年文学乃至"文革"时期，文学选本虽络绎不绝，但总体数量并不太多。因为毕竟文学选本的出版，是彼时文学制度和文学一体化的重要组成部分，体现的是文学权力和其背后的话语权，文学选本的出版并非随意而是有组织有步骤地展开的。当时最为典型的就是周扬和郭沫若编的《红旗歌谣》（1958），以及"文革"时期上海人民出版社出版的《上海短篇小说选 1971.1—1973.12》（1974），等等。相比之下，七八十年代文学选本的出版则要自由、宽松得多，其数量之多也是十七年文学乃至"文革"时期所不能比的。七八十年代出版的现当代文学选本中，比较重要的有人民文学出版社出版的《中国现代短篇小说选（1919—1949）》7 卷、《短篇小说选（1949—1979）》8 卷和"中国现代文学流派创作选"丛书，上海文艺出版社出版的《建国以来短篇小说（上中下）》（1978—1980）、《重放的鲜花》（1979）和《外国现代派作品选》（2006），等等。

一、作品选读与社会转型

20世纪七八十年代之交，在文学创作与文学政策还不是十分明朗的时候，当时有一批"文学作品选读"出版，其中影响较大的有1978年上海文艺出版社出版的"文学作品选读"丛书。按照福柯的观点，作品选作为"文献"，也是一种"声明"，而作为"声明"，其间的话语关系值得分析。作品选读的意义在于：一、这是一种无声的文献，在政策还不是很明朗的情况下能起到引导文学创作的作用。二、这也是文学观的呈现。作品的入选背后总有一套标准在起作用，标准即文学观的表征。三、这也表现为一种文学史的建构的努力。作家和作品的选择、入选作品的数量等背后，呈现的是文学史的建构的意图。以上海文艺出版社出版的"文学作品选读"丛书为例，出版说明中写道：

> 伟大领袖和导师毛主席早就明确地指示我们：我们必须继承一切优秀的文学艺术遗产，批判地吸收其中一切有益的东西，作为我们从此时此地的人民生活中的文学艺术原料创造作品时候的借鉴。新中国成立以后，在毛主席革命文艺路线的指引下，文艺出版部门在整理、出版、介绍中外优秀文化遗产方面，作了不少工作，取得一定成绩，对推动和繁荣社会主义文艺创作，做出过贡献。
>
> 但是，在"四人帮"控制文艺界期间，他们严重干扰和破坏毛主席的革命文艺路线，明目张胆地同毛主席的教导唱反调。他们不仅扼杀出版古代和外国的优秀文艺作品，还公然制造什么从《国际歌》以来一百年间文艺创作"空白"论，把毛主席的光辉诗篇和一系列优秀的无产阶级文艺，包括鲁迅和高尔基的不朽著作，都一笔勾销。……
>
> 粉碎"四人帮"，文艺得解放！在毛主席革命文艺路线

得到大发扬的今天，我们出版"文学作品选读"丛书，目的在使广大业余作者有所借鉴，能对当前文艺创作起一点促进作用。丛书将选编思想性和艺术性都较好，在今天有一定学习借鉴价值的作品；同时也适当介绍一些不同流派、不同风格，在文学史上都有一定代表性或产生过较大影响的作家作品，按类陆续分册出版。

从上面的出版说明可以看出，"文学作品选读"丛书的出版，是在一套新的叙事框架内展开的。这一套叙事就是，延续并重建被中断的文学传统。这是最为明显的诉求。此外，我们从"不同流派、不同风格""代表性或产生过较大影响"的表述可以看出，这一套"文学作品选读"丛书的出版，并不仅仅意在延续十七年文学传统，还有提倡新的文学观的潜在诉求。我们知道，十七年乃至"文革"时期，所谓"不同流派、不同风格"的提倡并不总被允许，甚至一度成为禁忌。1956 年前后就现实主义深化问题展开的讨论及其后来遭到的批判就是最为典型的例子，而"文革"期间的所谓"黑八论"（《纪要》），某种程度上也可以看成是从题材、流派和风格等方面对文学创作所做的种种限制。在当时，流派和风格问题常常被限定在由毛泽东的《在延安文艺座谈会上的讲话》、"社会主义现实主义"以及"两结合"，甚至《纪要》所构成的规范和禁忌之内，可供发挥的空间很少。从这个意义上看，"文学作品选读"丛书中"不同流派、不同风格"的提倡，明显带有对十七年来所建构的一整套文学观念的突破之意。

有读者在拿到《建国以来短篇小说》（上册）后曾指出："按照一般习惯，很想看一看记述本书编选经过的'前言'或'后记'，然而找不到。虽然有一篇'出版说明'，但它是关于出版整套'文学作品选读'丛书的总说明，对了解如何编选本书帮助不大，因而也失去阅读本书的指导作用。"[01] 虽然说《建国以来短篇小说》三册均无"前言""后记"，不能给读者以恰当的"指导"，但恰恰是这一含混性和客观性表明了某种倾向。表面看来，这三册均是按姓氏笔画顺序编排的作品选，给人的印象是不分主次，不做评价，但事实上，前两册与

[01] 刘争义：《读〈建国以来短篇小说〉上册有感》，《出版工作》1978 年第 16 期。

下册风格迥异。首先，前两册与下册各有系统。前两册按姓氏笔画从
"马"到"魏"，下册按照姓氏笔画从"王"到"韶"。其次，前两册
与下册之间存在作家反复被选的情况，如赵树理、周立波、方之、欧
阳山、刘真等。再次，前两册与下册的出版时间不同。前两册1978
年1月编辑，5月出版；下册1979年4月编辑，1980年1月出版。
时间上的先后，在70—80年代的社会转型期并非无足轻重，其微妙
处值得细细分析。1978年1月，距离1978年5月开始的"实践是
检验真理的唯一标准"的大讨论和1978年12月召开的十一届三中
全会，还有一段时间。"文艺黑线专政论"自1977年11月以来即遭
到批判，"两个凡是"和《纪要》仍是高悬于文艺界之上的"达摩克
利斯之剑"，这样来看出版说明中对"空白"论的批驳文字，就显得
格外富有深意。作品选读的出版是要重建传统，但对何谓传统并没有
定论。因而前两册在遴选作品的时候就显得格外谨慎，其虽以"思想
性"和"艺术性"的结合作为标准，但"思想性"仍是作品入选的首
要前提。"文革"前被批判的作品，像"双百时期"的干预生活的小
说创作，多没有被收录。相比较而言，前两册中的入选作品大部分都
是当时获得肯定的作品，下册入选作品则在一定程度上充满争议。有
些作品如王蒙《组织部来了个年轻人》、西戎的《赖大嫂》、陈翔鹤
的《陶渊明写〈挽歌〉》等之所以入选，与其在1978年12月的被平
反有关[01]。而像赵树理的《"锻炼锻炼"》、张庆田的《"老坚决"外传》
等被选入，也与"中间人物论"的禁锢失效密不可分。这种不同，当
然与下册编辑出版时间正处于1979—1980年有关。十一届三中全会
已过，文艺界也正在开展对文艺激进思想的批判，1979年5月《纪
要》被废止，第四次全国文代会召开，等等，这些都一再表明文艺
界的松动局面的出现。虽然说对"文革"激进文艺思潮的批判如火
如荼，但对批判之后回到哪里——回到十七年，还是"五四"？回到
十七年的哪一时段？——在当时并没有一致的观点。下册把不同时段
（1956年前后、1960年前后、1978年前后）充满争议的作品并置一
处，充分反映了这种驳杂和混乱的局面。

最后，前两册与下册，其功能和诉求也不尽一致。前两册中，不

[01] 第四次文代会筹备组起草组、文化部文学艺术研究院理论政策研究室编：《六十年文艺大事记（1919—1979）》，1979年10月，第259页。

论是从作品的入选，还是作家的选择，以及作家作品的数量上看，都很慎重。其中很多作品都是在 20 世纪 50—60 年代被充分认可的。像李准的《不能走那条路》和《耕云记》，前一篇曾被 1964 年出版的农村读物丛书《短篇小说》第三集（作家出版社）和 1956 年出版的《短篇小说选（1953.9—1955.12）》（人民文学出版社）收录，另一篇《耕云记》则被《短篇小说》第三集（作家出版社，1964）收录；王愿坚的两篇作品，《党费》分别被《短篇小说选（1953.9—1955.12）》（人民文学出版社，1958 年）和《短篇小说》第二集（作家出版社，1964）收录，《普通劳动者》则被《短篇小说》第三集（作家出版社，1964）收录；峻青的《黎明的河边》、孙犁的《山地回忆》、菡子的《万妞》和杨尚武的《追匪记》，被《短篇小说》第二集（作家出版社，1964）收录；张有德的《晨》被 1958 年出版的《1957 短篇小说选》（作家出版社）收录；等等。此外，大部分作家的作品都只入选了一篇，只有像赵树理、马峰、茹志鹃、峻青、王愿坚、李准、王汶石、艾芜等的作品，被选入两篇。这些作家都是 50—70 年代影响较大的中短篇小说名家，他们的作品有两篇被选，充分反映了他们在当代短篇小说创作中的相应地位。如果说上、中册两部作品选的出现，带有较为明显的重建文学史秩序的意图的话，那么相比之下，下册则带有作品重评和文学观念的更新的潜在意图。其中像李威仑的《爱情》被选就有在题材禁区（爱情题材）上的开拓意义。另外，下册中收录多篇 1977 年至 1979 年发表的作品（上、中册虽有收录，如刘心武的《班主任》，但多为当时获得认可的作品）。这样一种较为集中的收录当下文学作品而不置可否的做法，本身就带有客观的肯定之意。而像张弦的《记忆》和宗璞的《弦上的梦》等这些创作于 1978 年前后的伤痕文学之作，被收录其中，则带有文学观念的更新的意图。自从卢新华的《伤痕》发表，在 1978 年至 1979 年 11 月第四次全国文代会召开前这一时段，文坛上曾有一场持续时间较长的关于"歌颂与暴露""歌德与缺德"以及文学向前看和向后看的争论，这些都是围绕伤痕文学的创作而展开的论争，其所涉及的实际上是十七年的文学传统、规范及其文学观念在新的时代的变与不变的命题。下册作品选把张弦的《记忆》和宗璞的《弦上的梦》收录其中，虽不涉甚至搁置争论，但客观上即带有肯定作品的意图。

这是一部三十年——1949年至1979年3月——短篇小说创作的精选本。三十年的短篇小说发展，其中的阶段性与历史演变都在这三本作品选中尽显无遗。虽然今天的文学史教科书常常把1949年至1966年的文学史进程视为"左"倾思想发展愈演愈烈的过程，但从《建国以来短篇小说》三册来看，其聚焦于50年代中后期至"文革"爆发（1958年至1963年）这一时段，从中不难看出其背后的文学史观，即1949年后的文学特别是短篇小说创作，自1949年至1966年，仍是一个不断发展并渐趋成熟的过程。在这一选本看来，文学的发展与政治的进程并不总是一致，政治上日趋"左"倾，并不必然造成文学的日渐凋零，文学写作特别是短篇小说的创作仍可以日趋成熟繁荣。只不过，这一进程因"文革"的爆发而中断，只有到"文革"结束，这一传统才有可能接续，所以其并不总是以一种继续发展的方式，而是以中断后的恢复的形式呈现。

二、重评与接续

虽然说《建国以来短篇小说》是当时较早的一套全面反映1949年后短篇小说成就的选本，一定程度上可以成为十七年文学短篇小说史的最早总括，但在当时影响最大的还是同为上海文艺出版社出版的《重放的鲜花》（1979）。相比《重放的鲜花》，可以看出《建国以来短篇小说》在编选上的谨慎和保守。在这套选集中，《重放的鲜花》中收录的作品，很大一部分没有出现。其中像刘宾雁的《在桥梁工地上》《本报内部消息》，邓友梅的《在悬崖上》，陆文夫的《小巷深处》，李国文的《改选》，宗璞的《红豆》，丰村的《美丽》，等等都是文学史常被提及而在当时颇有争议的作品，这套丛书均没有选入。而只有王蒙的《组织部来了个年轻人》被纳入其中。这一谨慎态度表明，《建国以来短篇小说》的出版虽然带有"拨乱反正"接续文学传统的意图，但因为出版时社会环境的诸多限制，其在对文学传统的认定上态度始终犹豫不决。

在这里，比较《重放的鲜花》和《1956短篇小说选》（人民文学出版社，1957）与《1957短篇小说选》（作家出版社，1958）是很有意思的。前者与后两者，编选时段基本重合，但在收录作品上却相差悬殊。《重放的鲜花》收录包括特写、散文诗和短篇小说等在内的作品 20 篇，《1956 短篇小说选》收录短篇小说 23 篇，《1957 短篇小说选》收录 24 篇。《重放的鲜花》中收录的作品，只有《组织部来了个年轻人》和《小巷深处》两篇曾被《1956 短篇小说选》收录，《1957 短篇小说选》则一篇未收。

事实上，不论是当时，还是在 20 世纪七八十年代，王蒙的《组织部来了个年轻人》都是最早被认可的作品。人民文学出版社编选出版的 8 卷本《短篇小说选（1949—1979）》中，《重放的鲜花》中的作品，也只有王蒙的《组织部来了个年轻人》被选入（《短篇小说选（二）》，1979 年）。

那么这里的问题是，为什么是这部小说最先获得认可，而其他的作品则不被接纳？在《1956 短篇小说选》的序言里，侯金镜用超过六分之一的篇幅重点介绍了《组织部来了个年轻人》（也叫《组织部新来的青年人》）及其入选的理由，这点值得注意。侯金镜指出："无论作品有怎样的缺陷，刘世吾这个官僚主义者的形象是值得我们注意的……刘世吾向我们提出了问题，生活中已经存在着这样的人物，他生活得还很自如……刘世吾的形象是我们的一面镜子，可以照出心灵上被蒙罩着的灰尘，引起了我们的警惕或是提醒了我们去清扫。任何敢于面对现实的人，都不会抹杀这一形象的社会意义。"而"林震的形象的不准确，……是因为作者和林震一起，在官僚主义面前发出了无可奈何的叹息"[01]。如果说对现实的反映和介入，是这部作品在当时获得认可的部分原因的话，那么也正是这点，是其被收录于《重放的鲜花》的重要理由："重读这些二十多年前的作品，仍旧强烈地感到它们的时代气息和现实意义。我们从《在桥梁工地上》《本报内部消息》《组织部新来的青年人》《改选》等这些'干预生活'的作品，看到那里面塑造的罗立正、陈立栋、刘世吾等形形色色的官僚主义者，今天还在玷污我们党的声誉，腐蚀我们党的肌体，妨碍我们奔向四个现代化的步伐。我们必须与之做积极的斗争。我们也可以从这些作品里的曾刚、黄佳音、林震等人物身上，汲取到鼓舞意志、奋起斗争的力量。"[02] 就《重放的鲜花》而言，《在桥梁工地上》《本报内部消息》《组织部来了个年轻人》《改选》等干预生活的作品之所以被重新

[01] 中国作家协会编：《1956 短篇小说选》，人民文学出版社 1957 年版，第 12 页。
[02] 上海文艺出版社编：《重放的鲜花·前言》，上海文艺出版社 1979 年版，第 1—2 页。

收录，其合法性并不在于其所显示出的反映和批判官僚主义的倾向，而在于现实的延续的一面。是现实的延续性保证了这些作品的现实借鉴意义。时间上的错位，在这里被现实的延续性所遮蔽，隐而未彰。

可见，所谓"重放的鲜花"，虽带有为 20 世纪 50—60 年代颇有争议的作品翻案的倾向，但落脚点仍在当下。虽然编者在"前言"结尾处强调"实践是检验真理的唯一标准。这些作品艺术水平的高低，缺点错误的大小，将会得到广大读者的检验和评定"（《重放的鲜花·前言》），但其对作品艺术性的辩护，仍是在《在延安座谈会上的讲话》的框架内展开："这些'干预生活'的和爱情题材的作品，它们不是为暴露而暴露，为爱情而爱情，它们都有一定积极的社会意义，也有一定的艺术质量，即使其中的某些篇，还存在这样那样的缺点或错误，但只要遵循严格区分两类不同性质矛盾的原则，不把艺术问题和政治问题混同起来，不把政治思想方面的一般错误和反党反社会主义的毒草混同起来，就不应该剥夺它们与读者见面的权利，不能否定它们存在的价值。"（《重放的鲜花·前言》）这是在政治标准的前提下对作品艺术性的肯定。在这部选本中，政治上的诉求和艺术上的诉求，错综交织，难分轩轾。这并不是一部纯粹立足文学史或文学价值的重评式的选本。

事实上，比较《1956 短篇小说选》《1957 短篇小说选》和《重放的鲜花》也可以发现，《重放的鲜花》的标准并不在于艺术标准。换言之，《重放的鲜花》编选的是当时被打成"毒草"的作品，而"毒草"在今天看来确实也并非都是杰作，它们被打成"毒草"有其特定的内涵。另外，50—60 年代被批判的作品很多，为什么独独选取 1957 年"反右"期间被批判的"毒草"出版？虽然，出版这些"毒草"有为它们平反的意图在，但其真正立足点似乎仍在当下。它们被收录进来有两个方面的问题值得注意，一是主题上的"介入现实""干预现实"，二是题材上的开拓。

关于这两点，如若联系 20 世纪 80 年代的文学实践，就更为明显。虽然说王蒙等的小说带有批判官僚主义的倾向，但官僚主义在80 年代的文学写作中并不是被主要批判的对象，这些小说之于 80 年代，其意义更在于文学与现实间关系的重建。文学与现实间的关系是50—60 年代文学写作中的核心命题。不论是社会主义现实主义，还是"两结合",甚至"文革"时期的"根本任务论",文学与现实之间,往往呈一种错位的关系,即文学要么表现现实的"本质"(如政治政策、预设的主题——两条道路之间的斗争),要么以现代性的生活的远景想象(如革命的浪漫主义)来改造现实。文学既不能直面现实(如生活的黑暗面),也不能干预现实。从这个角度看,《重放的鲜花》中那些"干预生活"的小说的意义就在于,提出了文学以直面现实生活矛盾的方式"干预现实"进而促进现实问题的解决。反映现实是第一步,之后才能介入现实。这是以反映现实的方式介入现实,而非以浪漫式的远景来重构现实。这是一种带有现实针对性的"问题小说"式叙事的写作,80年代初的"问题小说"热和报告文学热,与其在某种程度上有一脉相承之处[01]。应该说,《重放的鲜花》的出版,与当时的"伤痕小说""反思小说"等"问题小说"写作思潮构成一种彼此呼应的关系。事实上,自从"干预生活"的口号提出之后,文艺界一直存在争议,其实质性的分歧在于"在文学创作上,关于如何表现生活中的'光明面'与'黑暗面',如何处理'歌颂与暴露',如何看待作品的真实性与政治倾向性的关系上存在的分歧"[02]。这是一个自延安时期起困扰当代文学数十年的理论现实问题,1979年5月出版的《重放的鲜花》,一定程度上是对这一问题的回答。其比1979年6月开始的关于"歌德"与"缺德"的争论,要早一个月。

而关于《重放的鲜花》对于题材开拓的意义,也必须放置于1979年前后的文学创作来看。选本中的《在悬崖上》《小巷深处》《红豆》《美丽》等小说,虽然很多是以知识分子为表现对象,但知识分子形象在当时并非禁忌。随着1977年11月刘心武的《班主任》发表,知识分子的主体地位及启蒙者的角色被重建,知识分子题材迎来了一次解放,出现了像张贤亮、从维熙和戴厚英等专事知识分子形象塑造的作家。相对而言,爱情题材则仍是一个悬而未决的话题。爱情婚姻在当时很大程度上是作为一个热点问题被提出的,但爱情婚姻问题往往又被置于对"文革"的批判框架之内,陆文夫的《献身》、

[01] 洪子诚:《"干预生活":有争议的口号》,《当代中国文学的艺术问题》,北京大学出版社2010年版,第106—107页。

[02] 洪子诚:《"干预生活":有争议的口号》,《当代中国文学的艺术问题》,北京大学出版社2010年版,第102页。

张弦的《被爱情遗忘的角落》、张一弓的《张铁匠的浪漫史》、陈国凯的《我该怎么办？》及刘心武的《爱情的位置》等小说，都是如此。爱情往往被赋予了历史的"沉重"的一面。相对而言，《重放的鲜花》中这些爱情题材的作品则明显不同。虽然说这些作品中的爱情描写没有"为爱情而爱情"，但终究是置于情感与理性的冲突框架内，爱情的感性的一面被加强，这与此前从革命伦理或理性的角度表现爱情明显不同。而爱情一旦挣脱出理性秩序的约束，其所显示出的感性的丰富性和复杂性也将充分暴露，这样也就能理解为什么张洁的《爱，是不能忘记的》（1979）甫一发表，就引来持续而激烈的争论。

三、拿来与创新

就在《建国以来短篇小说》出版的同时，上海文艺出版社还出版了一套分为上、中、下卷的《外国短篇小说》（1978）。相比稍后不久同为上海文艺出版社出版的《外国现代派作品选》（2006），这套外国作品选倾向于现实主义和浪漫主义，而于现代派的诸多流派的作家作品则并未涉及。20世纪70—80年代转型期间，真正产生较大影响并带来某种意义上的文学观念的变革的，还是《外国现代派作品选》。

这是一套四卷，每卷上、下两册，总共八本的作品选，从1980年10月开始，历时5年，至1985年10月才全部出版。这里有一个背景情况是，在《外国文学研究》第4期（1980年12月）开始发起"关于西方现代派文学的讨论"前，中国学界关于西方现代派的认识并不一致。上海文艺出版社此时出版这一套丛书可谓"敢为天下先"。就当代中国的"选本格局"而言，这一套丛书开创了个人选本的先河。在当代中国，选本的编选并不是一件随意而个人的事情，其涉及的不仅是作品的入选与否，还涉及批评标准，以及主流意识形态的体现等，因而选家要么是身居高位的文化/文学界领导（最有代表性的是周扬编选的《红旗歌谣》），要么是代表党的意识形态的组织或出版社（如中国作家协会、人民文学出版社、作家出版社、上海文艺出版社、上海人民出版社等）。在这种格局下，即使偶有个人编选的作品选，如臧克家编选的《中国新诗选（1919—1949）》（中国青年出版社，1956）也并不能看成是其个人意志的体现，就像臧克家在编选说明中说的那样，他是受了中国青年出版社的委托，因此这部作品选仍可以看成是主流意识形态的体现。这套《外国现代派作品选》则明显不同。这是一部真正意义上的个人选本，由袁可嘉、董衡巽和郑克鲁编选。如果说臧克家编选的《中国新诗选（1919—1949）》是"权力选本"（主流意识形态）的话，《外国现代派作品选》就可谓"权威选本"：袁、董、郑三人均为外国文学研究界专家，而且所选各作品的译者也都是从事外国文学研究和教学工作的，有的甚至是"诗人译诗"。此外，与同为上海文艺出版社出版的《外国短篇小说》不同的是，这套选本前三册不仅有丛书前言，而且所辑各个流派作品前还有"流派述评"，以及"作者小传"。第四册中前有袁可嘉写的引言，后有袁可嘉写的附录《我所认识的现代派文学》。

　　曾有读者在拿到《建国以来短篇小说》时指责其没有前言、后记，不能很好地指导读者阅读，这一指责可以用来反观袁可嘉编选的《外国现代派作品选》。这套丛书中的前言、述评乃至小传的作用正在于"指导"阅读。那么为什么《建国以来短篇小说》《外国短篇小说》（1978）不用"指导"，而这套丛书需要"指导"呢？显然，这与所选作品在当时的处境有关。如果说《建国以来短篇小说》等选本旨在"拨乱反正"的话，那么《外国现代派作品选》则旨在"了解、研究、借鉴"[01]。对于《建国以来短篇小说》等而言，有无前言、后记，事实上并不影响读者的阅读和接受，因为按照接受理论的观点来看，这是一种在既有"期待视野"内的阅读，有无前言、后记并不会直接造成阅读和接受的偏差，但对于现代派作品而言，情况则有所不同了。现代派作品对于20世纪70年代末80年代初的广大读者而言，是一个相对陌生的领域。50—70年代的有意的遮蔽和剥离，造成广大读者并不知道有现代派的存在。对于这样一些陌生而没有阅读经验的作品，《外国现代派作品选》的前言、后记的作用则带有建构"前理解"或"期待视野"的意义了。

　　这里还有一个背景，即有些现代派作品在"文革"期间曾以"皮书"的形式出版供内部批判用。这是一批供研究者内部批判用的出版物，与《外国现代派作品选》面向广大读者明显不同。而即使是那些

---

[01] 涂舒：《〈外国现代派作品选〉简介》，《外国文学研究》1981年第1期。

内部出版物，出版前言也仍是必需的，更何况是面对广大读者。读者群体的扩大表明，这一文学形态并非毫无可取之处，其价值也并不仅限于批判一途。这是一个新的领域，充满未知，甚至争议，因而面对这样一种文学形态，指导是必需的。引导的意义正在于有效建构一种阅读时的"期待视野"，避免阅读和接受时偏移现象的出现。而按照当时书评家木木的说法，这些前言、后记是从文学反映论的角度展开[01]，换句话说，这是用一种现实主义的文学成规在解读现代主义。反映论也是一种认识论。这种解读或可看成是当时语境下的一种对接的尝试和建构合法性的努力。现实主义话语是彼时毫无疑问的合法性话语，现代主义则很可疑，对于这样一种话语，如何使之被人们接受并获得其合法性就成为一个问题被提出。因此用合法性话语去加以阐释就成为有效而可行的策略选择。

但若比较茅盾写于 1958 年的《夜读偶记》和袁可嘉写的序言又会发现，情况并不这么简单。虽然说两篇文章代表了两个不同的时代针对西方现代派的不同的态度，但在策略与思路上却出奇地相似。在《夜读偶记》这篇文章中，茅盾表现出对现代派那种形式和内容两分的主张的批判，在他看来，宣称"不要思想内容而全力追求形式"的现代派，"依然表示了他们对于现实的看法，对于生活的态度。而这一种看法和态度是像鸦片一样有毒的""这种看法和态度……叫作'颓废'"。[02] 正是基于这一看法，茅盾断然否定了彼时人们设想的"现实主义和现代派的一些特点会综合而成为一种新的创作方法"的可能。在茅盾这里，形式和内容虽然彼此分立，但其实是不能分割的："认为有此可能的人们，首先是不承认创作方法和世界观的密切关系；其实，他们又往往把创作方法看成是表现手法（换言之，即属于形式方面和技巧方面的一切技术性的问题），并且把表现手法看成纯粹技术问题，认为它和思想方法没有关系。"[03]

茅盾写这篇文章的目的即证明社会主义现实主义的合法性、必然性及综合现代派的不可能性，他在具体分析时虽表现出辩证性的倾向，但在态度上却是立场鲜明、毫不含糊的。这与袁可嘉写作时的心

[01] 木木：《一个陌生而混乱的世界》，《外国文学研究》1983 年第 1 期。
[02] 茅盾：《夜读偶记》，百花文艺出版社 1979 年版，第 52 页。
[03] 茅盾：《夜读偶记》，百花文艺出版社 1979 年版，第 61 页。

态不同。袁虽然没有直接提到现实主义和现代主义是否可以融合这一理论问题，但指出历史上有过这样的情况发生，而这，实际上已经承认了这种可能。茅盾虽然并不否定这种可能，但他的态度鲜明决绝，并不必然引起人们进一步的阅读期待，这种可能只是一种理论上的或然性；相反，在选本前言中，袁可嘉对外国现代派的分析虽看似客观公允，不带感情色彩，但他把作品列于其后，其虽不言，已表明了某种必然性：一旦读者的阅读完成，这种"综合"的可能便会变为现实。以此观之，袁可嘉其实是以作品选读的形式鲜明地表明了自己的态度。

而事实上，选本的作品与前言之间并不总是彼此一致，其间总有逸出现象的发生。所谓"视域融合"的落空即此。换言之，不同的读者并不总能按照前言引导的那样进行阅读。而这，恰恰被敏锐的书评家发现，"运用反映论的武器，从各各不一的扭曲关系中，分析出这些作品在客观上反映、刻画、揭露或暴露了什么，从而指出其社会意义和认识价值，确实十分重要，而且往往并不容易做到。但是，文学作品所直接和更有力地作用于读者和社会的，是它们所宣扬的东西。现代派作品没有宣扬多少好东西。不强调指出它们宣扬了什么，并予以应有的批判，对于握有马克思主义批判武器的我们，不能不说是未能尽到我们的责任"[01]。这样来看，选本的意义，还在于其以看似客观的存在形式等待读者自行阅读。这是一个充分敞开的世界，不同的读者，就会有各种不同的理解和接受。文学观念的更新正在于这各种不同之中，潜移默化地发生。

四、选本功能

李长之曾从文学史和文学批评的角度把选本分为两类，"是从文学史出发呢，还是从文学批评出发。一个要求代表客观，一个要求体现文学批评的尺度"[02]。这一区分对于 20 世纪 70—80 年代转型期的文学选本而言并不确切。首先，这些选本的出版，某种程度上带有为所选作品平反或翻案的意图，而且这一平反是在政治意识形态许可或规定的框架内展开的。因为不论是《建国以来短篇小说》（上中下）、

---

[01]　木木：《一个陌生而混乱的世界》，《外国文学研究》1983 年第 1 期。
[02]　李长之：《谈选本》，《北京师范大学学报》1980 年第 5 期。

《短篇小说选》（1—8），还是《重放的鲜花》，都没有选萧也牧的《我们夫妇之间》，以及"胡风集团"的重要代表路翎的小说如《洼地上的战斗》等。而这两篇小说在今天的文学史写作中，却是十七年文学时期非常有代表性的作品。这些作品选的出版，都受当时的主流意识形态很大的约束。其次，这些选本都并非个人所为，而是代表集体，因而像《短篇小说选》虽带有文学史选本的倾向，但这一文学史秩序的建构却非客观，也并不完全"体现文学批评的尺度"。另外，这也是十七年"权威批评"模式的延续和变迁。在十七年文学时期，文学批评是主流意识形态的体现，因而当时的批评更多是一种权威批评。在这一语境下，选本的出版，某种程度上即这一权威批评的表征。70、80 年之交各种选本的出版，虽说带有引领风气的客观效果，但事实上，都是在主流意识形态所能许可的范围和框架内展开，并不能真正做到随心所欲。

就 70—80 年代而言，选本的出版某种程度上也表明了文学观的变迁。虽然政治标准仍是彼时文学批评的首要标准，但对艺术标准的强调和凸显，已逐渐成为共识。即使在对何谓艺术标准以及艺术标准的具体尺度的认定上，当时的文学界并没有统一的认识，但恰恰是其含混性，使得在不违反政治标准的前提下各种倾向的探索成为可能。这些选本虽然说并未明确提出某种文学观，但通过把各种不同倾向的作品并置一处，其实已意在表明某种新的可能存在的合理性。福柯在《知识的考掘》中指出，对于那些书籍或全集等"统一形式"，"我们要显示它们不是与生俱来的，而永远是我们所知的一些规则所架构成的结果"[01]，就 70—80 年代转型期的文学选本而言，也是如此。其一方面体现了各种权力之间的勃豀、争夺和平衡，同时也表征了某种新的诉求。雷蒙德·威廉斯指出："文化的复杂不仅体现在它那多变的过程及社会性定义——传统、习俗机构、构形等等——之中，而且（就过程的每一阶段而言）也体现在那些业已发生或将会发生历史变化的诸因素之间的动态关系中。……在真正可信的历史分析中，最有必要的是应当在每个阶段上都认识到那存在于特定的，有效的主导之内或之外的各种运动、各种倾向之间的复杂关系。"[02] 而按他的三种文

---

[01] 福柯（傅柯）：《知识的考掘》，台湾麦田城邦文化事业股份有限公司 1993 年版，第 99 页。
[02] 雷蒙德·威廉斯：《马克思主义与文学》，河南大学出版社 2008 年版，第 129—130 页。

化——主导文化、新兴文化与残余文化——的划分来看，70—80 年代转型期的选本的出版，恰可看成三种文化的共存及其相互间的权力关系的表征。这一复杂不仅体现在同一选本内部，也体现在不同选本之间。

第三节　七八十年代社会转型与文学选本出版的繁荣

随着"四人帮"的覆灭及"文革"的终结，选本编纂出版 ·度迎来了繁荣的局面。仅以 1978 年为例，出版的各类文学选本（包括十七年文学选本、现代文学选本、外国文学选本和当前文学创作选本）主要有：

小说部分：《四川十人短篇小说选（1949.10—1966.5）》（四川人民出版社，1978），《广西短篇小说选》（广西人民出版社，1978），谭兴国、松鹰编选的《四川知识青年短篇小说选》（四川人民出版社，1978），济南部队政治文化部编的《云马岭的蹄声》（山东人民出版社，1978），开封地区文教局供稿的《共同心愿》（河南人民出版社，1978），山东文艺出版社编的《伟大的事业》（山东人民出版社，1978），《红花满山》（河南人民出版社，1978），巴彦淖尔盟文化局编的《金色的河套（小说散文集）》（内蒙古人民出版社，1978），《春光明媚（宁津县短篇小说集）》（山东人民出版社，1978），《春潮（短篇小说集）》（甘肃人民出版社，1978），《浪花新歌（散文、短篇小说集）》（浙江人民出版社，1978），河南南阳地区文化局编的《跃马坡（短篇小说集）》（河南人民出版社，1978），中国人民解放军 54573 部队政治部编的《第一枪（短篇小说集）》（吉林人民出版社，1978），铁道部第三工程局工人业余创作组的《跑在火车前面的人（短篇小说散文集）》（陕西人民出版社，1978），《短篇小说选（1977—1978）》（人民文学出版社，1978），《汾水》编辑部的《摇耧记（短篇小说集）》（山西人民出版社，1978），人民文学编辑部的《解放区短篇小说选（1942—1949）》（人民文学出版社，1978），《榴火（短篇小说集）》（安徽人民出版社，1978），《踏遍千岭（短篇小说集）》（江苏人民出版社，1978），《中国现代短篇小说》（上）（上海文艺出版社，1978），《醒来吧，弟弟（短篇小说集）》（广东人民出版社，1978）。

散文部分：《我们爱韶山的红杜鹃（散文集）》（湖南人民出版社，1978），《大江赋（散文集）》（河南人民出版社，1978），宁夏军区政治部编的《六盘山上》（宁夏人民出版社，1978），《长征路（散文集）》（四川人民出版社，1978），《金色的毛主席纪念堂（散文集）》（广东人民出版社，1978），甘孜藏族自治州《雪山红霞》编写组的《雪山红霞（特写、散文选）》（四川民族出版社，1978），《鲜红的军旗（散文集）》（甘肃人民出版社，1978）。

报告文学部分：《红花开不败（报告文学集）》（上海文艺出版社，1978），《昔阳大地（报告文学集）》（人民文学出版社，1978），《香飘万里（报告文学集）》（湖南人民出版社，1978），《疾风劲草（报告文学集）》（福建人民出版社，1978），《满园春色（报告文学集）》（河南人民出版社，1978）。

诗歌部分：童怀周的《天安门诗抄》（人民文学出版社，1978）、《天安门诗抄一百首》（百花文艺出版社，1978），《二七广场诗抄》（河南人民出版社，1978），《十月的风》（浙江人民出版社，1978），《九月的汇报（诗集）》（河北人民出版社，1978），《火的赞歌（诗歌）》（上海文艺出版社，1978），《大治歌（诗集）》（辽宁人民出版社，1978），福建师大中文系写作组的《毛泽东颂（诗集）》（福建人民出版社，1978），《永久的怀念——纪念伟大的领袖和导师毛主席逝世一周年诗选》（云南人民出版社，1978），《永恒的怀念——纪念毛主席诗歌选》（安徽人民出版社，1978），《周总理，我们怀念您（诗集）》（陕西人民出版社，1978 增订本），《金色的路——知识青年诗选》（新疆人民出版社，1978），《金桥（诗集）》（山东人民出版社，

1978 ），《唱给心中的太阳（诗集）》（吉林人民出版社，1978 ），宁夏
军区政治部编的《塞上战歌》（宁夏人民出版社，1978 ），《光辉永远
照宁夏（宁夏回族自治区成立二十周年诗歌选）》（宁夏人民出版社，
1978 ）。

外国文学部分：《德国古典中短篇小说选》（上海译文出版社，
1978 ），《法国短篇小说选》（中国青年出版社，1978 ），《美国短篇小
说集》（人民文学出版社，1978 ），《拉丁美洲现代独幕剧选》（人民
文学出版社，1978 ），《外国短篇小说》（文学作品选读，上中下三册，
上海文艺出版社，1978 ）。

综合类：《中国现代文学作品选读（上）》（上海教育出版社，
1978 ）。

这一年出版的选本数量，远远超过中华人民共和国成立后十七年
文学时期任何一年（1958 年、1959 年"大跃进"时期各地民歌、民
谣选除外，这里也不包括民歌、民谣等选本）的总量。

从前面的选本的种类可以大致看出，"文革"结束后选本出版的
繁荣，其原因主要表现在总结和展望的情感倾向上。"四人帮"被打
倒，人民获得解放，这样一种解放感的获得，使得人们禁锢已久的心
灵有了表达宣泄的窗口，选本出版的繁荣就是这种情绪的表征。另
外，总结回顾中华人民共和国成立后的十七年文学也成为"文革"结
束后出版繁荣的重要原因，关于这一点，尤其体现在 1979 年。1979
年，恰逢中华人民共和国成立三十周年，全国各省市有大量的中华人
民共和国成立三十周年文学选本出版。对于中华人民共和国成立三十
周年文学选本的出版而言，因为既包含 20 世纪 50—70 年代，也包
括"四人帮"覆灭后到 1979 年这一时段，因而其不仅仅是在回顾总
结，还是在参与建构当下文学创作的合法性。

关于 70—80 年代转型期选本出版的繁荣，可以从以下几个方面
加以考察。

一、十七年文学选本

"文革"结束以后，十七年文学时期出版的有些选本得到再版，
如臧克家《中国新诗选（1919—1949）》，郭沫若、周扬编《红旗
歌谣》（1979）。其中最有代表性的有人民文学出版社出版的《短篇

小说选（1949—1979）》8 卷、《散文特写选（1949—1979）》3 卷、《诗选（1949—1979）》2 卷和上海文艺出版社出版的《建国以来短篇小说》（上中下）。而北京、江西、陕西、山西、新疆、辽宁、广东、安徽、河南、湖南、湖北、吉林、黑龙江、山东、江苏、甘肃、贵州、浙江等省市在 1979—1980 年间都出版了各类中华人民共和国成立三十周年文学选本。这些选本都是以丛书的形式出版，除了小说选之外，大部分都包括散文选、诗选，有些甚至还包括戏剧和报告文学选，如《山西散文报告文学选（1949—1979）》（1979）、《河北报告文学选》（1979）、《江苏小戏选（1949—1979）》（1979）、《安徽戏剧选（1949—1979）》（1979）、《河南戏剧选（1949—1979）》（1979）、《剧本（新疆三十年文学创作选）》（1979）等。另外还有如《少数民族短篇小说选（1949—1979）》（1979）、《肃反小说选（1949—1979）》（1979）等文学专题选本出版。

70 年代末 80 年代初，除了前面提到的各类三十周年选本之外，上海文艺出版社出版的《重放的鲜花》影响较大。与三十周年选本不同的是，这一选本在作品发表时间和题材主题上都有精确限制，即选取的是 1956 年和 1957 年发表的后来遭到批判的作品 20 篇，在题材和主题上则限定在所谓"干预生活"和爱情类。体裁则包括小说、散文诗和特写。在这之外，还有如人民文学编辑部编的《解放区短篇小说选（1942.5—1949.9）》（1978）、莫西芬等编的《山东解放区文学作品选》（1983）、《四川十人短篇小说选（1949.10—1966.5）》（1978）等。

十七年文学选本的出版，在 70—80 年代转型期，一方面带有拨乱反正的明显意图，另外，也是在为 70—80 年代转型期的文学写作提供合法性资源。但也正因此，十七年文学选本的出版，在 80 年代呈现出阶段性的特征。70、80 年代之交，有大量相关的文学作品包括选本出版，而到了 1981 年前后，用于教学研究的当代文学作品选开始出现，如十六所高等院校编的《中国当代文学作品选讲》《中国当代文学作品选讲（续编）》（1981），十八所高等院校当代文学教材编写组的《中国当代文学作品选》（上下册，1981），《中国少数民族民族文学作品选》编辑委员会编的《中国少数民族文学作品选》（5册，1981），湖南教育学院《中国当代文学作品选》编写组编的《中国当代文学作品选》（2 册，1982），等等。这些文学史选本的出版表明十七年文学作品的功能的转化：从为 70—80 年代以来文学创作提供合法性资源转移到教学研究上。伴随着这一转变的，是十七年文学选本数量和种类的渐趋减少。1981 年之后，除了各类文学史选本之外，很少有十七年文学选本出版。

二、外国文学选本

与十七年文学选本渐趋减少这一状况不同的是，外国文学选本则呈现出逐年增多的趋势：1978 年只有 5 种 7 册，1979 年有 7 种 10 册，1980 年 28 种 30 册，1981 年 43 种 49 册，1982 年 37 册，1985 年 69 种。外国文学（包括选本）出版在 20 世纪 80 年代保持一种稳定增长的态势。与十七年文学选本出版相似的是，外国文学选本出版也表现出一种阶段性特征。具体表现为：70、80 年代之交主要是出版外国古典文学选本，从 1980 年起，选本出版开始倾向于西方现代派作品方面的推介，外国文学选本出版越来越表现出一种明显的当代意识。

70—80 年代转型期的外国文学选本中，上海文艺出版社出版的《外国短篇小说》（1978）上中下 3 卷和周煦良主编的《外国文学作品选》（1979）4 卷是最重要的代表。如果说 1949 年后十七年文学选本的出版是先有批评性文学选本后有文学史选本的话，那么外国文学选本则是先有文学史选本，后有专题或分类选本。这样一种差异，呈现的是其背后文学观念和文学语境的变迁。我们知道，文学史选本（也即所谓主要用于教学的教科书）反映的是这背后的文学观念和文学史意识，其观念趋于保守，更新较慢。70—80 年代转型期的《外国文学作品选》（4 卷）就是一套典型的文学史选本。这是一套旧有文学选本的再版本，其初版于"文革"前的 1961—1964 年，虽然再版时有过一定程度的修改，但其框架和基本观念并无大的改变。以收录现代部分的第 4 卷为例，这本选本以现代部分为收录范围，收录国家以苏联为主，计有 11 部作品，日本 2 部，其余均为 1 部，依次为阿尔巴尼亚、罗马尼亚、捷克斯洛伐克、朝鲜、加纳、墨西哥、丹麦和美国。可见，所谓"外国"，主要是指东欧社会主义国家，作品也主要限于无产阶级文学范畴。显然，这样一种作品选，其反映的是

50—70 年代外国文学观的延续。从中不难看出，70—80 年代转型期在对待外国文学上的谨慎态度和接受角度。

外国文学出版史中，1980 年是一个转折点。这一年有袁可嘉等主编的《外国现代派作品选》第 1 册 2 卷（上海文艺出版社）、《荒诞派戏剧集》（上海译文出版社）和卡夫卡的《城堡》（上海译文出版社）等出版。外国现代派作品的出版，早在 20 世纪 50—70 年代就已有，但在当时是作为内部批判的对象以"皮书"的形式出版。外国现代派作品真正以"拿来主义"的姿态出现，是在 1980 年这几部外国现代派作品（选）的出版。在"前言"中，袁可嘉明确指出："我们今天有选择地介绍现代派文学的代表作品，目的不是要对它瞎吹胡捧，生搬硬套，而是首先要把它有选择地拿过来，了解它，认识它，然后科学地分析它，恰当地批判它，指出它的危害所在，同时不放过可资参考的东西。"[01] 从这段表述严谨的话中可以看出，其落脚点其实是当下，也即所谓作为当前文学创作"可资参考的东西"。

这一外国文学介绍翻译过程中的当下意识或当代感，在此之前，则有上海译文出版社出版的《当代美国短篇小说集》（1979）。在此之后有越来越明显的表现。其中代表性的文学选本有《日本当代短篇小说选》（1980），《好房客——英国现代短篇小说选》（1980），北京师范大学苏联文学研究所编选的《苏联当代小说选》（1981）和《苏联当代青年题材小说选》（1981），《苏联当代中篇小说选》（1981），武汉大学外文系选编的《当代苏联中短篇小说选》（1981），苏联文艺编辑部编的《苏联当代短篇小说》（1981），蒋孔阳主编的《现代世界短篇小说选》（4 册，1981），骆家珊编的《欧美现代派作品选》（1982），《当代外国短篇小说选》（1982），《当代美国短篇小说选读》（1984），《寒冷的早晨：日本当代小说选》（1985），《相逢在黑夜：非洲当代短篇小说选》（1985），《变幻莫测的春天：苏联当代中短篇小说选》（1985），《白天的猫头鹰：意大利当代短篇小说选》（1985），《当代法国短篇小说集》（1985），等等。

与此同时，外国文学选本编纂开始呈现为全方位多侧面并涵盖各时段的特点。类别上包括小说（包括惊险小说等）、儿童文学、诗歌、

---

[01] 袁可嘉：《外国现代派作品选》，上海文艺出版社 1980 年版，第 26 页。

戏剧、电影故事等等；外国文学选介涵盖各个不同国家，社会主义国家之外，拉丁美洲、非洲、东南亚、西亚等各个地区各个国家（如缅甸、越南、土耳其、伊朗、黎巴嫩、柬埔寨、泰国、菲律宾、印尼、新加坡、巴基斯坦、保加利亚、南斯拉夫等）的文学选本均有出版。另外，外国文学选本出版还以一种两极现象呈现自身，即广义的世界或外国文学选本和国别专题文学选本的出版并置。

这里，需要注意到，署名"世界""外国"或"外国文学"的文学选本，其实仍主要倾向于美、德、英、法、日及苏联等主要国家，至于那些小国文学，并不太受到关注。即使是袁可嘉等主编的《外国现代派作品选》4 册 8 卷，也是如此。以白夫编的《外国中篇小说名作选》和易漱泉等选编的《外国中篇小说选》（1982，上下册）为例，前者三集收入国家主要有英国、美国、意大利、苏联、法国、奥地利、匈牙利、瑞士和挪威等，后者收录国家有法国、奥地利、俄国、苏联、波兰、日本等。而至于像周煦良主编的《外国文学作品选》4 卷和上海文艺出版社出版的《外国短篇小说》（上中下）也是如此。这种侧重和倾向，反映的是 70—80 年代以来对待外国文学的态度的变迁。苏联文学虽然仍是主要推荐的对象，但其所占比重无疑已经大为降低，西欧及美国文学开始越来越占据外国文学翻译介绍出版的重要组成部分。外国文学翻译介绍出版开始呈现出一种比较典型的"西方中心主义"倾向。从这个角度看，所谓外国文学选本有时候叫西方文学选本似乎更合适。

三、现代文学选本

与外国文学选本相类似的是，现代文学选本的出版也是先有文学史选本，再有专题选本或分类选本。这与当时高校里的现代文学教学需要有关，因而在正式公开出版之前，有很多高校都编有自己内部供教学需要的作品选，如复旦大学中文系编选的《中国现代文学作品选》（上下册，1977）。"文革"结束以后，正式出版的作品选主要有上海教育出版社出版的《中国现代文学作品选读》（上册 1978，下册 1979），福建教育出版社出版的《中国现代作家作品选》（上册，1979；中册，1980；下册，1981），湖南人民出版社出版的《中国现代文学作品选》（下册，1981），上海外语教育出版社出版的《中国现代文学作品选读》（1981），上海教育出版社出版的《短篇小说选》（4册，1979）、《散文选》（4册，1979）、《新诗选》（4册，1979）和《独幕剧选》（2册，1979），等等，这些都是其中有代表性的现代文学选本。其中，《短篇小说选》《散文选》《新诗选》《独幕剧选》作为"中国现代文学史教学参考资料"，是在教育部领导下，由北京大学中文系中国现代文学教研室等主编而成。尽管编选说明中写道：

> 《短篇小说选》编选的原则是：
> 一、现代文学史上著名小说作家的作品；
> 二、不同风格、流派的代表性作品；
> 三、其他有较大影响的作品；
> …………

《短篇小说选》中所收作品仍很有限。其中如路翎、林徽因、凌淑华、萧乾、张爱玲，以及除了施蛰存之外的新感觉派作家，他们的作品都没有被收录。路翎的作品没有被收录，与拨乱反正有关，其作为"胡风反革命集团"的代表作家，胡风一案没有解决，其作品也注定不能入选。另外，这套作品选的倾向性也很明显，主要表现为：一是对解放区文学地位的高度肯定。第4册主要收录延安等解放区的作品。正是基于这一"预设"，所以其4册小说选的作家作品主要以进步作家和革命作家为主，而这其实是构筑了一个以追求进步和革命为主线的中国现代文学发展路线图。二是入选小说选的作品也多是以现实主义为主，浪漫主义为辅的作品，至于现代主义式的小说则很少被收录。

关于这套"中国现代文学史教学参考资料"《新诗选》，可以对照王瑶先生编著的《中国新文学史稿》。其中所选作家作品很多都是《中国新文学史稿》所重点提及或点出的，如靳以的《生存》、葛琴的《总退却》等。但这套作品选有些地方值得注意。首先，有些一直以来被批判的作家，这套作品选都有选入并给予一定程度的肯定。如胡适、李金发和穆旦，他们的诗歌创作在新诗上都有其应有的地位，但他们的诗在臧克家的《中国新诗选（1919—1949）》（1956）中却并没有被收录。他们诗歌的缺席表明了臧克家所代表的文学史观念及其评判态度。而这套作品选之一的《新诗选》（3卷）中收录了胡适等三人的诗作。其中胡适6首、李金发8首、穆旦4首，虽然相比郭沫若的41首和闻一多的27首较少，但如放在20世纪50—70年代以来的语境中看，这已经是对他们的部分作品充分的肯定了。另外，沈从文的小说被收录3篇——《丈夫》《月下小景》《贵生》，相比萧红、萧军各2篇，老舍、巴金入选4篇，不难看出编选者们对沈从文文学史地位的充分肯定。其次，有些选本表现出一种"耦合"各种流派各种潮流的努力。这在《新诗选》中表现得尤其明显。除了新诗史的主流之外，其中既收录李大钊、周恩来的新诗，也收录李金发、穆旦和沈从文的现代诗，又收录农民诗人王老九的诗和大量的新民歌。这样一来，造成了芜杂而不伦不类的感觉。可见，这是一套过渡性非常明显的文学史作品选，既带有历史遗留的痕迹并受到拨乱反正进程的局限，又想努力突破，试图表达某种新的或更为宽容的文学观念。如此种种，都使得这套作品选成为"历史中间物"式的存在。通过比较王瑶的《中国新文学史稿》、臧克家的《中国新诗选（1919—1949）》和这套作品选，可以发现，如果没有文学观的新变作为前提，文学史选本要想得到大的改观是很难想象的。反过来说，我们从文学史选本的变化也可以看出其背后不同时期文学观的演变史。对于文学史选本而言，文学观的呈现虽然是其编纂的核心所在，但相对而言也不易察觉其演变的过程。

70、80年代之交，人民文学出版社出版了一套《中国现代文学创作选集》17卷，其中包括《中国现代短篇小说选》（1—4卷，1980；5—7卷，1981）7卷、《中国现代散文选》7卷和《中国现代独幕话剧选》3卷。上海文艺出版社出版了《中国现代短篇小说》（1978），《中国现代散文》上下册（1980），《中国话剧选》（第1卷，1981），等等。

对于现代文学选本的出版而言，专题文学选的编纂更容易体现文学观的变迁。1982年起，人民文学出版社出版了一套《中国现代文学流派创作选》14种17卷，其中包括《〈语丝〉作品选》《象征派诗选》《现代派诗选》《〈新月〉作品选》《〈现代〉作品选》《中国诗歌会作品选》《〈七月〉〈希望〉作品选》《山药蛋派作品选》《荷花淀作品选》《新感觉派作品选》《鸳鸯蝴蝶派作品选》《九叶派诗选》《东北作家群小说选》等。

《中国现代文学流派创作选》的出版，与彼时现代文学研究界思潮流派的研究热密不可分。"到了1982年前后，人们显然不再满足于政治框架内的'重评'，而且'填补空白'也不少了，大家很自然都希望突破一般的作家作品论，由点及面，把文学发展的脉络理出来，进入更重视'文学史规律'的研究层面，这样，就有越来越多的研究者把目光转向文学思潮流派，转向对文学现象和问题的综合比较研究。1981年4月和1983年1月，中国社会科学院文学研究所先后召开两次学术会议，议题就是'中国现代文学思潮流派问题'。"[01] 就从这两次会议的发言的结集《中国现代文学思潮流派讨论集》（以下简称《讨论集》）和《中国现代文学流派创作选》（以下简称《流派创作选》）的关系来看，《流派创作选》的各个选本中，除了所收作品外，都有研究者（也是编选者）撰写的序言，以"阐明所选流派的渊源发展、思想艺术特色及其在文学史上的影响和作用"（出版说明）。其编选者严家炎（《新感觉派小说选》）、冯健男（《荷花淀派作品选》）、高捷（《山药蛋派作品选》）等，都在《讨论集》的作者之列，且他们的相关序言，与《讨论集》中收录的文章，内容基本相同。可见，这套作品选的出版，与现代文学研究前沿之间，是一种同构的关系。这在"文革"结束以来甚至是中华人民共和国成立以来的选本编纂出版中，尚属首次，其在选本史上具有开创性的意义。以前的选本中，前言或序言，要么是诗人选诗撰写导言（如臧克家的《中国新诗选（1919—1949）》），要么是文化界领导写序（如《1956短篇小说选》），要么是集体写作前言（如《1958短篇小说选》），学者或研究者撰写导言的现象，此前并非没有，但真正大规模且以集体亮相的方式撰写导言，却是第一次。这样一种选本编纂方式，容易让人想起《中国新文学大系》（1927），但《中国新文学大系》中的编选者的身份是作者兼研究者，与《流派创作选》中的编选者仅仅为研究者的身份不太一样。

就中华人民共和国成立后的语境特别是20世纪50—70年代而

---

[01] 温儒敏等：《中国现当代文学学科概要》，北京大学出版社2005年版，第114页。

言，在一体化的文学进程下，文学流派的争鸣常常是一个敏感的话题，不仅文学创作中不允许其存在，即使是文学史写作或现代文学选本中也难以听到这方面的声音出现。以王瑶《中国新文学史稿》而论，他建构的是文学发展的主流和支流说，这样一种主流支流说的建构，源于阶级斗争学说和主要矛盾与次要矛盾的观念。在这样一种文学史观下，主流支流说体现的文艺界的斗争和无产阶级文学的胜利，其间虽有争鸣，但更多是斗争的表征，最终都不过是万流归大海，奔向一个方向即中华人民共和国的成立。可见，50—70年代对现代文学思潮流派的叙述是一种以果推因的逆向叙述，其目的都是建构无产阶级文学的优越性及其走向胜利的路线图。臧克家在其编选的《中国新诗选（1919—1949）》的代序中也说："新诗，是'五四'文学革命的一个信号弹。即使从一九一九年'五四'运动开始，到一九四九年中华人民共和国成立……新诗，在每一个历史时期，留下了自己的或强或弱的声音，对于人民的革命事业做出了一定的贡献。从诞生的那一天开始，它就肩负着反帝反封建的任务，在阻碍重重的道路上艰苦地努力地向前走着。它的生命史也就是它的斗争史。在前进的途程中，它战胜了各式各样的颓废主义、形式主义，克服着小资产阶级的个人主义情调，一步比一步紧密地结合了历史现实和人民的革命斗争，扩大了自己的领域和影响。"[01]

相比之下，70—80年代以来的文学流派研究，其表现的文学史观则大异其趣。这一研究思路的出现，表明的是对此前文学主流支流说的抗拒和对阶级史观的质疑，"所谓主流、支流的习惯性说法遭到质疑，多样的流派研究开始复原现代文坛多彩的面貌，并宣示了许多作家原来被遮蔽的某些特色和贡献"[02]。文学流派的纷呈，表明的是各流派间的自由争鸣争论和潮起潮落，在这当中，虽有争论，但并不一定都表现或主要表现为阶级上的斗争，文学思潮或流派的出现，主要是文学自身的内在发展及其动力所致。从这个角度看，《流派创作选》的出现，表明的是一种全新的文学史观和文学思潮观的诞生。这是一种从文学思潮的更迭角度重写文学发展的历史的尝试，文学思潮

[01] 臧克家：《"五四"以来新诗发展的一个轮廓》，《中国新诗选（1919—1949）》，中国青年出版社1956年版，第2页。
[02] 温儒敏等：《中国现当代文学学科概要》，北京大学出版社2005年版，第115页。

流派的更迭竞逐既是方法也是动力，这对以往阶级斗争学说及其动力观是一种突破。阶级斗争学说也讲流派思潮，但在它那里，思潮流派有所谓主流和支流之分，因而阶级斗争就表现为主流对支流的斗争和逐渐取得胜利的过程。《流派创作选》的出现，表明的是对这种思潮流派观的质疑。因为，在这套创作选中，很多流派（比如说东北作家群、山药蛋派和荷花淀派）在当时并不表现为一种流派特征，更多是一种共同倾向和文学史的后设或事后叙述。这一新的文学史观表现在文学史的写作中，最有代表性的是钱理群等著的《现代文学三十年》。

四、当前文学创作选本

相比十七年文学选本、现代文学选本和外国文学选本，当前文学创作选本的出版，在 20 世纪 70、80 年代之交并不是太多。这一方面是因为当前文学选本与创作的紧密关系，受当前创作的制约很大。当时影响较大的有两类选本，一种是年选系列，一种是获奖作品集系列。获奖作品集以短篇小说、中篇小说和报告文学三种为主，年选主要有中国社科院文学研究所当代文学教研室编选的和人民文学出版社编选的两种，分诗歌、中篇小说和短篇小说。中国社会科学院文学研究所编有《1980 年新诗年编》（1981）、《1980 年中篇小说年编》（1981）和《1980 年短篇小说年编》（1981）。另有江西人民出版社出版的《小说年鉴》上下两册（1981），河南人民出版社出版的《中篇小说专集（1980）》（1981）、《内蒙古短篇小说选（1980）》（1981），等等。在这几套年选中，人民文学出版社的年选在 80 年代真正常态化。此外，上海文艺出版社出版的年度佳作集也较有影响，该年选从 1983 年开始编，一直持续到 90 年代（1992 年）。获奖作品集还有如《获创作一等奖剧本选集》（3 册，1980）、《沃土新花——湖南青年文学创作得奖作品选》（1980），《心心相印——〈福建文学〉一九八〇年短篇小说评选获奖作品集》（1981）等等。

在当时，年选的编纂是一个潮流，《人民文学》杂志社、《北京文学》杂志社、《北京文艺》杂志社等均有短篇小说年选出版。如《〈北京文艺〉短篇小说选（1979）》（1980）、《〈北京文学〉短篇小说选（1980）》（1981）。年选偏向于短篇，表明了当时文学与社会时代间的互文关系。70—80 年代转型期间年选的繁华，一方面表明了文学

创作的欣欣向荣，另一方面也表明当时对文学寄予的殷切厚望，一旦
文学发展进入正常轨道，很多年选（如《北京文学》杂志年选）没能
持续下去也就是情理之中的事了。

除此之外，还有大量的当时文学创作的选本出版，其中主要以短
篇小说选本居多。有代表性的是《神圣的使命》（1979）、《第十个弹
孔》（1979）、《班主任》（1979）、《乔厂长上任记》（1979）、欧阳雷
编的《盼》（1980，广西人民出版社）、《小说季刊》编辑部编的《青
年佳作》（1981）、《长江文艺》编辑部编的《红烛》（1981）、《燕子
喇啾》（1981）、《会跳迪斯科的人》（1981）、《新时期女作家百人作
品选》（上下两册，1985）等。

五、结语

通过对转型期各类文学选本（不包括古代文学选本）编纂出版的
分析可以看出，选本编纂出版的演变，与时代社会的转型之间有一定
的互文关系。其互文性主要表现在：第一，选本出版的当代性和当
代意识。不论是中华人民共和国成立三十周年选本，还是外国文学
选本，甚至现代文学选本的编纂出版，都表现出极为浓厚的当代意
识。这一当代意识源于当时文学写作的资源提供和取舍的角度。选本
的出版反映的正是这一取舍接受的角度的演变。外国文学选本从古典
作品向现代派文学的渐趋倾斜，以及现代文学选本中思潮流派选本的
涌现，和十七年文学选本中对"另类"作品（如《重放的鲜花》中对
"百花时期"的作品的推崇，以及后来陈思和提出的"潜在写作"）的
发掘，等等，这些都与当时文学写作之间有着密切的关联。第二，选
本编纂格局的演变与时代变迁间的关系。从选本编纂的角度观察，不
难看出其中最重要的变化就是十七年文学地位的降低和外国文学地位
的提高。这是彼此互为前提和结果的。随着对"四人帮"和对"文
革"的批判与反思的深入，十七年文学创作越来越受到质疑，演变到
后来乃至出现了"重写文学史"等文学现象。十七年文学地位的降低
是与此相伴随的。而与这一趋势恰恰相反的是，外国文学特别是欧美
文学的地位渐趋提高。这与"文革"结束以来的改革开放，以及开放
的侧重点的转移有关。苏联文学此前的绝对核心地位让位于欧美文
学。第三，还要看到，这一选本编纂格局演变背后的中国文学走向世

界的现代性诉求所在。如果说 20 世纪 50—70 年代是在反现代性的现代性逻辑下追求中国文学的自足性和现代性的话 [01]，那么随着改革开放而来的则是迎合西方资产阶级现代性的文学现代性或现代化诉求（表现在经济层面就是四个现代化的提出）。这一现代性是以走向西方（或世界）、融入西方并获得西方认可为目标的。因而介绍西方现代以来或当时文学创作走向的具有当代意识的选本就逐渐成为选本编纂甚至外国文学出版的主流。可见，选本编纂出版中的当代性或当下性是与新时期文学的现代性诉求息息相关的。

[01] 参见李杨的《抗争宿命之路——"社会主义现实主义"（1942—1976）研究》，时代文艺出版社，1993 年版，第 27—45 页。

第三章

文学期刊与文学评奖

第一节　创刊与复刊之争：以《人民文学》杂志为中心

　　"文革"期间，十七年文学时期的大部分期刊相继停刊。这当然与"四人帮"所鼓吹的断裂论和空白论有关。"四人帮"要树立或建构自身的文艺/文学传统，其反映在文艺期刊上，是1973年5月《朝霞》文艺丛刊的创刊。这是"文革"时期创刊的在当时影响很大的文艺刊物。但随着"革命"的继续及形势的变化，"文革"后期，此前被迫停刊的很多期刊又纷纷复刊。1974年9月20日，《中国摄影》杂志复刊；1975年8月25日，《光明日报》的《文学遗产》复刊；1976年1月，《人民文学》和《诗刊》复刊；紧接着，1976年3月下旬，《舞蹈》《人民戏剧》《美术》《人民电影》《人民音乐》相继复刊；1977年10月，《世界文学》杂志复刊；1978年7月15日，《文艺报》复刊；1978年8月，《十月》杂志创刊；1979年1月，《收获》、《民间文学》，《剧本》月刊《电影艺术》、《电影创作》、《大众电影》、《曲艺》相继复刊，《电影新作》在上海创刊；1979年4月，《外国文学研究》（湖北省外国文学学会出版）创刊，《电影文学》月刊复刊；等等。

　　由于这些刊物是在"文革"后期复刊的，即使是《十月》杂志，其创刊的时候，"文革"并没有真正结束——所以有些刊物在复刊的时候，会在刊物名前面加一"新"字。这一复杂状况表明，从"文革"后期开始的期刊"复刊潮"，其背后的意识形态内涵并非人们想象的那样简单明了，相反，需要细细辨析。现以《人民文学》杂志为例，试做一探讨。

《人民文学》杂志社于 1977 年第 8 期刊发了一篇名为《〈人民文学〉复刊的一场斗争》的文章，该文把 1966 年《人民文学》被迫停刊后，于 1976 年重新浮出水面的这一事件称为"复刊"，而关于"复刊"所引发的波折，在这篇文章中则被视为同"四人帮"及其亲信之间的一场斗争。而《人民文学》在 1976 年第 1 期出版（即前文所说的"复刊"）的时候，有一则类似于发刊词的《致读者》，该文明确宣告："当新年来到的时候，新的《人民文学》和读者见面了"，"我们以万分喜悦的心情，在创刊号上发表了伟大领袖毛主席……"，云云。显然，这与前文所言"复刊"之说截然相反。同样一件事情，在 1976 年说是"创刊"，而到了 1977 年则变为"复刊"。关于这种变化，我们一般认为是时代的变化使然，似乎并不成为一个问题。但奇怪的是，1976 年的《人民文学》重新浮出水面，与"四人帮"有直接的关联，而"四人帮"被批判，《人民文学》为什么没有一起被否定呢？

一、叙述"时间"和"空间"与历史的合法性问题

翻阅 1976 年第 1 期至 1977 年第 8 期的《人民文学》，我们便发现，其间仅有过三次以《人民文学》杂志社的名义发布的编者按之类的文章，上面所引即其中最为重要的两篇。时间相隔不到两年，却是中国发生翻天覆地变化的两年。历史政治几经变动自不必说，党和国家的几个最为重要的领导人（周恩来、朱德、毛泽东）也于其间相继逝世，这些无疑使得当时的社会情势瞬息万变。这种变化在这三篇文章中都有微妙的体现，它们在折射出时代巨变的同时，也呈现出历史的症候和诡异之处，本文正是想揭示其中的种种隐微处，以试图呈现历史的暧昧面相。

前面所引文章，其不同主要表现在对时间和空间叙述的差异上。我们知道，在现代性的视域中，现代性的时间观——从昨天经今天走向明天——使得任何叙述（广义上的叙述，包括历史、文学、政治等

意识形态领域）都要建立一套时间历史的框架，非此则不能提供历史存在的合法性。对"文革"前后的叙述亦复如此。因此，关于起点的叙述，对时间的进程而言相当重要。确立了起点，也就确立了叙述的时间进程，随之而来的叙述才能进行。

如是观之，如何看待十七年文学，就成为叙述的分歧所在。1976 年的《致读者》延续的仍旧是"文革"中《部队文艺工作座谈会纪要》的逻辑，坚持所谓"文艺黑线专政论"："在我们前进的道路上，绝不会是平静的。社会主义社会这个历史阶段里始终存在着阶级、阶级矛盾和阶级斗争。它必然地，有时甚至会首先反映到文艺战线上来。文艺报刊从来是文艺阵地上两个阶级、两条路线进行激烈争夺的舆论工具。毛主席一九六三年十二月十二日和一九六四年六月二十七日关于文学艺术的两个重要指示，我们必须永远铭刻在心。要继续批判反革命的修正主义文艺路线，批判'写真实'论、反'题材决定'论、'中间人物'论等等修正主义文艺谬论。我们要展开一场'无产阶级对非无产阶级的思想斗争'。"基于此，回溯 1964 年甚至 1963 年的毛泽东的"指示"就成为叙述时间的起点，而 1976 年时，《人民文学》自然就被说成要"歌颂无产阶级文化大革命的伟大成果和社会主义的新生事物……坚持不懈地批判资产阶级，批判修正主义，批判资产阶级世界观和一切剥削阶级的意识形态"。我们从这种叙述中注意到了两点：第一就是关于斗争的强调，第二就是关于断裂和新生的叙述。有新生就必然有与此前的断裂，这种断裂无疑是一种裂变，斗争就成为这种断裂的方式，这对现代性的叙述而言是相当重要的。可以说，《致读者》正是通过人为构造出无产阶级和资产阶级的斗争而显示出历史的断裂，以此建立起自己时间叙述的起点，恰是在这个起点上，一切都变成了新和旧的分野。关于这点，在这篇发刊词中表现十分明显，"新"字在其中被反复使用，如"新年""新的《人民文学》""旧貌变新颜""新生事物"（3 次），"崭新的时代""工农兵新作者""新生面""新战士"（2 次），以及"推陈出新""创社会主义之新""新文艺""崭新的文场""工农兵文学新军"（1 次）等，这些"新"词的反复使用正表明了《人民文学》的定位及同十七年文学的断裂姿态，所谓"新"正是同十七年之"旧"相对而言的，而《人民文学》也正是"为了进一步繁荣创作和活跃评论，在文学战线上培养更多的新战士，为巩固和发展文艺革命的成果而努力奋斗"下的产物。"新"和"旧"的隐含的对比，就成为这种叙述的合法性的前提和基础，一切叙述均由此而来，以此逻辑，1976 年的《人民文学》自然是"创刊"而非"复刊"了。

表面上看，1977 年《人民文学》的复刊之说是要接续（有接续才能有复刊之"复"）十七年文学的传统，但其表述却有很大的漏洞，关键的地方就在于：既然 1976 年的《人民文学》是"四人帮"直接筹办的，怎么又变成了复刊？复刊之说的合法性何在？其逻辑是如何转换的？

通过阅读《〈人民文学〉复刊的一场斗争》，我们发现，这篇文章与前面提到的《致读者》在逻辑思维及策略方式等方面显然是一脉相承的。就像《纪要》及前述文章所采用的方式，在《〈人民文学〉复刊的一场斗争》中同样也构造了一条"两条路线和两个阶级之间的斗争"的脉络，所不同的是斗争双方的正邪所指在这里被翻转过来，曾经的"革命者"（"四人帮"）到这里变成了历史的罪人。显然，"文化大革命"是这两篇文章立论的前提和逻辑起点，"一九六六年无产阶级"文化大革命"开始，《人民文学》停刊检查工作。此后，'四人帮'就像假洋鬼子那样再也不准《人民文学》革命了"。这里把"四人帮"视为"假洋鬼子"，仍旧延续所谓"继续革命"的逻辑："四人帮"被打倒了（潜在的前提），它"不准《人民文学》革命"，这说明它是错的，所以《人民文学》仍要"革命"。这样一来，"四人帮"就被从革命的逻辑中剔除出去了。《〈人民文学〉复刊的一场斗争》正是在这种逻辑中建立起一条"复刊"的历史脉络。"随着无产阶级文化大革命的伟大胜利，广大工农兵群众对文学事业的要求愈益迫切，复刊《人民文学》的呼声越来越高。一九七二年夏天，原《人民文学》负责人，根据国务院有关部门的指示，遵照毛主席批示同意、周总理亲自关怀制定的《关于出版工作座谈会的报告》中筹办文艺刊物的精神，着手准备《人民文学》杂志的复刊工作。但是，万恶的'四人帮'多方刁难，故意拖延时日，始终不予批准。结果，筹办的班子被迫解散，人员含愤离去，《人民文学》复刊计划又被打入冷宫。"而对坚持"革命"的我方自然从一开始就与其进行了"针锋相对"的斗争。"以毛主席为首的党中央识破了'四人帮'的阴谋。当时（指

1975 年——引注）主持中央工作的邓小平同志，在这份报告上做了针锋相对的重要批示。邓小平同志对于出版《人民文学》批示：'我赞成。'接着，义正词严、一针见血地指出：'看来现在这个文化部领导办好这个刊物，不容易。'""事情虽然发生在一个刊物上，却是关系到路线的大问题。"这样一来，1976 年《人民文学》的出现，自然就顺理成章地被说成是"复刊"。"他们借着《人民文学》复刊的问题欺世盗名，恶毒进行煽动。"而"《人民文学》编辑部的同志虽然看在眼里，恨在心里，并在力所能及的范围进行过一些抵制，但终究无能为力，因而收效甚微。这样的局面一直延续到'四人帮'被粉碎的前夕"。

但如果细加分析，我们便会发现，其实这里是通过时间起点的方式来建立叙述的。如上分析，既然是"继续革命"，那又该如何对待"文革"时期的核心文本《纪要》和毛泽东的两个重要批示（1963 年12 月 12 日和 1964 年 6 月 27 日）？无疑，《纪要》和毛泽东的这两个批示都是这两篇文章的"前文本"。所不同的是，1976 年的《致读者》是以显在文本的形式显示其存在的，而 1977 年的《〈人民文学〉复刊的一场斗争》虽然没有直接提到，但无疑是不能绕过和回避的。关于《纪要》和毛泽东的两个批示之间的一脉相承的联系，这已是不争的事实，而 1977 年的叙述既然仍在重提"继续革命"的时代主题，《纪要》和毛泽东的两个批示必定是不可否定的，[01] 这从《纪要》被当作"文革"时的指导性中央文件即能说明这点。那么问题就必然是：如果仍旧延续《纪要》的逻辑，"文革"前的文学是被一条"黑线"专了政，"文革"所呈现出的"文化革命"式断裂和新生的特点，在 1977 年的这篇文章中就是无须也不必证明的结论；依此逻辑，既然是一场"革命"，十七年文学已被历史所否定，1976 年出现的《人民文学》又何来复刊和延续之说？

虽然，这两篇文章前后构造出两个"断裂"，即与资产阶级文学的断裂（"文化大革命"继续革命的逻辑）和同"四人帮"的断裂，但叙述时间的起点仍旧是同一个，那就是"文革"的时间脉络所确立

---

[01]《纪要》正式被撤销是在 1979 年 5 月 3 日，是时中共中央批转解放军总政治部的请示，正式决定撤销《纪要》这一中共中央文件的。参见洪子诚主编：《中国当代文学史·史料选》（下），长江文艺出版社 2002 年版，第 519 页。

起来的 1963 年乃至 1966 年。在这个时间脉络中，1966 年前的《人民文学》显然是需要被质疑甚至批判的，如果以此来看这两篇文章，其实是有逻辑上的延续的；其所不同的是，在 1977 年的叙述中，"四人帮"被排除在"继续革命"的队列，"革命"仍在进行，只是换了革命与被革命的对象罢了。

二、争夺"人民"：背后的意识形态

表面上看，这是一场关于"复刊"和"创刊"的历史的争夺，其实背后的逻辑和意识形态仍是一样的，同样是"继续革命"，同样是两个阶级——无产阶级同资产阶级之间的斗争。而关于认定谁是无产阶级谁是资产阶级，牵涉到的其实是一个争夺话语权的问题。也就是说，只要被认定为资产阶级或走资派，自然就成了斗争的对象——敌人，失去了话语表达能力，在这当中，有一个关键的范畴即"人民"。所谓"人民文学"的合法性即已包含在"人民"概念之内了。

毛泽东在《在延安文艺座谈会上的讲话》中即已明确指出："在我们，文艺……是为人民的。"[01] 在毛泽东的表述里，"人民（大众）"包括四个部分，即工农兵和城市小资产阶级（包括城市手工业者），[02] 或者等同于"各革命阶级"[03]。显然，这里"人民"的概念是基于一种阶级立场和身份的，是一个结构性的概念，而与杜赞奇所谓"民族国家"或"民族主权"意义上的"人民"范畴[04] 不尽一致。这个概念有点类似于"大众"的说法，但也不尽相同，按照戴锦华的说法，"在当代中国特定的现实语境中，关于'大众'……事实上，它也是从 30 年代的左翼文化到社会主义文化这一主流文化脉络中所产生的语义的历史积淀。在这一历史视域中，'大众'一词，始终联系着另外一些关键词：作为历史主体与'创造历史动力'的'人民'，和另外一组相对中性的名词：'群众''民众'。从某种意义上说，'大众'作为一个关于'多数人'的指称，在现代中国史中，始终在反封建与

---

[01] 毛泽东：《在延安文艺座谈会上的讲话》，《毛泽东选集》，人民出版社 1968 年版，第 812 页。
[02] 同 [01]。
[03] 毛泽东：《新民主主义论》，《毛泽东选集》（第二卷），人民出版社 1952 年版，第 665 页。
[04] 杜赞奇：《从民族国家拯救历史》，江苏人民出版社 2008 年版，第 32—33 页。

社会民主的层面上，具有某种道义的正义性"[01]。显然，如果说"大众"概念具有"某种道义的正义性"的话，那么这种正义性并不是不证自明的，它总和"人民"的概念联系在一起，而这个"作为历史主体与'创造历史动力'的'人民'"概念，其实有点类似于齐泽克所谓"意识形态的崇高客体"的"货币"。齐泽克指出："货币不是由经验的、物质的材料制成的，而是由崇高的物质制成的，是由其他'不可毁灭和不可改变的'、能够超越物理客体腐坏的形体制成的。这种货币形体……可以经受一切磨难，并以自身的纯洁美丽死里逃生。这种'躯体之内的躯体'的非物质性的肉体性，为我们提供了崇高客体的精确意义。"[02]"货币"既是实体又"能够超越物理客体腐坏的形体"而成为一个抽象的存在，这与"人民"这个概念所呈现的特征十分相似。"人民"既有具体的所指，同时又是超越性的存在，成为一个"超验的能指"而高踞于民族国家之上。这既与"中华人民共和国"这个称谓中"人民"所显示出来的先天或后天的合法性有关，也与作为抽象的"人民"的所指特别是工农兵在中华人民共和国的缔造中所显示出的历史主体地位有关。

但问题也正在"人民"这个概念所呈现出的阶级内涵上，"人民"其实是潜在地和"敌人"相对的，所谓"人民民主专政，就是对人民民主，对敌人专政"就是这个意义。这里的关键是，虽然"人民"的概念不好界定——既抽象又具体，但如果确定了谁是"敌人"，也就意味着他不是"人民"了。对"人民"的划分因此可以通过对"敌人"的划定来进行，而"人民"概念所指涉的阶级内涵，就使得"人民"同"敌人"的矛盾和斗争，实际上成了无产阶级与资产阶级的矛盾和斗争。这样一来，"人民"和"敌人"之间的划定，在整个中国当代就不仅不是可有可无而是至关重要的了。它们都是通过区分"人民"和"敌人"来确立自己的合法性地位。

但正如齐泽克指出的："这个崇高客体的假想性的存在是（如何地）依赖符号秩序：不可毁灭的、免于磨损和毁坏的'躯体之内的躯体'，总是由某种程度的符号权威的保证来支撑的。"[03]"人民"这

---

[01] 戴锦华：《隐形书写》，江苏人民出版社 1999 年版，第 9 页。

[02] 齐泽克：《意识形态的崇高客体》，中央编译出版社 2002 年版，第 25 页。

[03] 齐泽克：《意识形态的崇高客体》，中央编译出版社 2002 年版，第 25 页。

个概念其实呈现出某种历史的复杂性，我们说"人民"是"历史主体与'创造历史动力'"，是基于中华人民共和国的成立与抽象的"人民"有关，但同时它又仅仅是"意识形态的崇高客体"，因为"人民"身份的认定并不是每一个具体的"人民"自己能够做到的，其要依靠"某种程度的符号权威的保证来支撑"，这也决定了"人民"既是主体又是客体，既具体又抽象的历史特征，它并不仅仅是一个结构性的范畴，而且是一个政治性的范畴。就像汪晖在分析"阶级"这个概念时，把"阶级"区分为"结构性的阶级概念"和"政治性的阶级概念" [01] 一样，我们看待"人民"亦复如此，因为"人民" [02] 这个概念要靠阶级范畴才能支撑，是基于阶级判断的范畴，但又并非任何时候都能从关于阶级的叙述中获得合法性，这与"人民"作为一种身份存在与阶级的属性不同。当社会上阶级分野明确清晰时，"人民"的阶级属性也就是它的身份属性，而一旦阶级对立似乎不那么明晰时，它们之间的裂隙自然就会凸显，这种情况在 1956 年以后变得异常尖锐。

当经过了三大改造之后剥削阶级作为一个阶级已不复存在时，又该如何界定"人民"及其内含的阶级色彩？显然，毛泽东已经注意到这个问题，在 1957 年 2 月 27 日的最高国务会议上，他指出："人民这个概念在不同的国家和各个国家的不同的历史时期，有着不同的内容。拿我国的情况来说，在抗日战争时期，一切抗日的阶级、阶层和社会集团都属于人民的范围，日本帝国主义、汉奸和亲日派都是人民的敌人。在解放战争时期，美帝国主义和它的走狗即官僚资产阶级、地主阶级以及代表这些阶级的国民党反动派，都是人民的敌人。一切反对这些敌人的阶级、阶层和社会集团，都属于人民的范围。在现阶段，在建设社会主义的时期，一切赞成、拥护和参加社会主义建设事业的阶级、阶层和社会集团，都属于人民的范围；一切反抗社会主义革命和敌视、破坏社会主义建设的社会势力和社会集团，都是人民的

---

[01] 汪晖：《去政治化的政治、霸权的多重构成与 60 年代的消逝》，转引自汪晖的《去政治化的政治——短 20 世纪的终结与 90 年代》，生活·读书·新知三联书店 2008 年版，第 24—37 页。

[02]《现代汉语词典》中对"人民"的解释是"以劳动群众为主体的社会基本成员"，商务印书馆 1992 年版，第 961 页。

敌人。" [01] 看来，至此时，"人民"这个范畴，已经不再纯粹是结构性的范畴，因为作为剥削阶级的资产阶级等已经不再存在，以前那种通过排除剥削阶级而确立"人民"的做法已经行不通了。而从毛泽东的表述中，同样还可以看出"人民"这个范畴，其实并非一成不变，是会随着时代和社会情势的改变而历史地变动的。如此看来，历史到了1957年以后，谁是"人民"，谁不是"人民"就不再是不证自明了。虽然"人民"作为意识形态的崇高客体无须证明，但作为"人民"具体的代表这个"叙述"本身却是一定要被证明合理合法的。如是，就能理解《人民文学》关于"复刊"和"创刊"的争夺了。

前面所引《人民文学》杂志社的两篇文章中，都口口声声说自己代表了"人民"。1977年第8期上的文章如此叙述："粉碎'四人帮'之后，《人民文学》又回到了人民的手中。人民需要它，我们有责任办好它。'四人帮'处心积虑要争夺它，我们应当加倍地珍惜它，我们要……坚决、彻底、干净、全部地粉碎'四人帮'及其余党的资产阶级帮派体系，全面贯彻执行毛主席的革命文艺路线。"而1976年第1期《人民文学》的《致读者》一文中，"四人帮"控制的杂志社同样也是打着"人民"的旗号来办刊的 [02]。显然，"人民"是"继续革命"的主体和主导力量，而一旦获得了"人民"的支持及其范畴的拥有权，无疑就拥有的"继续革命"的合法性。无怪乎在1976—1977年会有一场关于"复刊"和"创刊"的争夺，但"人民"这个概念显然又不能自我证明，其背后彰显的是时代的主导意识形态的变化及其权力的更迭。这两篇文章其实都是在借"人民"的名义来达到其批判和建构历史的目的。"人民"的被建构的一面暴露无遗。

三、结论

因此，如果把"人民"这个范畴看成一种构造的话，"人民"作为一种符号的性质即已显露出来。作为主体的"人民"在历史中被不断地建构和分解，这种过程一定意义上就是埃科所说的"符号过程"。

---

[01] 毛泽东：《关于正确处理人民内部矛盾的问题》（一九五七年二月二十七日），《建国以来毛泽东文稿》（一九五六年一月——一九五七年十二月），中央文献出版社1992年版。

[02] 其中有这样的表达："希望广大读者、作者支持我们，批评我们，同我们一起来办好这个刊物，使它（指的是《人民文学》——引注）成为无产阶级对资产阶级专政的工具。"

"符号过程"在埃科看来显然是与符号对立的，而按埃科所引皮尔士的话"符号过程是一种行为或影响，它或者涉及三个主题——符号、它的对象和它的解释者的一种——合作；用某些方式采取配对的行为是不能解释这种相关的影响的"[01]，符号一方面表现为"表达和表现体"，另一方面又表现为一种动态的过程，"符号……一直只是在某种面貌或能力下存在的东西。事实上，符号总是让我们认识更多一些事物的东西"[02]。以此看来，其实正如埃科所说："如果可以说符号作为相等物和等同物与主体的意识形态的僵化概念有关，那么符号化过程中的一个阶段就是一种工具，通过它，同一主体不断地被构成和被分解。"[03] 在这种符号和符号过程的矛盾中呈现的是"同一主体不断地被构成和被分解"。因此，如果说"人民"还只是一种"符号"，有其确切的"相等物和等同物"的话，那么"符号过程"则显然在不断地建构和分解这个"符号"，作为"人民"范畴的"主体"没有改变，改变的只是对"人民"不断构成和不断分解。

如此看来，问题似乎不在"人民"的身上，而是谁在代"人民"说话。其实正如20世纪80年代一部研究70—80年代文学的专著所说的，那个时期的"作家以强烈的社会责任感以及自觉的人民代言人的身份，发表着他们关于时代、社会、政治的议论"[04]。1976年至1977年之间关于《人民文学》"复刊"和"创刊"之争呈现的其实是争夺"人民代言人"的斗争，这对"四人帮"和新时期意识形态而言，都不能回避。而至于前引文章中所说的"自觉的人民代言人的身份"，这种说法却是很有问题的，自从剥削阶级已被"历史"地消灭之后，"人民"作为一种身份就不再是不证自明的了，而这时再奢谈什么"自觉的代言人的身份"，如果不是自欺欺人那也只是一种乌托邦式的想象。重要的不在于"人民"是谁，而是谁更代表"人民"，表面上看这只是语序的变化，但正是这种逻辑的转换使得"人民"于无形中被历史奇怪地掏空而仅仅成为一个"超级符码"，因此，对这个"符码"的争夺就变得异常重要而意义重大。"文革"前（指的是

---

[01] 翁贝尔托·埃科：《符号学与语言哲学》，百花文艺出版社2006年版，第9页。
[02] 同 [01]。
[03] 翁贝尔托·埃科：《符号学与语言哲学》，百花文艺出版社2006年版，第64页。
[04] 宋耀良：《十年文学主潮》，上海文艺出版社1988年版，第7页。

1956 年后至"文革"发生这段时间）的较量及其发生无不可以从这种视域中得到解释，而即使是新时期的意识形态及其知识分子的合法性身份，也都是在这种争夺和较量中获得力量的。

"人民"尚在，谁来代言？如何表达？而当知识分子自身的合法性在时下已变得越来越模糊的时候，谁又能承担这个历史的重任？等等，这些都是今天值得一再深思的问题。

第二节　意识形态询唤与文学评奖制度

　　1978年《人民文学》第10期（10月20日出版），刊登了一则启事："本刊举办一九七八年全国优秀短篇小说评选启事。"启事全文如下：

　　　　提倡短篇小说，好处很多：它有利于及时反映工农兵群众抓纲治国、努力实现社会主义现代化的火热斗争；它有利于促进文学创作题材、风格上的百花齐放；特别是它大有利于文学创作新生力量思想上、艺术上的锻炼和成长。

　　　　近年来，全国各地出现了一批好的和较好的短篇小说，受到广大读者的热烈欢迎。群众希望短篇小说迅速繁荣起来，带动各种文学创作日益繁荣兴旺。

　　　　为促进短篇小说创作的发展与提高，本刊决定举办一九七八年全国优秀短篇小说评选，希望得到全国各文艺团体、文艺期刊、文艺工作者和广大读者的热情支持。

　　　　现将这次评选的有关事项公布如下：

　　　　一、评选范围：从一九七六年十月至一九七八年十二月止，在此期间全国各地报、刊发表过的优秀短篇小说，均在评选范围之内。

二、评选标准：凡从生活出发、符合六条政治标准，艺术上具有独创性的作品，不拘题材、风格，皆可推荐。提倡那些能够鼓舞群众为新时期总任务而奋斗的优秀作品。

三、评选方法：采取专家与群众相结合的方法。热烈欢迎各条战线上的广大读者积极参加推荐优秀作品；恳切希望各地文艺刊物、出版社、报纸文艺副刊协助介绍、推荐；最后，由本刊编委会邀请作家、评论家组成评选委员会，在群众性推荐与评选的基础上，进行评选工作。评选结果，将于一九七九年上半年在《人民文学》上公布。

凡参加推荐与评选的个人或集体、单位，请将意见填入本期附印的"评选意见表"或另纸写出寄给我们。评选意见截止日期是一九七九年一月底。

《人民文学》杂志社
一九七八年九月二十日

这毫无疑问是对"四人帮"被打倒后文学写作中短篇小说创作的一次大的检阅，从其评选的范围（从一九七六年十月至一九七八年十二月止）即可看出。而至于为什么要独独选择短篇小说这一类别，显然也与短篇小说同时代社会之间的及时有效的呼应有关。这从上面提到的诸多好处中的第一条"有利于及时反映工农兵群众抓纲治国、努力实现社会主义现代化的火热斗争"可以看出。短篇小说既能迅速而快捷地反映现实的变迁，同时也能有效介入并推动现实的变革。此外，更重要的一点还在于，短篇小说能最为及时地反映人们的内在情感的变化，这对把握或掌握一个时代的社会情绪和时代精神十分有利。

在这次评选当中，最值得细细玩味的是评选方法。从其表述来看，这是一次没有官方参与介入的带有民间性——"专家与群众相结合"——的文学评奖；而事实上，即使没有官方权力的直接介入，《人民文学》杂志作为中国当代文学体制中的重要组成部分，其本身已带有官方意识形态的色彩，这样来看，这次文学评奖就不是真正的民间行为。其特别标明"专家与群众相结合"，是想表明，这是一种与 20 世纪 50—70 年代"批评与自我批评相结合"的文学批评制度完全不同的文学批评实践，其秉持的是客观（专家评选）加公正（群众投票），而非权力（权威批评）。但据研究表明，其中蕴含着"'政府''专家'和'大众'三种力量的竞合与互动，博弈与妥协"[01]。这里的关键不在于官方权力所占的比重大小，关键在于权力介入的方式。显然，权力的介入在这里是以间接甚至隐蔽的方式进行的。这当然与时代的变迁有关，某种程度上也是文学标准变迁的结果。

我们知道，20 世纪 50—70 年代，文学批评的贯彻实行是以毛泽东发表于 1942 年的《在延安文艺座谈会上的讲话》（简称《讲话》）为依据的。在《讲话》中，毛泽东确立了政治标准和艺术标准相结合的文学批评标准；但在中华人民共和国成立后的文学批评实践中，政治标准逐渐占据主导地位，甚至一度成为唯一的标准。这样一种文学批评标准等级秩序的确立，某种程度上决定了政治权力的介入方式。作为政治标准的阐释者、把握者和实行者，文化 / 文学官僚（领导）直接介入的权力批评就成为当时不证自明的具有合法性的文学批评方式。

这一批评方式，随着"四人帮"被打倒和"文革"的结束，逐渐遭到质疑。艺术标准重新被强调并占据重要位置。这从《人民文学》组织的这次评选启事中可以看出："评选标准：凡从生活出发、符合六条政治标准，艺术上具有独创性的作品，不拘题材、风格，皆可推荐。提倡那些能够鼓舞群众为新时期总任务而奋斗的优秀作品。"但从这里的表述中可以看出，其所延续的仍是毛泽东在《讲话》中所确立的政治标准和艺术标准相结合的批评标准，其变化体现在两种标准的地位、各自所占的比重及其强调的侧重点上。熟悉 50—70 年代的文学的人都很清楚，题材和风格，在彼时并不是一个随意讨论的话题。所谓重大题材和风格上的明快健康，一度成为文学写作上的规范被反复强调。在评选标准中提出"不拘题材、风格，皆可推荐"，其明显指向 50—70 年代的文学实践；而对艺术上的"独创性"的强调，也让我们看到艺术标准的重要性。

可见，这里所谓"专家与群众相结合"的"评选方法"，其更多

---

[01] 万安伦：《二十世纪中国文学的奖励机制研究》，北京师范大学 2008 年博士论文，第 163 页。

只是限定在题材、风格和独创性的认定上，一旦与"六条政治标准"不符，便会被排除在外。在这种情况下，权力的介入，首先表现为对政治标准的强调，其虽没有呈现在"评选方法"上，但早已通过设定或预设范围——"符合六条政治标准"——的方式显示了自身。其次，更重要的是，权力的介入，还表现在对艺术"独创性"的认定上。即到底什么样的作品才是具有艺术独创性的呢？据这次活动的亲历者和重要组织者之一的刘锡诚提供的一份资料，在经过初选后，《人民文学》杂志社报送给评选委员会的信件中曾这样写道："评选工作如何体现'百花齐放'的方针呢？我们认为，'百花齐放'方针的基本精神，是鼓励作者充分发挥各自的创造性。而初选的 20 篇作品，基本都是从生活出发，在题材上冲破不少禁区，在风格上、手法上也大都各有特点，可以说都有不同程度的独创性。"[01] 从这里的表述可以看出，所谓艺术"独创性"，在 1978 年的语境下更多表现为题材的突破禁区，风格和手法上的独特性，而这些都是在"百花齐放"的框架内得到认可的。换言之，这都是在符合政治标准下对文学多样性的认定。也就是说，在当时，主办方对于艺术标准具体表现在哪些方面并不明确，这是一种事后（创作完成后）的确认，而非先设，其反映的毋宁说是对文学突破种种限定的诉求。而事实上，对题材、风格和手法的多样性的追求，一直是十七年文学发展中若隐若现的传统之一，从这点来看，《人民文学》杂志社这次组织的短篇小说评选活动，其延续的仍是十七年文学的模式。

对于举办这次评奖的《人民文学》杂志社同仁来说，他们或许并未想到，他们这一源自刊物自身的尝试和举措，不期然间为新时期文学的评价体制和批评机制树立了标杆和典范。1979 年，这一最开始由《人民文学》自发组织实施的短篇小说评选，被中国作协接手主办，当时，虽然同是由《人民文学》杂志社承办，但因其背后带有明确的官方色彩，实际上已成为新时期以来中国文学评奖制度的重要组成部分和组织模式。这是一种由中国作协主办，然后委托各个杂志承办的模式。1980 年，中国作协委托《文艺报》举办的四年来全国优秀中篇小说的评选，即与此有关。此外，还有中国作协委托《文

---

[01] 刘锡诚：《在文坛边缘上：编辑手记》，河南大学出版 2004 年版，第 188 页。

艺报》和《人民文学》联合举办的"全国优秀报告文学奖"（1977—1980），中国作协委托《诗刊》编辑部举办的"全国中青年诗人优秀新诗评奖"（1979—1980），等等。从这点来看，1978年《人民文学》杂志社自发举办的短篇小说评选活动意义重大。可以说，正是这次评奖，标志了新时期文学批评体制和文化领导权的重新确立。如果说十七年文学通过权威介入的批评（批判）而表现出一种对文学创作的"规训"的话，那么新时期文学通过文学评奖的设立则表现出文学创作"范导时代"的到来。

"规训"和"范导"是两种截然不同的领导方式。两个不同时代，对应的是两种不同的领导方式。20世纪50—70年代，作为为政治服务的文学，其充当的是意识形态国家机器中的"螺丝钉"的角色，"批评与自我批评"就成为彼时社会主义文化领导权建构的重要体现[01]，这是一种从内外两个方面询唤并建构"主体"的努力，一旦失败便会招致来自体制的严厉的"惩罚"。随着"四人帮"被打倒，"文革"的结束，50—70年代的这一文学批评实践及其方式越来越招致质疑并被视为"左"倾加以批判。其结果是旧的文化领导权的失效，而新的方式未及建立。《人民文学》杂志社率先在全国范围举办的这一优秀短篇小说评选，提供了新的历史时期建构社会主义文化领导权的有效尝试。简言之，这一方式表现为，以评奖的方式鼓励和引导文学创作，而非设立规范和禁忌限定作家。同样是对文学创作的领导，一个是间接，一个是直接，其效果是截然不同的。

事实上，文学评奖与"批评与自我批评"的不同，还体现在具体的人事变迁上。如果说50—70年代伴随着文学批判运动的展开，是组织上的处理和作家工资与工作岗位的变动——诸如降级降薪下放改造等等——那么新时期以来的文学评奖，则带来的是获奖作家人生的大的改变和提升。这是一种组织和经济层面的不同。表现在权力的作用方式上的差异也是相当明显的。如果说50—70年代是一种政治权力直接介入的批评方式的话，那么随着"四人帮"的被打倒和"文革"的结束，这一批评方式逐渐失效——这一失效的过程在王蒙的《青狐》这一长篇小说中有极为形象的呈现——但这并不意味着权力介入的失效，而只是表明权力的直接介入方式的失效。文学评奖恰好为权力的介入提供了新的方式方法。这一方法表现在认同和引导上。这是一种对文学创作的肯定机制。这不是传统的通过文学批评的方式，而是通过直接的物质奖励（包括奖状、纪念品和奖金等）的方式，表现出对文学作品的肯定。奖励与批评的最大不同之处在于，这不仅是一种肯定，还是一种认同和鼓励机制。认同是以共识作为基础，而批判则是以禁忌为前提。奖励不仅仅是一种肯定，更是对文学发展的美好前景的期许和承诺。某种程度上，万象更新的新时期的意识形态是这种美好前景产生的重要前提，而"四人帮"的被打倒，以及"文革"的结束，更使得这种承诺深入人心。

文学评奖的初衷虽然在于优秀作品的评选和认定，但其更为根本的意图还在于典范的确立及其引导作用。这一典范一方面表现在是在符合政治标准的框架内对艺术标准的肯定，这从前面对 1978 年《人民文学》举办的短篇小说评选标准的分析即可看出；而另一方面，典范对艺术标准的确立也并不是任意的，其同样体现了权力，甚至是权力（话语权）的争夺。这样也就能理解为什么历届茅盾文学奖作品中总有些作品备受质疑。从这点来看，文学评奖的意义，还在于提供了新时期意识形态主体建构的询唤机制。

第四章

批评空间的建构

第一节　现代派的合法性与朦胧诗的争论

　　朦胧诗在当代文学的发展史上历经坎坷，走过了一条曲折多变的前进之路。其发生、发展大致经历了酝酿探索阶段（20世纪60年代末—70年代中期）、争鸣发展阶段（1976—1983）、成熟转化阶段（1983—1989）。酝酿探索阶段即指以郭路生（食指）及"白洋淀诗群"为代表的"文革"间的知青诗歌写作；争鸣发展阶段的朦胧诗从地下转到地上，在各种刊物上获得发表，但由于与当代诗歌观念及所培育的审美习惯截然不同，从而引发了当代文学史上一场持久的关于朦胧诗的讨论和争鸣。这一时期的朦胧诗人对西方现代派文学有了更系统、更深入的探讨，其现代主义倾向也较明显，关于朦胧诗的讨论和争鸣主要是针对这一时期而言的。伴随着反思大潮和争鸣广泛深入地展开，朦胧诗作者开始进入冷静的反思与系统的借鉴的创新时期，这就是成熟转化阶段。这一阶段有些诗人暂时封笔如舒婷，有些有意识地开始向传统和现代意识的结合方向进行深入的探索，如杨炼、江河，有些则开始了新的反叛，如梁小斌、于坚、韩东等。[01]

---

[01] 谭楚良：《中国现代派文学史论》，学林出版社1997年版，第334—343页。

一、关于朦胧诗的争论

朦胧诗被认为是当代中国现代主义的最早标志。因此，关于朦胧诗的论争，我们可以把它放在现代主义文学在当代中国，特别是在"文革"后期、新时期初的这一段背景中加以考察。

我们先看看关于朦胧诗的论争。其始末大致是这样的：缘起于1979年《星星》复刊号发表了老诗人公刘的《新的课题——从顾城同志的几首新诗谈起》，文中隐含了"不胜骇异"和担忧；接着《福建文学》从1980年第1期开始了对舒婷诗作的讨论；同年4月，第一届全国诗歌理论研讨会在广西南宁、桂林召开，会上就一些青年诗人诗作的现代主义倾向进行了一定的讨论，当时讨论和影响的范围还不大；而正式触发以朦胧诗为题的讨论，是章明发表于《诗刊》1980年第8期的《令人气闷的"朦胧"》一文，朦胧诗也因此而得名；由此从1981年到1983年，《诗刊》《作品》《星火》《诗探索》《文汇报》《光明日报》《人民日报》等报刊，相继就朦胧诗的得失及命运进行了讨论和争鸣。

关于朦胧诗的讨论主要涉及以下几个方面。

一是关于朦胧诗产生的原因及其评价。

关于产生的原因，评论者多从我们国家一度存在的不正常的社会生活和外国现代主义文艺思潮的影响两方面去寻找。评论者大致认可朦胧诗是特定时代的产物。他们认为中华人民共和国成立以后乃至"文革"期间普遍高昂的革命激情和现实中人们"被愚弄被遗弃的遭遇"，这两方面形成了强烈的反差，于是有些人迷惘、徘徊、怀疑，甚至绝望，便发而为诗，这就产生了"某些诗中真正的朦胧和晦涩"；还有些论者认为，文学艺术从"文革"的禁锢到开放，一些人为表达他们"畸形的心理"，需要借助不平常的方式来抒写情怀，于是急于向某些西方现代派的诗歌艺术（或间接从20世纪30年代、40年代某些受现代派影响的新诗）中寻找借鉴。

虽如此，评论者们对朦胧诗的态度却不尽一致。有些论者抱以同情、理解的态度，如谢冕在《失去了平静以后》一文中说，当"他们由迷惘而转为思考"，"他们的思考也常带着那个时代的累累伤痕，畸形的时代造就了畸形的心理……这就造成了某种在思想上和艺术上都显得古怪的诗"。[01] 有些论者则从批判的否定态度指出："由于'四人帮'破坏了马列主义、毛泽东思想，有一部分人分辨不清真假马克思主义，产生了所谓'信仰危机'，对《讲话》也产生怀疑和否定了，新月派、现代派都成了香的了。这股思潮，是'朦胧诗'产生的社会根源。"[02]

相应地，也就有两种截然不同的评价，一种意见基本上是持否定态度，有些论者从朦胧诗思想上的朦胧入手，指出："朦胧诗并不是语言形式的朦胧，首先是思想认识上的朦胧，内容上的朦胧。朦胧决不是中国新诗发展的前途。"[03] 正因为思想上的朦胧，这些论者因而武断地宣布："朦胧诗专搞象征法、暗示法、隐喻法、悬想法、串珠法等东西，以晦涩难懂为其总特征，……其结果便是诗的形象模糊不清，意境支离破碎，描写对象任意地、失常地变化，思想感情、想象、联想无端跳跃。"[04] "晦涩是诗的也是文学的癌症，晦涩破坏了诗的艺术性，破坏诗的社会功能和艺术效果。"[05] 而另一方则基本上持肯定的意见，有论者如谢冕认为朦胧也是一种美，他在 1985 年 1 月 5 日中国作家协会第四次代表大会的一次发言中进一步补充道："它意蕴深却不求显露；它适应当代人的复杂意识而摒弃单纯；它改变诗的单一层次的情感内涵而为立体的和多层的建构。模糊性使诗歌的错综复杂的内涵的展现成为可能。"[06] 但又有论者如楼肇明指出，应当"把朦胧从含蓄中分离出来，与晦涩划一道界限，独立出来作为美的一种品类加以肯定"[07]。

在如何对待"看懂"与"看不懂"的问题上，评论者的意见分歧也很大。丁力在《古怪诗论质疑》中指出，那些"很朦胧"的和"让人看不懂"的，不能为广大群众所理解、所接受、所欣赏的诗，当然

---

[01] 谢冕：《失去了平静以后》，《诗刊》1980 年第 12 期。

[02] 臧克家：《关于朦胧诗》，《河北师范学院学报》1981 年第 1 期。

[03] 方冰：《关于朦胧诗的争鸣》，《人民日报》1981 年 1 月 7 日。

[04] 丁力：《古怪诗论质疑》，《诗刊》1980 年第 2 期。

[05] 丁力：《关于朦胧诗的争鸣》，《人民日报》1981 年 1 月 7 日。

[06] 谢冕：《历史将证明价值——〈朦胧诗选〉序》，春风文艺出版社 1985 年版。

[07] 楼肇明：《朦胧诗小议》，《文汇报》1980 年 11 月 7 日。

不是好诗或根本就不是诗。使人读得懂或读不懂，不但是衡量诗的标准之一，而且是衡量一个诗人是不是愿意为人民歌唱的标准之一。老诗人艾青也表达了类似的观点，但在态度上比较温和。而谢冕、晓鸣等人的看法则与以上意见不同。他们主张艺术世界的多样性，应允许一部分诗让人读不太懂，同时读者也应该多花些力气去读懂它，理解它。至于诗要不要人懂，他们也是持较肯定的态度，看来这也是评论者们一致默认的前提吧。[01]

二是关于"新的美学原则"问题的讨论。

这一讨论是围绕孙绍振发表于 1981 年第 3 期《诗刊》上的《新的美学原则在崛起》一文中提出的问题展开的。

孙绍振认为，当前一些诗人在艺术探索中，冲击着传统。"与其说是新人的崛起，不如说是一种新的美学原则的崛起。这种新的美学原则，不能说与传统的美学观念没有任何联系，但崛起的青年对我们传统的美学观念常常表现出一种不驯服的姿态。他们不屑于做时代精神的号筒，也不屑于表现自我感情世界以外的丰功伟绩。他们甚至回避去写我们习惯了的人物的经历、英勇的斗争和忘我的劳动的场景。他们和我们 50 年代的颂歌、牧歌传统和 60 年代战歌传统有所不同，不是直接去赞美生活，而是追求生活溶解在心灵中的秘密。"[02] 持反对意见的论者则抓住西方现代主义的各种流派都把他们的"自我"作为唯一的表现对象入手，针锋相对地指出，朦胧诗人们的表现自我丝毫没有"新奇"的地方，而他们所谓通过象征、意象、潜意识，以及用梦幻来表现自我的方法，充其量只是步西方现代派文艺的后尘而已，根本谈不上什么"新的美学原则"。

这里还有一个问题也引起了论者的注意，即表现自我与抒写人民之情的关系问题。这个问题也和诗的"看懂"与"看不懂"问题相似，论者一致谨慎地认为，诗应抒人民之情。一种观点认为，这些朦胧诗人正在勇敢地向人的内心世界进军，探求那些在传统看来是危险的禁区和陌生的处女地，虽然传统视诗人的"自我表现"为离经叛道，而高度赞扬"抒人民之情"，革新者们的努力则使这人为的鸿

---

[01] 谢冕：《在新的崛起面前》，《光明日报》1980 年 5 月 7 日；晓鸣：《诗的深浅与读诗的难易》，《诗刊》1980 年第 8 期。

[02] 孙绍振：《新的美学原则在崛起》，《诗刊》1981 年第 3 期。

沟填平，他们做的只是一种"清道夫"的工作。徐敬亚在《崛起的诗群》一文中把朦胧诗中的自我和西方现代派文艺中的自我做了比较。他说："西方诗人多是从游离于社会旋涡之外的纯个人角度来抒写。而中国的诗人却是从阶级（这方面较少）、民族、国家或至少从'一代人'角度来写诗，绝大多数人的'自我'都具有广义性。"[01] 在他看来，表现自我中包含了人民之情，两者是并不矛盾的。与之相对的一种意见则认为，那些诗人把自己关在狭小的自我感情世界里，是根本不值得推崇的。这不仅与社会主义时代很不相称，在我们改革开放的伟大时代，表现一种进取的时代精神，对祖国伟大事业的坚定信仰，这正是我们的美学原则所最不可缺少的因素。还有一种比较折中的看法认为，朦胧诗人表面在写个人的内心世界，实质却与外部世界有着千丝万缕的联系，表现内心与面对现实并不是相互排斥的，因为人的内心世界归根结底是现实生活的反映，关键在于人的心灵不能向现实世界关闭，诗人的思想感情是否与人民的思想感情合拍。我们应该把诗歌的"自我表现"同个人主义的"自我表现"区分开来。

以上是朦胧诗的讨论中大致涉及的问题，正当诗歌界为此争论不休时，小说界也展开了关于艺术创新的讨论。而从 20 世纪 70 年代末到 80 年代初，朦胧诗的发表，小说和话剧对现代派手法的借鉴，更形成了一股新时期现代主义的崛起和文学的创作潮流。而这股潮流对其后当代文学的影响之深之广，是当时的评论家难以想象的。

二、现代派的合法性

从以上关于朦胧诗的讨论和现代主义文学在新时期之初引起的注意中，我们不难发现：随着"文革"的结束、改革开放的提出和实行，中国社会生活的各个方面，包括人们的精神、思想等心理因素和审美意识都在发生重大而深刻的变化。与此同时，作为社会生活的文学要不要变化（或变革），该怎么变？新时期的社会主义中国文学该向何处发展？这些问题越来越引起人们的普遍关注。一些诗人、作家更以探索者的姿态大胆地创造了一些当时还很难为时人所接受的小说、诗歌、戏剧等作品。这些自然会产生强烈的反响。朦胧诗在当时

---

[01] 徐敬亚：《崛起的诗群》，《当代文艺思潮》1983 年第 1 期。

受到责难也就可想而知了。时过境迁，今天当我们重新看待这一段历史时，应该站在什么角度，客观又全面地审视它、描述它呢？这或许就是我们应该解决的问题吧。

我认为，应该从以下几个方面对其进行审视。

首先，应当从当时的社会环境来看。朦胧诗讨论发生的 1980 年到 1983 年间，"文革"结束不久，改革开放从提出到实行正经历着一个由浅入深的过程。广大人民不仅物质上不富裕，精神上也经历了痛苦的过渡期，还普遍处在徘徊、观望和犹豫之中。社会主义该如何发展，人们心里还没有一个肯定的答案。这时作为探索的朦胧诗出现了，自然引起了人们的极大兴趣，有些人感到了惊喜，有些人感到了疑惑：诗也可以这样写吗？更有甚者，感到了莫名的恐惧。于是对这种诗的评价便被提出来了。当时即使是朦胧诗的拥护者、同情者，他们的看法也是比较谨慎的。如李丛中在其《朦胧诗的命运》一文中说："有社会生活的朦胧，才有思想的朦胧，也才产生了朦胧诗。"[01]杨匡汉的《新时期文学六年》（此书于 1985 年由中国社会科学出版社出版）"诗歌"一章对朦胧诗的评价也很典型。他从内容入手，对朦胧诗做了区别对待，即内容健康、比较正确反映现实的，应让其获得存在的价值；那些思想倾向较好，表现上有创新的，应肯定其探索；思想上夹杂着哀伤而未趋于沉沦的，要做思想上的引导；那些思想贫乏、消极，文字上玄奥生涩的则要进行批评和劝导。这普遍地反映当时人们（包括评论家和作家）的心态。而那些反对者、批评者更是以维护传统的卫道者自居。从当时的批判文章可以明显地看到，这些批评家或多或少在用一种中华人民共和国成立以来形成的意识形态的眼光和模式看问题，他们不是从文学本身，而是从文学与政治、阶级的关系（附属关系），文学为不为人民服务来看文学。他们的观点是，诗（文学）所表现的情感基调始终都应该是明朗的、健康的，在此基础上，才允许部分形式的探索。

其次，从文学的接受层面看，当时的批评家和读者理论准备不足。洪子诚在 1986 年出版的《当代中国文学的艺术问题》一书中就指出："真正属于比较难懂的作品，在近年创作（即使是青年诗人的

[01] 李丛中：《朦胧诗的命运》，《当代文艺思潮》1982 年第 3 期。

创作）中也只是极少的一部分，许多被责难的'晦涩'作品，被作为批评对象的'朦胧诗'，在许多情况下，是由于我国当代诗歌理论和创作上的贫乏、单调和窘迫所造成的读者阅读水平限制所产生的。"[01] 同时，这种情况也与中华人民共和国成立以来的新诗传统有关。传统的诗歌造就了传统诗歌的读者（批评家一定意义上也是读者）的"期待视野"。期待视野主要是在既往的审美经验，也就是在对文学的类型、形式、主题、风格和语言的审美经验的基础上形成的，同时也与既往的生活经验有关。这种期待有一个相对确定的界域，此界域圈定了理解之可能的限度。传统的诗歌（主要是指中华人民共和国成立以后的诗歌）是在现实主义诗歌和浪漫主义诗歌的交替中延续的。现实主义诗歌在经过"文革"十年的一度衰微后又一次出现了复归深化，并始终处在中心的位置。其主题也由歌颂到后来的对历史的反思和批判，语言整体上较为清新、质朴……这一切都限制了读者的理解水平。"他们习惯于一览无余的明白畅晓的抒写。他们的欣赏心理是被动地接受。他们并不了解，好的艺术是诗人与读者的共同创造，它们总是期待着欣赏者对作品的加入。它们把自身未完成的开放式（而不是封闭的）存在付与欣赏者……这是一种双向的有一定规范性的自由活动。可惜不少诗歌的批评者和欣赏者，对此缺乏谅解。"[02] 这与"文革"期间"自我封闭"的文化政策有关，正因为这样，从 20 世纪 80 年代初开始了大规模介绍西方文化思想的持久热潮，其译介的重点特别转移到 20 世纪的西方理论和文学创作方面，西方现代文论和现代派文学自然成为关注的焦点。我们还可以从洪子诚的《中国当代文学史》中的一段话看出，"经历了'文革'生活体验的中国作家，对西方现代作家的世界观和艺术方法，产生了内在响应的心理基础，也明白改变中国当代文学落后状况，开拓文学探索空间在文化准备上的紧迫性"[03]。这也同样适合读者和批评家，他们缺乏一定的理论准备，也就缺少了和作品对话的可能性。

最后，我们从作者的探索和探索的得失来看。

毋庸讳言，朦胧诗是在西方现代文艺思潮和作品的影响下出现

---

[01] 洪子诚：《当代中国文学的艺术问题》，北京大学出版社 1986 年版，第 255 页。

[02] 谢冕：《历史将证明价值——〈朦胧诗选〉序》，春风文艺出版社 1985 年版。

[03] 洪子诚：《中国当代文学史》，北京大学出版社 1999 年版，第 229 页。

的。"朦胧诗虽然在形式上显现出与西方现代主义的某种相似，……这种相似不能理解为单向度的模仿学习，而是他们在外来思潮中辨认出了自身经验的世界性因素。"换句话说："只有当外来影响与本土文化和作家主体的内在表达需要契合时，外来影响才可能促使本土作家相应地在创作中产生出世界性的因素，即既与世界文化现象相关或同步，又具有自身生存环境特点的文学意象。"[01] 我们在前面的讨论中已经谈到，朦胧诗作为一种新诗思潮，它是特定时代的产物。

关于青年诗人们的探索我们可以从以下两个方面进行观照：一是在文学观念上。这些探索者突出了对创作个性、对主体的审美意识的强调和重视。他们反对的是那种个性受制于共性，"自我"消解于"大我"的创作观念和模式，个性只被看成手段，看成共性具体的外观形式。"他们认为，诗歌的成熟的个性和风格，其'核心内容'上，即对生活的理解、表现的思想感情应该是一致的，不同的是在表现形式上。"[02] 这种观念是在中华人民共和国成立后党直接管文艺的特定时代形成的，文艺成了政治的附庸，失去了自己的品格。探索者则认为只有用自己的眼睛观察世界，用自己的方式把握世界，即意识到"自我"的存在，才可能有真正独创性的艺术。从某种意义上来说，探索者的这些观念、看法的提出，正是对中华人民共和国成立后文学脱离自身发展轨道的传统的反叛。二是在艺术形式上。用洪子诚的话说就是："对诗歌内涵的丰富性、哲理性和启示性的重视，对诗歌'意象'艺术和新的结构方式的追求。""这种艺术追求，要求诗人面对客观外部世界、面对自己的表现对象时，能够取得一种透视上的'距离'，避免过于'黏着'而产生的类乎模拟、复制对象的写法。""这种间隔、距离、抗衡，在当前一些青年诗人的作品中，常表现为有鲜明的感性特征而又有高度概括力和蕴含性的隐喻、寓言、神话、象征的运用。"[03] 他们的诗自然而然具有了一种"客观性""写实性"的倾向。这种倾向虽然与我国当代诗歌对现实生活做写实性描述，即托物言志的诗在表面形态上有相似之处，但其区别也是很明显的。朦胧诗人们的写实性倾向，一反当代诗人们的诗的含义和诗人的

[01] 陈思和：《中国当代文学史教程》，复旦大学出版社1999年版，第265、262页。
[02] 陈思和：《中国当代文学史教程》，复旦大学出版社1999年版，第274页。
[03] 洪子诚：《当代中国文学的艺术问题》，北京大学出版社1986年版，第274、283页。

注意力就是描绘生活现象本身，他们要求的是"意象的可感性和内涵丰富性的统一"。[01]

从以上的分析我们可以看出，朦胧诗人们的这些探索虽然不是很有开创意义和独特性，从中国的古典诗歌和西方的现代诗歌中都可以找到它们的影子（如中国古典诗的韵味、意境，古典诗人的济世态度，西方的意象诗、象征主义诗等），但我们还是看到了这些探索者在糅合西方现代诗与中国传统诗歌间的努力。一方面，他们摒弃了西方现代诗内容上、情调上的颓废、伤感、享乐主义的倾向，而采取一种横的移植，即吸取有利于表达他们复杂、隐晦情感的现代主义的形式技巧；另一方面，他们对中华人民共和国成立以来的传统诗歌也进行了改造吸收，继承了传统诗人对现实、对人生的使命感和关注意识，虽然他们的诗有过伤感和徘徊，但更多的是一种忧患意识和英雄主义情怀。他们对现实始终是十分关注的，即使如顾城的"童话世界"也是现实世界的折射。祖国的多灾多难，社会的何去何从，个人生命的尴尬困窘，常常是他们表现的主题。应该说他们的这些探索大体上是成功的，他们实现了中国新诗在"文革"后新时期的现代化转型，开启了人们探索新诗发展路向的先河，其真正意义上使新诗走出了意识形态的阴影，进入了诗歌艺术主体发展的道路。

当关于朦胧诗的讨论渐渐平息，朦胧诗被人们认可并接受时，朦胧诗人的探索并未停止，有些诗人如舒婷暂时搁笔，进行了深入的思考，有些诗人则从朦胧诗的探索止步的地方，进行了更大胆、更坚决的反叛。这首先表现在"后朦胧诗潮"的出现。后朦胧诗是相对于朦胧诗而言的，他们提出了"PASS北岛""打倒舒婷"的口号，一反朦胧诗人的忧患意识和使命感，把诗歌中的"自我"从个人与时代的结合中的歌唱彻底拉回到真正个人意识上的"自我"，这个"自我"只代表个人，并以此构筑了他们平民意识的世界。这一诗潮以"第三代诗人"的创作为代表。这一批诗人有韩东、于坚、周伦佑等。而那些所谓坚守知识分子精神立场的诗歌创作，更是把视角从"自我"（个人与时代结合的"自我"、个人的"自我"）延伸向更广阔的空间，力图寻找诗与世界重新交融的途径，执着于探讨人生的意义和价

---

[01] 洪子诚：《当代中国文学的艺术问题》，北京大学出版社1986年版，第286页。

值。在诗歌形式的创造上，他们也越来越表示出对朦胧诗意象艺术的不满。后朦胧诗断然将消解意象纳为超越朦胧诗的最佳选择。[01] 朦胧诗人追求的是一种透视上的距离，而他们则提出"还原语言"（如"非非主义"），回到事物中去（如"他们"诗群），以情感"零度状态"正视世俗生活，他们拒绝象征、隐喻等手法，也就是拒绝朦胧诗人对意象艺术的关注，对语言的重视和口语化的倾向，成为他们自觉的追求，等等，这些无不构成朦胧诗之后的创作潮流。他们的探索是不会停止的，特别是 20 世纪 90 年代以来的诗歌的个人化写作，以及对穆旦等九叶派诗歌艺术价值的重新发掘，更启发了诗人们的探索精神。应该说，正是朦胧诗的出现及其对传统诗歌的否定，使诗歌走上一条否定之否定的良性发展的道路，其后的诗歌革新就是沿着这条道路前进的，而朦胧诗的历史地位和价值也正在于此。

---

[01] 罗振亚：《后朦胧诗整体观》，《文学评论》2002 年第 2 期。

第二节   文学批评与改革意识的诞生

凡论及改革文学，大家都会想到蒋子龙和他的《乔厂长上任记》（1979），这部小说常常被视为"改革题材小说最早的发轫"[01]。小说发表后，引起很大反响并获得了年度全国优秀短篇小说奖。一时间，"乔厂长"成为人们竞相谈论的对象，尤其在工业战线，呼唤"乔厂长"的到来，成为许多工人热切的要求。但如果因此认为小说在当时赢得了一致的好评，却是大错特错。事实是，小说发表后没多久就遭到了极为严厉的批判，其批判措辞之严苛令人有重回到"文革"那个年代的感觉，而当时的1979年，距离"文革"结束才不久，情况似乎也并不如我们想象的那样明朗。

《乔厂长上任记》自最初发表至今，已有40年了，在历史走过40年的轨迹之后再回过头来看那场争论，很多当时不被注意的问题似乎也随之呈现或暴露出来。本着这样的理解，本文即打算沿着历史发展的脉络重读小说，分析其引起的争论，从中发现某些隐而不彰的问题，以引起我们的思考。

---

[01] 季红真：《变革的时代与文学的主题——兼论改革题材小说创作的发展》（1984年11月16日），《文明与愚昧的冲突》，浙江文艺出版社1986年版，第258页。

一、如何阐释，以及争论的出现

争论的焦点和缘起，是《天津日报》自 1979 年 9 月到 10 月间近一个月内的四组整版的评论文章。这组文章的出现，虽曰"本着百家争鸣的方针"，"在于引起讨论"，[01] 但从其实际的排版和所占分量来看，其意明显是打着"讨论"的幌子以行批判之实 [02]。故此遭到了许多读者包括评论家的强烈不满，很快引起了广泛的争论，直到年底，小说被评为该年度全国优秀短篇小说，才渐渐平息。对于这一争论，笔者无意去勾勒当时的全貌，也无意去评判孰是孰非，其中是非曲直自有历史定论，无须在此赘述。笔者认为，既要看到它与此前文学及历史的关联，同时又要注意到时代的变迁，及其对小说创作意义的新的发掘的一面。

就在《乔厂长上任记》发表之前，也是在《人民文学》杂志，1977 年第 11 期刊出了刘心武的《班主任》，故此引发了大量揭露"文革"创伤作品的出现。这些作品曾被诋为"伤痕文学"及"向后看"或"缺德"文学，而令当时文坛一度显得沉寂。恰在此时，《乔厂长上任记》横空出世，其表现出与所谓"伤痕文学"迥异的一面，顿时让当时的读者和批评者眼光一亮 [03]；而"文革"结束不久，在"拨乱反正"和实行整顿的同时，对"四人帮"及林彪等同党的"揭批查"运动也在延续，有很多人受到了牵连；同时，思想解放和改革开放也被提出，而就在 1979 年《乔厂长上任记》（7 月）发表的时候，第四次全国文代会（10 月 30 日开幕）亦召开在即，如此种种，都一再表明：文艺界此时正好处于一个转折的关口，有新的气象，而历史问题亦是积重难返，一时之间，各种矛盾纠结在

---

[01]《编者按》，《天津日报》1979 年 9 月 12 日。

[02] 在这四组八篇文章中，批判的文章排在首位，所占版面远甚于持肯定赞誉的文章，明眼人一眼即能看出其中的倾向。而陈荒煤也指出《天津日报》的几篇文章，是打着百家争鸣的幌子打棍子"。刘锡诚：《〈乔厂长上任记〉事件》，《在文坛边缘上——编辑手记》，河南大学出版社 2004 年版，第 346 页。

[03] 刘锡诚：《〈乔厂长上任记〉事件》，《在文坛边缘上——编辑手记》，河南大学出版社 2004 年版，第 340 页。

一起，争鸣甚至激烈冲突现象的出现也属正常。因此，《乔厂长上任记》的发表及其引起的争论，也应放在这个历史背景下加以考察。

在今天看来，对于这场讨论，似乎没必要夸大其对新时期文学的意义，但在当时，却引起了很多人相当强烈的反响，双方的情绪都十分高涨。有趣的是，严厉批评小说的文章，在这时却完全以一种弱者的身份申辩："让争鸣空气更浓一些"，"文学从来都不是以少数服从多数来评价优劣的"[01]，"这里，不应存在着长官意志"，"真理从来就不是权力的仆从，百家争鸣，才能促进文艺事业的发展"[02]，等等。由此可以看出小说在当时受到普遍欢迎的程度。而同样奇怪的是，肯定的一方也十分"气愤"[03]，表示"对某些不切实际的甚至歪曲作品主题的批评文章，感到惊讶。……决不能无限上纲，扣帽子，打棍子"[04]，"我们认为……在不少地方都超出了正常的文学评论的范围，且不说他们的文章出现了不少吓人的政治大帽子"[05]，"在粉碎'四人帮'已经三年后的今天，竟然又发生了这样的问题"[06]，应"给作者以更多的艺术民主"[07]，"如果承认是争鸣，那就要允许反批评"[08]，等等。争论的双方，都要求"民主"和"讨论"，但问题是，当时的讨论是否真的不民主？当然，问题似乎并不这么简单，时代的变化在这里是关键的因素，而他们双方对民主的理解也不尽一致[09]。

从当时的争论来看，焦点在于，如何看待"四个现代化"的时代

[01] 王昌定：《让争鸣空气更浓一些——也谈〈乔厂长上任记〉》，《天津日报》1979年10月10日。

[02] 刘志武：《文学应是生活、时代的一面镜子——评小说〈乔厂长上任记〉》，《天津日报》1979年10月5日。

[03] 杨竹青：《小说〈乔厂长上任记〉发表以后》，其中有云："座谈会（指的是《文学评论》和《工人日报》编辑部于10月10日在北京召开的《乔厂长上任记》座谈会，其实是为小说鼓气——引注）上很多同志表示气愤。"

[04]《鼓励业余创作，端正文艺批评——〈文学评论〉和〈工人日报〉联合召开优秀短篇小说〈乔厂长上任记〉座谈会》，《工人日报》1979年10月15日。

[05] 朱文华、许锦根：《怎样看待〈乔厂长上任记〉的思想倾向和人物塑造——与召珂等同志商榷》，《新港》1979年第11期。

[06] 参见敏：《对小说〈乔厂长上任记〉的反应》，《文艺研究动态》1979年第19期。

[07] 刘心武：《给作者以更多的艺术民主》，《工人日报》1979年10月15日。

[08] 出自陈荒煤的讲话，转引自刘锡诚：《〈乔厂长上任记〉事件》，《在文坛边缘上——编辑手记》，河南大学出版社2004年版，第346页。

[09] 对肯定的一方而言，在经历过"文革"式的"五子登科"后，对这种动辄"扣帽子"的激进批评十分敏感，他们反对的是那种严厉批评的方式。而对于持否定意见的一方来说，毕竟时代已经不是"文革"了，任何激进的批评，未必能得到大多数或主流的认可，其呼吁民主自然也可以理解了。

主题和"揭批查"运动之间的关系。批判的一方从反映"揭批查"运动的角度解读小说，发现了小说中存在针对"揭批查"运动的微妙的态度："小说中描述郗望北这个人物的全部行为，都旨在证明'揭批查'运动有偏差，甚至是搞错了"，而乔光朴"他的一举一动，都在实践着一条政治路线……就是对于'揭批查'运动的反'拨乱反正'"，其结果是"把'揭批查'运动和搞四个现代化对立起来，用搞四化来否定'揭批查'运动"。在批评者看来，如果"不把'揭批查'运动搞得善始善终，不粉碎'四人帮'帮派体系这股反革命政治势力，不彻底批判极左路线并肃清其流毒和影响，要实现工作着重点的转移，团结干部、群众同心同德搞四化是很困难的"，而只有通过"揭批查"运动，才能"为把全党工作的重心转移到实现社会主义现代化建设事业上来，扫除了障碍，开辟了道路"。[01] 显然，批评者的逻辑是只能先行进行"揭批查"运动，而后才能进行真正意义上的"四化"建设，而不是相反；肯定者则首先从实现"四个现代化"的角度申辩：这篇作品"写出了人们要求实现'四化'的强烈愿望和迫切心情，揭示了党的工作重心转移以来现实生活中新的矛盾，使人们看到了希望，受到了鼓舞"[02]。"《乔厂长上任记》的最可贵之处，在于通过工作着重点转移到四化建设以后工业战线的矛盾斗争，塑造了体现时代精神的英雄人物。"[03] 因此，"用四化的实践检验了郗望北的诚意，尽管他过去犯过错误，现在也还有缺点，仍然把他作为组阁对象"[04]。对肯定者而言，是"四人帮"和林彪的破坏，阻碍了实现"四个现代化"的进程，因而，"需要我们发扬顽强斗争、奋发有为的精神"，《乔厂长上任记》就是一部能给我们以这种精神的小说。[05] 而有的肯定者甚至还这样辩解："作者的独到之处在于：作品把反映实现四个现代化的斗争生活和揭露批判林彪、'四人帮'的流毒影响有

[01] 召珂：《评小说〈乔厂长上任记〉》，《天津日报》1979 年 9 月 12 日。
[02]《一篇深受读者欢迎的小说——本刊编辑部召集部分业余作者座谈小说〈乔厂长上任记〉纪要》，《新港》1979 年第 10 期。
[03]《鼓励业余创作，端正文艺批评——〈文学评论〉和〈工人日报〉联合召开优秀短篇小说〈乔厂长上任记〉座谈会》，《工人日报》1979 年 10 月 15 日。
[04] 朱兵等：《短篇小说创作的新突破——评〈乔厂长上任记〉》，《新港》1979 年第 11 期。
[05] 文华等：《一篇揭示现实生活矛盾的好小说——读〈乔厂长上任记〉》，《文汇报》1979 年 9 月 3 日。其中有言"实现四个现代化，已成为中国人民最重要的生活课题。但是，由于林彪、'四人帮'的严重破坏，给我们留下了异常的困难"，"面临……一个（这种）难以收拾的局面"，"需要我们发扬顽强斗争、奋发有为的精神"。

机地结合起来，用艺术形象告诉人们，不彻底揭露和批判林彪、'四人帮'的流毒影响，四个现代化是难以实现的。……作者并没有直接地和一般地去揭批林彪、'四人帮'的罪恶，而是着力于去揭露他们的流毒所及，怎样严重地败坏了我们的社会风气和党的作风。作者深刻地揭示出不仅在一般人身上，甚至在被林彪、'四人帮'及其反革命路线严重迫害过的一部分人身上，也这样或那样地表现出了林彪、'四人帮'流毒的影响。"[01]

可见，对于"四化"和"揭批查"的必要性，双方之间并没有什么实质性分歧，分歧就在于如何看待两者之间的关系，以及就当前而言孰轻孰重、孰先孰后的问题。争论双方从各自不同的角度解读小说，侧重点不同，其得出的结论也就截然不同，这也是情理之中的事，其结果自然是难以交流和说服对方。问题的复杂还在于，从小说描写的时段——1978 年 6 月以后——来看，当时"揭批查"运动显然还没有结束，而小说创作的开始时间却是 1979 年 4 月 [02]，此时"揭批查"运动显然已经终结（十一届三中全会的召开，结束了全国性的"揭批查"运动）：这其中有一个明显的叙述时差问题，即，以 1979 年的视角来叙述 1978 年 6 月的故事。而从小说的叙述来看，显然作者是有意淡化了对"揭批查"运动的描写，这种淡化说明了什么？有意还是无意？

二、对历史的不同理解和"改革"意识形态的胜利

表面看来，评论双方对乔光朴、郗望北和冀申等人物形象有截然不同的看法，他们之间的争辩也多从这几个人物形象入手，但其实真正的分歧却是在对历史的不同理解上。

这三个人物形象，大致代表了打倒"四人帮"后三种类型的干部，按小说的说法，即"三套班子"："十年前的一批，'文化大革命'起来的一批，冀申到厂后又搞了一套自己的班子"，也就是所谓"老干部"、"火箭干部"（或"震派"人物）和"新干部"。而后两者有时

[01] 金梅：《新时期的英雄形象——〈乔厂长上任记〉读后》，《文艺报》的《新收获》栏，1979 年第 9 期（9 月 12 日）。
[02] 蒋子龙：《〈乔厂长上任记〉的生活账》，《十月》1979 年第 4 期；另见蒋子龙：《蒋子龙自述》，大象出版社 2002 年版，第 89 页。

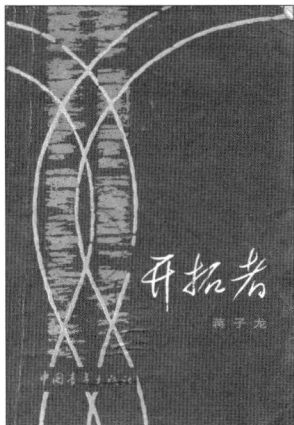

又被划到"新干部"之列。从批判者的角度看,"揭批查"的对象应该主要是"火箭干部"(在小说中的代表人物是郗望北),甚至是"出卖灵魂的老干部"。但在他们的解读中,小说的创作倾向却不是这样,"对这三套班子,作者自有褒贬。在小说中,作者采用对比手法,通过三套班子的代表人物之间的矛盾冲突,企图告诉人们:十年前的一批,除了厂长乔光朴和党委书记石敢之外,其他干部不能信任;'文化大革命'起来的一批,以造反派头头郗望北为代表,搞生产似乎并没有完不成任务的问题;在粉碎'四人帮'之后,虽然被无理宣布'停职清理',但是个干四化的英雄人物,应当受到党的重视。而粉碎'四人帮'之后,由翼申这位新厂长为代表的班子,则成了小说全力抨击的对象。在这里,作者以自己的政治见解,对现实生活做了各取所需的描写","在小说中,作者通过自己的描写,把机电厂被搞成'烂摊子'的直接罪责归于厂长翼申,直言不讳地指责他'是厂里一切祸水的根源'"。[01]而肯定者则从建设"四化"的角度为郗望北申辩:"作者……没有把郗望北写成一个坏头头、打砸抢分子、帮派骨干人物,最后被批判斗争,甚至逮捕法办,而是把他写成了一个虽犯了错误,但对四化建设有热情、有干劲、有才能的青年干部,这就使这个形象具有了与一般揭露'四人帮'作品中所塑造的造反派头头的形象不同的特点,具有了新的思想内容和现实意义",显然他"是一个能改正错误为四化建设服务的青年干部",如此等等。[02]

这三类干部形象,因其与"文革"那段历史有着千丝万缕的联系,对他们的评价必然牵涉到对历史及其复杂性的不同理解。这种复杂性,在对历史时段的不同解读上表现尤为明显。评论双方都一再提到小说中描写的机电厂在"文革"后的混乱局面,其分歧主要表现在,这种混乱是由谁造成的?批判者以翼申出任厂长之前——打倒'四人帮'时(1976年10月)——这个时间作为起点解读混乱的原

[01] 召珂:《评小说〈乔厂长上任记〉》,《天津日报》1979年9月12日。
[02] 丁振海、朱兵:《推动四化建设的好作品——也评〈乔厂长上任记〉并与召珂同志商榷》,《人民日报》1979年10月18日。

因："显而易见，翼申上任（"四人帮"被打倒后——引注）之前，电机厂已经亏损了。这是谁造成的？不正是那个自称为'运动跟得紧'的造反派头头都望北追随'四人帮'那条祸国殃民的极左路线的结果吗？"[01]而肯定者则以乔光朴到任——1978 年——之时作为起点解读小说，这个时间点被冠以"当前""新时期""四化建设新时期"等相关指涉的范畴，如冯牧评价说，"作者……用严谨的现实主义手法表现了当前工业战线的矛盾和斗争。[02]"在时间的逻辑上，这两种叙述似乎没有什么不同，但在对时间的处理上，前一种叙述把"四人帮"被打倒以来视为一个完整的时段。这种对时间段的处理，在今天看来显然是很有问题的，"四人帮"被打倒并不意味着"文革"结束，"文革"的结束要到 1978 年底前后；如果以此来看后一种叙述，无疑符合当代历史的发展概貌。但这并不是说，后一种叙述就没有问题。后一种叙述的问题在于没有区分"四人帮"时期和"四人帮"被打倒到1978 年这两个时段的不同（这也可能是一种有意的混淆）。可见这种不加区分，恰恰又是在"改革"及"四化"的意识形态中所呈现出来的。

　　从上面的分析可以看出，评论者们对历史的不同理解，主要表现在对"四人帮"被打倒之后的历史分期的不同态度上。肯定者从1978 年以后的历史开始叙述（评论也是一种叙述），显然是以时代的宏大主题——改革的意识形态，作为评判和观察的角度和依据。这之前出现的种种混乱都能在改革和"四个现代化"的视域中得到合理的解释（即"四化"的阻碍），也能在改革和现代化的承诺中得到彻底的解决，而改革的迫在眉睫和压倒一切的必要性也在这种混乱局面中呈现出来。否定者则从"四人帮"被打倒开始叙述。这种叙述虽然也能导向对"四个现代化"的呼吁，但改革的时代主题和必然性却不一定得以呈现。在这种视域中，一切混乱和悲剧，都是"四人帮"和林彪造成的。按照这种逻辑，似乎只要肃清"四人帮"和林彪的流毒，任何问题都能迎刃而解了。

---

[01] 刘志武：《文学应是生活、时代的一面镜子——评小说〈乔厂长上任记〉》,《天津日报》1979年 10 月 5 日。

[02] 肯定者（如冯牧）多用"当前""四化建设新时期"等语，参见敏：《对小说〈乔厂长上任记〉的反应》,《文艺研究动态》1979 年第 19 期；彭少峰：《乔光朴——新时期的英雄形象》,《新港》1979 年第 12 期。

　　表面上看，这两种叙述，一个是把责任归于"四人帮"（前一种叙述），另一个则从是否阻碍"四个现代化"的角度寻找原因，其实反映的是"四人帮"被打倒后中国社会普遍存在的两股意识形态的分野，即继续革命和发展主义的区分。在前一种叙述中，鲜明地区分敌我以确定"揭批查"的对象，这是继续革命的逻辑，其延续的仍旧是"文革"的思路。而建设"四化"需要发动或动员全民的力量，敌我之间的对立标准则变为是阻碍还是促进"四化"，即所谓"热心四化者来，反对四化者走"[01]，发展主义成为压倒一切的意识形态。

　　而如果联系蒋子龙此前的小说创作及其反响，我们发现，这次争论的结果，与其说是蒋子龙和广大读者的胜利，毋宁说是时代的改革意识形态的全面胜利。1976 年，蒋子龙曾以短篇小说《机电局长的一天》一举成名，但旋即遭到批判甚至打击。小说因触及对企业生产力和科学管理的强调，而被扣以"唯生产力"和阶级调和论等罪名，作家也被迫做了检讨[02]；若从创作谱系来看，《乔厂长上任记》并不比《机电局长的一天》更让人耳目一新，《乔厂长上任记》中强调的"时间和数字"在《机电局长的一天》中都曾出现[03]，在主题和人物塑造等方面，两篇小说显然也是一以贯之的。但问题是，同为呼唤现代化的小说，为什么在 1979 年获得了广大民众的热烈呼唤，而在 1976 年竟很少有回应甚至招来严厉的批判呢？

　　显然，问题并不在广大人民群众身上，是时代的错位导致这种情况的出现：在这两篇小说中，不同的时间参照和坐标，揭示出不同的时代主题及意义。在《乔厂长上任记》中，叙述者以 1979 年的视角进行叙述：1978 年 6 月，"四人帮"被打倒已近两年，而此时仍是一片混乱局面（断裂的存在），"改革"因此刻不容缓。在此前提下，"四个现代化"被天然而没有任何缝隙地糅合进"改革"的意识形态之中——现代化的承诺一定意义上就成为"改革"的延续和深化，是挽回"四人帮"和林彪造成的混乱局面的伟大承诺，而"改革"则成

---

[01] 朱兵等：《短篇小说创作的新突破——评〈乔厂长上任记〉》，《新港》1979 年第 11 期。

[02] 蒋子龙的检讨文章为《努力反映无产阶级同资产阶级的斗争》，发表于《人民文学》1976 年第 4 期。这一期同时发表了作者另一篇反映同走资派做斗争的短篇小说《铁锹传》。

[03] 小说中有云："时间，是个很严肃的问题。""本世纪内，我们要成为社会主义的现代化强国。"蒋子龙：《机电局长的一天》，《蒋子龙短篇小说集》，中国青年出版社 1980 年版，第 118 页。

为"四个现代化"的动力之源。而在《机电局长的一天》中，时间的叙述起点是"（周）总理"提出"四个现代化"时的"四届人大"（1975 年）[01]，在这个时间的横轴上，显然并不存在关于此前后断裂的叙述，其主题仍旧是所谓继续革命，而时间的终点在小说中也已隐然存在，即美苏两个超级大国竞争而随时可能引发的战争 [02]，现代化的承诺正是在这个框架内被表述的。可见，小说显然还不可能触及《乔厂长上任记》式的大刀阔斧的"改革"主题，因此小说叙述只能在管理的层面上大做文章，"现代化"只能停留在管理的完善，以及生产力、生产关系之间的协调发展上。

以此观之，两篇小说虽然都在提倡和呼唤"四个现代化"，但在其深层内涵上并不一致，甚至存在相当大的距离。在《乔厂长上任记》中，现代化的实现是终极目标，是解决一切问题的根本，即"时间和数字"的神话；而在《机电局长的一天》中，现代化一定程度上只是一个工具和陪衬，其意显然在别处，是为备战和继续革命服务的。这样看来，人们包括普通读者从继续革命的角度去阅读小说，敏锐地发现小说存在着的阶级妥协和调和也就是情理之中的事了，这也就更加说明，在小说中，现代化和时代主题（如继续革命和备战）并不能很好地协调配合。而《乔厂长上任记》获得热烈的称赞，一定意义上就是"四个现代化"从之前（《机电局长的一天》）的从属地位上升到主导其至终极目标的结果，而"改革"也正是在这种语境中被糅合进"四个现代化"的进程中。可见，《乔厂长上任记》被视为改革文学的开山之作，其意义也就在于把改革和"四个现代化"完美地糅合起来。它们之间是一种互为前提和结果的关系，也正是这篇小说，在当代文学中率先真正地树立起改革和现代化的神话。

如果说，小说在塑造乔光朴时表现出了"理想色彩"的话，也正是这种理想色彩承担了改革的神话和现代化的伟大承诺的功能。蒋子龙说，那些"在工业战线上搞经济和搞技术工作的同志（尤其是在工厂工作的同志），没有把乔光朴当成是理想化或是不现实的人物，相

---

[01] 小说中有这样的表述："总理在四届人大提出的四个现代化目标谁去实现？"蒋子龙：《机电局长的一天》，《蒋子龙短篇小说集》，中国青年出版社 1980 年版，第 111 页。

[02] 小说中有云："我们必须一切往前赶，拼命往前赶，一定要赶在战争之前准备好。"蒋子龙：《机电局长的一天》，《蒋子龙短篇小说集》，中国青年出版社 1980 年版，第 118 页。

反地倒有不少人把乔光朴误认为生活中的真人，还到处打听他……倒是对小说中所反映的生活不大熟悉的同志，或者是搞写作这一行的朋友们提出乔光朴是个理想化的人物"[01]。当时有批评家，甚至作者自己已注意到这个问题[02]，但大都从人物塑造的真实及典型与否的角度立论，并没有触及其理想色彩或神话背后的意识形态内涵。

三、"现代化"作为一个问题：原有的意识形态色彩被遮蔽

20 世纪 80 年代文学的基本主题曾被概括为"文明与愚昧的冲突"，"随着思想解放运动的开展，停滞已久的历史车轮开始缓慢地启动。但是，它所遇到的困难也是可以预料的。解放与禁锢、改革与保守、进步与落后，就集结了这个时代从政治经济、社会伦理到精神心理等全部社会生活中最主要的矛盾。……文明与愚昧的冲突，则是人们以不同的标准在对各种文化的择取过程中，存在于小说诸多分散主题中的普遍联系，也就是内在的同一性。我们称它为基本主题"[03]。这个主题的形成，与我们理解"改革"和"四个现代化"在《乔厂长上任记》中的意义有一定的关联。

其实，所谓"愚昧"并不是自明的，而是被"文明""看"出来的，是在"文明"的参照下显现出来的。而"文明"，如前文所示，其实在一定意义上就是"现代化民主化"。以"现代化民主化"为参照来观照现状，自然任何事物都能在这种观照中分野为"解放与禁锢、改革与保守、进步与落后"之间的对立。但如果换一个角度，我们会发现，20 世纪 80 年代的国人可能忽略了一个问题，那就是现代化并不是改革开放后提出的，其实早在 20 世纪五六十年代就不断被提及，而在 1975 年四届人大上被周恩来正式写进了《政府工作报告》。这个问题该如何看待？此外还有一个问题，即，现代化是否不

---

[01] 蒋子龙：《关于〈乔厂长上任记〉的通讯》，《语文教学通讯》1980 年第 1 期。

[02] 蒋子龙：《关于〈乔厂长上任记〉的通讯》，《语文教学通讯》1980 年第 1 期；蒋子龙：《生活和理想——乔厂长这个形象是怎样诞生的》，《鸭绿江》1979 年第 12 期；季红真：《变革的时代与文学的主题——兼论改革题材小说创作的发展》，《文明与愚昧的冲突》，浙江文艺出版社 1986 年版，其中有"在他（指蒋子龙——引注）倾注了最多理想激情的乔光朴身上，却多多少少有一些斧凿和摹仿的痕迹"，而像《乔厂长上任记》等小说"孤立地突现了人们的自觉活动，没有看到参与历史变革的人们自身也受着历史的局限，把他们理想化"等语，见第 263、259 页。

[03] 季红真：《论新时期小说的基本主题》，甘阳主编：《八十年代文化意识》，上海人民出版社 2006 年再版，第 121 页。

证自明而具有先验的真理性？

据研究，"第二次世界大战后，美国对东亚和其他一些新兴国家开展'区域研究'时即开始使用'现代化'概念及'现代化'理论框架"。其"最初大概是用来取代西方学者早已使用过的'西化'和'欧化'一词"。而"从'西化'到'现代化'，表面上看只是修辞上的变化，但实质上是对现代世界变革趋势的再认识"，"东方的西方化，这是一个西方的概念；东方的现代化，则是一个新概念，是第三世界发展中的新概念"。[01] 显然，这是把空间问题（东西之间）时间化（现代和传统之别）了，这样一来，中西问题（即殖民历史）就被置换成了新旧，即"现代"和"前现代"的分野。问题还在于，"现代化"范畴在中国当代的实践中主要指向经济层面，"现代化"范畴中包含的极丰富的层面则被忽视 [02]，"在过去所提出的现代化纲领中——'四个现代化'中，选择的发展目标全部是经济的，不重视应有的社会主义的政治和文化发展的战略与目标。中国的发展模式的设计把注意力集中于经济增长率与收入分配的平等化，片面突出重工业的增长率，但忽视人力资本投资"[03]。这种情况的出现，被认为是如下原因所致："第三世界经济落后国家的现代化进程处在完全不同的历史条件下，它们所追求的战略目标首先是摆脱自己在弱肉强食的世界体系中的不平等的经济和政治地位，缩小与先进国家的发展差距，因此是一个具有明确政治经济导向的赶超过程。"[04]

应该说，"四个现代化"提出之初的 20 世纪 50 年代，其注重经济层面，固然与"过分急切速成的现代化方式"的"发展病"[05] 有关，

[01] 罗荣渠：《现代化新论续篇——东亚与中国的现代化进程》，北京大学出版社 1997 年版，第 16、17、20、21 页。

[02] 罗荣渠指出："'现代化'一词中的'现代'则是具有实践性的概念，'化'的范围要广泛得多，远远超出文化、政治范围，不仅涉及经济方面，而且涉及社会生活的各个方面。西方人认为，新兴的西方文明凌驾于世界一切其他文明之上，而把古典东方诸文明视为停滞与落后的文明，并终究会接受西方文明的'教化'而被纳入西方世界。"罗荣渠：《现代化新论续篇——东亚与中国的现代化进程》，北京大学出版社 1997 年版，第 18 页。

[03] 罗荣渠：《现代化新论续篇——东亚与中国的现代化进程》，北京大学出版社 1997 年版，第 128 页。

[04] 罗荣渠：《现代化新论续篇——东亚与中国的现代化进程》，北京大学出版社 1997 年版，第 127 页。

[05] 罗荣渠：《现代化新论续篇——东亚与中国的现代化进程》，北京大学出版社 1997 年版，第 127 页。

但也与现代化理论所蕴含的意识形态色彩[01]有一定的联系。其提出之初表现出在侧重经济层面和对"唯生产力论"的警惕[02]之间的摇摆，即可看出其明显地包含着对资本主义的批判和对"现代化理论"存在的意识形态色彩的怀疑。正如美国学者雷迅马所说："在欧洲殖民帝国崩溃，冷战的战场迅速向非洲、亚洲和拉丁美洲扩散的过程中，美国政策的制定者越来越把现代化理论看作是一种与革命的马克思主义相抗衡的思想。……到 20 世纪 60 年代时，现代化理论已经成为一种关于进步的幻象，它预言世界的未来发展方向是自由主义、资本主义和非革命化的。作为一种有吸引力的学说，现代化理论似乎也成为一篇'非共产党宣言'，一种美国可以用来加速全球发展的手段，而美国主导下的发展模式将消减激进主义的吸引力和必要性。"[03]

　　我们把"现代化理论"中包含的丰富复杂的层面简化为"四个"面向——四个现代化（工业、农业、国防和科学技术的现代化），不也正表明了如雷迅马所说："民族主义、文化差异和阶级冲突所产生的力量和影响是如此巨大，远远超出美国的现代化论者的预料……其他国家的政治行为者（却）在寻求属于他们自己的发展道路，而且根据他们自己的条件和目标界定进步的内涵。……他们接纳和包容了现代化意识形态的哪些成分？他们又拒斥了现代化思想中的哪些东西、修改了哪些东西，以使之适应自身的需要？"[04]如果说在"四个现代化"提出之初，我们还能对"现代化理论"原有的意识形态有所警醒的话，那么到了新时期，当"现代化理论"与改革主题十分融洽地接合而成为一个不证自明的命题时，"现代化"至此则变成一个超验的

---

[01] 现代化理论在西方被提出之初，有着极其鲜明的意识形态色彩，是西方世界用来颠覆中国等第三世界的武器，当时的中国对此已有十分的警惕（如"文革"前后以"灰皮书"形式由商务印书馆于1962年出版，以供批判阅读的罗斯托的《经济成长的阶段——非共产党宣言》一书即此）；而随着"文革"的结束，改革开放成为新时期中国的时代核心主题，现代化理论在提出之初所具有的意识形态内涵则被忽略，在经过了理论旅行之后，再一次以新时期中国的时代意识形态（"四个现代化"）的身份出现，成为知识生产和社会建构的有效武器。至此，"四个现代化"成功地完成了其作为一种新的意识形态的建构过程，而最终成为一个超验的神话。本文也是在流动的意义上使用"意识形态"这个概念的。

[02] "文革"期间有过对"唯生产力论"的批判，周恩来和邓小平在 20 世纪 70 年代中期进行的整顿曾被指责为"右倾翻案风"和"唯生产力论"的代表，而蒋子龙的小说《机电局长的一天》也被作为反映"唯生产力论"的代表遭到严厉的批评。

[03] 雷迅马：《作为意识形态的现代化——社会科学与美国对第三世界政策》，中央编译出版社 2003 年版，第 IV 页。

[04] 雷迅马：《作为意识形态的现代化——社会科学与美国对第三世界政策》，中央编译出版社 2003 年版，第 V—VI 页。

能指、一个"意识形态的崇高客体"。其不断地"询唤"着主体的出现，而新时期所谓"文明与愚昧的冲突"之主题的得来，一定意义上就是这种"询唤"的结果，第三世界国家的主体也在这种表达中得以建构。如果说"现代化"在提出之初还是一种可以称之为"反现代性的现代性"存在的话，那么新时期以来的现代化蓝图则变成了地地道道的"世俗的现代性"想象。在《机电局长的一天》中，"现代化"只是一种工具和手段，而在《乔厂长上任记》中，"现代化"所呈现出的则不仅仅是一种工具，更是一种"认知框架"和"分析模式"，是一种方法论和看问题的视角。而正是这种方法论的选择，使得新时期以来的文学书写难以摆脱"民族寓言"式书写的宿命，空间上的特异和时间的滞后[01]，成为新时期以来文学的基本模式之一。究其实质，这些都与我们对"现代化理论"的选择的变化有关——从提出之初到20世纪80年代的演变。

通过分析我们得知，在《机电局长的一天》中，因为是在继续革命、管理和备战的框架内提倡现代化，把1975年作为现代化的时间起点，所以其间不存在现代化理论倡导者所预设的传统和现代的对立[02]，自然就没有这种假设所预设的断裂存在，这反映了现代化在提出之初所具有的对西方意识形态的警惕。而在小说《乔厂长上任记》中，"文革"的极大破坏所造成的断裂，使得迫在眉睫的"改革"与现代化理论适时地"接合"在一起，而现代和传统、文明与愚昧、解放与禁锢、改革与保守、进步与落后等等的分野也在这种视域中一一呈现出来。"改革"的出现使得现代化倡导自然而然，似乎没有任何过渡，就历史地靠近了现代化倡导者的理论"假设"："'传统'社会"和"'现代'社会"的对立，"经济、政治和社会诸方面"的"相互接合、相互依存"，"发展的趋势""沿着共同的、直线式的道路""演进"，以及"发展中社会的进步能够通过与发达社会的交往而显著地加速"。[03] 如此一来，"改革"与"开放"（向西方世界开放）就被历

[01] 张颐武：《从现代性到后现代性》，广西教育出版社1997年版，第27—28页。
[02] "现代化理论的核心部分的那些概念都集中在以下几个互有重叠互有关联的假设之上：（1）'传统'社会和'现代'社会互不相关，截然对立"等等，参见雷迅马：《作为意识形态的现代化——社会科学与美国对第三世界政策》，中央编译出版社2003年版，第6页。
[03] 雷迅马：《作为意识形态的现代化——社会科学与美国对第三世界政策》，中央编译出版社2003年版，第6页。

史地合成了一个词，即"改革开放"；在这个"改革开放"的表述中，中西之间意识形态的对立（社会主义和资本主义之间的区别）显然被置换成了传统与现代（新与旧）的分野，同时这种分野也催生出"新时期"的政治表述，而向西方尤其是向美国学习更成为一个时代的显著特征。

四、"改革"意识形态：悖论及其可能

40 多年前那场关于《乔厂长上任记》的争论，早已为人们所淡忘，而究竟是改革开放的时代主题促成了改革文学的出现，还是改革文学的出现推动了改革的进程，似乎也没有分清的必要。但现在的问题是，伴随着改革开放的进程出现的改革文学，为什么没有随着改革的进程进一步发展深化？改革文学的热潮于 20 世纪 80 年代中期渐渐消退，这种消退说明了什么？而如果比较改革文学与近几年方兴未艾的底层文学写作，我们便会发现历史的奇怪的演进过程。当初那些对改革和"四化"充满无限憧憬，并极力称赞《乔厂长上任记》的读者和批评者，在他们看到像曹征路的中篇小说《那儿》时，会是一种什么感想？而当改革的结果变为国企破产、国家财产被倒卖的时候，改革本身是否应当引起我们的思索？改革曾经给我们的美好的承诺是否需要重新规划？当然，这些问题并不是文学所能解答的，但文学的作用在于它能就这些问题提请人们注意和思考。

而这些，其实一定意义上也在当时的争论和小说的叙述中呈现了出来。如按照肯定者的叙述（蒋子龙在相当意义上是站在肯定者一方的），其在时间上把自"文革"开始至 1978 年混为一谈，这种含混是否预示了此后新时期文学中各种复杂因素和层面的存在？包括肯定者和小说作者在内，对这种含混是否缺乏必要的反省？而这种混为一谈是否也使得各种问题隐而不彰始终制约着改革文学的进一步发展？事实上，小说暴露出"文革"后存在的各种各样的问题："文革"对人的思想的复杂的影响，造就了狂热分子（如郗望北等"火箭干部"）和投机分子（如翼申），也造就了"政治衰老症者"（如石敢和童贞等）和唯利是图者（如那些想官复原职的人），以及谨小慎微的官僚，甚至官僚主义（如徐进亭及小说中背后支持翼申官复原职的老干部等），等等。这种暴露其实把对"文革"的反思推进了一大步，但这

些问题在小说中又都是以是否有利于"四化"与"改革"为标准和尺度被呈现或遮蔽，就像乔光朴的大考核一样。按照这种模式，它看到的就只是事件或促进或阻碍四化的侧面，其他的侧面则可能在这种视域中被掩盖或遮蔽，自然使得任何其他维度的解决方案都得不到可能的尝试。小说对官僚主义的批判无疑也只能停留在是否阻碍"四化"的层面，而其对"四化"的理解，一定意义上仍旧是"数字和时间"所呈现出的经济层面而非文化及其他更深层的方向，或许这也是改革文学难以为继的最根本原因。它不能解决经济增长和传统文化之间的复杂关系，改革和"四化"似乎只能在经济和政治层面进行，改革一定意义上就失去了文化的支持。

改革和现代化发现或制造出问题，又以改革作为解决这一切的最终的承诺，因而这些问题注定了只能在改革和现代化（经济和政治层面）的框架内进行解决，其结果自然既简化了问题，也掩盖和遮蔽了问题的复杂的一面，这其实是一种悖论：改革既是一种世界观又是一种方法论。现代化在这里成为一种超验的神话，我们不仅要在效率上向"先进国家"学习，如在小说中是向西德专家学习，而且当我们的改革遇到困境时，我们想到的也是"先进国家的做法"。因此，这里既是传统和现代的对立，也是中国和西方的对立，传统中国的落后迫使英雄主人公产生了急起直追的焦虑情绪，自然，任何问题在他们眼里都成了传统与现代之间对立的表现。这种毫不妥协的现代性断裂姿态使得主人公，也使得叙述者不可能在传统之中发掘出合理的因素，一切问题都在这种对立中凸显和尖锐起来。这也就是为什么改革会变得困难重重，可以说，是改革使得各种问题呈现出来而成其为问题的，也是改革使得各种问题变得尖锐而不得解决。

现代化的改革既能消弭乔光朴和郗望北之间的个人恩怨，也"生产出"（凝聚）乔光朴和童贞之间，乔光朴、霍大道和石敢之间的感情。现代化既能推进生产，又能促进社会进步，但现代化不也使冀申和乔光朴的矛盾加剧，从而难以解决？不也制造出难以驯服的身体——工人"杜兵"吗？显然，这些并不能通过现代化得到解决。小说中所显示出来的本质主义和普遍主义的倾向，即改革和"四化"的意识形态，在 20 世纪 80 年代的泛滥，是否与此有关？而其后以大写的"文化"作为命题和方案去寻求文化现代化的寻根文学，和以日常生活的意识形态对抗政治生活审美化的新写实小说，以及发端于改革文学前后，从官僚主义和封建思想复活的角度去反思"文革"的反思文学，是否都在《乔厂长上任记》那种有意简化历史和遮蔽历史的倾向之中预示了它们的存在？

（上编　徐勇编撰）

下编　文学创作

第一章

小说创作的新变

第一节   伤痕文学与断裂问题

如果说，"'新时期文学'被建构为'五四'的'回归'，被视为'反封建'和'人的解放'这样一些'五四'主题在新的历史条件下的重述"[01]，这确实是"新时期文学"倡导者们明确的诉求的话，作为"新时期文学"之初的伤痕写作显然承担了这样的功能。而既然"新时期文学"被建构为"五四"的"回归"，其实也就是提出了"断裂"和"接续"的问题：通过切断 20 世纪 50—70 年代文学的联系，而同五四文学接续。从这个角度看，断裂问题实际上始终是制约着伤痕小说创作的一根主线。所谓的伤痕叙述，说来说去都是围绕于此进行的。对此，有研究者指出："伤痕文学的先驱者们显然意识到，既要破就应当立，否则，'新时期文学'的合法性摆在哪里？按照他们的理解，新主题、新思想和新人物的出现，应该建立在对旧主题、旧思想和旧人物的怀疑、批判的前提下，而新的文学秩序的确立，必须是也只能是对旧文学秩序笼统而彻底的否弃为结果。"[02] 也就是说，伤痕写作作为新时期之始开风气之先的小说创作潮流，其必须面对的

[01] 旷新年：《告别"伤痕文学"》，《写在当代文学边上》，上海教育出版社 2005 年版，第 162 页。
[02] 程光炜：《文学讲稿："八十年代"作为方法》，北京大学出版社 2010 年版，第 196 页。

问题就是如何"构造"这一断裂。对伤痕的控诉当然是这一断裂的最佳构造法，但伤痕作为一种叙述还必须依附于人物形象及故事才能成立，从这个角度看，对人物形象的塑造就成为一个关键。在这里，仍旧可以从青年与老年的二元对立结构入手进行探讨。

一、结构的转换和形象的变迁

在伤痕写作中，青年和老年的群像相对具有稳定性和类型化的特征，因此，仅从伤痕写作中青年 / 老年形象的差异入手是很难看出其断裂所在的。要考察伤痕写作的断裂，就有必要引入历时性的角度，而非共时性的伤痕写作分析。从这一角度看，十七年文学乃至"文革"文学的小说创作都在这一历时性的框架之中。伤痕写作主要以中华人民共和国成立后的语境作为背景展开叙述，因此，一定意义上，这是一种现实题材的小说创作。因此，文学史家在选择十七年文学乃至"文革"文学的例子时也多以现实题材为例。为了分析的方便，现以一些有代表性的小说为例。

1. 青年 / 老年形象的辩证法及其变迁

为了有更全面的分析，本章准备从十七年文学中的两个脉络入手，分析青年形象经历的变迁。这两个脉络一个是被视为十七年文学的正统，及被认可的经典作品；另一个是在当时遭到批判或有质疑的作品。前者代表性的作品如《创业史》《金光大道》《艳阳天》等，后者以百花时期的创作为代表，很多收录在"文革"结束后出版的《重放的鲜花》一书中。选择这两个脉络，是基于这样一种考虑，即既要有代表性，又能从正反两个方面说明问题。这两类作品，显然不好放在一起讨论，但就涉及青年形象及其同中老年的辩证关系这一点，两类作品无疑又有某些一脉相承之处。

《创业史》中两条道路之间，即梁生宝和郭振山之间的斗争，一定意义上就是青年与中老年之间的斗争。郭振山显然代表农村社会中的保守势力，这一保守势力，如梁三老汉、王二直杠、富农郭世富，甚至像地主姚世杰等，他们从传统思想中汲取力量和思想资源，不顾时代历史的潮流及轰轰烈烈的合作化运动，只顾个人发家走自发的道路；而梁生宝则代表农村中的新生力量，他们虽然年轻，但代表着时代历史的潮流，他们从社会的远景和对社会的理性认识出发汲取力量，因而具有无穷的潜力。在这里，青年和中老年的冲突，一定程度上就是现代和传统之间的冲突，保守和变革的冲突。对于这一点，姚文元在当时就曾指出："梁生宝的性格真实地反映了合作化运动中成长起来的青年干部的特点，他的性格同他的经验一样，是跟着社会主义革命的前进而发展的。……读者从梁生宝每一个胜利中都看见了社会主义新生事物不可阻挡的力量，当然就更觉得这个人物形象充满生命力。"[01] 这样也就能理解，为什么在《创业史》出版后，当有评论者如严家炎就对小说中梁三老汉的形象大加推崇，而对梁生宝的形象多有微词时，如所谓"三多三不足"之说 [02]，作者柳青会反应强烈地出来反驳："对于我所不能同意的看法，我根本不打算说话。但《文学评论》杂志这回发表的这篇文章（即严家炎的《关于梁生宝形象》，刊发于《文学评论》1963 年第 3 期——引注），我却无论如何不能沉默。"[03] 那么，到底是什么使得作者不得不做出回应甚至严厉地反驳呢？ "这不是因为文章主要是批评我，而是因为文章从上述两个出发点进行的一系列具体分析，提出了一些重大的原则问题。我如果对这些重大的问题也保持沉默，那就是对革命文学事业不严肃的表现。"[04] 严家炎的评判如从艺术得失的角度去看，当然无可厚非，甚至可以说非常有道理，今天的文学史写作也多从此说，但他忽略了一点，即，这已经不仅仅是文学写作本身，而是关于革命文学的原则性问题。

比如说，严家炎指责小说主人公梁生宝思想上的成熟，柳青则回应道："简单的一句话来说，我要把梁生宝描写为党的忠实儿子……是梁生宝在社会主义革命中受教育和成长着。小说的字里行间徘徊着

---

[01] 姚文元：《从阿 Q 到梁生宝——从文学作品中的人物看中国农民的历史道路》，《上海文学》1961 年第 1 期。另见洪子诚：《二十世纪中国小说理论资料》（第五卷），北京大学出版社 1997 年版，第 380 页。

[02] 严家炎：《关于梁生宝的形象》，《文学评论》1963 年第 3 期。

[03] 柳青：《提出几个问题来讨论》，《延河》1963 年第 8 期。另见洪子诚：《二十世纪中国小说理论资料》（第五卷），北京大学出版社 1997 年版，第 465 页。

[04] 同 [03]。

一个巨大的形象——党，批评者为什么始终没有看见它。"[01] 柳青的自辩恰好表明十七年文学中青年形象的复杂内涵：一方面表现为革新和锐意进取的力量，另一方面又表明，这一力量是在党的领导或引导下发生作用的，而后者其实是最为关键的环节。这也就显现出十七年文学特别是小说中青年形象的过程性，青年永远走在路上，他们既成熟又不成熟，既进取又保守，用姚文元的话说就是"老成持重的青年人"。他这样评价《创业史》中的梁生宝形象："他从进入青年时代起，就生活在无产阶级掌权的光明的新社会里，他用不着一个寻找党的领导的过程，他用不着再经历长期的从自发斗争到自觉斗争的摸索过程，而是一开始就在党的领导下参加了轰轰烈烈的土地改革运动，接着就以百折不挠的毅力，领导下堡乡的农民为实现农业合作化运动而进行了坚决的斗争。"[02] 这一评价，同样可以用在浩然的小说《艳阳天》及《金光大道》，甚至谌容的《万年青》（1975）等小说中。特别是《艳阳天》中，萧长春的出场就极富戏剧性和象征色彩，东山坞农业合作社眼看就要垮了，社员纷纷外出谋生，在这关键时刻，萧长春突然出现在人们面前，挡住了去路。这一幕给人的第一印象，与其说是党的领导者形象的亮相，不如说是青年英雄的出场，青年作为时代的弄潮儿从此登上了历史舞台。而历史也证明，此后不久，青年及青少年确实在中国的历史舞台上发挥了影响深远的作用。在这一点上，《艳阳天》和《创业史》之间，其传承关系是显而易见的。梁生宝同郭振山之间在 20 世纪 50 年代初的斗争，在 50 年代中后期得到了延续，这一延续在萧长春和马之悦之间展开。萧长春和梁生宝一样，他们最初登场的时候都只是作为新生力量，是在野派，而马之悦和郭振山则是当权派。在这里，中老年同青年之间的斗争，其实就成为新生力量和当权派之间的斗争，是进取和守成之间的较量。换句话说，年龄修辞具有了政治修辞的意义。

如果说，《创业史》和《艳阳天》都是十七年文学中被主流意识形态极力肯定的小说的话，那么百花时期的干预小说创作则某种程度

---

[01] 柳青：《提出几个问题来讨论》，《延河》1963 年第 8 期。另见洪子诚：《二十世纪中国小说理论资料》（第五卷），北京大学出版社 1997 年版，第 471 页。

[02] 姚文元：《从阿 Q 到梁生宝——从文学作品中的人物看中国农民的历史道路》，《上海文学》1961 年第 1 期。另见洪子诚：《二十世纪中国小说理论资料》（第五卷），北京大学出版社 1997 年版，第 379 页。

上被主流意识形态否定，关于这点区别，想必是没有什么疑问的。但若从青年形象的塑造这一角度来看的话，这两者之间又有某种内在的关联。

王蒙的《组织部新来的青年人》是最为典型的代表。这部小说自出版之日起，就广受争议。且不论题名是"组织部来了个年轻人"，还是"组织部新来的青年人"，都可以看到"年轻人"和"青年人"这一相关表述，由此不难看出小说有意突出"青年人"在小说结构框架（青年／中老年框架）中的作用。而据作者的自我表白来看，他也确实是从"青年"的出路问题入手进行创作的："最初写《组织部新来的青年人》时，想到了两个目的……一是提出一个问题，像林震这样的积极反对官僚主义却又常在'斗争'中碰得焦头烂额的青年到何处去。"[01] 但也正是这点，遭到了某些批评家的严厉指责："党没有内在的生命，只靠一个匹马单枪的'青年英雄战士'的闯入，才能和这个官僚集体进行奋战。而这个战士所依靠的，既不是领导的支持，也不是群众的协力……这一切，难道和我们党的工作，党内斗争的真实面貌，有什么真正的类似之点吗？"[02] 实际上，小说情节及矛盾的推进也是在青年人（林震和赵惠文为代表）和中老年（以刘世吾、韩常新为代表）之间展开。但这也并非如李希凡所说，没有"领导的支持"。相反，小说结尾林震"迫不及待地敲响领导同志办公室的门"，其实已表明，"青年英雄战士"没有党的领导和支持，是不可能将斗争进行下去的。从这点来看，《组织部新来的青年人》与《创业史》和《艳阳天》之间并没有实质的区别，区别只在后者中青年的行动代表的是时代的大潮，而前者中青年是处于一种逆潮流而进的状态，是一种对现状的批评。百花时期其他的干预小说，如《在桥梁工地上》、《本报内部消息》、《本报内部消息》（续）等，也同《组织部新来的青年人》一样，都存在一个青年与中老年干部之间对立的模式。在这些小说中，中老年干部作为现存秩序的维护者和保守者，他们拒绝改良

[01] 王蒙：《关于〈组织部新来的青年人〉》，《人民日报》1957 年 5 月 8 日。
[02] 李希凡：《评〈组织部新来的青年人〉》，《文汇报》1957 年 2 月 9 日。另见洪子诚：《二十世纪中国小说理论资料》（第五卷），北京大学出版社 1997 年版，第 179 页。

和革新，更别说任何创新了，因此，青年同中老年之间的斗争，在这里就成了改革和守旧之间的矛盾，是维持现状还是改变现状之间的矛盾。

从上面一正一反两个方面的分析可以看出，在十七年文学特别是小说中，青年形象无疑是文学写作的核心问题，其关涉的已不仅仅是青年形象本身的塑造问题，而是与整个社会结构的变迁息息相关，其背后无疑有深刻的历史内涵。蔡翔在分析《创业史》《山乡巨变》《三里湾》等小说时指出："在这些小说中，青年仍然是被'规范'的。严格地说，'青年/老年'的对立并没有构成此类小说的主要冲突模式，相反，冲突主要是在'青年/中年'之间展开，它所蕴含着的，是一种新的权力斗争的形式。而在这一斗争中，党始终坚定地站在青年一边，并给予一种合法性的支持。"[01] 这一判断无疑是有道理的，但对于百花时期的干预小说而言，党却并不一定"始终坚定地站在青年一边"，至少还不十分明显，这也是这些小说遭到批判的部分原因，而也正是由于这种疏离或疏忽，这些小说又被后来的文学史写作高度评价。

在十七年文学的现实题材小说中，"'青年/老年'的对立"始终若隐若现地存在，并一度制约小说矛盾的展开，这在农村题材小说中普遍存在。在这些小说中，两条道路之间的斗争，其实一定程度上就是青年和老年之间的斗争，就是现代和传统之间的斗争。这一模式发展到极致就是"文革"中浩然的创作，此外，"文革"中也有很多小说如谌容的《万年青》等也在某种程度上延续了这一模式。我们探讨十七年乃至"文革"时期的青年形象的塑造，正是要揭示出这一"青年/老年"政治文化内涵。

换句话说，青年在十七年文学中的关键性意义，正在于其所表现的现代性特征。不论是农村题材小说的创作，还是百花时期的干预小

---

[01] 蔡翔：《革命/叙述：中国社会主义文学——文化想象》，北京大学出版社 2010 年版，第 140 页。

说，青年始终是作为"过程"被描写的：青年易变而充满活力，这一活力无疑使得青年永远不为现状所束缚，他要么表现出批判现实的精神，要么表现为改变现实的动力。如果说老年象征着"传统、保守、四平八稳"，那么青年则象征着"未来、希望、创造"[01]，他们代表理性和智慧，他们拥有现代的知识，与时代一同进步，而不为传统和宿命所限制，等等，这一切特征，都使得青年形象具有鲜明的现代性特征。

如果说，"青年"的诞生是现代性的产物的话，现代性本身所固有的内在矛盾，也同样存在于"青年"形象身上："现代性就是过渡、短暂、偶然，就是艺术的一半，另一半是永恒和不变。"[02] 正是这种"短暂"和"永恒"的矛盾，使得青年形象自现代以来备受推崇的同时，也一直受到怀疑，正如 Gill Jones 所说："青春（youthfulness）因此意味着如力量、美丽、理想主义和活力等诸多品质，这些品质也常常被年龄大些的群体视为值得拥有的而贪婪的，但是另一方面，青春又同缺乏经验、不明智、头脑发热、天真及不成熟和没有辨别能力等许多内在的特征联系在一起。"[03] 这一方面可以理解为青年形象的复杂性，另一方面从这种复杂性中，我们也可以看出某种斗争和冲突。不同时代对青年形象特征的强调和取舍，正好与不同时代的历史现实紧密联系在一起，因此，在这个意义上可以说，青年形象的变迁就是社会历史变迁的缩影和折射。

2. 伤痕写作中青年的破坏意义和老年作为秩序的维护者

如果说，十七年小说中突出的青年形象是充满活力和锐意进取的话，那么在伤痕写作中，青年形象的另一面，即"缺乏经验、不明智、头脑发热、天真及不成熟和没有辨别能力等"则被强调和渲染。程光炜在分析刘心武的《班主任》时指出："在班上，谢惠敏是团支部书记，品行端正，心地单纯，思想却近于僵化，心灵上打着很深的被'四人帮''毒害'的印记。在作者看来，这种'僵化'妨碍了这代青年思想的'解放'，与时代的进步构成了极大的矛盾和冲突。但这种否定性的文学描述又势必会引出另一个问题，即在'十七年'，

[01] 蔡翔：《革命／叙述：中国社会主义文学——文化想象》，北京大学出版社 2010 年版，第 140 页。

[02] 波德莱尔：《现代生活的画家》，《1846 年的沙龙——波德莱尔美学论文选》，广西师范大学出版社 2002 年版，第 424 页。

[03] Gill Jones：*youth：key concepts*，Polity Press，2009，p.2

主人公的这种思想品德和行为操守不是曾经被肯定的，在青少年中具有很大的代表性吗？这一经典形象，为什么在新时期却处于一个被质疑的位置上？"[01] 过去被肯定的，现在则被否定；过去被否定的，现在则被肯定，这种颠倒在伤痕写作中普遍存在。这其实是提出了"青年"的被启蒙的问题。

仅以刘心武为例，就在创作《班主任》（1977）之前的1975年，刘心武出版了一本小说《睁大你的眼睛》。在《睁大你的眼睛》中，小说描写了一个叫作方旗的小男孩，以一双充满阶级斗争的眼睛，发现了身边暗藏的阶级敌人，从而带领小朋友们，并在大人及领导的帮助下，最终战胜了敌人，取得了胜利。这两篇小说都是以青少年形象为主人公，两篇小说的主人公又是何其相像，但讽刺的是，《睁大你的眼睛》中的青少年形象被树立为英雄典型，而《班主任》中的青少年形象则变为负面的、否定的；短短一年多时间，刘心武的转变不谓不快也！那么现在的问题是，到底为什么会出现这种转变呢？这一转变的出现，是表明刘心武的高明和睿智，还是有其他的原因？

在伤痕写作中，青年形象不同于十七年小说中青年形象的突出之处主要表现在青年形象的狂热、幼稚、天真和对自身的悔恨与忏悔，这是同一个问题的两个方面。幼稚和天真显然是被文学或社会形塑而成的，时代的巨变造成对历史的重新评价，时易事迁，青年此前的忠诚和追求因而被叙述为狂热和盲目的信从，缺乏自我的判断。这里，有一个关键的翻转，这在那些表现现实／历史对话的小说结构中表现明显。典型的如金河的《重逢》，现实和历史的"重逢"表现在复出的老干部对青年叶辉的审判中，叶辉"红卫兵"时代（历史）的虔诚热情在复出时代的现实和老干部的审判下变为幼稚和狂热，叶辉也因此陷入悔恨和忏悔之中。在这里，与其说是现实和历史的"重逢"，不如说是现实对历史的审判，事实上，参与审判的复出老干部只不过是这一现实的符号而已。从这个意义上说，老干部并不"个人"，当他再次面对叶辉时，深陷与叶辉之间的个人记忆的旋涡不能自已，其实大可不必。因为，他参与并不是他"个人"对叶辉的审判，而是时代主体指向叶辉的审判。而他"个人"曾犯下的过失，同样因复出的

---

[01] 程光炜：《文学讲稿："八十年代"作为方法》，北京大学出版社2010年版，第197页。

受难英雄群像而变得无足轻重了。当时代"主体"赋予青年以被审视或审判的地位时，同样也赋予了老年以审视或审判者的位置，在这里，个人的记忆无疑已经不再重要，重要的是如何去填充这一被赋予的位置。正是在这一点上，《重逢》显示出了它的意义，它以复出的老干部的视角，纠缠于个人记忆，实则表达了对这一新的主体位置的质疑。

二、青年、断裂与新时期

洪子诚在谈到 20 世纪的中国文学史时，指出："在 20 世纪的中国文学历史上，也留下了一串大大小小的断裂现象和时间。而且，'先锋'和'落伍'的位置转换速度之快，也令人瞠目。"[01] 而实际上，这些断裂很多都与青年息息相关，典型的例子就是文学革命和革命文学口号的提出。洪子诚认为："被我们所指认的'文学断裂'，既是指一种存在的现象，同时，指的又是一种普遍存在的心理、情绪，或者是一种姿态。在有的时候，'断裂'与其说呈现在'文本事实'中，不如说带有更多的文本外姿态成分。"[02] 20 世纪 80 年代初伤痕写作的"断裂"更多属于后者。

不管是十七年还是 20 世纪 80 年代初的小说写作，青年形象都表现出断裂的意义和品质，这一断裂大都表现为对现实的变革或破坏上。但此断裂非彼断裂。因为在十七年文学中，青年形象的断裂品质显然是作为变革精神来加以肯定的，而到了 80 年代初，这一品质却被当作破坏性加以否定了。这里明显出现了翻转。如果说十七年文学中，青年形象的变革精神是现代性线性思维和继续革命的逻辑的表征的话，那么 80 年代的伤痕写作中，青年形象的破坏性则表现为对秩序的破坏和对日常生活的背离。这两种断裂可以说是革命和日常之间矛盾的不同表现，是革命的逻辑和日常生活的逻辑之间的重新选择。青年形象的变化，在这里对应的是对不同历史阶段的不同看法，以及代表的不同历史力量。如果说，在十七年文学中青年形象代表的是厚今薄古的进化观的话，那么在 80 年代初的伤痕写作中，青年则联系着历史混乱和动荡不安，因此对青年的否定，也就是对秩序的恢复的

[01] 洪子诚：《问题与方法》，生活·读书·新知三联书店 2002 年版，第 107 页。
[02] 洪子诚：《问题与方法》，生活·读书·新知三联书店 2002 年版，第 111 页。

渴望和对日常生活的回归。从这里可以看出，80 年代的断裂并不是通过革命或激进的现代性来完成的，而是通过守成和保守来完成的，但问题是，这一叙述上的策略和变化，与实际上的 80 年代的断裂并不吻合。

新时期是从断裂开始的，并从对断裂的叙述中获得自己合法性的基础，但问题是这一断裂马上又面临一个新的问题，即，紧随其后的改革又该如何获得自己的合法性根源。这里有一个时间上的先后之分，"文革"的结束，无疑已宣告大乱之后大治的可贵及其价值，而在大治已经获得了一定的现实基础后，再言改革，是否会出现新的断裂？所以这里就必然出现这样一种矛盾状态，即"文革"之"乱"与改革之间的关系，以及"文革"后稳定与改革之间的关系，这两者之间是否等同？这既表现为时间上的差异，也表现为对历史现实的不同看法。从这个角度看，70 年代与 80 年代之交，与 80 年代中期，显然是不同的。如果说 70 年代与 80 年代之交，更多地表现为大乱之后，借治乱的名义改革的话，那么 80 年代中期的改革则意味着稳定之后的再一次的"乱"。这时，青年再一次登上历史舞台，充当了锐意进取的革新者的历史角色，而非伤痕写作中表现出来的被历史所否定的角色。柯云路的长篇《新星》及其续篇的意义就在这里，它提出了在新的时代中，乱治的循环及其辩证关系。

对改革小说而言，青年形象的复杂并不亚于改革本身的复杂。这可以从蒋子龙和柯云路的比较中看出。以蒋子龙为代表的改革小说中，锐意进取的改革者大都是老干部而非初出茅庐的青年，但在柯云路的小说中，青年则表现出针对老年守旧的斗争，而且这一斗争某种程度上是一种结构性的斗争。也就是说，青年 / 老年这一结构性的构成，决定了青年对老年的怨恨及老年对退出历史舞台的不甘。这一复杂状态在改革小说中较为普遍，其他作家，如贾平凹显然属于后者，而路遥及张洁的《沉重的翅膀》则属于前者。

这里并不打算深入分析，留待下一章再去讨论这个问题，这里只想指出，青年形象的变迁和青年 / 老年的二元结构在当代中国及其文学中的重要性，而这与现代性在中国的发展又是纠缠在一起的。在某种程度上，可以说，现代性的复杂造成了青年形象的复杂性及其内涵的多变性。如果说，在十七年文学乃至"文革"文学中，青年形象更多的是联系着革命的现代性的话，那么在新时期之初的伤痕写作中，青年形象则带有革命现代性的伤痛；而到了改革之初，青年一跃从伤痕之肇事者，经由现代化的"询唤"，而变为建设现代化的中坚力量和改革健将。改革的合法性最初是从对伤痕混乱的治理而得以建立的，青年因而也遭到了历史的否弃，而一旦秩序得以恢复，传统得到重建，这一秩序和传统又可能重新造成对社会的压抑，此时，改革便不得不再一次倚重青年，倚重其锐意进取和敢于革新的性格特征。青年由此再一次充当了历史断裂之手的承担者。这时，表面看来，是青年形象的合法性得以重建和恢复，青年的性格特征被重新肯定，但此时已非彼时，此时的青年已经不再是以革命青年的形象出现，而是以青年改革家和野心家的面目出现。可见，不变的青年背后是变幻的时代历史。青年仍在，对断裂的焦虑依旧，但物是人非，斗转星移，此时，我们再去回顾当时，似有恍如隔世之慨。

而问题的复杂性还在于，20 世纪 80 年代之初伤痕写作的复杂性在某种程度上也预示了 80 年代文学写作的复杂性。在伤痕写作中，日常生活的回归（现代性）无疑已经否定了革命的现代性，但作为革命现代性的逻辑并没有因此退出历史舞台，其后又在改革文学乃至寻根文学中有所持续。从这个角度看，80 年代的文学某种程度上就是日常生活的现代性和激进现代性之间的较量了。在改革文学中，激进的现代性重又形成对日常生活的否定，其以现代化的宏大命题来否定日常生活的平庸和琐碎。

三、结语

通过前面的分析可以看出，不管如何，青年始终都是与"断裂"联系在一起的。这一"断裂"的出现，显然带有现代性的特征。在古代这个相对较为停滞的社会里，循环的时间观决定了老年的经验的重要性，而这一经验的丰富与否显然又与年龄的大小成正比，这样一来，也就决定了青年的依附地位。因此，在这种框架中，青年只有通过向老年接近和看齐，才能获得自身的合法性。而在现代社会则不同

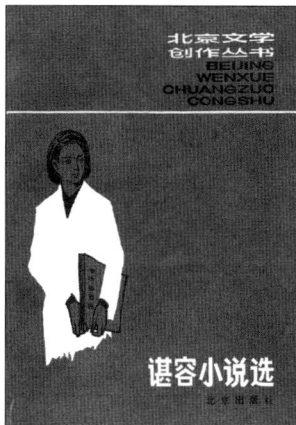

了，现代技术的进步、工业文明的发展，使得传统的经验越来越难以解释现代社会的发展，随之而来的必然是老年经验的无效和现代意义的青年应运而生，断裂因此出现。

表现在青年和老年的辩证法中，时间观念应该说是最为核心的方面。鲍曼认为："现代性就是时间的历史：现代性是时间开始具有历史的时间，""时间变成了一个'硬件'（hardware）的问题，人类能够对这一硬件加以发明、建造、使用和控制，时间再也不是绝望地无法延伸的'湿件'问题，也不是变幻莫测、反复无常的、人类无法加以控制的风力和水力的问题；……它已经变成了一个分裂因素：一个时空结合中变化不断的动态角色"[01]。换句话说，现代性的时间，虽是一种变量，但并非不可控制。它既瞬息万变，也永恒不变。从这点来看，如果把现代性的时间观视为昨天、今天到明天的线性过程的话，则显然有简化现代性的时间之复杂的一面。但有一点是很明显的，即对现代性而言，"过渡、短暂、偶然"是首要的，它首先是一个变量，一个"动态角色"，其次才有可能谈到永恒和不变。因为，现代性是"随着蒸汽机和内燃机的出现"而出现的，"现代性诞生在加速和陆地征服的'星象'中，而且这些星象形成了一个包含所有关于它的特性、行为和命运的信息的星象"[02]。以此而论，现代性显然更为偏爱"青年"而不是"老年"了。但问题也正出在这里，正因为现代性既短暂又永恒，所以它对任何一种对象，都保持两种印象和态度，这在某种程度上决定了青年形象的矛盾特征，这一特征在今天尤为明显。

青年形象的矛盾特征，同时也决定了老年形象的复杂性。这一复杂状况可以表述如下：

青年	老年	备注
混乱和激进	秩序和持重	传统受到肯定
进步和革命	守旧和反动	传统遭到否定

[01] 齐格蒙特·鲍曼：《流动的现代性》，上海三联书店 2002 年版，第 173 页，第 174—175 页。
[02] 齐格蒙特·鲍曼：《流动的现代性》，上海三联书店 2002 年版，第 175—176 页。

如果青年的形象特征可以概括为两个方面，进步、革命，以及混乱和激进的话，那么其对应的老年也就成了秩序和持重，以及守旧和反动了。而从这种区分可以看出，同样是传统，其在不同时期，意义是不同的。这在 20 世纪 80 年代的文学中有非常明显的表现。反映在伤痕写作中，传统的力量因为是秩序的象征而获得它的合法性。在这种情况下，青年作为传统和社会秩序的异端在整体上遭到了否弃。而在其后的改革写作，以及寻根写作和现代派写作中，则变得更为复杂了。

从上面可以看出，伤痕写作中其实存在两重断裂：一重是青年的激进造成的传统的断裂，另一重是老年所代表的秩序对青年激进的否定。后一断裂以传统的名义其实是恢复了被青年所造成的断裂的传统。显然，这里的逻辑是一种否定之否定，通过这种否定之否定，传统得以某种程度的接续。但问题是，传统和秩序在伤痕写作中并非不证自明，而是歧义丛生。这从与伤痕写作几乎同时的反思小说的写作中可以明显地看出。如果说反思小说延续了伤痕写作对"文革"的批判的话，这一延续在反思写作对传统和秩序的反思中实际上被中断。伤痕写作通过反常／正常的逻辑翻转，得以建立正常的合法性，传统得以重建。而反思小说则通过对反常的追溯性反思，其实是从内部对传统和秩序进行了重新区分：正常不再等同于传统和秩序，而毋宁说反常是由传统中之封建的因素所造成的，因而对反常的"祛魅"就需要另一新的传统——现代——来完成了。从这个角度来看，反思文学其实是为现代甚至现代主义正式登场扫清了道路。这是我们今天看待伤痕及反思写作时应特别加以注意的。而从另一角度看，伤痕和反思写作，在面对传统上的矛盾和差异，其实也就是后来表现在改革文学中的差异，也即改革从何开始的问题：改革是从"文革"之乱始，还是从传统之旧开始？这已不仅仅是如何看待传统和现代的问题，更是与中国特定的时代历史纠缠在一起的问题。

第二节　**改革写作的三种模式**

一、改革的三个故事，及其时间上的起讫

按照文学史的理解，所谓改革文学（小说）指的是出现在"文革"结束后的，呼唤或表现农村与城市改革的小说创作潮流。[01] 可见，呼唤改革是改革文学之"改革"的关键所在；但既然名为改革，就必然有一个谁去改革，以及改革什么的问题，就像当时一部改革小说中的人物所言："现代写改革的作品都是这样：一个厂长，或者一个书记，到了一个新的单位，大刀阔斧地推行改革，于是，就招来对立面的反对，或是告状，或是造谣。这中间再加上一点爱情的作料，要么是个独身的女工程师，要么是个寡妇。最后，总是以这个厂长或书记的胜利告终。"[02] 但这只是说对了一半。改革诚然有一个改革者和对立面的矛盾结构，但还须把这一结构放在历史时间的脉络里才能把握清楚。卢卡奇在谈到小说建构"生活总体性"时指出，"小说将其总体性本质包含在起讫之间，因此把个人拔高到了这样一个高度：

---

[01] 洪子诚：《中国当代文学史》，北京大学出版社 1999 年版，第 258 页。

[02] 石一士语。张贤亮：《男人的风格》，百花文艺出版社 1983 年版，第 295 页。

通过他的体验，他会创造整个世界，并使之维持平衡"[01]。暂且不论卢卡奇所谓的"总体性"意指为何，对一部小说的叙述及其意义的建构而言，叙述时间的起讫，无疑是至关重要的环节；这对书写社会巨变的改革宏大叙述而言，尤其如此。本着这样一种理解，我们发现，改革文学其实讲述的是三个故事。三个故事因为改革的起点不同而略有差异。

第一种类型，可以称为"乱/治型"。在这一类型的改革叙述中，"文革"之"乱"是造成社会停滞的根本症结，因此，只要"文革"之"乱"得到纠正，社会就会出现快速而迅猛的发展。从这个角度看，这一改革叙述常常与伤痕、反思写作有一定的重叠之处。其中最为典型的就是鲁彦周的《天云山传奇》。天云山显然是现代化（工业化）实践中的产物，但是"文革"和中华人民共和国成立后的"左"倾思潮严重阻碍了它的正常建设和发展。因此，当"文革"结束，十一届三中全会召开后，天云山又恢复了 20 世纪 50 年代中期的那种火热的生产建设情况。在这一改革叙述类型中，如何看待"文革"往往成为关键，是只批判"文革"的非人性非人道，还是直指中华人民共和国成立以后的"左"倾思潮？这样又形成了"乱/治型"的两种主要模式。第一种表现为，如果只是批判"文革"的非人道非人性，改革则从"文革"之"乱"获得合法性，改革就是改"文革"之"乱"了，社会秩序恢复了，现代化和社会生产也就不成为问题。严格意义上讲，纯粹这一类型的并不很多，何士光的《乡场上》和鲁彦周的《彩虹坪》某种意义上属于此类。第二种表现为，如果矛头直指"左"倾，则通过追溯"左"倾的错误，说明正是"左"倾阻碍了中华人民共和国成立后的现代化建设和改革进程，"左"倾错误至此成为改革合法性的前提和保证。这一类型的小说比较多，鲁彦周的《天云山传奇》、张一弓的《张铁匠的罗曼史》、王滋润的《鲁班的子孙》、周克芹的《许茂和他的女人们》等属于此类。

第二种类型，是"数字决定型"。在这一类型中，改革的一切指标以数字和效率为准则，任何与此无关的都要被否定和改革。仿佛数字就是一切，就是现代化的关键，而改革的乌托邦承诺也往往在这种

---

[01] 卢卡奇：《卢卡奇早期文选》，南京大学出版社 2004 年版，第 56 页。

数字和效率的神话中得以实现。这一类型的改革叙述最为普遍，蒋子龙的很多小说都属于此类，如《乔厂长上任记》《弧光》《赤橙黄绿青蓝紫》《燕赵悲歌》等，此外，还有邓刚的《阵痛》、贾平凹的《鸡窝洼的人家》、张一弓的《黑娃照相》、张锲的《改革者》、张贤亮的《男人的风格》、李国文的《花园街五号》、张洁的《沉重的翅膀》等。

　　在上面两种类型的小说中，第一、二类多有重合，而这两种类型的改革叙述，又都带有明显的乌托邦色彩：改革总能带给人们希望，而改革者也给人以悲壮感。相对而言，第三种类型则显得复杂、深沉得多。

　　第三种类型，可以称为"传统／现代型"。在这一类型中，改革针对的是传统的力量和惰性，在这里，传统可能作为一种秩序和惰性存在，缓慢而又强大地阻碍着改革的进程，因此，要想改革首先就要向这些传统秩序及代表宣战。即使如此，改革叙述针对传统的态度也并不一致。这种不一致，某种程度上形成了"传统／现代型"的两种模式。第一种是告别传统型。在这一类型中，传统无论从哪个方面看，显然都是需要被否定和革除的：传统往往作为某种主导秩序，严重阻碍了一地一区的发展，不革除则不能前进。其中，柯云路的《三千万》《新星》《夜与昼》《衰与荣》是典型代表，另外，像张锲的《改革者》、张贤亮的《男人的风格》、鲁彦周的《古塔上的风铃》和李国文的《花园街五号》某种程度上也属于此类。由此可见，这一类与第二种改革叙述"数字决定型"有某种内在的联系。第二种则是无望的怀旧型。在这一类型中，传统虽然终究要被时代历史所遗弃和否定，但作者／叙述者往往表现出态度上的犹豫不决，乃至于小说处处笼罩在一种无望的怀旧气息之中：虽然明白时代向前发展不可抗拒，但对美好而无用的传统又报以无限的乡愁和留恋；现代虽然代表着历史的潮流，但也可能蕴藏着某种邪恶和污秽。因

此，这一类小说相对于前面几种改革叙述，在文化内涵上要显得丰富深刻得多，也最难阐释。代表作有贾平凹的《腊月·正月》《浮躁》《废都》，王滋润的《鲁班的子孙》，周大新的《家族》，张一弓的《流星在寻找失去的轨迹》，等等。这种对待传统的矛盾态度，某种程度上又与此后不久的寻根文学存在某种内在的关联，这是后话，暂且不论。

从前面的分析可以看出，这三种类型只是某种大致的区分，事实上，很多小说都难以归类，其既可以归到第一类，也可以归到第二类，甚至第三类，而之所以做这种区分，只是为了某种叙述分析的便利。实际上，对改革前混乱局面或现状的认识其实也是小说内部人物矛盾展开的结构方式。其中典型的例子如《改革者》，小说中的保守派魏振国这样说："说来说去，还得怪'文化革命'，把党风败坏了，把人的是非观念搞乱了。……不正之风，到处都是。"[01] 而正是基于这样一种逻辑，他认为只要恢复"文革"前的秩序，就万事大吉了，而小说叙述的起始时间是 80 年代初，这时，社会已经回到"文革"前的那种秩序，所以也就没有必要急于变革了。小说中省委书记陈春柱是这样比较保守派魏振国和改革家徐枫的：

> 魏振国的革命意志有些衰退，有些安于现状，满足于舒适安定的家庭生活，思想跟不上正在迅速发展的新形势，缺少徐枫那种对革命事业的高度责任感和紧迫感，缺少那种闯劲、那种干劲，那种对新鲜事物敏锐的接受能力。[02]

从陈春柱的话中可以看出，魏振国那是"革命热情"的"逐渐衰退"。而也正是他们两个人表现出的对新鲜事物、现状和革命热情的不同态度，使得他们不可避免地处于矛盾和对立的状态，小说的故事情节和人物之间的矛盾也因此展开。这种结构方式在很多改革小说中表现明显，柯云路的《新星》即此，小说中改革者和保守者的矛盾冲突被塑造成安于现状和勇于革新之间的不同，同时也是副职和正职之间的对立。

---

[01] 张锲：《改革者》，人民文学出版社 1983 年版，第 47 页。
[02] 张锲：《改革者》，人民文学出版社 1983 年版，第 167 页。

从前面所引陈春柱评价魏振国"革命热情"的"逐渐衰退"这一表述可以看出，这里所谓的"革命热情"其实就是一种关于青春或青年的隐喻。年龄可以慢慢老去，革命热情或激情却不能有所减损，而对那些经历了十年"文革"，浪费了大好时光的人来说，就更应该重新振作，永葆激情了。可见，在这里，改革叙述的矛盾结构或展开方式，其实也是关于青春或青年的想象方式。

二、三种青年（观）和青年／老年的辩证法

如果上述对改革叙述模式的概括成立的话，那么这三种模式其实表征了三种不同的青年观。这三种青年观分别指涉三种青年形象，即被怀疑的青年，"永远的青春"、被召唤的青年和反叛进取的青年。这三种青年形象，按照顺序分别对应着三种不同类型的改革叙述；而若从过程和整体的角度来看，这三种青年形象，其实恰恰构成一部重建青年主体的全过程。

1. 青年从被怀疑到被询唤

先谈第一、二种类型的改革叙述。在第一种类型的改革叙述中，"乱／治型"矛盾展开方式，某种程度上内在地决定了青年／老年在这一结构中的位置。这一类型与伤痕文学叙述十分相似，"文革"之"乱"，在小说的叙述中，显然很大程度上源自青少年红卫兵小将的造反，因此，重新整"治"之功就责无旁贷地落在复出的中老年干部身上。这在那些凡是直接触及或涉及"文革"的改革小说（包括第二类型"数字决定型"的大部分小说）中，表现十分明显。在那些小说中，改革家几乎一律是中老年干部，乔光朴（《乔厂长上任记》《机电局长的一天》），龙种（《龙种》），徐枫、陈春柱（《改革者》），刘钊、高峰（《花园街五号》），钟波、吕芹（《彩虹坪》），郑子云（《沉重的翅膀》），等等；而青年形象则处于被否定被批判或附属陪衬的地位，有的甚至表现为一种缺席的在场形式。《花园街五号》很有代表性，小说中塑造的疯子大宝极具象征性。"文革"已经结束，而作为"文革"期间造反起家的"革命派"大宝——他当时改名为韩学青，却始终不能走出，因而出现一种错位，既是时间上的错位，也是一种语境的错位。当时代社会已然恢复秩序，他还始终活在狂热的历史中，故而在常人看来，他就成为一个不可救药的疯子和精神病，而他也只有

在置身"文革"时代的幻觉中才能保持片刻的平静。这显然是一种以乱／治的矛盾对立塑造的青年形象,这类青年将无可避免地遭受时代的遗弃。

在《天云山传奇》中,青年形象基本上是处于某种缺席的状态,但这并非说青年不存在,而是说青年被某种程度地反写或改写了。小说虽然叙述的主要是中老年之间的矛盾冲突,但推动小说情节始终的仍旧是青年／老年的辩证结构。小说中的英雄主人公罗群,虽身在逆境,仍心忧天云山的建设,坚持学习。即使青春不再,始终保持一颗火热青春的心。随着"文革"的结束,新时代的到来,他反而有更多的热情投入国家的建设中。可见,对于罗群而言,生物学意义上的年龄显然不是判定他年轻与否的标志,青春可以流走,但只要在内在的精神特质上保持激情,就可以"永葆青春"。这样一来,青年就从一种生物学意义上的范畴,升华为一种精神特质上的"永远的青春":青年与年龄无涉。就像乔光朴所说:"雄心是不取决于年岁的,正像青春不一定就属于黑发人,也不见得会随着白发而消失。"(《乔厂长上任记》)这种叙述,在改革小说中相当普遍,乔光朴、武耕新(蒋子龙《燕赵悲歌》)、徐枫、刘钊、高峰、霍大道等这些中老年干部都被叙述成这样一种"永远的青春"或"永远的青年"形象,这种修辞在小说中比比皆是。如小说《燕赵悲歌》中是这样描述武耕新的:

> 他的躯干像岩石一样清瘦干硬,仿佛把身上的水分都蒸干了,只剩下筋骨——而这正是他理论和理智的结晶。从他那发红的、严重缺乏睡眠却依然闪着火星的眼睛里可以看出来,他身上还怀着一种悲剧性的热忱和执拗![01]

以下是别人眼中的郑子云:

> 两眼闪闪发光,还瞪得那么大,两颊泛红,声音激昂,一句连一句,前面一句话简直就像让后一句话顶出来的。[02]

---

[01] 蒋子龙:《蒋子龙集》,海峡文艺出版社 1986 年版,第 224 页。

[02] 张洁:《沉重的翅膀》,人民文学出版社 1984 年版,第 197 页。

　　这是典型的改革者形象，清瘦而硬朗，睡眠不足而又闪耀着火星。显然，在改革小说，特别是第一、二类改革叙述中，改革者大都是焦虑又忧心忡忡的，他们常常为了某时某地的落后现状焦虑不已，又为改革所遇到的阻碍痛心疾首，这往往使得他们的形象既高大又充满悲壮感。而关于这焦虑，既是"文革"的混乱造成的，也是中国处于世界格局中的落后局面造成的。同时，荒废逝去的青年岁月又让他们感到时间的可贵，反促使他们更加努力，不如此仿佛就不能追回已逝的青春。关于这点，并不为很多研究者和评论家所关注。

　　这是问题的一方面。《乔厂长上任记》中的青年工人杜兵虽然被塑造成被怀疑的青年，但另一方面，这些青年无疑又是能被整合召唤进现代化的进程中的，所以，他们往往又被叙述成被召唤的青年。这在鲁彦周的《彩虹坪》和蒋子龙的《赤橙黄绿青蓝紫》中表现明显，

两篇小说完整而形象地表现了青年一代如何从被怀疑转变为"四化"建设需要的人这一过程。《彩虹坪》中的吴仲曦就是一个典型的被愚弄而又可以被拯救的青年形象：他心地善良，但又十分软弱；他伤害过人，但这种伤害并不是有意的；他没有自己的主见，但也并不是十分盲目和冲动。这一切决定了他既容易被迷惑和愚弄，又可能被警醒和召唤。而他最终走向农村，投身农村的改革事业，也正是在这种召唤之下完成的。

　　在工厂党委书记祝同康（《赤橙黄绿青蓝紫》）眼里，"一个多么好的青年干部，本来是很有希望的，这究竟怪谁呢？是他党委书记的影响力太弱，还是刘思佳这伙青年人的腐蚀力太强？现在的青年人一个个简直都是无法猜透的谜，自己的儿子是谜，刘思佳是谜，现在解静也成了谜"[01]。显然，小说中明显存在着中老年和青年之间的矛盾，而这一矛盾结构又是同对现状的不同认识联系在一起的。这是一部很奇特的改革小说，说它奇特，是因为在这部小说中，蒋子龙并没有像此前改革小说那样塑造出富于开拓精神的改革者硬汉形象，而是从中老年干部和青年两个层面思考了他们各自的出路问题。显然，经历了"文革"，青年曾

---

[01] 蒋子龙：《蒋子龙集》，海峡文艺出版社 1986 年版，第 151 页。

经的理想信念一夜之间轰然倒塌，原先的信念已经失效，而新的信念和目标又一时难以建立，这样就造成了青年的怀疑、反叛、犹豫和徘徊，甚至堕落了。而在"文革"后复出的中老年干部，如果不能适应新的环境，又不能很好地把握青年的思想，并引导他们，无疑也会给自己提出或带来新的难题和挑战。小说中的党委书记祝同康就是这样一个典型："他是个严肃而正派的人，不习惯油腔滑调，……别人可以指责他窝囊，缺少勇武果断的领导者气魄，……但是上下不能不承认他是个好人。"[01] 从小说的叙述来看，祝同康不能不说是一个很好的领导干部，他对下属年轻的秘书解静也充满了真挚的感情，但就是这样一个好人领导，对"文革"结束后新的形势下出现的新情况束手无策：他既不理解曾经十分温顺、纯洁的解静的思想的变化，也不理解被称为"刺头"的刘思佳的真实思想，更不能把工厂从混乱无序的困境中解救出来。他还在沿用"文革"前老一套的方式管理工厂和工人（包括青年工人），其遭到失败也就是必然的了。既然理应作为导师和领路人的中老年干部不能承担这一任务，那么青年的出路何在呢？既然青年人徘徊犹豫，桀骜不驯而又不甘堕落，那么他们的出路又何在？小说通过塑造解静和刘思佳这样两个命运相反但问题又极其相似的青年典型回答了这一问题。

解静，一个对党无比真诚又有着无比"纯洁的灵魂"的青年，一个在任何时候都不曾对党有过怀疑的青年（"'文革牌'的新干部"），在经历"文革"的洗礼之后，似乎幡然悔悟：

> 她心里感到委屈极了，她刚一进工厂分配她到平炉车间学化验，她本来可以成为一个正儿八经的化验工，可是车间领导老叫她写材料，搞批判，以后党委书记到平炉车间蹲点又看中了她，把她调到厂部当了秘书，这能怪她吗？哪一次调动不是领导决定，工作需要。现在当她感到自己心里的长城一下子垮掉了，过去她视为很崇高很重要的工作，原来并没有什么实际价值，甚至有很多是空对空，是糊弄人，对群众不仅无益反而有害。她觉得心里空落落的，什么也不懂，

[01] 蒋子龙：《蒋子龙文集》，海峡文艺出版社1986年版，第124页。

什么也不会，这些年白耽误了，……这些年，大家对"四人帮"那一套有一股子气，对政工干部有意见，但为什么要把这股气撒在她的身上。她难道不是受害者？她甚至比别人更倒霉，她浪费了青春，浪费了生命，到现在一无所长……更可怕的是精神受到了捉弄，心灵遭到了蹂躏，她还只有二十多岁，她必须要重新建立新的生活的信念。

相反，刘思佳则是另外一种典型。"文革"期间，他参加过"停课闹革命"并被推选为造反派头头，随后又被父母关在家里，学会并掌握了电工技术；他既自负，又自卑，既瞧不起那些没有真实本领的政工干部和领导，又为自己"上不了大学，干不了电工"而沮丧；因此，他既显得玩世不恭，又很有点头脑。

所不同的是，解静具有鲜明的自觉意识。如果说刘思佳对社会的不满还多多少少带有自发的味道的话，那么解静则是相当自觉而具有反省精神的。"文革"结束以后，她主动并坚决提出要下工厂，来到十分难管的运输队，她意识到"必须要重新建立新的生活的信念"，而在这样一个时代，就必须"掌握一门实实在在的本领"。她曾经这样对刘思佳说："我和你一样，也遭受过任何一代人都没有经历过的精神崩溃和精神折磨，经过痛苦的思想裂变之后，多少领悟了一点人生的真谛，想走一条新路，重建人生的信念。"

如果联系此前对伤痕文学叙述的分析来看，解静和刘思佳都属于那种被愚弄被欺骗的青年，而不是充满罪恶等待被历史审判的青年。对于这样一些青年，无疑是可以拯救的。而对于改革小说来说，其任务似乎就是要把这些被欺骗的青年，重新召唤进主流意识形态中，这一最好的意识形态无疑就是现代化及现代化所代表的意识形态。从这点来看，解静所谓的学习"掌握一门实实在在的本领"，以及刘思佳对电工技术的学习，无疑就是为现代化所要求的，而他们有意无意地倾向于此，说明现代化意识形态的内在的召唤力量之所在。所以，当解静说出"我不会再拿别人的脑袋代替自己的思考了"的时候，其实是掉进了另一个意识形态的"牢笼"之中，只不过这一牢笼是她自己选择的结果而已。

2. 重建青年的主体性——反叛进取的青年形象

如果说青年在第一、二类改革叙述中，是处于被动的和被询唤的位置的话，那么他们的位置在改革叙述的第三种类型中出现了逆转。在第一、二种改革叙述中，改革英雄大都是中老年干部，他们经历了"文革"的洗礼，因而更加珍惜时间，立志要把浪费的青春追回，于是就有"永远的青春"和"被质疑的青年"之说。这样一种模式的形成，部分原因在于改革针对的是"文革"之乱或"左"倾历史的积弊；而随着改革进程的推进，改革把矛盾对准传统或更加久远的历史，这一结构或模式也势必出现变化，此前通过"治乱"而达到改革的目的显然是跟不上时代的发展了。这时，老年（而不是中老年）[01]往往被视为或叙述为保守主义或传统的维护者，这样一来，其遭到充满锐气的青年改革家的挑战就成为必然的了。

在这一类型的改革叙述中，主导性的青年形象大都是中青年改革家，这在柯云路的《新星》三部曲、张贤亮的《男人的风格》及鲁彦周的《古塔上的风铃》等小说中表现明显。在这些小说中，与第一、二类改革叙述不同的是，改革英雄再也不是复出的老年干部了，而是由那些在"文革"中成长的青年来充当。虽然他们在"文革"中也曾参与了造反和红卫兵的某些活动，但他们随即发现，事实与宣传并不一致，于是他们开始怀疑并有所觉醒，他们也因此受到打击甚至迫害。他们是"文革"当中率先觉醒的青年，因此，一旦"文革"结束，他们也就有可能成为并充当时代的先锋和改革的健将。从这个角度看，这一类型的小说在某种程度上可以看成是为"文革"中成长的一代青年重建主体性和英雄角色的文学／文化实践。显然，如若单独来看这一类型的改革叙述，这一意图或许并不太明显，但若联系第一、二类型的改革小说，乃至伤痕

[01] 这里之所以说是老年，而不是中老年，是因为青年／老年结构的内部变化和平衡功能，在这当中，中年的位置十分微妙，其既可以划到青年一边，也可以划到老年一边，而这就要看小说对待青年和历史的态度。当小说表现出对"文革"及其"文革"造反派的批判的时候，中年是作为青年的对立面出现的，其自然就要被归入老年那一边。而当小说表现出为"文革"一代有为青年辩护时，这时，中年则可能是青年的同盟军，因为，小说叙述时（现在）的中年，就是"文革"时的青少年。所以，在这一青年／老年的结构中，可以有中青年的说法，也可以有中老年的说法，这一过渡地带表征的是对历史和现实的不同态度。

文学来看，其意图就再明显不过了。因为，事实是，随着"文革"结束，首先是老干部的复出并被历史地选择了充当时代的支柱和主导，因而，若要重建中青年的主导形象，就首先要针对老年干部进行历史性的重写了。这一重写，在很多小说中表现为从历史进化的角度把老年／青年的对立等同于传统／现代的对立，其结果，老年往往被作为传统的代表出现，其注定不可避免地要被时代或时间前进的步伐所抛弃。

柯云路的《新星》三部曲极为典型。在小说中，很多老年干部被塑造成不甘于退出历史舞台，并进行着无望的搏斗的形象，而青年（包括中年）则迫不及待地要取而代之。从这个角度看，这部小说与其说是在写改革，不如说是对中青年和老年之间殊死斗争的叙述。小说中有一幕十分精彩，那就是李向南的父亲李海山同李向南的弟弟李向东象棋对弈的场景，用小说的话说就是"一场父子两代人间的厮杀"[01]，在李向东的眼里则成了"保守、封闭性的思维"和"现代开放型思维"之间的较量。围观他们的众人，也因各自的立场和利益，分别站在不同的位置，有着不同的期望。小说中有一段描写意味深长：

> 他杀得像狮虎、鹰隼。
> 眼前是草莽苍苍的大沙漠。一群群狮子。近处这一群，一只威武的雄狮在高处昂首警戒（他已吃完母狮猎来的野牛），一群母狮和幼狮正在草地上撕吃一只野牛。每一狮群都由一只或两只雄狮与十几只母狮组成。小雄狮成熟后，毫无例外地都要被父亲赶出家园，它们或孤身或三两成伙地流浪，看到哪个雄狮因年老、病患而暴露出衰态，就发起进攻，把它赶走或咬死，夺取"族长"的位置……[02]

显然，在这里，青年／老年之间的较量，被叙述／处理为类似自然生存的法则和生物进化的规律，所谓"优胜劣汰，适者生存"，老年终结要退出历史的舞台，但李海山似乎并不想这么快地退出，他要拼搏，要显示出自己还有强力，他还要奋力。"当着这些老年人、中

[01] 柯云路：《衰与荣》，人民文学出版社 1988 年版，第 180 页。
[02] 柯云路：《衰与荣》，人民文学出版社 1988 年版，第 182 页。

年人、青年人，他都不能输。"[01] "和了，还可以撑起脸来说笑：啊，年轻人有长进啊！"[02] "年轻人最好犯个骄傲的错误。"[03] "他更加冷静。像一只夜晚捕猎的老狼一样谨慎而狡猾。到真正需要老谋深算的时候了。"[04] "他绝不会犯年轻人的错误……他要一步比一步更狠地杀，把年轻人的实力连同自信一起摧毁！"[05] 可见，从以上这些摘录的李海山的心理描写可以看出，博弈的双方都是从青年 / 老年之间的较量来看待这场象棋对弈的，旁边围观的人也莫不如此。显然，在这里，青年 / 老年之间的较量并不只是某种概括，而是表现为有意识的行为。这一幕在小说中极富象征色彩。而整个三部曲也是以青年 / 老年之间的这种矛盾结构小说和故事情节的，其中特别是《昼与夜》和《衰与荣》，通过讲述四个家族两代人之间的矛盾来展现当代改革面临的巨大压力和复杂的现状。年轻人锐不可当，也野心勃勃；老年人虽然垂垂老矣，但似乎又不甘心。

从前面的分析及摘引可以看出，小说中老年的形象是以青年形象的对立面呈现出来的，这样一来，老年形象在这部小说中整体上就具有了可怜可悲但也略显悲壮的意味。不仅如此，老年形象，如要显示出其历史的合法性，就必须以是否支持青年人、是否支持改革作为衡量他们的标志。小说中的靳一峰十分清楚这一点：

> 他热心于扮演一个为年轻人所拥戴的导师的形象，——被年轻人所拥戴、所崇拜，比任何权威、地位的荣耀都更使人感到享受。他身边经常聚集着许多有抱负的年轻人，正是和他们的接触，他每日汲取着新鲜的思想和感受，从而才更能在上层不断拿出自己的新政策见解，保持自己的影响和作用。他的声音之所以重要，很大程度上受惠于与年轻人的交往。[06]

---

[01] 柯云路：《衰与荣》，人民文学出版社 1988 年版，第 186 页。
[02] 同 [03]。
[03] 柯云路：《衰与荣》，人民文学出版社 1988 年版，第 187 页。
[04] 柯云路：《衰与荣》，人民文学出版社 1988 年版，第 187 页。
[05] 柯云路：《衰与荣》，人民文学出版社 1988 年版，第 189 页。
[06] 柯云路：《昼与夜》，人民文学出版社 1986 年版，第 619 页。

　　显然，老年人如若还想占据历史的中心舞台位置，就必须接近青年人，支持青年人，他们只有首先做青年的学生，才能充当青年的导师，只有这样才不会被历史淘汰，被社会遗忘。小说中的省委书记顾恒也是这样的一种类型。而那些反对青年人、对青年人充满不信任的老年人，如李海山、顾荣、黄公愚等，他们不仅要被青年人挤出历史舞台，而且最终也将被历史无情地抛弃。

　　这样一来，我们就能明白小说中为何要以青年形象来组织小说结构了。李向南无疑是这样一代青年的典型。小说中有一幕是李向南同加拿大记者的谈话，其中提到了"力量结构图"，李向南提出了他的所谓五代人说。其中第四代人就是李向南他们自己，他是这样描述第四代人的：

　　　　第四代，主要是"文化大革命"前的初、高中生……

　　　　……这一代人是中国社会中很特殊、很有色彩、很值得重视的一代。

　　　　……历史造就了这一代人，历史正在使这一代人表现出他们的真实价值，使人们重新认识和评价他们。我想说明一下，我指的主要是这一代的那些优秀者。

　　　　这一代人有着鲜明的特征。第一，这一代人由于他们的经历，对中国几千年的历史文化传统，有着他们的理解、熟悉和亲切感。他们不是历史虚无主义，也绝不是民族传统虚无主义。他们对一、二、三代人都有着比较深刻的理解。

　　　　第二，这一代人在他们的青年时代，有着坎坷的经历，这使他们对中国社会有着直接和生动的感受，有着广阔的视野和深刻的洞察。这是他们得天独厚之处。

　　　　第三，这一代人对当代文明，包括世界上的各种新思想、新潮流，都有着高度敏感，善于汲取新东西，具有革新家的品格。

　　　　第四，这一代人有过理想主义的追求，又有过深入社会的各种实际生活，所以他们是理想主义和现实主义相结合的性格。他们经过广泛的理论学习，又经历过各种社会实践，所以他们兼有思想者和实践者的品格。

> 由于这些特征，他们必将成为今后几十年内中国社会中承上启下的一代。……随着时间的推移，他们必将表现出他们还远未表现出的创造力的深度及广度，必将在中国的思想、政治、哲学、文艺史上都留下一个光辉的时代。[01]

至于第五代，就是：

> 这几年毕业和尚未毕业的大学生。他们比我们更开放，更活跃，更现代派，更快节奏，更善于对新潮流作出反应。但他们对中国的历史和现实的了解还比较肤浅。[02]

在这里，李向南其实是有意识地把青年同历史联系起来，也就是说，只有把他们一代中青年放在历史的框架内，并建立他们自己的坐标，才能真正建立他们一代中青年的身份和主体地位。而所谓"承上启下"，说得明白点，就是要占领历史舞台的中心位置。但问题是，这种表述其实正透露出他们一代中青年的焦虑所在：虽然宣称"承上启下"，但更年轻的一代似乎比他们"更开放，更活跃，更现代派，更快节奏，更善于对新潮流作出反应"。他们一方面要借助这一代的支持以挫败老一代，另一方面却隐隐意识到其中潜在的某种威胁（在小说中表现为李向南对李向东等的不信任）。而这种威胁对于他们来说，却是致命的，因为他们赖以击败老一代的武器，恰恰掌握在更年轻的一代手里，而且比他们表现得更彻底，这不能不让人担忧。

如果说，以柯云路为代表的改革叙述是告别传统型，传统在这里某种程度上起到维护秩序的角色的话，那么这样一来，对现存秩序革新的改革诉求，势必要表现出告别传统、批判传统的倾向了。传统在这里表现得那样可笑而可悲，这从那些不愿退出历史舞台的老干部身上就可以看到这点；而青年之可爱可敬的地方就在于促进这种传统的速朽。但这并不是说传统就毫无价值，而只是说，在告别传统性的改革小说中，小说叙述者的态度比较鲜明、简约；而对于那些无望的怀旧型改革叙述来说，情况则要复杂得多。在这一类改革叙述中，传统

---

[01] 柯云路：《昼与夜》，人民文学出版社 1986 年版，第 632—633 页。
[02] 柯云路：《昼与夜》，人民文学出版社 1986 年版，第 633 页。

显然已经不再是秩序的象征，也不再是某种权威，随着改革的推进，它们似乎一夜之间就被边缘化甚至成为某种现实的"冗余物"了。在这些小说中，传统的化身当然还是那些老年形象，但他们已不再是"文革"后复出的老干部，他们不曾占据舞台的中心，因此也就没有成为青年的直接对立面，但因为他们表征着某种传统的力量，他们最终还是被青年所代表的改革力量无情地抛弃。这是问题的一方面。另一方面不是说青年所代表的改革/革新派就没有问题，而是说他们虽然生机勃勃，但总隐藏着某种邪恶，而老年所承载的文化符码虽然不切实际，但充满意义。这样一来，这些小说往往表现出针对青年和老年的矛盾态度，这一矛盾某种程度上反映的是理性和感性、意图和效果之间的冲突。这一类小说以贾平凹的《腊月·正月》《浮躁》《废都》，王滋润的《鲁班的子孙》，周大新的《家族》，张一弓的《流星在寻找失去的轨迹》，等等为代表。

贾平凹的《腊月·正月》很有代表性。这是一部文化寻根意味浓厚的小说，小说中的韩玄子无疑就是这样一个传统文化的传承者角色。他一生教书，又熟读四书五经，常好摆弄《商周方志》之类的古书，因此也就有意无意地把自己视为文化的当然继承者，生活很是悠闲自得。但就在他退休后不久，他慢慢发现，这一切似乎都在变化，这一变化最明显的莫过于他那向来温顺的儿子二贝对他的态度的变化：二贝越来越表现出对他的不恭，而这一变化竟然源自他向来瞧不起的学生王才——一个窝窝囊囊惯的贫苦农村小子，这让他尤为气愤。但历史就是这样，所谓穷则思变，王才的发迹，一方面源于他的精明苦干，另一方面也源于他的现实处境，就像柳青的小说《创业史》告诉人们的那样，王才的发家史也是他的现实处境所决定的。这样一来，小说就形成了这样一个矛盾结构，即老年/传统虽可敬可爱值得怀念，但于社会的发展没有多大实际用处，以至于最后韩玄子也不得不听任儿子儿媳的"叛离"了。如果说在《腊月·正月》中还没有过多地流露出对改革的保留态度的话，那么其后写的长篇《浮躁》则表现出对待改革的矛盾态度了。在这部小说中，贾平凹把改革放置于历史的长河中进行，改革虽然一方面给人民的生活带来实际的好处，但也有某些人（如地方领导）利用改革的名义捞取个人私利。改革和利益的诱惑，也会使得人心"浮躁"，使人丧失了某些本来十分淳朴可贵的品质。虽然说，在这部小说中改革的弄潮儿还是那些勇于冒险创新的青年，但此时的青年似乎并不必然代表历史的潮流，因此，老年或传统也就不一定非得遭到历史和时代的淘汰了。

在这一类小说中，周大新的《家族》值得注意。这是一篇象征意味极浓的小说，小说描写了一家三兄妹因商业竞争而导致家庭破裂、伦理败坏的故事。说其象征意味很浓，是因为这是一个专门做棺材生意的家族，而且家族中又出现了一个只会"呀呀"直呼的傻子。本来，生意红红火火，但后来相互竞争，使尽各种招数，导致三家纷纷倒闭，最终落到用自己打造的棺材埋葬"自己"——对自己的空棺葬仪——的地步。虽然，这并不是一个严格意义上的悲剧，但小说最后一幕空棺下葬的场景，无疑是一个象征：这既是通过埋葬"自己"而完成一次涅槃重生或脱胎换骨，也是一次对往事的告别和埋葬，是一次对自己的再符码化。但值得深思的是，虽然经过这样一次诡异的空棺葬礼，傻子依然还是傻子，依然要"呀、呀、呀"边跑边叫，这是否意味不论经过如何的重生和告别，终究不能阻挡历史前进的步伐？显然，在小说中，五爷和子女之间，代表的是现代的改革和固执的传统之间的矛盾，但小说中五爷父亲的上吊，以及留下的无珠的算盘始终就像幽灵一样盘旋不去，无疑给小说表现的现代式的改革带来一种宿命论式的氛围，让人不寒而栗！

三、现代化的想象与青春书写，及改革小说的主体性问题

改革小说一定程度上是以塑造改革的弄潮儿为诉求的，因此，小说中对改革英雄的态度往往也就决定了改革小说的主体性的取向。而从前面的分析可以看出，现代化的想象其实是与青春书写联系在一起的。也就是说，作为改革的弄潮儿，不论是被询唤的青年，进取的青年，还是老年干部"永远的青春"，都是与青年有关的。这里的青年与其说是一种年龄上的区分，不如说是精神的"赋予"和"铭刻"。对他们而言，参与现代化首先具备的并不是对科学知识的掌握，而毋宁说是参与的持续的激情。这一激情或可名之曰"青春"，它不会因时间的推移而稍减，时间对它显然是不起作用的，或者说这是一种没有时间制约的永恒的"青春"。也正是如此，现代化作为一种乌托邦才能显示出其应有的许诺。从这个角度来看，青春书写无疑是改革小

说主体性的表征。就像西方学者所说：“现代化过程在很大程度上依赖于青年，只是因为这一群体的成员通常渴望扮演现代角色。”[01] 可见，青年问题无疑是与现代化进程联系在一起的关键问题。这是一方面，另一方面，青年问题与其说青年自身的问题，不如说是与整个意识形态，乃至针对历史及现实的不同态度联系在一起的。

因为改革小说作为一种思潮发生在“文革”结束后，“文革”后的社会格局无疑在某种程度上制约了改革小说的叙述。在“乱/治型”的改革叙述中，改革英雄无疑是那些“文革”后复出的受难老干部，而改革针对的又是那些社会之积弊或“文革”之乱象，因此，在这一类小说中，老年干部无疑就是小说主体性的表征了。而且，改革及现代化口号的提出，也显然不是青年人所为，而是作为一种自上而下的社会动员和意识形态宣传，改革及现代化的主导权无疑掌握在“文革”后复出的老年干部身上：他们代表现行的社会秩序，推行改革及现代化；但作为其发展进程，却不能没有青年主体力量的参与。虽然改革的主导权掌握在老年干部身上，但并不等于说老年干部就是改革的主体[02]；这样势必造成某种矛盾，即自上而下的改革和自下而上的改革之间的矛盾，老年秩序和青年创新之间的矛盾，以及传统和现代之间的矛盾。这些矛盾虽然错综复杂，但其实是联系在一起的。

小说中出现青年与老年之间的结构性矛盾冲突，其实某种程度上反映的是改革主体地位的归属问题。显然，对于“文革”之后的新时期而言，改革和现代化无疑已经深入人心，成为一个超级的“能指”，但对改革的理解却并不一致。这种不同，因与对历史和现实的理解纠缠在一起而变得十分复杂。因此可以说，对历史的理解某种程度上决定了改革叙述的趋向。这对青年问题来说，更是如此。这一典型的文本就是贾平凹的中篇小说《腊月·正月》。小说中的退休教师韩玄子与学生晚辈王才的较量，其实就是针对改革的主体的较量。韩玄子同王才之间，显然没有任何直接或潜在的矛盾，但韩玄子始终把矛头对准王才，这种有意无意的针对性，毋宁说是潜在而必然的。韩玄子并非不识时务，他也曾欢呼过农村新政策的实施，也想日子过得越来越好，但新政的实施无疑又使得他作为传统权威的角色遭到巨大的挑

---

[01] 戴维·E. 阿普特：《现代化的政治》，上海人民出版社 2011 年版，第 55 页。
[02] 这里需要区分主体和主体性这两个范畴。

战，这是他无论如何都不能漠视的；而挑战他权威的竟是向来被他瞧不起的"不如人"的晚辈王才，这使他尤为不平。传统的权威已于无形中轰然倒塌，取而代之的是那些以爆发户的面目出现的新的力量。在这里，传统和现代之间的冲突，既是老年与青年之间的冲突，也是争夺改革的主体地位的冲突。

而在柯云路的《新星》三部曲中，其重写改革主体的意图似乎更为明显。显然，对于 20 世纪 80 年代的文学创作，特别是改革写作而言，谁占据了改革的主体地位，谁无疑就占据了时代的中心位置，这是由改革时代的意识形态所内在决定的。从前面的分析可以看出，改革的主导者无疑是那些"文革"后复出的老干部，而从改革小说的实际创作来看，改革英雄也大多是那些人，他们在某种程度上占据了改革叙述的主体位置；理解了这一点，也就能理解小说中改革家李向南的焦虑所在了。从前面所引的那段李向南对第四代人的描述中，可以明显感觉到李向南要为他们那一代建立主体地位的企图。但正如李向南个人仕途之不可挣脱的历史所表明的，"文革"那段历史的经历，对他们那一代人而言，无论如何都是绕不过去的，因而到处潜藏着危机。李向南也是因为那段历史留下的阴影而仕途坎坷，几近沉没。这种矛盾，无疑给他们重建一代人的主体地位提出了巨大的挑战。显然，这是小说的叙述者不得不面对的难题，在《新星》三部曲中，小说的叙述者采取了某种策略，即尽量绕开"文革"那段历史，而从传统那里为他们那一代改革者寻找自身的合法性。这从小说的引言部分就可以明显看出。新上任的古陵县委书记李向南，上任伊始，就来到了古陵的活博物馆古陵木塔。这个塔里陈列着古陵出土和留传的各种文物，而这个塔层的逐渐上升，分别代表了古陵文明进化的顺序，李向南一层层地看完，其实也就是把古陵的历史走了一遍。小说这样叙述道：

> 古陵不愧为古陵。自己上任来这里当县委书记，刚刚两周，今天是第一次登上这座古塔。一层层，看了几千万年来的古陵的自然史，几十万年来的人类史，几千年的有文字史。
>
> 他关了电灯，来到塔外面转圈的扶栏远眺。

　　……一颗硕大的星孤零而冷静地亮着。

　　广漠的黑暗中，远处是黑魆魆起伏的群山。……

　　黑暗的天空苍茫混沌，令人冥想。古往今来，历史沧桑。

　　东方天空渐渐透亮，黎明正在慢慢露出宁静、沉思、清凉的额头。在它目光的投射下，一层层夜幕、黑纱被掀掉了，古陵的山川田野、沟沟壑壑，都一点点在黑暗中浮现出来。

　　…………

　　这是黄河流域的一个古老的县。古陵，此县名早在春秋时期已然有了，与孔子的名字一样古老。……

　　古老的县又是一个贫苦的县。……

　　…………

　　古老而贫穷的古陵！

　　如今，他决心要来揭开它的新的一页。

　　这是几十年来要揭都没真正揭开的艰难的现代文明的一页。

　　一千年后，这一页或许也将陈列在这古塔中……[01]

　　这一幕极有象征性。首先，通过这个古塔，古陵的历史同人类史联系在一起，自然也就联系着中国的历史。可见，古陵既是人类的缩影，也是当时中国的缩影，联系着中国的历史巨变。这也就是为什么后来李向南在古陵县的言行举止会被北京的官场关注，乃至引起轩然大波。其次，从这段叙述来看，李向南登临古塔，其实也就是在向古老的传统及历史告别："古老而贫穷的古陵！／如今，他决心要来揭开它的新的一页。"但问题是，在这古塔陈列的历史中，独独没有中华民国和中华人民共和国成立后的那一时段，这是否为有意无意的忽视？"这是几十年来要揭都没真正揭开的艰难的现代文明的一页。"从这一表述可以看出，叙述者有意无意地把 1911—1949 年的中华民国时期同中华人民共和国成立后的三十年放在了一起，概称为"几十

---

[01] 柯云路：《新星》，人民文学出版社 1985 年版，第 6—8 页。

年"，而这几十年的历史也被表述为"要揭都没真正揭开的艰难的现代文明的一页"。显然，这既是有意模糊中华人民共和国成立前后的区别，又是在"现代化"的意义上把它们联系在了一起。这种模糊，也就把"文革"那段不堪的历史在不经意间淡化乃至遮蔽了。因此最后，前面这样的叙述及其策略，无疑又为李向南登上历史舞台做好了充分的准备和铺垫。而若综合李向南的人生经历及其提出的五代人说来看，小说这样的叙述，显然是在为他们红卫兵一代登上历史舞台中心重建主体地位。因为经历过"文革"，并作为"文革"的参与者，李向南把改革的矛头转而对准了传统，而老干部作为秩序的维护者和思想上的保守者，往往又自觉不自觉地成为传统力量的一部分，所以，由改革引起的现代和传统的冲突，往往也就成了中青年和老年之间的冲突了。

从前面的分析可以看出，在这些小说中，因为矛盾双方之间的鲜明对立和不容混淆，小说叙述者的态度鲜明，其主体身份及地位的建构也就简单而易见。而对于那些针对改革进行反思的改革之作，因为小说叙述者的态度矛盾，其主体身份的建构也就显得模糊而难解了。贾平凹的《浮躁》、王滋润的《鲁班的子孙》及周大新的《家族》是后者的典型代表。在这些小说中，改革并不像人们最初想象的那样美好，或者说改革本身就具有反改革的悖论。就像评论家所指出的，"作为一部现实主义小说，《鲁班的子孙》的独特性在于，它以父子之间价值观、道德观、人生观的冲突为着眼点，真实地描绘了改革给传统道德带来的冲击和这种冲击的不可避免"。而作为传统价值观和现代价值观之代表的父子两代人，他们身上同时兼具"先进的、落后的因素"，"唯其如此，才使父子间的冲突更具悲剧性意味"。[01] 其结果是，小说不可避免地充满某种内在的张力和模糊性。传统固然可爱值得珍惜，但如果不"与时俱进"，则难以存继；而现代价值观虽然充满生机，但像小说中小木匠秀川那样为了利益不惜投机取巧，金钱至上，也让人不寒而栗。这种矛盾，不仅是改革中必然会出现的问题，也是作者所不能解决的，因此，才有了结尾处老木匠仰望天空的困惑：

[01] 曹书文：《月亮的背面一定很冷——改革小说》，北京师范大学出版社 1992 年版，第 155—156 页。

　　老木匠抬起头，望着高远的天空，喃喃自语道："秀川，回来吧……"

　　哦，这个家，这座小院子，明天将会发生什么呢？明天的故事谁来讲呢？[01]

　　这既是老木匠的困惑，同时也是作者的困惑。"明天的故事谁来讲呢？"是老木匠还是小木匠，或者是小说叙述者？都是，又似乎都不是。同样，这种困惑在《浮躁》和《家族》也都十分明显，这两篇小说的结尾极具象征性。"那次送葬之后，镇上的人意外地发现，那傻小四一下子变得出人意外的宁静。不跑不叫，见人只微微一笑。有人就猜测说：这孩子的病是不是要转好？但几个月后的一天，晨起，傻小四忽又恢复了旧习。早早地在院子里叫：'呀、呀、呀……'而且边叫边喊，正跑两圈，倒跑两圈，直跑得尘飞鸡跳……"这是《家族》的结尾。傻小四的"旧习复发"无疑是种预示或象征，任何事情都难逃劫数和宿命的轮回，改革注定是希望和绝望同在。《浮躁》的结尾更具反讽性："这时候，正是州河有史以来第二次更大洪水暴发的前五夜，夜深沉得恰到子时。"小说中的善恶都得到了应有的结果，主人公金狗也正是事业上升的时候，却迎来了一场史无前例的洪水，这洪水是要挟泥沙俱下，还是只是一次凤凰涅槃式的重生仪式？对于这些，谁又能说得清道得明？相信作者也一定是不知所以然的。

---

[01] 曹书文：《月亮的背面一定很冷——改革小说》，北京师范大学出版社 1992 年版，第 154 页。

第三节　农村题材小说的演变

在 20 世纪 80 年代的文学史写作中，十七年文学的经典之作《创业史》一直是备受争议的作品，其实，对于这样一部描写农业合作化运动之必然性的小说，早在 80 年代初就受到了直接而巨大的冲击，这一冲击主要表现在彼时的农业改革小说创作中。想当年，那么多的小说都把合作化运动作为历史的必然而加以描绘，而到了 80 年代，农村题材小说又纷纷把从合作化走向包产到户视为历史的必然。同为必然，但在前提和结果方面却是截然不同的。这一必然其实是一种"颠倒"：此前肯定的，现在被否定；此前被否定的，现在则得到肯定。改革就是在这种颠倒中得到合法性的呈现。这是一方面，另一方面，如果我们以为十七年文学农业题材小说与新时期农村改革小说之间就是这种简单而明了的否定性的关系的话，那又把复杂的文学简化了。历史或许如此，但对诉诸人类情感生活的文学特别是现实主义农村题材小说而言，情况则要复杂得多。

合作化运动早已离我们远去，对我们来说，其不仅是作为事件存在于历史的深处，更是作为一种叙述显示出其踪迹，因此，从文学叙述的角度来考察其产生及流变，似乎就显得很有必要了。

一、历史的"颠倒"和随之而来的"风景"之发现

浩然的《苍生》（1986）中有一个细节值得玩味，即革命英雄大队党支部书记邱志国的突变。当田保根一伙年轻人提出要承包果园的时候，他以"复辟资本主义"和"倒退单干"为由义正词严地拒绝了他们，而他去公社开了三天会回来后，仅一个晚上的时间，田家庄就在他的意志下彻底推行了"生产责任制"，果园也迅即被承包。在这中间，没有任何过渡和犹豫。这种突变说明了什么？邱志国不能不说敬业，他事事在先，为革命事业视死如归，但就是这样一个"英雄"，他并没有自己的思想和自我意识，他其实只是充当了福柯意义上的"话语'位置'"的功能，他的"主体的地位"，"由他所占据的'位置'来决定"[01]。换言之，邱志国的突变并非他的个人意识变迁的表征，他的突变不如说是"主体说话时之立场的不连贯"[02] 所造成的，他以他的突变表明了主流意识形态的转变及其"认识装置"的颠倒。

"文革"的结束及十一届三中全会的召开，在某种意义上标志着某种"颠倒"：此前是要求农民纷纷加入合作社，此时则鼓励合作社社员脱离集体允许单干。如果从社会存在决定社会意识的层面上看的话，此时的某些现实主义小说确实反映了这一历史的"颠倒"及伴随这一"颠倒"而来的"风景"之发现——合作化的逆历史化与不合情理性。鲁彦周的长篇《彩虹坪》，叶辛的长篇《基石》《拔河》《在醒来的土地上》，矫健的中篇《老人仓》，张一弓的中篇《赵镢头的遗嘱》，以及路遥的巨作《平凡的世界》，等等，都是这样的"风景"发现之作。在这些小说中，虽然如柄谷行人所说，"风景之发现"乃发生在"内面"，源自"认识装置的颠倒"，[03] 但其实是由外力所

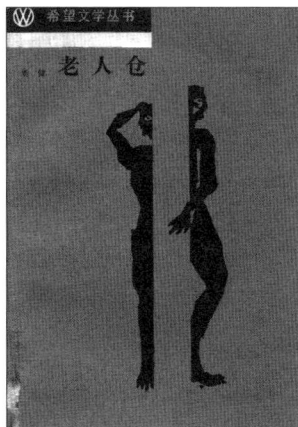

---

[01] 福柯：《知识的考掘》，台北麦田出版城邦文化事业股份有限公司1993年版，第136页。

[02] 福柯：《知识的考掘》，台北麦田出版城邦文化事业股份有限公司1993年版，第139页。

[03] 柄谷行人：《日本现代文学的起源》，生活·读书·新知三联书店2006年版，第17—30页。

促成，是"文革"的终结及当前的意识形态所决定的。因此，作为这一意识形态规约下的现实主义文学创作，其不可避免地带有特定时代的痕迹。

这从鲁彦周的创作历程可以看出，他从 20 世纪 50 年代中期即已开始文学创作，当时创作了一系列表现农业合作化运动的必然性和优越性的小说及电影剧本；但同样是他，在 1982 年创作了《彩虹坪》这样一部表现农业合作化运动的弊端，以及生产责任制必将取而代之的小说。在这里，简单地指责作者是没有任何意义的，重要的是要看到，促成作者这种转变的是时代的变化；而随着这种变化而来的，是作者对新的"风景"——生产责任制的必然——的不知不觉的发现。这里的关键在于这种"不知不觉"，也就是说，作者把这种转变视为理所当然，实则是把"起源""掩盖"起来了。

如果把"风景"视为"一种认识性的装置"[01] 的话，我们发现，在那些表现农村改革的小说中，"风景"是在"价值颠倒"中被呈现出来的。而实际上，在这里，是经历了两重颠倒：第一重是历史本身所呈现出的"颠倒"，这一颠倒发生在文本之外；第二重是表现在同类文本间的"价值颠倒"。在这里，作为文本外的颠倒的历史，其实是以一种"缺席的在场"的方式进入文本中，作为叙述的效果呈现出来的。可见，文本外的"颠倒"隐蔽且具有迷惑性，而作为文本间的价值颠倒，如果不对同类文本间进行比较而仅凭单一文本或同一时期的文本（或作品），也无从发掘。因此，对我们来说，要想复原这两重"起源"，就必须建立对 20 世纪 50—80 年代的同一类农村题材小说的比较，并竭力发掘出叙述效果背后所隐含的诸种叙述策略。

因此，我们首先要问的是，"风景"——生产责任制——是如何被不知不觉地发现的，这一发现又是如何被叙述呈现出来的？先看看《彩虹坪》。在这部小说中，生产责任制是在女主人公耿秋英的带动下搞起来的，而她之所以坚持并认定生产责任制，与一种远离潮流的姿态有关。"风景的发现"某种程度上即这一疏离的怀疑的观察视角下的产物。小说中耿秋英的自我申诉是一个很好的例子。她这样叙述自己的成长：

---

[01] 柄谷行人：《日本现代文学的起源》，生活·读书·新知三联书店 2006 年版，第 12 页。

那几年我在学校，我按照外公的嘱咐，坚决不参加那一场运动，我硬是躲在外公屋里看书。后来学校表面上又上起课来了，我更是排除一切干扰，读书，读书。……我是多么幸福啊，我哪里闻到什么霉味，在我眼前展现的是辽阔的大海，是芳香的土地，是对未来的憧憬。

这里要注意两点，一是耿秋英并不同于红卫兵，她是一个远离潮流的知识青年，这使得耿秋英的独立成长成为可能；二是书本在耿秋英的成长过程中的重要作用。但问题是，小说中并没有列出到底是哪些书籍对耿秋英有直接的影响，而实际上，"文革"前后的书籍出版是非常有限且比较单一的，而且不同的书对不同的个人的意义是不能一概而论的。小说叙述中这种对书本的重视，其实表征的是"文革"结束后启蒙话语中对书本的推崇。紧接着前面的叙述，耿秋英这样陈述："可这一切，一下子全被砸得粉碎，彻底地粉碎了！那时我才是一个十六七岁的少女，是所谓人生最美好的黄金时代。""妈妈死了！"从这里，我们可以看出，真正影响主人公的似乎并不是"文革"及那场运动，而是妈妈的死。妈妈及外公先后去世使她睁眼看到了"现实"，而在这之前，她还生活在梦幻中。可见，在这里，其实是预设了一个"现实"之外的梦幻的世界，而正是因为有了这一梦幻世界的预设，所以"现实"在耿秋英的眼里就变得充满了距离感和陌生感。在这种距离感和陌生感中，她"开始关心并调查彩虹坪的历史和现状了"。她也敢于和'四人帮'那一套顶着干了。她春天和队里商量着搞包干到组，秋天又发展到包干到户和其他专业承包……这都不是一时心血来潮搞起来的，而是从和'四人帮'极"左"路线斗争中一步步演变过来的。如果说读书时代远离潮流使得耿秋英的独立成长成为可能的话，那么在这之后同"四人帮"的斗争则使得她的成长获得了先天的合法性。

但问题是，同"四人帮"的斗争并不能必然地引导出对生产责任制的推崇和肯定。在这里，是对"四人帮"的定性（极"左"）而非对其展开的斗争，决定了"包干到户"的合法性，因为显然，同"四人帮"的斗争并不总能导向对合作化运动的怀疑。事实上，自被打倒以后，对"四人帮"的定性先后存在两种截然相反的表述，先是说其极"右"，而后又被定性为极"左"。就合作化运动而言，极"右"和极"左"所表达的意义是截然不同的。当"四人帮"被表述为极"右"时，便意味着"文革"仍在延续，作为"文革"意识形态的表征合作化，其必然性毋庸置疑；只有在"文革"终结，"四人帮"被定性为极"左"后，合作化运动才能真正成为问题被提出。

在这里，与"四人帮"的斗争被赋予了先天的合法性。那些反对生产责任制的，比如说潘文安、吴立中、齐枫等，虽然他们都受到过"四人帮"及"文化大革命"的冲击，但他们并没有直接同"四人帮"及其帮凶之间有过针锋相对的斗争，相反，他们甚至是"文革"中的既得利益者，在"文革"后期被不同程度地"结合"进领导班子；而那些支持生产责任制的人，像钟波、吕秀芹、耿秋英的妈妈，以及大学教授模样的常务书记等，则受到"四人帮"的残酷迫害并同"四人帮"之间有过斗争，他们都保持一种斗争和进取的精神，因此往往对现状有所怀疑并能勇于探索。在小说的叙述逻辑中，与"四人帮"之间有无直接的斗争，往往决定了他们对待新生事物——生产责任制——的态度，因此像耿秋英那种同"四人帮"之间有过针锋相对的斗争的人，则最有可能成为第一个发现新的"风景"——生产责任制——的人。

从前面对耿秋英的分析可以看出，这是从发现"风景"的人的主观条件上说的。这些条件概言之，就是远离潮流的农村知识青年，并同"四人帮"有过直接的斗争。在这些条件中，少了任何一个，新的"风景"都不可能发现，因为如果不远离潮流并同"四人帮"有过斗争，她的行为就不具备先天的合法性；而如果没有知识，就不会独立地思考问题，自然也就不会有什么新的发现，新的"风景"自然也无从谈起。同时，这里的"青年"身份也很重要，因为没有历史的负担和遗产，才可能敢于斗争。其实，这些条件在叶辛的《基石》《拔河》中的景传耕，以及路遥的《平凡的世界》中的孙少安等身上都基本存在。但这些都还只是新的"风景"的发现的前提条件，如按柄谷行人的观点，"风景"之发现还必须有一个"内面的颠倒"，要有一个"反转"，"'风景之发现'并不是存在于由过去至现在的直线性历史之中，而是存在于某种扭曲的、颠倒了的时间性中。已经习惯了风景者看不到这种扭曲"。[01] 可见，"风景"之发现其实也是一种"看"的实践活动，是一种阅读活动，这就有点像是阿尔都塞所说的"症候式阅读"，通过这种阅读，此前对象的那种连贯的整体此时已然变得松动，并漏洞百出，显现出它的"症候"来，而正是这些症候最终导致此前对象的完整性及合法性的坍塌和破灭。这种坍塌必然伴随旧的理论总问题领域的破灭和新的理论总问题，这时，在阿尔都塞看来，其结果必然会出现新的概念范畴的出现，必然会有一种新的概念来为这种新的理论总问题命名，"生产责任制"一定意义上就是这种新的理论总问题的命名。

但问题还在于，从"四人帮"的被打倒，到农业生产责任制的推行，这之间还有一个时间差。在这期间，阻碍"包产到户"的并非"四人帮"及其爪牙，相反，甚至可以说，他们某种程度上也是"四人帮"迫害下的受难者。那么，同为"四人帮"的受害者，为什么是耿秋英们而不是他们最终成为农业合作化运动的掘墓人呢？显然，同"四人帮"的斗争并不是问题的根本所在。由此不难看出，小说其实是以与"四人帮"斗争的先天的合法性，掩盖了问题的进一步提出。而事实上，对"四人帮"的斗争无论从哪个角度看，都不可能真正导向生产责任制的推行。在这里，文本中对"四人帮"的定性（即极"左"）体现的毋宁说是其同现实间的"互文性"。

二、接续或断裂

已有论者注意到《彩虹坪》和《创业史》之间的关联，他们认为《彩虹坪》的出现，不是对《创业史》的否定，而是一种发展，一种完善过程。其理由是《彩虹坪》所表现出的"生产责任制的诞生并不是对生产资料公有制的抹杀"[02]，而毋宁说是对生产资料公有制的进一步完善。在这里，问题不在于生产责任制和生产资料公有制之间的关联，关键在于其预设了生产责任制的优越性及从合作化到责任制的递进演变。《彩虹坪》中生产队长的话就表现为这样一种叙事：

我们山里本来是不穷的，土改合作化那阵子，日子可好

---

[01] 柄谷行人：《日本现代文学的起源》，生活·读书·新知三联书店 2006 年版，第 10 页。
[02] 牛运清主编：《新时期改革开放题材长篇小说研究》，山东大学出版社 2000 年版，第 74 页。

过呢。五八年刮了一阵风，把事情搞坏了。……六一年困难过去后，上级又号召种树了可说山区可以吃点国家供应粮，让我们养山，恢复元气，家前屋后、自留地、自留山，也都定了规章。大家一致认为这一下有奔头了，……可没过几年，'文化革命'就开始了，以粮为纲、造梯田，没收自留地、自留山，说是一定要把资本主义连根刨掉。这一来，日子就不好过了。（生产队长耿德彪语）

　　在他看来，从土改合作化，到1958年，到1961年，再到生产责任制，是再自然不过的历史发展的进程，"文革"中断了这一进程，故而一旦"文革"结束，就有必要重新接续并恢复它。

　　这显然是一种线性发展的时间历史观，其既预设了社会发展的高级阶段，也预设了这一发展进程中断裂与偏移（"失误与挫折"）的存在。1958年是这一偏移的开始（所谓"歪风"把事情搞坏了），而从1961年到"文革"，则愈演愈烈，竟至于成了断裂。因此，《彩虹坪》的出现，其意义即在于重新接续那被中断的传统，并努力建构其与《创业史》之间的历史发展脉络。虽然说"文革"后的文学创作确实经历了一个回归并接续十七年文学传统的过程，但如果据此认为《彩虹坪》是《创业史》在新时期的发展和完善，则又过于简单化。且不说前引生产队长的逻辑有问题，问题还在于"文革"之于合作化的复杂关系。如果按前述生产队长的逻辑，"文革"是一种偏移，"文革"的结束就应该重回原来的轨道——恢复到中华人民共和国成立后到1958年和1961年的那种做法——但他们提出的主张却是要用生产责任制取代合作化，这显然并非什么接续而是断裂了。这中间，从合作化到生产责任制，其间的过渡如何成为可能？而事实上，"文革"的出现，并没有中断合作化运动，实则是合作化的进一步展开，真正的断裂是从合作化到农业生产责任制的转变，"文革"的终结是分水岭。汪晖曾一针见血地指出："从历史的角度看，对60年代开始的'文化大革命'的失望、怀疑和根本性的否定构成了70年代至今的历史进程的一个基本的前提。……这一'彻底否定'的姿态取消了任何对当代历史进程进行真正的政治分析的可能性。"[01] 在这里，关键并不在于合作化运动本身，而在于"看"的视角和提问题的方式。换言之，"看"的角度不同，最终引发了对问题的关注和提出，其结果就是新的答案、新的概念即生产责任制随之被提出。而这"看"在某种程度上又是与一定的视域或框架相关的。如阿尔都塞所说，如果新的概念的出现表征的是新的"问题总领域"的话，那么"生产责任制"显然已非"合作化制度"所能涵盖。这是一套新的叙述，其概念的提出无疑表明合作化运动的症候的出现，以及对于这一叙述的幻想。

三、道德写作

虽然说新的"问题总领域"创造了一套全新的叙述，但对于不同时期的农业题材小说而言，其中的元叙事却照旧。这是一些利奥塔意义上的"证明知识的合法性"的元叙事[02]，这一元叙事就是"道德"或"道德框架"。"道德框架"是查尔斯·泰勒提出的说法："我一直称为框架的东西体现着一套关键的性质特征。在这个框架内的思考、感觉和判断，就是这样一种意义在起作用，即某些行为，或生活方式，或感觉方式无比地高于那些我们更加乐于实行的方式。"[03] 也就是说，框架的存在既限定了思考的范围，也设定了等级，规定了意义，道德就是这样的一个"框架"，这一框架是我们所无法逃脱的，因为"框架是我们赖以使自己的生活在精神上有意义的东西"[04]，所以其往往作为一种直觉或潜意识在起作用。

事实上，这样一种"框架"有点类似杰姆逊所说的"意识形态素"：它既是一种规定，也是一种生产性的元素，"意识形态素是具有双重特性的结构，它的本质结构特点可以说是它既可以表现为一种准思想——一种概念或信仰系统，一种抽象价值，一种意见或偏见——又可以表现为一种元叙事，一种关于'集体性格'的终极阶级幻想……作为一种结构，它必须具备同时接受概念描述和叙事表现

---

[01] 汪晖：《去政治化的政治、霸权的多重构成与60年代的消逝》，《去政治化的政治：短20世纪的终结与90年代》，生活·读书·新知三联书店2008年版，第4—5页。

[02] 利奥塔：《后现代状况：关于知识的报告》，王先霈、王又平主编：《文学理论批评术语汇释》高等教育出版社2006年版，第782页。

[03] 查尔斯·泰勒：《自我的根源》，译林出版社2001年版，第27页。

[04] 查尔斯·泰勒：《自我的根源》，译林出版社2001年版，第24页。

的能力"[01]。对于农业改革小说而言，这一"道德"的"意识形态素"就是"日子不好过了"（《彩虹坪》）甚至越来越苦了。而说这是一种元叙事，是因为这一所谓的"不好过"预设了改革的势在必行。

事实上，回过头来看便会发现，这一道德叙事其实是包括《创业史》和《彩虹坪》在内的不同时期的农业题材小说的核心要素。之所以说是道德写作，是因为不论是十七年时期的《创业史》，还是20世纪80年代的《彩虹坪》，在表现历史必然性的时候，都采用了道德元叙事。如果说人们当初开展合作化运动是因为吃不饱饭或想生活得更好的话，如今人们走生产责任制同样是缘于吃不饱饭和想生活得更好，沧海桑田，人们的初衷似乎亘古不变。尼采在《论道德的谱系》中曾经指出，道德史家的思维"同陈旧的哲学家的习俗一样，在本质上都是非历史的"[02]。这在文学写作中亦是如此。

这种道德元叙事表现在农业合作化写作中，主要包括以下几个方面。首先是善恶的设置。不论是在表现农业合作化之必然的《创业史》中，还是在表现农业合作化之不合自然的《彩虹坪》中，领导人们进行变革的都是品行高尚且舍己为人的人，那些阻碍社会变革的则是道德上有污点的自私自利的人。在这里，自利和利人成为农业合作化题材小说中的"道德框架"，矛盾由此展开，人物之间也由此形成阵线分明的对立双方。虽然说阵线分明的双方，很多时候是基于阶级出身和成分上的不同，但这种不同往往又被耦合进"道德善恶对立的框架"内，故而阶级差异不仅是一种政治经济上的区分，更是一种道德意识形态的体现。《创业史》中的姚士杰、《在田野上，前进》中的郑老幌，都是道德败坏的典型，而像梁生宝（《创业史》）、高大泉（《金光大道》）、郭木山（《在田野上，前进》）等，则是道德楷模。其次是贫富分化叙事中的道德意识形态。在《创业史》《春潮急》等小说中，贫富分化是农村走向合作化运动的重要前提，在这些小说中，贫富分化的产生，是新的剥削现象的表征，故而走合作化就成为消除贫富分化走共同富裕的重要手段。而在《彩虹坪》等小说中，同样有对贫富的叙事，在这里，增产增收个人发家虽被视为走资本主义道路，但普遍的贫穷却是因为合作化导致的，故而破除合作化实行生产

---

[01] 杰姆逊：《政治无意识》，中国社会科学出版社1999年版，第75页。
[02] 尼采：《论道德的谱系 善恶之彼岸》，漓江出版社2007年版，第12页。

责任制就成为带领百姓勤劳致富的重要承诺和元叙事。最后，表现为一种情感上的认同。正如尼采曾指出的，"各种各样的道德只不过是不同情感的手语而已"[01]，道德写作也常常只有通过诉诸我们的情感上的认同才能得以完成。而事实上，人们（读者）情感上的认同，又往往是被限定在一定的框架内的，这一框架表现在农业合作化题材小说中即所谓善／恶、贫／富的对比，小说通过对这些二元对立的设置设定了我们情感上的认同取向和"道德反应"。这样也就能理解，当我们阅读《创业史》和《在田野上，前进》等农业合作化题材小说时，我们的情感倾向会在合作化上，而当我们阅读《彩虹坪》《基石》《拔河》《在醒来的土地上》，以及《平凡的世界》时，我们的情感倾向又会趋向于生产责任制的实行了。

　　撇开小说中的善恶设置，仅就贫富的意识形态而论，这种叙事也是一种现代性的想象方式和价值预设。不论是 20 世纪 50—70 年代，还是 70、80 年代转型，脱贫致富走向共同富裕都是社会主义意识形态的重要组成部分，其中的逻辑表现在，这是以预设中的现代性线性发展的共同富裕的愿景或远景式存在来介入现实当下的变革。但问题似乎是，从土改到合作化，再到农业生产责任制，这既是历史的进程，同时也是某种似是而非的循环。都是土地回归农户，所不同的是，前者（土改时）是私有，而现在（农业生产责任制）是公有。但土地还是那些土地，只要针对土地的生产模式不变，走向致富仍旧只是神话。贾平凹的《鸡窝洼的人家》和《腊月·正月》两部小说最为形象地表明了这点。从集体到单干，确实是解决了部分农民的温饱问题，但从温饱到致富还有相当的距离。特别是前者，其以回回和禾禾在农业生产上的不同选择、不同态度，深刻地展现出农业生产责任制实行后的农村发生的巨大变化。回回是老式农民的代表，他老老实实从事自给自足式的粮食生产，勤劳持家，虽吃喝不愁，但日子并没有想象中的越来越好；相反，禾禾在老式农民看来不务正业，游手好闲，但他脑子活，思想活跃，他大力发展副业，搞养蚕，跑运输，进行食品机器加工，很快就富裕起来。这部小说告诉我们，不论怎么改变，农业土地的粮食生产及其附加值总是十分有限，而农民要想致

---

[01] 尼采：《善与恶的彼岸》，光明日报出版社 2007 年版，第 133 页。

富，就必须走出传统的以粮食作物生产为主的经营生产模式。关于这一点，叶圣陶早在几十年前即已告诉我们，他那篇《多收了三五斗》中农民的失败即例证。因为显然，在现代性社会的城乡两极格局中，农村农民的生活状况的好坏并不单纯取决于土地的丰歉，其很大程度上取决于以城市为主导的市场走向及其秩序[01]。

事实上，城乡格局的变迁已经从禾禾带来的机器声中得以表征，机器加工之所以战胜了手推碾盘，所表现出来的正是现代工业对传统农业的改造，一方面是传统粮食作物生产模式的改变，另一方面是机器成为农民生产、生活方式的重要组成部分。面对现代工业的入侵，传统农业生产、生活方式的改变势在必行。在今天看来，农业合作化的实行，虽一定程度上造成生产模式的变化，但并没有从根本上动摇传统农业生产方式，这仍是以手工劳动为主的围绕粮食生产（以粮为纲）的生产方式，机器的面影并不多见。同样，农业生产责任制的实行，其关键也并不在于单干或土地回归农户，事实上，只要仍旧实行以手工劳动为主的围绕粮食生产的农业生产模式，单干或互助合作，都不是本质上的区别。从这个意义上讲，蒋子龙的《燕赵悲歌》（1984）虽然带有浪漫化、理想化的倾向，但确实道出了农村走出贫穷走向富裕的有效途径。这部中篇小说讲述的是"文革"结束后的大赵庄在党支部书记武耕新的带领下从合作化走向农工商联合协作的共同富裕的道路。穷则思变仍旧是大赵庄的变革的起点，但他们并没有选择包产到户，走分散经营式的农业生产责任制的道路，而是在互助合作（集体化）的基础上选择了农工商联合协作的生产模式，以大办工业的方法发展农业。在这里，从合作化到农工商联合，与其说是废止了合作化，毋宁说是在新时期对合作化的延伸和进一步的发展。

四、两种传统、两种时间

人类学家罗伯特·芮德菲尔德曾把一个社会的传统划分为"大传统"和"小传统"。"在某一种文明里面，总会存在着两个传统；其一是一个由为数很小的一些善于思考的人创造出来的一种大传统，其二是一个由为数很大的但基本上是不会思考的人们创造出的一种小传

---

[01] 费孝通：《乡土重建》，岳麓书社 2012 年版，第 13—19 页。在这本小册子中，费孝通先生提出了"乡市合拢"的主张。

统。大传统是在学堂或庙堂之内培育出来的，而小传统则是自发地萌发出来的，然后它就在它诞生的那些乡村社区的无知的群众的生活里摸爬滚打挣扎着持续下去。"[01] 所谓农业社会中的"小传统"，其实也就是基于经验的长期积累所形成的。今天看来，农业合作化运动及其文学写作之所以失败，原因并不仅仅在于社会转型和政治上的变革，其某种程度上还在于农村"小传统"的强大。主流意识形态力图通过一种自上而下的"大传统"（互助合作）改造分散单干的农业生产方式，其虽在表面上成功了，实行了合作化，但在本质上农村的"小传统"仍在发挥作用。经验问题仍是农业题材小说中面临的重要甚至核心命题。这样来看，如果说农业合作化小说表现的是"大传统"对"小传统"的改造和表面上的成功的话，那么农业生产责任制题材小说表现的是基于"小传统"的农村经验对"大传统"的改造和再造。

　　某种意义上，经验问题涉及的其实是时间问题。所谓对"小传统"的改造，就农业社会而言，就是对经验的改造和对时间的改造。彼时，农业合作化运动虽然在改造人心方面成效卓著，但在面对自然时间和基于自然时序上的经验时仍是束手无策的，它虽可以拓荒治理盐碱地（如秦兆阳的《在田野上，前进》、南哨的《牛田洋》），但并不能治理或安排时间。时间在这里仍旧是以四时更替季节变换的形式存在，时间既不可被规划或安排，也不能被计算归类。依据风调雨顺，强调人力人为，所谓改造自然，其实仍停留在对自然的依靠上，这样来看，《鸡窝洼的人家》《腊月·正月》，特别是《燕赵悲歌》，其所显示出来的就是现代性意义上的对时间的治理和规划了。时间可以规划和治理，一旦通过现代机器得以完成，其必然使得传统的依靠风调雨顺的农业生产模式得到根本改观。可见，所谓包产到户或合作化，只要不改变农业时序的制约性作用，其本质上并没有大的区别。

---

[01] 罗伯特·芮德菲尔德：《农民社会与文化》，中国社会科学出版社 2013 年版，第 95 页。

第四节　**文本的未完成性、多重可能及其限度**

对于《第二次握手》（张扬）这样一部创作于"文革"期间，以手抄本的形式流传，"文革"结束后重新修订并公开出版的小说，因其创作、传播和出版时间上的不一致和差异，常常令文学史家犹豫不决。这一方面与对"作品的年代"难以确认有关，"问题之一是，我们是否可以按照公开发表时篇末标明的写作时间来确定作品的年代？在史学编纂的材料鉴别上，是否需要寻找、发现另外的佐证（如手稿等）加以支持？第二，在标示的写作时间到发表的时间之间（它们经历了两种变化了的文学阶段），作品是否有过改写、变动？即是否由作者或他人做过修改？如果做过修改，还能不能把写作时间完全确定在所标示的时间上？"[01] 另一方面，其实也是小说内容上的"混杂"所致。因为，《第二次握手》从手抄本一稿到正式出版，其间相隔十五年（即 1964 年到 1979 年），但这十五年被视为跨越三个时段（或时代）——十七年、"文革"十年、"新时期"，因此，问题似乎就不仅仅在于时间界限的难以确定，还在于这三个时代在小说中的交错和表现。换言之，在这一小说中，是否表现出三个不同的时代的

---

[01] 洪子诚：《文学作品的年代》，《当代文学的概念》，北京大学出版社 2010 年版，第 132 页。

痕迹？如果有，这三个时代在小说中的表现有无冲突？其与十七年文学、"文革"文学和"新时期文学"之间有什么复杂的关系？问题的复杂之处还在于，小说以手抄本的形式流传时反响很大，而在 1979年正式出版后却不为人闻问，甚至被遗忘。这样一种"错位"，固然表现出"时间界限的重要"[01]和传播语境变迁的意义；但文本本身的"混杂"，对小说传播过程中意义的生成是否也体现出制约的一面？对于这一点，也并非没有疑义。

一、"新时期话语"与小说文学史上地位的暧昧

在对《第二次握手》的研究中，很多研究者都注意到小说同十七年文学之间的内在关联。通过对《第二次握手》的手抄本和定稿本的对照比较，王尧指出："从《第二次握手》'1979定稿本'的内容来看，张扬仍然是在五六十年代的价值层面上认识中国现代知识分子的道路的，沿袭的仍然是那个年代的价值观。在'新时期'修订，但小说的精神内涵仍然处于五六十年代。……因此，《第二次握手》定稿本与'新时期文学'并无关系，……所以说，在'1974抄本'基础上扩充了的《第二次握手》'1979定稿本'是一个尴尬的文本。"[02]在他看来，《第二次握手》（包括"1974抄本"和"1979定稿本"）实质上是十七年文学的延续，其不仅与"新时期文学"关系不大，更与"文革"意识形态有一定的距离，甚至冲突，其在"文革"后期遭到批判乃至惩罚也与这种距离有关。"当'文革'重新阐释了五六十年代的阶级斗争、路线斗争，把'十七年'视为文艺黑线专政并颠覆了'十七年文学'之后，原有的'政治正确'变成了'政治错误'。《第二次握手》所具有的五六十年代的意识形态属性，便和'文革'时期的主流意识形态发生了冲突。"[03]既如此，言外之意就是，《第二次握手》在"新时期"出现，并没有什么创"新"之处，因而其意义和价值就十分有限。

显然，在这一判断中，对《第二次握手》价值的认定，正在于其同"新时期文学"关系的远近上。"新时期文学"实际上成了《第

---

[01] 洪子诚：《文学作品的年代》，《当代文学的概念》，北京大学出版社 2010 年版，第 132 页。
[02] 王尧：《〈第二次握手〉："手抄本"与"定稿本"》，《小说评论》2011 年第 1 期。
[03] 同上。

二次握手》价值认定的标准，这其实是一种本质化的"新时期文学观"，其在今天的研究界很普遍且具有代表性。陈思和对"新时期文学"的描述中，几乎不见《第二次握手》的影子，就是一个典型的例子。如若按照陈思和的定义，"潜在写作就是指那些写出来后没有及时发表的作品，如果从作家创作的角度来定义，也就是指作家不是为了公开发表而进行的写作活动"[01]，《第二次握手》应该属于"潜在写作"的范畴，而事实上，陈思和是把"民间大量流传的知识青年创作的诗歌和小说创作潮"置于"潜在写作"[02] 的范畴之中。但奇怪的是，自始至终，陈思和都没有提到这部小说。这是否意味着陈思和的疏忽或遗漏？显然并不是。这一原因其实暗含在王尧的判断中，"张扬的手抄本不是一个政治上抗争的文本"[03]，而陈思和也正是以政治上抗争与否来限定他的"潜在写作"这一范畴的："在这批潜在写作者中间，……他们几乎隐藏了与现实政治和社会制度的直接的对抗性意向"，"一部分作家因为文化美学领域的自觉卫道构成了与现实相对抗"，"作家的独立人格与政治理想……艺术境界里充沛着张扬个性的魅力或生命不屈服的元气"，还有一些不自觉的潜在写作者，"他们只是如实地表达了自己对生活的感受"。[04] 从这些论述中不难看出，所谓的"新时期文学观"，很大程度上就是一种"去政治化"的文学观，其实际上已先预设了一个标准，即离政治越远——文学向内转或回到自身，或直接表现出与政治的抗争，这样的作品，就会得到肯定，其价值也往往越大；反之，则不然。

虽然，《第二次握手》在 1979 年出版后获得了如刘白羽、丁玲等人的高度赞扬，而且小说的销量据说也达到 430 万册，但这并没有给小说带来与之相应的荣誉，文学史家在叙述"新时期文学"的时

[01] 陈思和：《当代文学中的潜在写作》，《新文学整体观续编》，山东教育出版社 2010 年版，第 81 页。这里有一个很有意思的现象，陈思和在当代文学史写作（《中国当代文学史教程》）中，涉及"文革"期间的文学时，提到了小说《第二次握手》，并把它视为"潜在写作"中有代表性的小说文本，做了一定的介绍；但在专门讨论"潜在写作"的长文如《当代文学中的潜在写作》中，并没有提到这部小说。这种差异，是否表明文学史写作的谨慎和文学研究的相对大胆？或者说陈思和思考"潜在写作"时的犹豫不决和举棋不定？

[02] 陈思和：《当代文学中的潜在写作》，《新文学整体观续编》，山东教育出版社 2010 年版，第 84 页。

[03] 王尧：《〈第二次握手〉："手抄本"与"定稿本"》，《小说评论》2011 年第 1 期。

[04] 陈思和：《当代文学中的潜在写作》，《新文学整体观续编》，山东教育出版社 2010 年版，第 90、92、93、94 页。

候，很少或几乎不提到它。《新时期文学六年》（1985）中，对《第二次握手》也只是一笔带过；在张钟等编写的《当代中国文学概观》（1986）中，更是只字不提。即使是 20 世纪 90 年代以来的文学史写作，如陈思和的文学史教材，也只是把它作为"文革"中"潜在写作"的例子，在有限的范围内肯定它，"其主要成就在于把曲折的爱情故事与对知识分子的歌颂以及爱国主义的主题融合了起来，这对正统文艺的清规戒律是一次大胆的触犯"[01]。毕竟，这样一部在"文革"期间以"手抄本"的形式流传的作品，其在"文革"期间提出的问题，在"文革"结束以后并不必然还是问题。其对"新时期文学"的意义十分有限。"当社会政治语境的（这些）因素淡化之后，小说在'文革'期间产生强烈魅力的条件也随着削弱"[02]，小说的命运可想而知。

可见，这样一种"新时期文学观"，反映的是一种摆脱当代文学——十七年文学和"文革"文学——和"告别革命"的倾向，其对"新"的肯定皆源于此。这一"文学观"在当时的合法性因联系着对"左"倾的批判，而显得不容置疑。事实上，也正是这种强大的合法性力量，一再"逼迫"着作者张扬；这从张扬不断地撰写回忆文章[03]为自己辩护可以看出。而从他的《〈第二次握手〉：第二次"颠覆"》[04]这一文章中，也可以感受到张扬内心的焦虑：他一方面希望人们忘记 1979 年中国青年出版社出版的《第二次握手》，并拒绝把这部小说翻译成外文；另一方面又不惜二十余年的时间参与对小说的重写（小说重写本于 2006 年出版）。这种矛盾心态，正反映出作者对 1979 年版的小说不被文学史家看重的焦虑。在文章中，作者归纳出 1979 年版小说的四重"颠覆"，其实也正是为了表明小说并没有

---

[01]　陈思和：《中国当代文学史教程》，复旦大学出版社 1999 年版，第 174 页。

[02]　洪子诚：《中国当代文学史》，北京大学出版社 1999 年版，第 216 页。另参见孟繁华、程光炜：《中国当代文学发展史》，人民文学出版社 2004 年版，第 137 页。其中，小说的价值也只是被限定在"内容"同"文革"意识形态的相左上。

[03]　张扬：《〈第二次握手〉文字狱始末》（连载），《中国律师》，1998 年第 8 期至 1999 年第 1 期。张扬在其中不断地表白，在"文革"初期就表现出对"文革"的怀疑和批判，以及对历史的"先知"和不屈的抗争精神。但问题是，这些并没有在小说中表现出来，甚至一点痕迹都没有。若如作者所言，其小说中不会没有表现或表露。而当作者在 1979 年修订《第二次握手》时，完全可以把对"文革"的批判写进小说，但事实上，作者并没有这么做。从这点来看，说《第二次握手》（不论是手抄本，还是 1979 年定稿本）自始至终都"不是一个政治上抗争的文本"，并不是没有道理的。

[04]　张扬：《〈第二次握手〉：第二次"颠覆"》，《同舟共进》2006 年第 12 期。

不同于十七年乃至"文革"文学的"新意"："《第二次握手》（指的是 1979 年版——引注）写得并不好。一部写得并不好的作品却能够在黑暗高压的'文革'时期创造了以手抄本形式流传全国的奇迹，能够'感动整整一个时代的中国人'，原因就在于它的这种背离、反叛和挑战，它的这种政治'颠覆'，真正反映了当时 10 亿中国人的意愿和选择，真正符合滚滚的历史潮流！"[01] 如若联系上面所引的王尧的话，两篇文章之间的"互文"关系十分明显，从中不难看出围绕这一小说"新/旧"特质认定上的冲突及其复杂的一面。

而事实上，对于"新时期文学"之"新"表现在什么地方，这并不是一个自明的命题，"'新时期文学'其实是一个摇摆不定和不确定性的文学史概念。它还缺乏作为文学史中心概念的必要的认识基础，以及由此而考察和研究诸多文学思潮、作家作品现象的能够在更多的人那里众望所归的出发点"[02]。"文学的新时期的确是以'旧'的离去为标志的。但这一时期文学之所以新，却不是对于新的政治形态的依附的同义词。它不是简单地在旧有的文学形态中'装'进去'新'的'经验'或'新'的'斗争'内容的表面转换。"[03] 而且，在"新时期文学"同十七年文学乃至"文革"文学之间错综复杂的关系等一系列问题上，至今研究界也并没有取得一致的认识。从这个角度看，《第二次握手》在文学史上的定位和评价的暧昧之处，正反映了"新时期文学观"上的矛盾和冲突。

二、知识分子题材与乍"新"还"旧"的爱情叙述

事实上，在对小说到底是否是"抗争的文本"这一问题上，作者与评论家意见并不一致。作者曾特别强调小说所表现出的"对抗性"："可是我偏偏又'对着干'。在第四稿（写于 1969 年到 1970 年——引注）中，我有意让许多被打倒或'靠边站'的老一辈无产阶级革命家和据称在科技战线执行了'反革命修正主义路线'的老干部，以及被强加上种种罪名迫害致死或正在受到残酷折磨的老科学家，以真人

[01] 张扬：《〈第二次握手〉：第二次"颠覆"》，《同舟共进》2006 年第 12 期。
[02] 程光炜：《文学讲稿："八十年代"作为方法》，北京大学出版社 2009 年版，第 46 页。
[03] 谢冕、张颐武：《大转型——后新时期文化研究》，黑龙江教育出版社 1995 年版，第 32 页。

真名和光辉的正面形象在我的作品中出现。"[01] 评论家也从手抄本流行的语境极力肯定这部小说："尽管《第二次握手》被姚文元打成了'搞修正主义'的'很坏的书'，但是广大群众仍在广泛流传。……当时很多同志看了小说，引起了共鸣，联系当时社会上存在的问题，纷纷议论'四人帮'的倒行逆施……这正是这部作品所起到的战斗作用！"[02] 王尧却似乎不这么看："在最初写作时，一直到70年代中期之前，张扬并不是以和现实的对抗姿态进行的，明确这一点非常必要。""如果考察知识分子的当代命运和其他一些'地下写作'，我们就会发现，张扬的手抄本不是一个政治上抗争的文本。"[03] 王尧这里所谓的"抗争"，与作者说的"对着干"，是否是一回事？这种不一致说明了什么？

虽然张扬因为这部小说而备受折磨，小说在实际阅读效果上也引起了一定的共鸣，但这并不意味着小说本身就表现出对现实的抗争。实际上，我们从小说叙述中也看不出有多少强烈的对抗性色彩。从这个角度看，这其实是从小说的叙述层面（王尧）观察小说，和从与接受层面（作者和读者）观察小说的区别。在20世纪70、80年代之交，当知识分子题材和爱情叙述并不是"理所当然"，而时代主题还停留在对"文革"的控诉时，这一区别并不明显：人们很容易从小说中读出"反抗"的主题，小说叙述层面的问题并没有引起足够的注意。而当多年——实际上不到几年的时间——以后，知识分子题材和爱情叙述早已不再是一个问题的时候，研究者站在一定距离之外再来返观这一小说，便会发现小说所表现出的现实抗争性并不明显，至少在文本中没有得到足够的呈现。

这样一种语境和理解层面的差异，在小说的爱情叙述中表现得更明显。在20世纪70、80年代之交，《第二次握手》提出的议题显然并不过时，甚至可以说非常主流，这就是通常理解中的知识分子题材

---

[01] 张扬：《关于〈第二次握手〉的前前后后》，《湘江文艺》1979年第9期。

[02] 晓村：《人民群众是权威的裁判者——从小说〈第二次握手〉公开出版所想到的》，《北京日报》，1979年4月18日。当时很多文章都是从这个角度盛赞小说的，如丁玲：《一朵新花——读〈第二次握手〉》，《中国青年报》1979年8月11日；王维玲：《在艰难中磨炼，在斗争中成长——记〈第二次握手〉的写作和遭遇》，《文艺报》1979年9月号；王维玲：《张扬的〈第二次握手〉及其姐妹篇〈金箔〉——给一位青年读者的信》，《中国青年》1979年第11期；等等。

[03] 王尧：《〈第二次握手〉："手抄本"与"定稿本"》，《小说评论》2011年第1期。

和对爱情与爱国情感的表现，而这事实上正是 20 世纪 80 年代文学最为核心的主题和题材之一。这从彼时的小说、电影等不同文类的表现中可以看出。白桦的《苦恋》、张贤亮的《绿化树》，以及鲁彦周的《天云山传奇》，都被拍成电影，而且反响很大，而即使是专注于表现爱情主题的电影《庐山恋》，也时刻不忘穿插爱国主题于其间。这些都是典型的知识分子的爱情加爱国的模式化表现。从这些例子可以看出，在 80 年代，爱国某种程度上是同"现代化"一样的宏大叙述，而爱情似乎只有耦合进爱国的主题之中才有可能得以合法而合情合理地表现。

小说《第二次握手》虽然表现了爱情和爱国这一"并不过时"的议题，但并不意味着其表现的角度有多么新颖。而事实上，小说的作者和当时的评论家仍是从 20 世纪五六十年代爱情的政治化的角度，来理解小说中这一爱情和爱国的描写的。[01] 这种爱情描写，固然表现出人情、人性 [02] 的一面，但指向的不仅仅是两性之间的感情："在《第二次握手》中，……作者通过对丁洁琼、苏冠兰和叶玉菡三人之间的爱情纠葛的描写，真实而形象地展示了从二十年代末期到五十年代末期中美两国社会生活的某些侧面……使这个悲欢离合的爱情故事，渗透了深刻的社会内容，包含了巨大的社会意义，从而在透过爱情写政治方面，取得了可喜的成绩。"[03] 而就小说是否是"政治小说"的问题，作者也这样辩解道："《第二次握手》的爱情故事固然有一定吸引力，但真正吸引千千万万读者和传抄者的，乃是爱情故事后面的一切，亦即'四人帮'们所谓'反党'的那些东西。……我认为，在写爱情题材时，固然应该追求形象、情节的生动感人，更重要的是应该力求通过爱情表现正确的社会政治观点，反映出时代的脉搏。"[04] 如果说题材和爱情叙述本身在 70、80 年代之交就是一种"突破"和"反抗的姿态"的话，这一姿态在 80 年代初期以后则并不尽然。而实际上，通过前面的分析可以看出，在爱情的政治化方面，《第二次

[01] 洪子诚：《中国当代文学史》，北京大学出版社 1999 年版，第 216 页。洪子诚也指出："小说对于中国现代历史和知识分子的道路的描写，并没有偏离 50 年代以后所确立的叙述框架。"

[02] 陆文采：《评〈第二次握手〉中的人情人性描写》，《辽宁师院学报》1981 年第 2 期。

[03] 徐运汉：《文章得失寸心知——读长篇小说〈第二次握手〉琐记》，《新湘评论》1980 年第 5 期。

[04] 张扬：《我写爱情题材》，《广西文学》1982 年第 2 期。

握手》与五六十年代之间显然有某种内在的关联。从这个角度看，小说正式出版后很快被人们遗忘，也就并不令人惊讶了。

而另一方面，这种爱情叙述所呈现的仍旧是知识分子的自我救赎传统。小说在这种"两女一男"（也可以说是两女两男，但美国人奥姆霍斯在小说中显然处于不重要的位置）的爱情纠葛中，展现的与其说是苏冠兰同丁洁琼和叶玉菡之间的纯美爱情，不如说是爱情的充分政治化和政治化背后的深深的焦虑。这并不是一部"成长小说"，因为在这部小说中，核心主人公显然是苏冠兰而不是另外两位女性。而从这"两女一男"的模式中也可以看出，苏冠兰的成长并不需要两位女性的"启蒙"——对于成长小说来说，核心主人公的成长之路，则是需要启蒙者出现的。相反，倒不如说这两位女性只是苏冠兰自我主体性确认的"镜像"。对于苏冠兰来说，其需要从对方身上得到的并不仅仅是爱情，更是对自我匮乏的想象性的克服。这样来看丁洁琼和叶玉菡，读者或许就能明白，为什么开始苏冠兰不喜欢叶玉菡而喜欢丁洁琼，其始而冷漠叶玉菡，终而对其产生深深的情感，又是所为何由。

这似乎与苏冠兰的身份有关。他出身于一个知识分子家庭，其父苏凤麒早年流落街头受尽艰难，后被传教士收养并被送往海外接受教育，最后成名。这样一个家庭一方面意味着有进步的潜能，另一方面表明了某种原罪。因为作为知识分子，苏凤麒的一生又总与屈辱的中国殖民史——尤其是传教士——联结在一起，这就使得苏冠兰一出生，就带有了赎罪的胎记：他的出身并不太"纯"，这同《青春之歌》中林道静的血统混杂有相似之处。而某种程度上，小说其实也是从近现代以来中华民族的象征这一角度来展现苏冠兰及其父亲的命运变迁的，从这个角度看，说小说是"民族寓言"并不过分。在小说中，这一原罪感和救赎的诉求，明显表现为苏冠兰对他父亲的"不洁"的厌恶和反叛。这种反叛不能仅仅理解为一种"弑父"行为 [01]，因为实际上苏冠兰并没有从反叛走向革命；这种进步的不彻底，与其说是"弑父"，不如说源于救赎的冲动。但这只是发生在潜意识的层面上，苏冠兰自己甚至包括作者并不自知，因为事实上，苏冠兰并不是一个果

---

[01] 薛红玉：《〈第二次握手〉中的"弑父"与"恋父"》，张清华等：《〈第二次握手〉：在异端和老套路之间》，《长城》2011 年第 3 期。

决的人；相反，他虽正直、热情，不满于现状，同情革命，但优柔寡断，更不敢做直面的反抗，因而只能把这种政治热情和救赎的冲动，投射到对爱情的选择和反抗上，从这个角度看，苏冠兰的爱情追求并不纯粹。倒是丁洁琼和叶玉菡表现出应有的勇敢和胆识。苏冠兰先爱上丁洁琼，后深深地被叶玉菡感动，这份感动正与其自身勇敢和胆识的缺失有关，这其实是一种在对方身上得到自我确证的想象方式。他的懦弱和原罪意识，通过投射到对方身上而得到想象中的克服。

另外，在他们的爱情关系中，还有一个人不可忽视，那就是鲁宁。虽然，他们都追求进步，丁洁琼的父母也曾为革命牺牲，但他们三人显然都属于小资产阶级知识分子，而且又是自然科学家，这无疑限制了他们的进步，苏冠兰的救赎其实很虚弱。我们知道，在20世纪50—70年代的当代中国的语境中，小资产阶级知识分子的身份和地位其实很微妙，他们被描述为具有进步性的一面，但同时又很软弱。这种两面性的特征指认，其实是提出了共产党员在知识分子成长过程中的引导作用这一问题。从这个角度看，小说中的共产党员鲁宁作为贯穿他们之间几十年的爱情纠葛中的关键人物，无疑有必要又意义重大。事实上，最后苏冠兰爱上叶玉菡也正是在鲁宁的引导下完成的。可见，在苏冠兰等三人的爱情纠葛中，真正起决定作用的并非什么超阶级的"人性"之爱，而是进步的政治信仰和爱国情怀，是党的领导。小说虽写作完成于"文革"期间，但对知识分子的描写仍旧延续了十七年文学中的知识分子自我改造和赎罪模式[01]，这与新时期知识分子题材小说表现的角度明显不同。从这个角度看，说这是一部带有十七年文学成长小说[02]倾向的小说也并无不可。其以充分政治化的爱情叙述，表现知识分子的自我救赎之路，因此这样一部带有十七年文学特征的小说，不被新时期充分认可，也就可想而知了。因为显然，在新时期，当知识分子作为"启蒙者"——刘心武的《班主任》

[01] 十七年文学中，描写知识分子思想改造的典型有萧也牧的《我们夫妇之间》、白刃的《战斗到明天》、杨沫的《青春之歌》等等。

[02] 有些研究者则从成长小说的角度解读小说的爱情叙述："爱情远不是这部小说所要表达的全部，爱情不是主人公的归宿，个人的爱情甚至应该是被抛弃、被鄙夷的东西，它应该转化、皈依到国家民族集体等更大和更有价值的存在，'小我'应该走向'大我'，'小爱'应该转化为'大爱'。这样看来，这部小说表达的是一种'成长'。"王士强：《从爱情到政治：作为"成长小说"》，张清华等：《〈第二次握手〉：在异端和老套路之间》，《长城》2011年第3期。

等小说和从维熙的部分小说是其最为典型的例子——被建构出来后，再来谈知识分子的自我救赎，似乎显得不合时宜了。

三、多重主题的展开和文本的未完成性

小说虽然着力表现知识分子的爱情和爱国情怀，但其实在这一家国情怀之外，存在大量的异质性的成分。今天重读这部小说，除了读出其中对"情"的表现外，其实到处弥漫着空白和裂缝，这些空白有"文革"在小说中的缺席，柏拉图之爱的困惑，中西之间的矛盾和差异，以及想象美国的方式及其变迁，等等。

虽然小说写作于"文革"前后，但"文革"的现实生活在小说中是缺席的。小说在半个世纪（从 1928 年到 70 年代末）的时间跨度上展开叙述，但整个 60 年代到 70 年代这近二十年却只在"尾声"部分的三页描述中轻轻带过；而事实上，这近二十年是众所周知的绕不过去的"左"倾而"灾难深重"的二十年。这段历史在小说中的缺席意味着什么？这种"虚化处理"，是否仅仅理解为作者的有意回避，从而表明张扬的手抄本或定稿本"不是一个政治上抗争的文本"？细读小说，我们发现，"文革"在小说中并非真的"缺席"，而是一种"缺席的在场"。从小说中第"二八"节"紧急警报"的内容来看，这显然带有灾难降临前（伤痕写作和反思写作的典型模式）"初始情境"的味道 [01]。鲁宁回到家，听到妻子对"一些风言风语"的担心，十分愤怒：

> 你不要轻信那些错误言论，阿罗！有那么极少数人，在革命形势已经发生了重大转折的今天，仍然头脑僵化，不求进步，不识大体，还甘作文盲，以目不识丁为荣；可这些人居然还叽里咕噜地指摘比他们稍有远见的同志，真是可耻！……
>
> 那番话不管是谁说的，都并不是假话，不是毫无根据的危言耸听，不是开玩笑！敌我之间你死我活的斗争，革命队伍内部的种种风波，我都经历过了。我当然明白犯所谓"错

---

[01] 许子东：《为了忘却的集体记忆》，生活·读书·新知三联书店 2000 年版，第 1—83 页。

误"的可能性。但我并不因此变成胆小鬼或市侩。相反，无数风险和反复只能使我愈来愈辨认出什么是真错误，什么是假错误；什么是正确的批评帮助，什么是恶意的中伤栽诬；谁是好人、自己人，谁是坏人、敌人；使我更坚信马克思主义！[01]

从这段描写可以明显看出，叙述者借主人公鲁宁之口表达出对中华人民共和国成立以来"左"倾错误的批判。这是一种典型的"文革"叙述（即伤痕写作和反思写作）写法，从中不难看出"左"倾的迹象；按照这一叙述逻辑的发展，"文革"显然为期不远了，而随着"文革"的到来，主人公要么因言获罪——发表"反动言论"污蔑革命，要么因犯"错误"而遭批判。但是，在《第二次握手》中，这样的叙述逻辑却被突然中断，小说显然并没有沿着这样的逻辑发展下去。小说自始至终没有显示出鲁宁和苏冠兰等人在"文革"中有过任何受迫害的遭遇的迹象。因此，从整个小说的情节设置和结构框架来看，这一节显然是游离在情节主线之外可有可无的；这就不禁让人疑惑，这种突兀仅仅因为作者对小说情节结构的把握不足吗？事实并非如此。作者在艺术结构的设计上并非没有美学上精雕细琢的考虑[02]；这种疏忽，显然另有原因。

对于"紧急警报"这一节，我们已很难断定是否在 1974 年的手抄本中就有，或者是作者在 1979 年修改时所加。但我们可以反过来这样假设，1979 年正是伤痕、反思写作方兴未艾的时候，《第二次握手》完全可以按照"紧急警报"这一节的情节逻辑发展——而按照经典现实主义文学的"成规"来看，任何一细节都必须是有始有终的——将小说敷衍成伤痕小说或反思之作，可问题是小说并没有这么做。虽然，作者把对知识分子的肯定置于对"左"倾错误的批判当中，但这一意图在小说中并不十分明显，倒是在作者稍后创作的"姐

---

[01] 张扬：《第二次握手》，中国青年出版社 1979 年版，第 306—307 页。
[02] 张扬：《在小说创作领域进行美学的探索——从〈第二次握手〉谈到〈金箔〉》，《湘江文艺》1981 年第 10 期。

妹篇"长篇伤痕小说《金箔》[01]中有明显的表现。可见，小说并非"没有抗争"；但这一"抗争"又是以"文革"在小说中的"缺席"为前提，其结果是，从另一个方面掩盖了这一"抗争"："抗争"在小说中，实际上只是若隐若现、若有若无的存在。

另外，"文革"在小说中的缺席还造成另一个问题，即爱情叙述的"非历史化"问题。小说中的爱情诚然感人，也很曲折，但这种爱情更像是一种从现实环境中抽象出来的"爱情神话"，同社会和现实实际上没有太大的关联，其虽能给人以一种想象性的满足感，但终究不太符合20世纪80年代初的叙述成规。因为事实上，在70、80年代之交，大凡爱情叙述总是与苦难或伤痕联系在一起的（某种程度上，王安忆的"三恋"是以对情欲的表现而传递出对这一叙述成规的不满），"新时期初期，一半以上的伤痕小说都写到了爱情，……值得注意的是……这些'爱情小说'都带有强烈的政治色彩，是拿爱情来控诉极'左'路线和'四人帮'的罪恶的"[02]，这使得80年代的爱情往往变成一种苦情和悲情，典型的如陈国凯的《代价》（1979年11月写完，1980年11月出版）。这是一部伤痕小说，它和《第二次握手》修订版发表时间相隔不久，但对（自然科学）知识分子男女主人公的爱情叙述明显与之不同。小说的男主人公徐克文在"文革"中遭遇迫害并被判死刑，妻子余丽娜虽然挚爱丈夫，但为了保住儿子迫于无奈改嫁"造反派"。"文革"结束后，丈夫（前夫）归来，妻子终因无脸面对而自杀。小说通过女主人公的自我毁灭表现出的，既是对夫妻之间爱情的纯粹的肯定，也是对造成美的毁灭的"文革"的控诉。可见，在这里，爱情叙述同对"文革"的控诉耦合在一起，起到了控诉"文革"和"告别革命"的意识形态作用。从这个角度看，《第二次握手》显然不太符合当时特定语境下的"审美预期"，其表现出的对"文革"的回避，客观上造成了爱情叙述的"非历史化"。这样也就能理解，为什么小说在"文革"期间传抄时反响巨大，而"文革"结束后重新出版反不被人们看好了。因为，对于"文革"期间的读者

---

[01] 据作者自己解释，他创作的《金箔》的意图很明显："它将写到旧中国的黑暗残酷，写到十年浩劫造成的灾难和毁灭，写到十月的胜利和粉碎'四人帮'后我们干部和知识分子对党、对社会主义祖国和'四化'大业凝聚起来的强大向心力。"张扬：《在小说创作领域进行美学的探索——从〈第二次握手〉谈到〈金箔〉》，《湘江文艺》1981年第10期。

[02] 程光炜：《文学讲稿："八十年代"作为方法》，北京大学出版社2009年版，第372页。

而言，小说中的爱情描写无疑是一种超越性的力量；但对"文革"结束以后的读者来说，这一爱情则因不太具有现实针对性，而逐渐不再成为人们关注的对象了。

另外，这种爱情叙述的"非历史化"，某种程度上也造成小说结尾苏冠兰和丁洁琼之间柏拉图式爱情的想象性的解决。这使我们联想到张洁的《爱，是不能忘记的》，从这个意义上看，《第二次握手》与之有内在的关联，甚至可以说是前者间接启发了后者。但无疑两者又有所不同。《第二次握手》中，丁洁琼最后克服爱的自私的一面，在阶级和国家的"大爱"的意义上同苏冠兰和叶玉菡工作生活在一起，这其实是对现代爱情模式（即婚姻爱情的私人占有）的超越，但这种"两女一男"的模式又使人想起封建社会中"妻妾成群"的爱情婚姻形式。从这个意义上说，小说最后其实是以阶级和民族国家话语，而达到对现代资本主义话语和封建话语[01]的整合与重写。这种重写显然不同于《爱，是不能忘记的》中柏拉图式的抽象之爱。因为，在前者那里，柏拉图式的爱情是同民族国家和阶级话语成功地耦合在一起的，而后者（即《爱，是不能忘记的》）则表现出从中挣脱的努力。但也就是这种"非历史化"的"柏拉图式"的爱情叙述，反倒使《第二次握手》比那些单纯的伤痕控诉之作更经得住时间的考验；虽然其不再为人们关注，但并不妨碍它具有超越特定时代的意义。从这个意义上说，小说被人们遗忘，也正表明其具有超越性的一面：它超越的是特定的时代，而不是任何时代[02]。

小说中，另外一个让人困惑的地方，是对美国的想象和对外国人形象的塑造。小说主要塑造了三个外国人形象，分别是"杂种修斯"卜罗米、查路德和奥姆霍斯。张扬在写作小说之前未到过美国，其对美国的描述显然是出于一种想象。这一想象明显可以看出时代在小说中的痕迹。三个人物显然都被漫画化，人物形象夸张而性格特征鲜明。前两个人都被描绘成色厉内荏，伪善而穷凶极恶之徒。他们表面

---

[01] 张清华等人重读《第二次握手》发现，小说中明显存在的"'传奇文本'的基本特征"和"元素"，按照张的观点，"这是一个传统叙事和革命叙事互相结合和妥协的产物，使小说越出旧套路而出现升华的是其革命叙事元素，而真正使小说的故事保有魅力和'文学性'的，则毫无例外地仍然是传统元素"。张清华等：《〈第二次握手〉：在异端和老套路之间》，《长城》，2011 年第 3 期。

[02] 而事实上，作者也明确表示对当时爱情叙述的不满。张扬：《我写爱情题材》，《广西文学》1982 年第 2 期。

上对苏冠兰友好、和善，其实在这一伪装下，呈现的是帝国主义的阴险和对中国的掠夺与侵略的本质。查路德和卜罗米后来对苏冠兰的行凶，也说明了这点。相反，奥姆霍斯则表现出对中国的友好。他对丁洁琼的一如既往的爱恋和执着的追求，终身未娶及为爱所付出的代价，都一再表明，这与其说是在表现爱情，不如说是一厢情愿式的浪漫想象。显然，这三个人都被丑化或美化了 [01]，而不论丑化或美化，其实都是想象的两种极端和冷战意识形态的表征。因为奥姆霍斯无时无刻不表现出对冷战意识形态的不满，从这一美化中不难看出当时国际格局的变化，小说最后，奥姆霍斯来到中国正是中美建交的产物。从这个角度看，小说中两种想象美国的极端方式交错在一起，无疑充满了某种张力，这一张力显然与从 20 世纪 60 年代到 70 年代末这一时段，中国在世界格局中的地位的变化有关。中国地位的变化带来了对美国想象的变化，这一变化的痕迹在小说中都有明显的呈现。

更奇怪的是，在美国人奥姆霍斯对丁洁琼的爱情当中，还有另一重原因：

> 爱情并不是促使我对你尽心尽责的主要动力，主要动力是我的先人的罪过。我们家曾有一批从中国抢夺来的"纪念品""战利品"，被列为"传家宝"。那批宝物是中国人的血泪、灾难和死亡的见证。我放弃爵位，离开英国，与这些肮脏历史有很大关系。后来我认识了你，呕心沥血地指导你，你却并不明白我内心赎罪的深意……[02]

看来，奥姆霍斯对丁洁琼的爱情并不"纯粹"。如果说苏冠兰先后爱上丁洁琼和叶玉菡是爱情的充分政治化的表征的话，那么奥姆霍斯对丁洁琼的爱情和丁洁琼的拒绝则可以说是爱情的"解殖民化"（而非"后殖民"）。这同样是一种"政治化"，其中传递出的，是对中国殖民历史与落后现状的内在焦虑和对焦虑的浪漫化的告别。奥姆霍

---

[01] 作者在谈到《第二次握手》1979 年版时，也表明存在对美国的妖魔化倾向："《第二次握手》原版中的美国和美国人全被妖魔化！这在当时是一种迫不得已的'防护'措施，在今天看来完全不必要了。"张扬：《〈第二次握手〉：第二次'颠覆'》，《同舟共进》2006 年第 12 期。

[02] 张扬：《第二次握手》，中国青年出版社 1979 年，第 210—211 页。

斯的执着和痴情，以及小说中对丁洁琼天才式的描写，无不被打上这方面的鲜明特征：其以一厢情愿式的原乡想象，表现出深藏其中的"后发现代性"的焦虑。尤其是对丁洁琼的超乎寻常——某种意义上是超乎美国人的——天才的想象和塑造，既带有 20 世纪五六十年代的浪漫想象（即所谓超英赶美的"大跃进式"想象方式）的成分，同时又带有 80 年代的浪漫化的时代特征，即推崇科学和向科学进军的时代口号。而实际上，从丁洁琼这一形象塑造来看，这两种浪漫化特征往往又是交织在一起，难以截然分开的。

从以上"互文性"的考察和分析可以看出，《第二次握手》并不是一个纯粹的文本，其中充满了裂痕、缝隙和空白。这种乍"新"还"旧"的混杂状态，一方面表明作者受十七年文学乃至"文革"文学影响之深，另一方面又表现出作者力求超越"文革"文学的矛盾心态。这一错综的关系，某种程度上使得小说既带有 20 世纪 80 年代的色彩，又表现出浓厚的十七年的烙印，甚至 70 年代的特征；而这也正表明，这部在十七年文学"叙述框架"内写作的小说，其实蕴含并开启了 80 年代文学的某种方向和可能。但这种可能又只是某种"未完成"的状态，其不被 80 年代的主流文学史家认可也就不难理解了。另外，从其写作传播方式来看，当小说以手抄本的形式不断地在传抄中被"重写"的时候，其表现出的是读者不断参与的对意义的建构：这无疑是一个"开放的文本"，其意义也在这种"重写"中不断地"增值"。因此，当小说以正式读物出版的时候，也预示着小说意义的凝固，从这个角度看，王尧说"《第二次握手》'1979 定稿本'是一个尴尬的文本"并没有错。但这种凝固，其实也正是不同时代在小说中存在的表征。这为我们重新阅读、阐释小说提供了另一种可能和新的空间：因此，不妨补充一句，《第二次握手》某种程度上又是一个"可写的文本"，有待我们去"填补"它。

同时，我们也应该看到，这种多种可能性实际上也很有限。因为，即使是《第二次握手》的"姐妹篇"《金箔》，其对《第二次握手》中各种可能性有充分的展开，出版后也没有引起读者乃至研究界的关注。这里可以借用张清华在谈到这部小说时，提到的"有限的和暂时的'异端性因素'"[01]这一说法，这种种可能性，某种程度上也是"有限的和暂时的"。因为，就《金箔》表现出伤痕反思的倾向这一点而言，其遭到人们的遗忘也是必然的。如果说，伤痕反思小说借助"伤痕"这一叙事成规而达到对十七年文学的颠覆的话，那么这一"伤痕"的叙述并没有持续很久，很快就被改革和现代化这一更为宏大的叙事成规取代[02]，这一转移客观上也加速了《第二次握手》及《金箔》的边缘化。而事实上，"新时期文学"某种程度上仍以恢复20世纪五六十年代的文学传统作为它的开端；从这个角度看，《第二次握手》的种种可能性及其与文学之间的复杂关联，也只是五六十年代文学的最大的可能性，其很快边缘化并被人们遗忘，并不仅仅是其本身的原因，而实在是80年代的风云变幻所致。

（下编 第一章　徐勇编撰）

---

[01] 张清华等：《〈第二次握手〉：在异端和老套路之间》，《长城》，2011 年第 3 期。

[02] 程光炜：《文学讲稿："八十年代"作为方法》，北京大学出版社，2009 年版，第 194—201 页。

第二章

诗歌创作的两种趋向

第一节 "归来的诗"：重返与重构

因为"文革"的十年浩劫，中国当代文学史中曾有一大批诗人莫名地在诗坛"消失"，直至20世纪70、80年代之交，他们才纷纷从乡野、干校、牛棚等被遗忘的角落，从颠沛流离的生活及艰苦的劳动改造中抽身出来，再度回归诗坛，并且以新的创作实绩在"新时期文学"中充当着重要角色，由此形成当代诗歌景观中一个独特的诗人群体："归来者"诗群。"归来者"诗群得名于艾青在1980年出版的诗集《归来的歌》。作为一群曾被文化禁锢所放逐的，失去了写作权利和自由的诗人，"归来"既是一种创作现象，也是普遍性的诗歌主题。诗界对这"归来者"的概念，特指"'文革'发生以前（特别是20世纪50年代）就受到各种打击而停止写作和发表作品的那一部分"。20世纪70年代末随着"四人帮"的粉碎，一批被打倒的诗人重新回归了诗坛，这其中包括了因1957年反右运动中错划为右派的"右派"诗人、1955年因"胡风反革命集团"受到牵连的"七月派"诗人，还有因艺术观念的"不合时宜"而"自觉"从诗坛消失的"九叶派"诗人。1980年，艾青出版了他复出诗坛以后的第一部诗集——《归来的歌》，并以此命名"归来者"诗群。此后，流沙河创作了《归来》，梁南创作了《归来的时刻》等，标志着"复出"的诗人第一次全面地

"归来"。

"归来者"诗群成员构成比较复杂，本文根据文学史论者对"归来者"诗群的狭义定义，将研究对象锁定为以下三种类型的诗人：一是在 20 世纪 50 年代反右运动扩大化中因作品或言论被打成右派的诗人，如艾青、公刘、邵燕翔、白禅、流沙河、昌耀、孙敬轩、部荻帆、胡昭，以及卓有成就的老诗人蔡其矫等；二是在 1955 年"胡风反革命集团"事件中的受牵连者，主要是"七月派"诗人，如牛汉、绿原、曾卓、彭燕郊、冀汸、鲁藜、罗洛等；三是在其他政治与思想运动中受到迫害而失去写作权利的诗人，主要是指"九叶派"诗人，如辛笛、陈敬容、郑敏、唐祈、唐堤、杜运燮等。为论述的需要，分别将这三类诗人称为"右派诗人""七月诗人"和"九叶诗人"[01]。

新时期初始，诗歌创作的现实环境逐渐好转，1979 年《上海文学》刊登名为《为文艺正名——驳"文艺是阶级斗争的工具"》的文章，成为一个重要的转折点，诗歌由从属于政治、充当政治的"工具"，返回到日常生活的领域，成为人们灵魂和生命的栖所，或者说诗歌开始返回"自身"，回到艺术属性探索的道路上来。[02] 到 20 世纪 80 年代初期，随着诗歌环境的进一步改善及改革开放步伐的加速，诗歌创作在可资借鉴与汲取的资源方面有了极大的拓展与延伸：首先是"五四"以来的新诗传统被重新发掘、发现与审视，"七月派"与"九叶派"作为新诗史的重要流派，被文学史再度"发现"与珍视；外国各类诗歌理论的引入与诗歌作品的大量译介，也为本土诗歌创作提供了丰富的、可资借鉴的外来资源；在外在的文化、社会环境及文学生态方面，20 世纪 80 年代文学刊物的大量增加，从理论上增加了诗歌发表的机会，也一定程度上刺激了诗歌的创作。[03]

具体到"归来者"诗人的文学实践与创作成就，从他们诗集出版、新作发表的情况看，他们的创作高峰期集中在 1985—1986 年前后。艾青创作的 200 多首诗歌，基本上收录在 1978—1983 年出版的诗集《彩色的诗》《归来的歌》《雪莲》当中。公刘和邵燕祥的创作基本集中在 1986 年之前。这期间公刘出版的诗集有《尹灵芝》(1978)、

---

[01] 洪子诚：《中国当代文学史》，北京大学出版社 1999 年版，第 277 页。
[02] 愚木：《诗歌归来者现象探微》，《南京理工大学学报》(社会科学版) 2012 年第 1 期。
[03] 同 [01]。

《仙人掌》（1980）、《离离原上草》（1980）、《母亲——长江》（1983）、《大上海》（1984）、《路蛇》（1984）、《南船北马》（1986）等。邵燕祥出版的诗集有《献给历史的情歌》（1980）、《含笑向七十年代告别》（1981）、《在远方》（1981）、《为青春作证》（1982）、《如花怒放》（1983）、《迟开的花》（1984）等。流沙河的三部诗集《流沙河诗集》《故园别》《游踪》出版于1982—1983年。白桦的三部诗集《悲歌与欢歌》《情思》《白桦的诗》出版于1978—1982年。蔡其矫在1986年之前出版了六部诗集，而期间的大多数都是归来之后的新作。"七月派"诗人中，牛汉的诗集《温泉》《海上蝴蝶》《沉默的悬崖》等都出版于1986年之前，这是牛汉归来后创作的高产期；曾卓的两部诗集《悬崖边的树》《老水手的歌》分别出版于1981年和1983年；绿原最有影响力的诗集主要是1983年的《人之诗》和《人之诗续编》，以及1985年的《另一支歌》。"九叶派"诗人出版的诗集相对最少，大多只有一部新作加一部诗选，如陈敬容的《老去的是时间》（1983）、《陈敬容选集》（1983），辛笛的《辛笛诗稿》（1983），唐祈主要出版了一部《唐祈诗选》（1990），收录的诗作大多写于1986年之前。[01]

"新时期诗歌"是"文革"后中国思想界拨乱反正的先锋之一，"归来者"诗人自觉地与当时的主流意识形态贴近，在诗歌创作中反省"文革"浩劫，批判极"左"路线。有学者认为，在这一历史的转型时期，诗人们把个体的"复出"与"新时期"的到来联系在一起，渴望诗歌能够因此得到复兴和重建。在经历过"文革"浩劫与历史磨难而进入"新时期"的"归来者"们看来，反抗强权下的思想禁锢，恢复人之为人的尊严和自由，重新思考个体生命的权利，是"新时期文学"面临的首要任务和核心使命。尤其是以艾青为首的在20世纪50年代蒙难的"右派诗人"们，此时成为诗坛的"中坚力量"。他们在早年便对改造社会抱有强烈的使命感与积极的参与意识，"文革"中的磨难又使他们对历史、人生与艺术有了更为深刻的认识，他们在重返诗坛时，更侧重于社会题材的选择，其诗作往往渗透着浓郁的"社会代言人"的意识。而"七月派"诗人和"九叶派"诗人群体则在关注现实的同时，更偏重对个体生命价值与意义的追索与探询，在诗作中融入个人

---

[01] 刘永良：《重现的失踪者》，南京师范大学硕士论文，2012年。

的生命形态，并且试图重续他们曾被阻断的社会理想、美学理想。但也有一些批评者认为"归来者"的诗歌，"这种处于宏大历史叙事下的抒情使他们迷恋于与民众的大多数或政策保持一致，从而使他们的诗歌所获得的成功是以牺牲其本质特征——艺术的和思想的——为代价的。因为他们大多注重于对昨天的控诉和对美好明天的迷醉，一旦整个民族的精神状态恢复正常，能够从理智上来认识这种宏大叙事下的抒情，其虚幻也就昭然若示"[01]。而洪子诚在分析了老诗人艾青新时期的部分诗篇并给予了很高的赞誉外，也对其中有较大影响的诸如《光的赞歌》《古罗马的大斗技场》等作品提出了批评："在当代诗歌发生的变革中，他的创作并没有提供更多新的艺术经验。这些作品，受囿于日渐显露的思想、艺术方法的限制，艾青的抱负其实并没有得到落实。一个重要的问题是，50 年代形成的视境，和由此形成的论断、宣谕式的短句，常拘束着感觉、思考的开放。"[02]洪子诚认为艾青的创作理想是指艾青一再强调的"创作自由""独立创作"，但这种追求却因其或自觉或不自觉的政治批判而没有达到预期的目的，留下了以诗歌解释社会问题、迎合政治宣传的遗憾。

一、"半棵树"与"鱼化石"：历史的人质

"文革"时期的艰难岁月带着深深的历史刻痕，镌刻在"归来者"诗人们的精神世界里，成为抹不去的印记。历史的断裂和重续，投射在他们各自的命运中，并且在他们接续被阻断了的社会理想、艺术理想的过程中表现出来。如此，"归来者"诗人的创作便呈现出一些重要的共同特征。如诗论家谢冕所言，中国特殊的社会处境及中国的诗教传统，把诗的命运和社会的命运紧紧捆缚[03]。这也体现在"归来"初期一个有意味的创作现象中，即两个或多个诗人同题材诗歌创作颇为常见。例如对"张志新事件"的反思，对于树、贝壳等意象的热衷，而在 20 世纪 70、80 年代之交，不少诗人开始创作艺术鉴赏类的诗歌，如艾青、蔡其矫、彭燕郊同题创作的关于著名的指挥家小泽

---

[01] 丛鑫：《他审意识与自审意识——"归来者"诗与"朦胧诗"情感内涵比较》，《昆明理工大学学报》（社会科学版）2008 年第 12 期。

[02] 洪子诚：《中国当代文学史》，北京大学出版社 1999 年版，第 132 页。

[03] 谢冕：《转型期的情绪记忆》，《鱼化石或悬崖边的树：归来者诗卷》，北京师范大学出版社 1993 年版，第 1 页。

征尔的一组诗歌。[01]

"归来者"诗歌大多取材于曾经发生过或正在发生着的重大历史、社会问题，在诗中展示出其作为社会群体受难的过程，以被迫害者的身份来揭示那个时代的荒谬和残酷。渴求在有限的篇幅内营造时代、历史寓言的诗人们，往往借助充满政治与文化意蕴的象征物作为文本的核心意象，最为著名的便是艾青的《鱼化石》，其间"鱼化石"这个内蕴丰富、寓意鲜明的意象成为诗歌获得巨大成功、取得强烈的时代共鸣之关键，成为经历"文革"浩劫的知识分子群体用以自指与自况的绝妙意象：

> 动作多么活泼，
> 精力多么旺盛，
> 在浪花里跳跃，
> 在大海里浮沉；
> 不幸遇到火山爆发，
> 也可能是地震，
> 你失去了自由，
> 被埋进了灰尘；
> 过了多少亿年，
> 地质勘察队员
> 在岩层里发现你，
> 依然栩栩如生。
> 但你是沉默的，
> 连叹息也没有，
> 鳞和鳍都完整，
> 却不能动弹；
> 你绝对的静止，
> 对外界毫无反应，
> 看不见天和水，
> 听不见浪花的声音。

[01] 刘永良：《重现的失踪者》，南京师范大学硕士论文，2012年。

凝视着一片化石，

傻瓜也得到教训：

离开了运动，

就没有生命。

活着就要斗争，

在斗争中前进，

当死亡没有来临，

把能量发挥干净。

　　一定程度上可以将这篇作品看作是作者艾青对于自己"文革"经历的一种寓言化的自述：古火山或地震爆发都是巨大的异己力量的象征，个体生命无法与之抗争，只能作为牺牲与献祭见证强权与暴力对弱者的摧残。原本自由活泼的个体生命，被突然而至的历史劫难彻底湮没，被一种强大的外在力量剥夺了多年的自由，从此成为"历史的人质"，只能在"绝对的静止"中追忆往日的自由与广阔的"天和水"。当历史与社会的封印或魔咒被解开之时，他们却依然成为封存历史记忆的永远"静止"的"化石"，作为一个荒谬时代可悲的"见证"，即使自由再度莅临也无法解除历史劫难的"魔咒"。这是诗人献给在历史浩劫中无辜蒙难的社会群体及个体生命的一曲挽歌，用"鱼化石"这个寓意深刻的意象试图唤起当时的人们对于个体生命的自由及欲望的尊重。并且更为可贵的是，作者不仅借助"鱼化石"这个意象表达了身为"历史的人质"的创痛与挣扎，并以一种人道主义的悲悯对历史与历史中不自由的"个人"保持了一种痛切的关注，同时也传达出了一种"活着就要斗争，/ 在斗争中前进，/ 当死亡没有来临，/ 把能量发挥干净"的属于无产阶级革命者的永不妥协的斗争精神。

　　除了"化石"之外，在"归来者"诗歌当中，"树"或者说"残缺的树"的意象也是一个极富意味的"能指"。是被"一阵奇异的风"吹到悬崖边上的"一棵树"，是被无辜伐倒却依然蕴藏着浓郁清香的"枫树"，透过这些塑造于特定时代、蕴含具体历史苦难的形象，不难看出它们的共同特征即无辜蒙难的受害者形象。如曾卓的《悬崖边的树》与牛汉的《半棵树》，用"残缺的树"的意象表达对处于历史、社会重压之下的生命的悲悯及礼赞，传达出对于死亡、背叛、抗争等历史主题及哲学命题的思考。于是这些由"树"而引发的咏叹，便构成"新时期文学"当中一种颇有意味的文学及文化现象。著名的《悬崖边的树》被学者陈思和誉为曾卓最好的作品之一：

> 不知道是什么奇异的风
>
> 将一棵树吹到了那边——
>
> 平原的尽头
>
> 临近深谷的悬崖上
>
> 它倾听远处森林的喧哗
>
> 和深谷中小溪的歌唱
>
> 它孤独地站在那里
>
> 显得寂寞而又倔强
>
> 它的弯曲的身体
>
> 留下了风的形状
>
> 它似乎即将倾跌进深谷里
>
> 却又像是要展翅飞翔……

在极其恶劣的生存环境下，"树"无法再按照其天性生长，而是在"平原尽头"又"临近深谷"，被猛烈的风把它的树冠塑造成风的形状，成为一棵备受摧残的、变异了的"树"。尽管环境特别，它的外观早已变形扭曲，可是依然挣扎着、"孤独地"活了下来，它那似要"倾跌"又似要"飞翔"的临界姿态，便印证了在"风"的暴力压制下个体生命挣扎着、抗争着活下去的悲凉与壮烈，是现实及历史困境中个体生命伤痕累累的生存状态之表征。如学者陈思和所说："这是一幅奇特的画面：在风暴、厄运降临之时，顽强抗争，顶住狂风，同时展开着向光明未来飞翔的翅膀。这里概括了'文革'时代知识分子的典型姿态和共同体验。短短的小诗浓缩了整个'文革'时代知识分子曾进入的精神境界。"[01] 而牛汉的《半棵树》更是将一种自然状态下的生存绝境渲染到了极致："真的，我看见过半棵树 / 在一个荒凉的山丘上 / 像一个人 / 为了避开迎面的风暴 / 侧着身子挺立着 / 它是

---

[01] 陈思和：《中国当代文学史教程》，复旦大学出版社 1999 年版，第 170 页。

被二月的一次雷电／从树尖到树根／齐楂楂劈掉了半边／春天来到的时候／半棵树仍然直直地挺立着／长满了青青的枝叶／半棵树／还是一整棵树那样高／还是一整棵那样伟岸／人们说／雷电还要来劈它／因为它还是那么直那么高／雷电从远远的天边就盯住了它。"在《悼念一棵枫树》中，作者更将一棵遭到杀戮、被人为地剥夺生存权力的树推到读者的眼前："几个村庄／和这一片山野／都听到了，感觉到了／枫树倒下的声响"，"看上去比它站立的时候／还要雄伟和美丽"，叶片上的露水"仿佛亿万只含泪的眼睛／向大自然告别"。最后，诗人感叹道："伐倒了／一棵枫树／伐倒了／一个与大地相连的生命。"诗人对一棵枫树死亡的哀叹与惋惜，正是对十年浩劫中人的遭遇与困境的同情，"十年树木，百年树人"，作者以"树"的悲剧影射更为惨烈的"人"的悲剧，从而控诉那个荒诞、残忍的年代。《华南虎》对被囚禁的"华南虎"这一失败英雄形象的书写，将一种在困难中抗争的气节渲染到了极致。在诗作中，诗人把苦难和血性同时赋予了一个有生命的肌体——被囚禁的华南虎："你是梦见了苍苍莽莽的山林吗？是屈辱的心灵在抽搐吗？还是想用尾巴鞭打那些可怜而可笑的观众？""你的健壮的腿直挺挺地向四方伸开，我看见你的每个趾爪全都是破碎的，凝结着浓浓的鲜血！……我看见铁笼里灰灰的水泥墙壁上有一道一道的血淋淋的沟壑像闪电那般耀眼刺目！"破碎的趾爪和墙壁上血淋淋的印痕是老虎不甘于被囚禁的不羁灵魂的形象之外化表征，诗人以此控诉一个囚禁生命、戕害生灵的失控的年代。但作者的用意同样不仅仅止于控诉，更在于发现与颂扬一种九死不悔、不屈不挠的抗争精神："恍惚之中听见一声石破天惊的咆哮，有一个不羁的灵魂掠过我的头顶腾空而去，我看见了火焰似的斑纹和火焰似的眼睛，还有巨大而破碎的滴血的趾爪！"诗人以一颗敏感的心，强烈地感受到了这种悲怆和苦难，同时也感受到了每一个有血性的中国人不屈的灵魂和挣脱禁锢、向往自由的顽强斗争精神。被铁栅栏围困的华南虎形象，犹如海明威笔下那个可以被打倒，但永不可能被打败的老英雄一样，成为虽败犹荣的"失败英雄"的象征。[01]

这些诗作都以鲜明的象征将自身与"文革"历史记忆紧密勾连。

---

[01] 刘永良：《重现的失踪者》，南京师范大学硕士论文，2012 年。

对于牛汉而言，无论是《华南虎》《半棵树》还是《悼念一棵枫树》
《巨大的根块》，都属于他所谓的"情境诗"，虽语调看似波澜不惊，
但内蕴着巨大的爆发力，为一种不妥协的强韧的抗争精神所贯穿。并
且"这些诗歌更加突出了生命意识，他借助不同的意象，表达了陷
于逆境的生命不屈地抗争与坚韧地生存的精神，也高扬了'五四'
新文化运动以来知识分子的抗争与现实战斗的传统"[01]。无论是"化
石""树"还是困兽犹斗的"华南虎"，这些寓意鲜明的形象都与一个
需要被批判与反思的时代紧密相连，对它们的理解不能脱离具体的社
会、政治语境，虽未能超越当时历史及社会批判的边界，但为诗歌进
一步的发展与越界奠定了基础。

二、创作主体姿态：批判与反思

学者陈晓明在分析"新时期"的文学思潮时指出，历史总体性的
修复与历史的主体之间构成一种能动的互相投射、生成和置换的关系
结构，如何获得批判与反思现实的主体地位，在多大程度上能够越出
当时的历史边界，也就在多大程度上决定着作品的批判所能达到的强
度与力度。[02]"归来"诗人诗歌创作在批判深度上虽未有太大的突破，
但在一些诗人的创作中，始终以一种明显的批判意识贯注于其创作过
程中，或者说作为一个群体，他们尝试在批判中确立自我／主体的合
法性。

"复出"或"归来"的诗人们的创作有着自觉而鲜明的政治意识，
他们将个体的"复出"与"归来"和"新时期"的到来紧密相连。并
且将这种"复出""看作是原有生活、艺术位置的'归来'：从被'遗
弃'回归文化秩序的中心"。这些"天庭的流浪儿"，终于借助"历史
的巨手"洗去了蒙受多年的不白之冤，从被世界遗忘的角落、从"太
阳系的边缘"再度回归政治、文化及社会的"中心"，于是"这种混
合着欣喜、感伤和骄傲的'归来'意绪，成为'复出'诗人的诗情
核心。他们在诗歌中构造了这段历史，也构造了自身的受难英雄形

---

[01] 陈思和：《中国当代文学史教程》，复旦大学出版社 1999 年版，第 178 页。
[02] 陈晓明：《表意的焦虑——历史祛魅与当代文学变革》，中央编译出版社 2003 年版，第
9 页。

象"[01]。如公刘的《爆竹》："然而玫瑰花在额顶盛开，好一顶荆棘王冠 / 褴褛衣衫，通体焕发着光艳的新鲜……"再如白桦的《阳光，谁也不能垄断》中将"复出""归来"的知识分子形象比喻为"鹰"："我们就像蜷伏在蛋壳里的鹰，苏醒了的鹰怎么能容忍窒息和黑暗？！成长着的血肉之躯必须冲破束缚，现状已经不能使我们羽翼丰满。"可以说"归来"的诗人以自己的方式加入了"新时期"以来知识分子主体重新建构的历史及文化工程，他们的作品中体现出强烈的主体自我认同的欲求："一个从历史阴影底下走出的个体，极力要建构（修复）一段完整的历史，使历史重新神圣化，在这个历史中，重新确认文学写作者的历史位置和角色。"[02] 这种"时代共名"下对于极"左"路线的控诉，对于新的文学表达方式的追求，使他们的诗歌创作一定程度上成为一种象征性行为。"新时期"初始，"归来"诗人们的诗歌创作一定程度上与"伤痕文学""反思文学"等小说潮流起着相似的文化及社会功能，都具备可以看作新时期"历史总体性"起源的特质，在两个关键点上给时代反思趋向提示了情感基础，"其一，揭露了'文革'给中国社会造成的广泛而深刻的灾难，并把所有的罪恶根源都指向'四人帮'。其二，在叙述这段历史时，重新确立了历史的主体与主体的历史"[03]。

随着时代的发展，"归来者"诗歌的反思与批判力度也逐渐增强，表现在反思的领域的扩大，即将反思批判的笔触深入民族与历史文化及国民性等方面。他们把眼光投向刚刚逝去的、瞬间已成"历史"的现实，去探索、批判、反思那段难以被忘却的沾血的历史，公刘、艾青、邵燕祥、孙静轩、昌耀等诗人在这方面表现尤为突出。一个突出的例子是，发生在"文革"期间的"张志新事件"成了此时诗人笔下的共同话题。牛汉的《一圈带血的年轮》、白桦的《复活节》、公刘的《刑场》和《哎，大森林》、彭燕郊的《隔》、黄永玉的《观不了、也瞎不了》、艾青的《听，有一个声音……》都从不同侧面写到烈士张志新被害的历史事件，而张志新烈士之所以成为这些"复出"诗人竞

[01] 洪子诚、刘登翰：《中国当代新诗史》，北京大学出版社 2005 年版，第 129 页。
[02] 陈晓明：《表意的焦虑——历史祛魅与当代文学变革》，中央编译出版社 2003 年版，第 2 页。
[03] 陈晓明：《表意的焦虑——历史祛魅与当代文学变革》，中央编译出版社 2003 年版，第 5 页。

相描写的对象，正是因为其具有不屈服于暴政的品格与强韧的反抗精神，而这也正是"新时期"所着意发现、塑造的文化品格。在共同的政治及审美追求的统摄下，这批作品在塑造烈士的形象时各有侧重：《哎，大森林》刻画诗人重返烈士就义现场时的内心世界；《刑场》意在揭示麻木冷漠的国民性，在接续"五四"传统的同时试图深入探究"文革"时期极"左"政治得以滋生的文化土壤；《一圈带血的年轮》虽然并没有直接点明受害者的身份，但诗中所描绘的场面极具影射性，它在还原历史场景中展露了个人在政治暴力之下被肆意屠戮的残酷现实。[01] 在诗歌中受害者的鲜血浸染了树的年轮，这些年轮"是闪电和火烧云 / 日夜迸发出凄厉的雷鸣"，"像密纹唱片 / 安放在历史的轴心安放在人们多血的心尖上 / 当旋转到那一圈血的年轮时 / 颤颤地发出了 / 警笛一般 / 凄厉的声响"。通过对于"张志新事件"的再度书写，众多诗人尝试再度释放诗歌的批判、反思及文化功能，在诗歌中再度重温历史，在将一切归结为"四人帮"的倒行逆施这样直白的政治批判之外，开始接续"五四"改造国民性的启蒙工作，将批判的笔触指向麻木冷漠的国人的灵魂，指向人性深处的幽微暧昧。

以《草木篇》闻名也因其获罪的当代诗人流沙河，在"复出"之后创作了《草木新篇》《草木余篇》等诗集。其作品在真切地反映一代知识分子的历史命运的同时，也以一种含而不露的方式讽刺了人性深处的"恶"，从而将对"文革"的批判上升到一个较高的层次。流沙河在《故园九咏》当中，写了"文革"中苦中作乐的乡间生涯，其间有无奈，有悲愤，有苦涩，亦不乏尖锐的批判与深入的反思。《芳邻》中这样描写善于见风使舵、落进下石的"芳邻"："邻居脸上多春色，/ 夜夜邀我做客。/ 一肚皮的牢骚，/ 满嘴巴的酒气，/ 待我极亲热。最近造反当了官，/ 脸上忽来秋色。/ 猛揭我'放毒'，/ 狠批我的'复辟'，/ 交情竟断绝。他家小狗太糊涂，/ 依旧对我摇尾又舔舌。/ 我说不要这样做了，/ 它却听不懂，/ 语言有隔阂。""文革"的可怕之处不仅仅在于那是一个充斥着暴力与血腥、丧失了秩序的乖谬年代，也在于那样一个失序的时代氛围唤醒了生活在这片土地上的人们，哪怕是最为普通的人内心原本秘而不宣的邪恶与残忍。对于诗

[01] 刘永良：《重现的失踪者》，南京师范大学硕士论文 2012 年。

人这样拥有敏感灵魂的人，往往是来自"芳邻"的轻蔑一瞥与生活中暗藏的各种无形隐秘的"迫害"才更为致命。《故园九咏》虽然以"文革"为书写对象，但其间并无满纸血泪的控诉与声讨，而是寓社会风云于家务琐事，寄悲愤哀叹于闲情逸趣，用笔清晰而含蓄、严肃又诙谐。作者在诗作中写到自己与亲友的不幸生涯，写到原本正常美好的人伦关系遭到无辜的损害，个人命运在疯狂的社会动乱之中低微如草芥，于哀叹感伤之间，充满着对历史动乱的谴责与批判。流沙河的另一首写于"复出"之后的小诗《蝶》则以一种缠绵、婉转的形式表现对于往昔的苦难的真诚体验与记忆重现："我记得最后的一次抬头看你／你扶着大桥的栏杆向我俯望／花衫黑裙临风飘动／一只瘦蝶病于秋凉／停歇在高高的铁篱之上。"作者以看似轻松实则沉重的笔调书写、纪念一段已逝去的爱情与友情，写一个投身革命的"天真的姑娘"在多事之秋的遭遇与沉沦。在这看似温婉、缠绵的《蝶》中，对于一个时代的批判、追问与反思就这样举重若轻地融入对一段过往爱情、一个或许早已逝去的生命的缅怀与追忆之中。这便是流沙河的风格："这里没有金刚怒目式的愤怒，也没有哲人式的痛苦凝思。以日常生活的琐屑写历史的不幸，寄深沉悲哀于谐谑、调侃、揶揄的笔调之中。其中有贫贱夫妻的恩爱，相依父子的苦中作乐，被迫焚书的无言痛苦。"[01]

　　洪子诚在分析"复出"的诗人时指出，这些诗人大多数在青年时代就怀有强烈的社会责任感，因而他们即使"自白"式地描述浩劫时代的生存状态，也会在其中自然地追求历史光影的投射，从而使以"历史反思"为核心的理性思辨倾向，成为"归来"诗作的另一重要特征。因此在"归来者"的诗歌创作中，有较为直白地描述浩劫年代里知识分子的悲惨处境以控诉浩劫的作品，更有一些作品自觉地抓住以"历史反思"为核心的理性思辨倾向。这种思辨倾向，体现在诗歌当中，主要表现为两个方面：其一是揭示自身经历中凝聚的历史创伤，思考个人与历史的关系，更多体现在梁南、林希、曾卓、绿原、牛汉、流沙河的创作中；其二是试图从民族国家的"历史悲剧"意识出发，探寻导致曲折进程的社会历史原因。如艾青、公刘、白桦、邵

---

[01] 洪子诚、刘登翰：《中国当代新诗史》，北京大学出版社 2005 年版，第 137 页。

燕祥的作品，更切近于对现实问题的批判，将创作动因呈现为个人与社会历史的交互推动。[01]

艾青在"复出"之后，其诗作的突出之处在于较少处理具体的社会事件与个人经历，而是有意识地超越具体而达到一种形而上的境界，以使自己的诗作成为具有广阔空间感与纵深历史感的"大诗"，以此阐释历史与人生。《古罗马的大斗技场》是这样结尾的："说起来多少有些荒唐——/ 在当今的世界上 / 依然有人保留了奴隶主的思想，/ 他们把全人类都看作奴役的对象 / 整个地球是一个最大的斗技场。"作者善于在宏阔的视野下，对历史现象与细节进行富有哲理的概括与提炼。《古罗马的大斗技场》中，对古罗马奴隶主驱使奴隶进行惊心动魄的搏斗以供取乐的场景的描绘，融入了诗人对民族—人类的思考，并且艾青在总体把握人类历史本质性的问题的同时，融入了对当下时代与逝去历史的警醒与忠告[02]。公刘的《沉思》在意味深长中显露对现实的批判锋芒："既然历史在这里沉思，/ 我怎能不沉思这段历史？"这句诗既体现了创作于新时期的诗歌的鲜明个性，也概括了"新时期诗歌"思辨增强的特征。"我"与"历史"犹如叙境中存在着的两位平行并列的主人公，"历史"在自省与反思，而"我"则将"历史"作为"我"沉思与"凝视"的对象。诗人在"我"与"历史"之间，建构了一种可贵的类似于"主体间性"的关系。并且，公刘思索历史，同时也不忘反观现实。一方面沉思历史，一方面思索现实，尝试在较为恢宏的历史视域下审视现实生活中的政治性问题，并给出自己的分析与评判。因此，他的诗作显得深沉雄浑，给人以深刻的启示和有力的警策。胡昭的《答友人》是这样富有思辨性的诗作："悲剧在于我们笃信神圣的说言，在鲜血面前指不出是谁的罪责。"蔡其矫的《丙辰清明》则将对"文革"历史的反思与对"权力"的批判相对接，在直接而愤怒地反映当时社会对人的精神虐杀的同时，更为深刻地揭示"文革"之所以发生的深层文化、历史动因："十分鲜艳的未来之花 / 在它出生的 / 被狂风暴雨所席卷的山谷里 / 无法盛开！……权力至高无上 / 是我们时代的最大祸害 / 使身心都会焚毁的 / 篡夺窃取的欲念 / 仿佛可怕的旱风 / 很快使大地上的作物全

[01] 洪子诚、刘登翰：《中国当代新诗史》，北京大学出版社 2005 年版，第 130 页。
[02] 刘永良：《重现的失踪者》，南京师范大学硕士论文，2012 年。

部枯干。"作者一针见血地指出，那个年代生命被侮辱被损害的根源，就在于"权利"被"权力"所替代。这是文明的倒退，是古老民族痼疾不得根治的表现。这一状况的危害流布甚广，不独是高高在上的权力无限广大，甚至连小小的屠夫也拥有了狂妄的权威："当人猛增／而猪陡减／你满脸红光／下巴叠成三层，／想傍些油水的／都向你罗拜。／即使是混毛的／浅臊的／灰色的／提着一块走过街上／也引来无数羡慕；就在这缺乏上面／私心上面／短视上面／建造你渺小狂妄的权威。"有了这样窃取权力的欲念和权力与等级的划分，普通人的生存空间便日益缩小，正常的生活秩序遭到破坏，人格尊严被肆意践踏，普通人由此产生的隐忍、退缩、苟安及因之而来的精神折磨，更是祸害甚深。[01] 在这些诗作中，作者窥破与嘲弄了暗藏于民间的日常生活中的"微观权力"结构，而正因为有了形形色色的"微观权力"的在场，这原本美好清明的世界成为萨特式的微型地狱，人与人之间互相追逐与伤害。此处的"文革"历史，不再只是历史的、集体的"无名"暴力，暴力的实施者，也不再是残忍的刽子手与恶人，而是那些在失序的世界中分享或渴望分享过剩权力的普通人。其间，重要的不是对历史与历史中暴行的记录，而是深刻敏锐地发现日常生活中的权力场景。"可怕的不是权力的高压与迫害，而是普通人的权力异化：人们在日常生活中微缩了权力模式，复制着权力模式的偏狭与伪善。"[02]

正如《中国近百年文学体式流变史》对于"归来者"诗群的评价："他们重整的诗情和重整的诗式，显示了某些诗歌发展的内在规律，也启示着中国新诗探索的方向。"[03] 分析者认为，"归来者"诗歌逐渐破除了十七年及"文革"时期颂歌体的一元模式，提倡诗歌创作局面的多元共生，重视诗歌内在的艺术价值与诗艺探索，倡导诗歌直面现实的社会与人生，并开始由外在生活的表象转向内在灵魂的探索。在"归来者"诗歌中，抒情主体的主导地位日益强化，诗人独立的文化存在价值、他们的写作自由和人格尊严逐渐获得读者与社会的尊重。由于当代中国独特的文学传统和历史现实，"归来者"诗人尽

[01] 刘永良：《重现的失踪者》，南京师范大学硕士论文，2012 年。
[02] 戴锦华：《涉渡之舟》，陕西人民教育出版社 2002 年版，第 343—344 页。
[03] 冯光廉：《中国近百年文学体式流变史（上）》，人民文学出版社 1999 年版，第 568 页。

管原本有着不同的社会及文学背景，其身世遭际、文学渊源、思想观念、艺术气质都有较大差异，但在共同穿越了"文革"酷烈荒诞的历史时空之后，他们的诗歌却呈现出了某种气质与风格的相近性。并且随着社会的发展，他们为了新的文学与新的时代表达的需要，各自寻求表达自我的新的艺术手段，他们的努力对于 20 世纪 80 年代诗歌面貌的变化，起到了积极的推动作用。

（第二章 第一节　王冰冰编撰）

第二节　朦胧诗：独语与代言

　　虽然说在创作发表之初朦胧诗的诗作曾因"令人气闷的朦胧"或晦涩而被普遍认为读不懂，但这不影响其传播、阅读和引起人们的普遍共鸣。造成这一矛盾现象的原因，与朦胧诗人们的代言意识和独语姿态有关。

　　洪子诚曾指出："比较起'复出'诗人来，这期间开始的以青年写作者为主体的'新诗潮'诗人，在与当代诗歌实行的'断裂'上，实施的是有所不同的尺度。诗歌与当代政治现实的关系仍是重要关注点，但'个体'的情感，特定环境下生存的体验，以及从诗歌语言层面上的'真实'吁求（一定程度清除、替换僵硬的诗歌语汇、意象系统、象征方式），这些显示了更具生长力的空间。"[01] 在今天看来，对"个体"的情感和体验的追求，与其说是朦胧诗区别于"归来的诗"的地方，毋宁说是一种姿态；在很多时候，朦胧诗人们总是自觉不自觉地表达一种具有普遍性或代言性的情感、思考和意识。至于"个体"的情感及体验，倒更多体现在诗歌语言风格的追求上。可以说，正是语言风格的不同，决定了朦胧诗与"归来的诗"，甚至十七年诗歌的真正不同。

---

[01] 洪子诚、刘登翰：《中国当代新诗史》，北京大学出版社 2005 年版，第 116 页。

一

虽然北岛曾庄严地"宣告":"在没有英雄的时代里／我只想做一个人"(《宣告》),但对于他们一代朦胧诗人而言,这样的"一个人"并不是纯粹的,至少他们常常在"我"和"我们"之间随意穿插,并不能真正做到对它们之间差异的区别。这样一种矛盾,体现的是朦胧诗人们独语姿态与代言意识间的悖论。

在朦胧诗的写作中,代言意识十分明显[01],这从很多诗歌名即可以看出,如《一代人》(顾城)、《我们去寻找一盏灯》(顾城)、《一代人的呼声》(舒婷)、《让我们一起奔腾吧——献给变革者的歌》(江河)、《我们从自己的脚印上》(杨炼)、《今天,我们——写在青年节那天》(邵璞)、《大山·森林·我们》(岛子)等等。事实上,在大多数情况下,朦胧诗作者们的诗中虽然没有出现"我们"或"一代人"的字眼,但那里的"我"却是与"我""我们"和"一代人"不分的。比如,北岛的《迷途》(1980)、梁小斌的《我属于未来》《中国,我的钥匙丢了》(1980)等大凡出现"我"的诗歌中尽皆如此。

朦胧诗代言意识最为明显的表征莫过于顾城的短诗《一代人》,但也正如这首诗所表现的"黑夜给了我黑色的眼睛,我却用它寻找光明",在这首诗中,"一代人"其实是体现在"我"的"寻找"之上的。这种"不一致的一致性",在以知青为代表的朦胧诗的写作中极为典型。因为,对于知青作家来说,他们毫不怀疑自己是代表一代人在写作在思考,故而常常用第一人称或第三人称的形象,代表"一代人"的形象。但其实,这只是某种一厢情愿或幻觉,因为就像叶辛的《我们这一代年轻人》这部小说所显示的,在小说中,一代人其实是一个不可被本质化的群体,他们一个个或赌博,或酗酒,或打架,或恋爱,显然是很难被归为一类的,而如果说他们有某种共同的东西的话,那就是对曾经的革命信念的失望,以及失望之后的沉沦与分化。这一分化导致的结果是,知青一代,不论是在"文革"中,还是在"文革"结束后,往往都被作为怀疑和否定的群体呈现。因此,与其说不甘沉沦是知青一代的标记,不如说信念的失落和失落后的堕落是

---

[01] 赵园在《地之子》一书中,曾这样写道:"无论取何种'代'的划分,你都得承认,与知青一代共存于同一时空的任何其他'代',不曾拥有如此众多时代意识强烈、自觉为一代人立言的文学作者,不曾拥有如此严整、生机勃勃,以其创作影响、规定了一个时期文学面貌的作家队伍。"(北京大学出版社 2007 年版,第 193 页。)

知青一代的精神标记，从这个角度看，知青作家表现出的代言意识，其实带有某种自我救赎的味道：他们是在代表一代人寻求自我救赎的道路。换言之，他们有明显的代言意识，但最终落实到诗歌（包括小说）中，是体现在主人公的自我救赎之中的。

在这里，比较顾城的《一代人》和舒婷的《一代人的呼声》是很有意思的。在《一代人》中，黑色意象及黑夜与光明的对照是理解的关键。显然，这是在表达"一代人"对追求"光明"的渴望。这是在黑暗中寻找光明。但如果仅仅如此理解，便又显得过于简单。这里的困惑与疑问在于：这一黑暗与"我"或一代人之间是一种什么关系？"我"是在黑夜将近抑或初夜时分"寻找"？"我"是否最终"寻找"到"光明"？这些问题，在"却"字这里是一个提示。这个"却"表明的是一种转折，具言之，"寻找"的过程是一个复杂的多变的艰巨的过程，但如此种种，都只在"却"字这里呈现，真可谓一字千钧。先看前半句"黑夜给了我黑色的眼睛"，"黑夜"与"我"是同构的关系，"黑夜"是主体，"我"是客体，"我"是被动，是被施与的对象。"黑夜"无疑象征暗无天日的"文革"时期，这是一个蒙昧的荒芜的年代，"我"没有自己的主体性。即使是"我"自己的"黑色的眼睛"，"我"也并不能发挥自身的能动性，"我"被告知如何看，显然"我"是被蒙蔽欺骗的。再看后半句"我却用它寻找光明"，"却"在这里是转折。如果说前半句表明"我"是客体的话，后半句"我"则从客体转变为主体："我""寻找""光明"。这一从客体到主体的过程，表明的正是知青一代成长并建构自身的主体性的过程。"却"字表明的正是自我意识的觉醒。这首诗表达的是知青一代如何把蒙昧当作养料，并以此重建自身主体性的过程。而对于这一重建的过程及其结果而言，并不是任何人都可以完成的，只有那些不甘堕落，具有自我意识和反思精神的青年才可能。这首诗，可以和顾城的另一首写于1980 年 11 月的《我们去寻找一盏灯》对读。"走了那么远 / 我们去寻找一盏灯"，这是诗中反复四次出现的一句诗，同时，诗中也反复述说"灯"的不确定性——"在窗帘后面""在一个微小的站上""在大海旁边"。看来，对于知青一代来说，重要的不是"灯"或"光明"在哪里，能不能找到，重要的仍在"寻找"的过程本身。它代表一种理想、一种信念、一种希望和一种坚持不懈的寻找本身。可以说，

"寻找"代表了朦胧诗创作的整体情感结构。

再来看舒婷的《一代人的呼声》，诗歌全文如下：

我决不申诉

我个人的遭遇。

错过的青春，

变形的灵魂。

无数失眠之夜，

留下来痛苦的回忆。

我推翻了一道道定义；

我砸碎了一层层枷锁；

心中只剩下

一片触目的废墟……

但是，我站起来了，

站在广阔的地平线上，

再没有人，没有任何手段

能把我重新推下去。

假如是我，躺在"烈士"墓里，

青苔侵蚀了石板上的字迹；

假如是我，尝遍铁窗风味，

和镣铐争辩真正的法律；

假如是我，形容枯槁憔悴

赎罪般的劳作永无尽期；

假如是我，仅仅是

我的悲剧——

我也许已经宽恕，

我的泪水和愤怒，

也许可以平息。

但是，为了孩子们的父亲，

为了父亲们的孩子，

为了各地纪念碑下，

那无声的责问不再使人颤栗；

为了一度露宿街头的画面

不再使我们的眼睛无处躲避；

为了百年后天真的孩子

不再对我们留下的历史猜谜；

为了祖国的这份空白，

为了民族的这段崎岖，

为了天空的纯洁

和道路的正直

我要求真理！

同样是代言，相比顾城的"我"和"一代人"的混同，舒婷这首诗较为完整地表现了从"我"到"一代人"的转变的过程。这里其实是从两个层面来体现这个过程的：一个层面是苦难的层面，个人的苦难与民族的苦难、国家的苦难的转变；另一个层面是"我"和"我"的辩证提升。当苦难已不仅仅关乎自身"个人"，而是关乎子孙后代、国家与民族的前途时，苦难及其背后的制造（者）就不仅仅是可否原谅或者有无申诉的必要，而是必须直视（"不再……无处躲避"）、"责问"并被"要求"真相（"不再……猜谜"）和"真理"。至此，主体虽然还是"我"，是"我"在追求真理，但无疑已经不再是个人的"我"，而是"一代人"的代表的"我"了。

从对这两首诗的分析可以看出，对于朦胧诗人们而言，从独语到代言的过渡，都有一个转折的过程。虽然对他们中的很多人而言，转折往往是在不自觉，甚至是无意识中完成的，但这种转折却是客观上的存在。其最为典型的是北岛的《回答》，其中有这样的两节：

告诉你吧，世界，

我——不——相——信！

纵使你脚下有一千名挑战者，

那就把我算作第一千零一名。

> 我不相信天是蓝的；
>
> 我不相信雷的回声；
>
> 我不相信梦是假的；
>
> 我不相信死无报应。

在这两节中，"一代人"的主体的建构是放在"我"和"你"的对照中完成的。"我"虽是"挑战者"中的"第一千零一名"，但因为"我们"面对的是同一个客体"你"——"世界"——所以接下来，在"我"以排比的句式说出"我不相信"时，这时的"我"实际上已作为"挑战者"的代表在"回答"了。这首诗的诗名为"回答"，其虽以虚化主体——谁在"回答"——的方式表明姿态，但其实早已暗含了"我"和"我们"的转折了：回答的主体既是"我"，也是"我们"。

二

虽然朦胧诗人们常常"我"和"我们"不分，但他们的诗中亦常常显露出其中的转折和困惑，这种转折恰恰是考察朦胧诗的诗歌创作出现这种独语与代言的悖论的切入点。

"寻找"是朦胧诗普遍的主题。"我不相信""我的钥匙丢了""我寻找你"（北岛：《迷途》《结局或开始》）、寻找光明（《一代人》）、"寻找太阳"（北岛：《履历》）、"我们去寻找一盏灯"（顾城）、"我要求真理"等。这些寻找，首先是一种失落和误导，其与信念和理想的破灭有关，然后才是寻找过程中的迷途和执着，以及最终的找到。北岛的《迷途》形象而象征地表达了这样一种寻找中的"迷途"的困惑和醒悟。

> 沿着鸽子的哨音
>
> 我寻找着你
>
> 高高的森林挡住了天空
>
> 小路上
>
> 一颗迷途的蒲公英
>
> 把我引向蓝灰色的湖泊

在微微摇晃的倒影中

我找到了你

那深不可测的眼睛。

　　中国的诗歌传统中，有很多诗看起来是爱情诗，但其实是政治抒情诗，《迷途》即这一类型。这里的"你"，当然是一种隐喻或象征，可以是理想、真理、目标、正义等，但不能具象化。"我寻找着你"表明了一种自我意识的自觉和清醒，但到最后，"我"找到的却是"那深不可测的眼睛"，"我"并没有真正找到"你"。从这首诗可以看出作者意识的觉醒，乃至觉醒后的更深的怀疑和困惑。因为"文革"是一个"大他者"，通过对"文革"的批判，我们形成一个共识，这一共识使我们每个人都有一个共同的目标（"你"）。"沿着鸽子的哨音"在这里只表明寻找的路径，我们虽然都是在目标明确的情况下开始每个人的寻找，但并不知道"你"在哪里。这有点像鲁迅所说的，在开启了黑暗的闸门之后，不知道路在哪里一样的绝望。"迷途"的"我"被"迷途的蒲公英"引导，在"微微摇晃的"湖面中看到的"你"，其实是"天空"的"倒影"："我"和"你"始终若即若离。这就是《迷途》所揭示出来的"我"和"你"的辩证关系。

　　应该说，从"我寻找着你"到"我找到了你"，却原来是"那深不可测的眼睛"，这一背反的过程揭示出来的正是代言意识中的独语的迷茫。虽然说大多数诗歌都设定了一个结果被预定了的"寻找"过程，但"寻找"本身却处于一种永远的或不断的延宕之中。朦胧诗之为"朦胧"的特质，正在于这样一种结果预定而过程却处于不断延宕的悖论。而这，也正是朦胧诗不同于"归来的诗"的地方。朦胧诗的"朦胧"显示的是朦胧诗人们在主体建构中的自觉、自信乃至困惑的错综复杂的矛盾情感。

　　事实上，这样一种执着和困惑，并没有随着时间的推移而得到解决，相反，在徐敬亚发表于 1985 年的《一代》中仍能有所感受："无法找到你！／还没来得及指点／手臂就消失了。"这样一种持续表明：当代言仍是萦绕于人们心中的不变的意识的时候，"寻找"的困惑就并非仅仅是 20 世纪七八十年代转折期的宏大命题。

（第二章 第二节　王冰冰、徐勇编撰）

第三章

散文、报告文学与戏剧

第一节　回忆录与创伤记忆

　　从 1976 年"文革"结束到 20 世纪 80 年代中期，与小说、诗歌
的繁荣复兴相比，散文的文体变革及发展则显得相对缓慢。其虽不如
小说与诗歌那样常有"轰动效应"，但基本上是厚积薄发，稳步前进。
这一时期散文发展大体可以概括为：以回忆哀祭为发端，逐渐开始对
文化进行较为深入的体悟和反思。随着时代的发展，散文获得了更为
自由发展的空间，个人化、主观化的写作倾向日益明显。"新时期"
散文在题材、形式、表现手法、美学追求和艺术风格方面，进入一个
更加多样化的境界，一个更自由地表现生活和抒写性灵的境界，散文
在题材和内容上有了新的突破。可以说"散文走过了从'本体复归'
到'异向分流'的过程，散文创作渐趋繁荣，艺术风格竞相争艳：忆
旧散文深沉蕴藉，游记散文境界洞开，文化散文博识精警，心境散文
洒脱率真，随笔博采世事、发微知著，杂文针砭时弊、率真犀利。文
体不拘一格，手法渐臻多样，以多样的品类、不同的题材、不同的风
格赢得了读者"[01]。

---

[01] 王庆生主编：《中国当代文学（下卷）》，华中师范大学出版社 1999 年版，第 418 页。

一、涕泪交零：哀祭散文

"新时期"初期，哀祭散文获得长足发展，数量逐渐增多，且主题也渐趋深入。如鲁迅所说："长歌当哭，是必须在痛定思痛之后。"从 1976 年底开始，散文开始发挥帮助逐渐沉静下来的人们痛定思痛、抚今追昔，痛切悼念逝去的同志、亲人、战友的功能。

哀祭散文，顾名思义指悼念和回忆亡者的散文。在我国古代文学史上，哀祭散文经历过漫长复杂的发展演变，很多经典名篇被流传下来。从《诗经》中秦人哀"三良"的《黄鸟》，《左传》中鲁哀公吊孔子的诔词，到韩愈的《祭十二郎文》及袁枚的《祭妹文》，等等。由于"文革"的十年浩劫与动乱，很多人尤其是一些知识分子与老干部在其间被迫害致死，因此"新时期"伊始，最先出现的是一批历尽人间沧桑的老一代著名作家的忆悼散文，如巴金《怀念萧珊》、孙犁《远的怀念》、杨绛《干校六记》、黄秋耘《雾失楼台》、陈白尘《云梦断忆》、丁玲《"牛棚"小品》等。这些散文写的都是作者的亲身经历和遭遇，在书写自身及亲友在十年浩劫当中的血泪遭遇之时，也不忘对那场空前的民族大灾难进行痛定思痛的反思。这类作品的集大成者是巴金的散文巨著《随想录》，而诸多批评者对于《随想录》情有独钟的原因，正在于他们认为《随想录》是作者敢于"讲真话、抒真情以及勇敢而深刻的自我解剖和自我反省的精神"的体现与表征。这类散文"通过深沉的回忆，触及了我国社会生活中许多重大问题，促使人们进行严肃的思考和探索，思考和探索这场历史悲剧的根源、社会现实中存在的弊端，以及社会改革的必要性和可能性"[01]。可见此时的散文创作虽然重视人性、人情的书写，但是强烈的政治意识和社会关怀，以写作反思历史、介入现实仍是最重要的写作意图。在时代发生巨大裂变的历史时刻，散文这种以直抒胸臆见长的文体显示出了自身与时代契合的优长。

以主人公的身份作为划分依据，此时的哀祭散文大致可以分为两类：一类是以人民领袖、老一辈无产阶级革命家作为悼念、歌颂对象，如何为的《临江楼记》、巴金的《望着总理的遗像》、柯岩的《岚山情思》、莫文骅的《少奇同志给我一匹马》、刘白羽的《巍巍太行

---

[01] 中国社科院文学研究所当代文学研究室主编：《新时期文学六年：1976.10—1982.9》，中国社会科学出版社 1985 年版，第 310 页。

山》、柯灵的《人民的新》等。何为的《临江楼记》抒发了对毛泽东同志的深切怀念，在歌颂主席对中国现代革命的伟大贡献的同时，描写了领袖与人民之间犹如骨肉相连的深情；刘白羽的《巍巍太行山》纪念朱德总司令的平易作风、伟大人格及其卓越的军事指挥才能；函子的《长江横渡》与顾寄南的《黄桥烧饼》，则以陈毅同志为主人公，形象刻画生动真实，多角度地展示了陈毅同志的风采。林呐的《思悠悠——悼念彭德怀同志》是以"文革"期间被迫害致死的开国元勋彭德怀总司令作为主人公的回忆散文。记录了 1949 年春，身为新华社二十兵团分社记者的作者与彭德怀副总司令的"一面之缘"。其间给作者留下深刻印象，令作者永生难忘的是彭德怀同志如父兄般的亲切与随和。彭总虽然没能帮助作者完成任务——为报纸写报头，但其人格魅力却足以让作者"思悠悠，念悠悠，暌违彭总三十秋，教诲铭心头"。最令作者与读者感动的细节是彭总为作者亲手削的那个彼时十分珍稀的苹果，并且在作者离开之际，"刚到院里，又听到屋里喊道'苹果，苹果'，我转身看时，见彭总立在屋门口，手里举着他亲手削的那个苹果。我心里一激动，嗓子成了哑巴，只是向他摆了摆手，连一声感谢的话也没有说出来"。"新时期"的回忆散文及报告文学写作体现出将政治领袖"人格化""人性化"，凸显其生活化的一面的写作潮流。"新时期"散文及报告文学对象选择上的平民意识是现代语境中的公共意识、社群意识及非英雄意识在文学创作中的反映。"新时期"报告文学对象的平民化选择有赖于这样两条基本路径：一是对领袖和杰出人物的世俗化处理；二是尽力将平民百姓由边缘置于前台，展示他们的生存境况，表达他们的情绪和意愿："这种传记体报告文学创作的成功，打破了领袖人物题材正面切入的一维视角，拓展了作家的能指空间，在不损害人物崇高性的同时善意地淡化了神圣感、威严感和不可侵犯性。这样，在日常生活视域中，我们轻易而自然地接近了伟人。"[01]

陶斯亮的《一封终于发出的信》与薛明的《向党和人民的报告》则是以逝者亲属的身份，对"文革"时期的重大政治冤案的纪实与控诉。陶斯亮身为陶铸同志的女儿，薛明身为贺龙同志的夫人、战友，

---

[01] 龚举善：《论新时期报告文学的现代意识》，《广播电视大学学报》（哲学社科版）1998 年第 3 期。

她们的作品堪称字字血泪，在当时的读者群中引起了强烈的反响与共鸣。她们以"文革"的亲历者身份书写了情真意切的悼文，纪念那些在"文革"中被迫害致死的亲人或爱人。《一封终于发出的信》是一篇具有重要文学史地位的哀祭散文，陶斯亮以亲历者的身份最早揭示了发生于20世纪60年代一桩骇人的政治骗局与阴谋，一桩需要被时代澄清的历史冤案。陶铸作为中国共产党的资深革命家，1965年调入北京任国务院副总理，在"文革"初期，陶铸除担任党和政府的各种要职外，还兼任"中央文化革命领导小组"顾问。这一"小组"在当时的中国政治语境中拥有至高无上的权力。但旋即陶铸被江青、陈伯达等人污蔑为"中国最大的保皇党"，从此便从政坛的巅峰跌下，遭遇了一系列令人心寒齿冷的迫害，直至1969年11月逝世于安徽合肥。这种政治上的波诡云谲、翻云覆雨的情形在"文革"期间并不鲜见，但作为中华人民共和国成立后最早、最大的政治冤案之一，其背后的历史玄机、政治动因却是很长时期以来为广大人民所密切关注的。陶斯亮身为陶铸的女儿，她的书写与发言无疑具备相当的真实性与可信度。陶斯亮的这篇祭文在"文革"结束后不久（1978年12月10日、11日的《人民日报》）发表，试图揭开这一长久以来萦绕国人心头的政治谜团，满足了广大人民群众的阅读期待，在当时产生了很大的影响。全文共分为五节，基本上以时间顺序，以陶铸生命最后时期的遭际为线索，试图呈现"文革"的政治铁幕之后隐藏的那不为人知的历史缝隙；更为重要的是，将一个蒙难的伟大政治家在生命最后关头显现出的不屈与坚贞的品格呈现在广大读者面前，令他们心碎、感动、叹服。因此，这篇牵涉到中华人民共和国史上重大政治事件与政治人物的散文（也被归入当时的报告文学类），一定程度上并没有太多笔墨涉及广大民众孜孜以求的政治秘闻，而是更多地倾向于塑造陶铸在命运低谷中所表现出的共产党人的高风亮节与坚贞不屈，同时抒发与宣泄身为女儿对父亲的猝然蒙难、含冤去世而承受的巨大情感创伤与波澜，更多地表达了身为个体面对亲人受难而不得不忍受的情感痛苦。因此有很多评论者将陶斯亮的这篇哀祭散文与传统文化中的经典哀悼性散文相提并论，如韩愈的《祭十二郎文》、袁枚的《祭妹文》等。《一封终于发出的信》作为优秀的哀祭散文，其最感人肺腑之处便是对于亲情的强烈抒发与渲染。这封历经十多年终于发出的写给父亲的信，是一个女儿对含冤逝去的父亲的深情倾诉与忏悔，忏悔自己当年的软弱无力，无法帮助彼时困兽犹斗的父亲，只能让父亲一人以疲敝衰老之躯独自去承受打击与苦难，因此文本中充满了诸如"从那时起到现在十一年过去了，可当时的情境仍然历历在目""这不告而别的憾事折磨我十一年，十一年啊"这样饱含深情、不断重复的文字。但这篇催人泪下、感人至深的悼念散文，在试图介入政治与历史之时却仍然陷入了将"文革"历史简单化的弊病，身为这一重大政治冤案亲历人的作者也未能给社会及广大读者奉献出更多的"真相"，除了"喊着刻骨的仇恨诅咒万恶的林彪和'四人帮'"之外，作者没有告诉人们更多的、超出彼时社会文化语境与公众想象的东西，这不能不说是一个遗憾。即使是在这些控诉意识较强，有着更多政治诉求的散文作品中，对于"文革"的批判与反思仍然流于简单与片面。如同小说领域的"伤痕文学"一样，将复杂的"文革"历史，做了某种情感化、简单化的处理，洪子诚在分析从维熙的"大墙文学"时说：作品继续了中国传统戏曲、小说的历史观，"即把历史运动，看作是善恶、忠奸的政治力量之间的冲突、较量的过程。'文革'等的曲折，和其间正直者的蒙冤受屈，都是奸佞之徒一时得势的结果"，正是这种历史的道德化观念，决定了这些对于"文革"的伤痕书写的文学及文本形态。在这些作品中，人物无一例外地被处理为某种道德典范的化身，他们"灵魂纯净""道德完美"。于是，"复杂的生活现象，被条理、清晰化为两种对立的道德体现者的冲突，并以此构造小说的情节。叙述者与人物、情境之间的欠缺距离、间隔，使情感常表现为缺乏节制"。[01]

另一部分则是悼念被林彪及"四人帮"迫害的文学家、艺术家、科学家及其他革命人士，如丁宁的《幽燕诗魂》是悼念著名的散文家杨朔。黄宗英为纪念"文革"中被迫害致死的电影明星上官云珠写下了《星》，还有金山的《莫将血恨付秋风》、楼适夷的《悼念傅雷》、柯岩的《哭李季》、臧克家的《老舍永在》、荒煤的《忆何其芳》、丁一岚的《忆邓拓》、函子的《永恒的纪念》、贺敬之的《你永远和我们同在》等。还有一些是对"文革"中逝去的亲人的痛切悼念，如巴金

---

[01] 洪子诚：《中国当代文学史》，北京大学出版社 2001 年版，第 266—267 页。

的《怀念萧珊》、宗璞的《哭小弟》、郭风的《致亡妇》等，当时的人民文学出版社与上海文艺出版社先后出版了《悲怀集》与《往事与哀思》这两个散文集。这些涕泪交零、情真意切的文章"以高亢苍凉的旋律，悲壮深沉的色彩和朴素无华的风格，为我国70年代后期的散文谱写了第一个乐章。它们将以表达一个历史年代的人民的心声和开拓一代文风而在现代文学史上占有一个鲜明、突出的位置"[01]。

　　楼适夷作为傅雷多年的好友，其《悼念傅雷》从两人在抗战时期的"孤岛"上海相识写到"文革"初期傅雷夫妇被迫害致死。其间作者对于傅雷这个一丝不苟、嫉恶如仇的翻译家、文艺工作者的性格特征做了细致入微的刻画。作者在悼念傅雷的时候并没有刻意美化这个曾经无私帮助过自己的好友，而是实事求是，并不避讳傅雷性格中的某些缺点，比如他教导子女方面的失误与偏颇及"动不动就发怒"、不给人留余地的性格特征。但这一切没有"矮化"傅雷的形象，反而使其更加真实可亲，使一个"有才能，有骨气，对一切严肃认真、一丝不苟、嫉恶如仇，对朋友则热情如火的优秀知识分子"的形象跃然纸上。赵自的《师表永存——悼念魏金枝先生》，以学生的身份纪念自己的恩师，真实地还原出一个孩子眼中的魏金枝。他有着粗硬的胡子与刚正不阿的性格，操着乡音很重的方言认认真真地讲课，并且还要"体罚"敢于嘲笑他口音的孩子。臧克家的《老舍永在》以朋友的身份记述了老舍在抗战时期的重庆作为"中华全国文艺界抗敌协会"（"抗协"）会长，对文艺界统战工作做出的贡献。文章用大部分的篇幅讲述老舍在抗战时期的经历，写自己与老舍的友情，写自己身为后辈对于老舍高尚人格的敬慕之情。作者着力刻画了老舍"外圆内方"的性格特征："外"不"圆"，就转不动；"内"不"方"，就丧失了立场。这些作品的一个重要的特征，"真诚"，较为真实地记录了这些著名的文人、大师在日常生活中的一颦一笑、一嗔一怒，使他们的形象更为亲切生动，望之可亲。这些作品体现了"新时期文学"重心从"政治"走向"审美"、走向"日常"与"人性"这一重大转折，但另一个明显的特征是对"文革"叙事的谨慎。对于傅雷、老舍这样在"文革"中被迫害致死的文人，对于他们在"文革"中的悲惨遭遇和

[01] 袁鹰：《〈中国新文学大系（1976—1982）·散文集〉导言》，转引自王庆生主编：《中国当代文学》，华中师范大学出版社1999年版，第419页。

他们身体与精神上遭受的深刻创伤，写作者基本上都采取了一种回避的态度。如臧克家对于老舍"文革"时期被迫害的经历，只是用了最简洁的语言一笔带过："他的电话声，还在我心头萦绕，噩耗突然来到了我的耳中。我心如刀剜，欲哭无泪。老舍被迫害死了。正义，真理，是不死的！英明领袖华主席巨手一挥，'四人帮'被打倒在地！'四人帮'遗臭万年。老舍名垂千古。"[01]

　　黄宗英的《星》是悼念"文革"中被迫害致死的电影明星上官云珠的，发表于 1978 年 9 月的《人民文学》。黄宗英与上官云珠是同行与朋友，在中华人民共和国成立前便同台出演过左翼进步电影《丽人行》与《乌鸦与麻雀》。黄宗英的文章渗透着浓郁的艺术气质，透露出良好的文学修养，同时，她的作品的政治意识也是十分强烈的。以文章介入政治、回应社会问题，无论在关于落实知识分子政策的《橘》《大雁情》中，还是在书写文艺工作者在"文革"时期悲惨遭遇的《星》中，都透露出一种强烈的政治倾向性，因此她情感的烈度被一些批评者称为"一种政治化了的热情"。但作者就是带着这样一种热情将一个复杂、立体、多维的，独立、倔强的女性形象刻画得栩栩如生。如作者深情地怀念中华人民共和国成立前的上官云珠："穿一身裁剪考究的乔其纱镶细边的长旗袍、绣花鞋，梳得乌黑光亮的发髻上簪几朵雪白的茉莉；她轻拂一把精镂的杭檀香扇，扎过眼的耳垂上，嵌着小小的红宝石"，同时"她曾巧妙地掩护过名列国民党反动派搜捕的黑名单的革命者；她曾献出自己微薄的首饰和积蓄奔走营救入狱的共产党员；她曾参加以救济难民名义为解放区筹募医疗费用的义卖活动；她曾红着眼圈，在公共汽车上同戴着黑纱袖箍的纪念上海公共交通公司死难烈士的工友握手；她曾咬牙切齿，背着挤购来的户口米，在巷口骂街……"。这样一个内蕴丰富又充满魅力的时代新女性，眉目宛然、栩栩如生，令人见之难忘。

　　姜彬的《轸悼芦芒同志》悼念 1979 年 2 月 21 日凌晨逝世的诗人芦芒。作者对芦芒的记忆基本集中在芦芒对诗歌事业全身心投入的火热状态上。诗人活跃在 1956 年的"三大改造"到 1958 年的"大跃进"期间，在作者看来，那是一个"火红的年代"，而芦芒正是以

---

[01] 臧克家：《老舍永在》，《人民文学》1978 年第 9 期。

他那战斗的、热气腾腾的、明快的和豪迈雄壮的"马派"诗风，"表现革命年代里的那种特有的旋律，一种无产阶级的战斗的旋律"：

> 今天，我不唱迷醉的玫瑰和夜莺，
> 今天，我歌唱十月伟大社会主义革命；
> 歌唱敌人看来，那是十分刺眼的字样：
> "无产阶级专政"——社会主义民主。

作者认为这些诗歌虽然称不上优美文雅，但"合着时代的节拍"："我们这一代人受过从巴黎公社到十月革命的无产阶级歌手们——贝朗瑞、马耶可夫斯基等人的战斗调子的熏陶，对这种声音并不陌生，并不感到刺耳，当然我不是说，革命的诗歌只能用一种调子歌唱。"一个毋庸置疑的事实是，在"新时期"，芦芒的诗歌显然已经不合时宜，朦胧诗已然崭露峥嵘头角，即将由边缘转为主流。芦芒那些沸腾着"革命的旋风"，歌颂社会主义生产与建设的诗歌即将退出历史的舞台，不知作者在写作时，是否已经意识到这一事实呢？但芦芒这样的诗人，在短暂的人生中曾自觉地将其诗歌创作与社会主义国家建设的命运紧密相连，自然有其不可忽略的历史、时代及文学价值。

二、痛定思痛：创伤记忆与反思潮流

随着时间的流逝，与小说创作中的"伤痕文学""反思文学"等潮流相似，散文家也在"涕泪交零"的哀祭散文潮流之后，开始了对"伤痕"的抚慰与对历史浩劫的反思，创作了许多散文佳作。如丁玲的《"牛棚小品"》、萧乾的《"文革"杂忆》、杜宣的《狱中生态》、王西彦的《炼狱中的圣火》、陈白尘的《云梦断忆》、孙犁的《秀露集》。其间有记述知识分子十年浩劫期间下放干校时生活琐事的《干校六记》（杨绛）、《云梦断忆》（陈白尘），控诉"文革"对知识分子心灵及肉体摧残的《哭小弟》（宗璞）、《怀念萧珊》（巴金）、《雾失楼台》（黄秋耘）等等。这些作品，成为一种真挚情感与高尚心境的集中体现，作者们在淡淡的倾诉中寄寓着深沉的痛惜和遗憾，在对历史的反思和对内心的剖析中，凸显出一种强烈的历史使命感。在这一被后来的文学史家称为"老生代散文"的写作潮流中，巴金的《随想录》知

名度和美誉度最高，对文坛的冲击力也最强，其写作主题集中在反思和批判，有一种"讲真话"的冲动与追求。《随想录》"集中缅怀故人亡友，如泣如诉，情深意切；针砭世风时弊，披肝沥胆，直言不讳；反省历史，不溢美隐恶；解剖自己，不文过饰非，故被誉为'一部讲真话的大书'"。不同于杨绛的《干校六记》与陈白尘的《云梦断忆》中"带泪的笑"，《随想录》中对往事的"回忆"更为直露甚至残酷，他意欲再现的是"那些残酷的人和荒唐的事"："我一闭上眼睛，那些残酷的人和荒唐的事又出现在面前。我有这样一种感觉：倘使我们不下定决心，十年的悲剧又会重演"，"读者们又把我找了回来，那么写什么呢？难道冥思苦想、精雕细琢，为逝去的旧时代唱挽歌吗？不，不可能！我不会离开过去的道路，我要掏出自己燃烧的心，要讲心里的话"。"读者们又把我找了回来"一语典型地反映了巴金对"代读者立言"的使命感的主动认同，传统知识分子那种"为天地立心，为生民立命，为往圣继绝学，为万世开太平"的精英主义的承担精神重新返回到巴金身上。巴金的自我意识是集民族道义于一身的"大我"意识，写作姿态则是积极的、昂扬的、富有斗争意识的。[01]

《随想录》5 集 150 多篇文章，是巴金晚年对过往历史进行整理与探索的真实记录，如作者所说，是"我这一生的收支总账"，"作为我这一代作家留给后人的'遗嘱'"。其中有不少感人肺腑、发人深省的名篇，也有一些篇章情感宣泄较为缺乏节制，语言也未用心雕琢。但这并没有影响读者对《随想录》的热爱。在当时的语境中，巴金对"讲真话""忏悔"等重要命题的反复强调为其赢得了爱戴与赞誉，甚至被视为"世纪的良心"。在作者及读者看来，《随想录》最为重要的价值在于"真"，即让"心"完全裸露，进行严厉的自我拷问："我踏在脚下的是那么多的谎言，用鲜花装饰的谎言！""人只有讲真话，才能够认真地活下去。"在 20 世纪 80 年代初的思想界和知识界，对逝去的历史进行深入的反思并借此重建知识分子精英意识是文学界的共识，巴金《随想录》的思想意义就是在这样的文化及社会场域中获得了放大和加强。但也有些学者质疑巴金的"忏悔"，学者李扬借用美国解构主义大师保罗德曼对卢梭《忏悔录》的解构式阅读的方式，

[01] 吕东亮：《干校文学的双璧——〈干校六记〉和〈云梦断忆〉的回忆诗学与文化政治》，《江汉论坛》2012 年第 2 期。

分析贯穿巴金一生的"忏悔"情结。保罗德曼通过对卢梭偷窃丝带这一事件的分析，得出卢梭的忏悔行为实际上具有一种"辩解"的功能的结论，即忏悔以真理的名义克服了罪孽与羞耻，凭借对罪恶感的自觉暴露，而获得一种补偿性的心理平衡，从而实现对罪行的开脱与辩解。李扬同样向巴金的"忏悔录"提出了这样的疑问："如果你在不断忏悔，那只能证明你在不断犯错。从《灭亡》到《随想录》，跨度长达半个世纪，而巴金的思维方式，却始终没有多少改变，这是否与他找到了忏悔这种解脱方式有关呢？"[01] 相较之下，《干校六记》和《云梦断忆》虽然也没有能力理解这场浩劫，但在揭示"文革"荒谬的前提下，一定程度上正视了革命初衷的合理性，正视了官僚主义、社会不平等现象的不合法性，为读者留下了一个较为复杂的"文革"记忆读本 [02]。

杨绛的《干校六记》以干校生活中的的凡人小事为素材，以女性独有的细腻柔情贯穿始终，体现了其作为女性作家独特的视角与风格。杨绛将更多的笔力倾注在具体而微的"人之常情"——夫妻情、同窗情、子女情，甚至与一条小狗之间的情谊上。《干校六记》一个重要的文本特色就在于以女性视角观察社会，通过描写干校生活中的凡人小事，以女性独有的细腻柔情淡化原本荒诞、艰难的世事，以一种淡定坚忍的笔调书写、记录苦难。在汗牛充栋的"文革"叙事中，女性作家素来擅长"以'文革'的不合理论证着生存场景的合理"，女性的坚忍使得她们更加淡定从容地面对苦难与荒诞，并锲而不舍地试图从中发现与记取那些令人欣慰、让人感动的片段。《干校六记》以夫妻之情为中轴，扩散开去，将亲情、友情、同事之情及与猫狗动物之间的情感都囊括进来，以知识女性细腻敏感的笔触将这些人间真情捕捉、放大、呈现。

在《干校六记》中，作者的女性视角不仅仅只是体现在发现困难生活中的"爱"与"美"，书写荒诞的政治运动中无法磨灭的"人间真情"，而是更多地体现出对一种清醒、疏离的"边缘"立场及书写姿态的坚守。对于知识分子与当地农民之间的隔阂与"见外"，对于

[01] 李杨：《文学史写作中的现代性问题》，山西教育出版社 2006 年版，第 243 页。
[02] 吕东亮：《干校文学的双璧——〈干校六记〉和〈云梦断忆〉的回忆诗学与文化政治》，《江汉论坛》2012 年第 2 期。

这场"改造知识分子"的运动初衷与结果之间的南辕北辙，对于知识分子自身的弱点与缺陷，对于人与人之间冷暖亲疏，作者都有着深刻的体察与领悟。这一切得益于作者对所处的政治环境、现实世界，始终保持着一定的、适当的距离。巴金在《〈探索集〉后记》说："我写作是为了战斗，为了揭露，为了控诉，为了对国家、对人民有所贡献，但绝不是为了美化自己。"知识分子的"启蒙"立场及"为民请命"的历史、现实责任感呼之欲出。不同于巴金秉笔直书的控诉、揭露及自我暴露的姿态，在《干校六记》中，杨绛以"一种走出了自我幻觉、选择了适情任性的自然、平凡人生的知识分子的姿态"[01]来审视这段在外人看来原应"不堪回首"的人生经历[02]，杨绛的"自审"虽不如巴金那般有着"抉心自食"的强烈，而是显得十分平和温厚，但无疑也是十分深刻的，尤其体现在对于知识分子之间的隔阂及知识分子与人民群众之间"厚障壁"的揭示。那看似温和实际深刻的"自省"精神始终贯穿在《干校六记》的写作过程中，使杨绛能够走出"知识分子"的创作姿态和身份意识的藩篱，回避"伤痕""反思"式的血泪控诉。在"新时期文学""拨乱反正"的号召下，文人们纷纷将知识分子塑造成被侮辱被损害的弱者之时，杨绛却以罕见的清醒将知识分子自身的弱点清晰地呈现在读者面前，她以另一种方式找回了作为知识分子的尊严、责任与清醒。以身为女性知识分子对政治话语的自觉疏离而获得对历史、现实及人性更为清晰的洞察力，作者对于边缘立场的自觉选取，使其作品显示出了一种可贵的对待生命和生活的理性智慧和悲悯情怀："在杨绛的眼中，日光之下并无新事，别人难以理解和正视的十年'文革'，她虽然也不能给予解释说明，但也不愿意把它简化为一场'骗局'进行揭露，而是发现其中的人性之常，认为干校生活是'生命逆旅中虽特别、却也正常的一幕'，其中有恶，自然也会有善，而一个作家的使命则是扬人之善而蔽人之恶。"[03]有学者认为，《干校六记》记录了一段原本荒诞、苦难的"知

---

[01] 张光年在抄录昔日的干校日记时，便觉得那是对他感情上的折磨和思想上的鞭打，他的心情无法平静，看到不平处，仍然会怒火中烧。可见干校生活，对于很多亲历者来说，都是一段不堪回首的创伤记忆。

[02] 同[01]。

[03] 吕东亮：《干校文学的双璧——〈干校六记〉和〈云梦断忆〉的回忆诗学与文化政治》，《江汉论坛》2012年第2期。

识分子改造史"，却在字里行间体现出一种超然物外、物我两忘的境界。这样的艺术效果无疑得益于作者善于把自己置于旁观者的位置，而后又以旁观者清的态度进行自我剖析，由此确立的独特"自审"的基点和尺度。这一点既不同于巴金《随想录》中在"启蒙者"意识观照下的忏悔和自审，也不同于陈白尘在嬉笑幽默之间泄露出的心酸与悲悯，从而成就了杨绛别具一格、自成一家的"干校"写作风格。

与《干校六记》相似，陈白尘的《云梦断忆》在反映"干校生活"时，以个人日常生活化的场景，写出了知识分子的遭遇与情感，他以平和超然的心态书写苦难，体现出了一种超然物外、不以己悲的达观心态。他们写日常劳动，写诸多充满生活气息的生活片段，如聚餐、冒险、种菜、凿井、牧鸭、看园等等，都只是在叙述属于自己个人的私密体验、人生经历，而并不刻意与大历史、大时代相牵连，或者说，他们作为拥有知识分子身份的"个体"无心用书写行为"见证"历史。因此，在题材选择上，他们与干校中各种层出不穷的政治运动保持距离，而更多地选取生活气息浓郁的凡俗小事作为重点渲染的对象："在对干校往事的选择上，《干校六记》和《云梦断忆》颇多相似之处。注重亲情、友情乃至和动物之间的温情的书写，肯定改造、革命初衷的合理性但呈示运动整体上的荒诞，是两书的共同点，也是两书选择往事的重心所在。这与作者的自我意识和写作姿态有关，也玉成了两书的文体风格。"[01] 与《干校六记》善于记事相比，陈白尘的《云梦断忆》则以写人见长，他以讽刺剧作家的笔触描绘了"干校"这一特殊时代的特殊群体中形形色色的众生相，其间不乏自私自利、以革命名义役使他人的"小人"，但更多的是心存善念又身不由己的"好人"。在《云梦断忆》中，陈白尘对于那些在荒诞的、"人兽不分"的世界中能以平等之心对待自己的人表达了真诚的感激，同时将那份难能可贵的"平等"作为一份馈赠珍藏在内心，并由此开始对扭曲人性的"文革"岁月进行真诚而深刻的反思。

将《干校六记》《云梦断忆》与季羡林的《牛棚杂记》、巴金的《随想录》相比，不难看出其间个体叙述历史时所担负的角色选择的差异，即以"历史的亲历者"而非"历史的见证者"在叙说历史。

---

[01] 吕东亮：《干校文学的双璧——〈干校六记〉和〈云梦断忆〉的回忆诗学与文化政治》，《江汉论坛》2012 年第 2 期。

"历史的亲历者"可以只对自己负责，以自己的眼光来看历史，但"历史的见证者"却必须对集体、国家负责，对历史负责，必须站在更高的角度来看待并试图把握历史。巴金与季羡林无疑更倾向于做"历史的见证者"，对于"文革"这段历史的描述更注重"文革"的史料价值，而不是文学价值，或者说他们在无形中扮演起了"史官"的角色，对历史进行了理性的分析和评判。因此，巴金与季羡林对"文革"的记述很严肃、很理性，俨然以"历史见证者"的口吻来述说历史。他们在叙述苦难历史时，自觉地充当苦难历史的控诉者和反省者。因此，他们对自己进行深刻的反省与解剖，目的是让后代人能吸取经验教训。相比之下，杨绛与陈白尘就淡化了这种过于浓烈的责任感，更侧重于自我感受，凸显属于个体的感觉。因此他们可以在苦难的叙述中不时地跳出来，打量一下自己，自娱自乐地嘲笑自己，对苦难的生活品评一番，体现出与"历史见证者"观照历史的不同姿态。[01] 这是《干校六记》与《云梦断忆》反映历史的独特性。

　　但《干校六记》与《云梦断忆》中体现出的具体立场也是有差异的。杨绛是站在知识分子的立场上，以单纯的知识分子的身份来叙述，抒发的情感是知识分子所特有的冷峻与智性。她以知识分子的立场来观照农民的生存状态，在农民面前，她仍扮演着"启蒙者"的角色，且她淡化了政治意识形态，在文本里极少有政治术语，也不涉及政治人物；对历史的否定也仅仅局限于用一句"我还是依然故我"，就否定掉了"文革"对知识分子的改造，并没有把这种否定上升到整个社会层面，只把它限定在作为知识分子的"我"，即个体身上。而陈白尘就不同了，他虽然也认同自己知识分子的身份，但他也始终记着自己的党员身份。陈白尘从青年时期起就从事革命工作，一直以革命者的忠诚和热忱在创作。他在晚年总结自己一生时说："我这一辈子还是跟着党走的！"作为一个对党无比忠诚的革命作家，他在审视这段历史时，多多少少在有意无意中融入了对党的情感，他不可能完全以知识分子冷峻疏离的眼光来看待历史。[02]

　　20 世纪 80 年代初期的社会氛围与历史环境正是"拨乱反正""思

---

[01] 杨素蓉：《喜剧家笔下的干校生活：〈干校六记〉与〈云梦断忆〉比较》，《当代小说》（下半月）2009 年第 8 期。

[02] 同 [01]。

想解放"进行得如火如荼的时期。许多"归来"的老作家，纷纷拿起久已搁置的笔，参与"新时期"文化格局的建构，且这种参与较多是以反思历史的形式进行的。虽然这种对"文革"浩劫的反思在今日看来，在深度上可能并没有太大的突破，但毕竟使散文的创作跳出了单一的暴露伤痕与情绪化的呐喊控诉，比单纯的道德批判前进了一步。"'文革'结束后，知识分子对'文革'的理解仅仅停留在受害者的痛苦记忆层面，表现的常常是谴责、仇恨这样一种情绪性的姿态，而不是对于历史和现状的深入分析。其实，认识罪恶产生的机制比核实罪恶更能避免罪恶的再生。"[01]

三、"新时期"散文的艺术探索：博采众长

可以说"新时期"散文在题材、形式、表现手法、美学追求和艺术风格方面，进入了一个更加多样化的境界，一个更自由地表现生活和抒写性灵的境界，在题材和内容上均有了新的突破。有研究者将这一时期的散文发展状况概括为"后'工农兵'代言人的时代"，"因为这十年中，散文创作的基本倾向，散文家的状态，思维的模式，抒情的姿态以及话语，基本上和'工农兵'代言人时代一脉相承，也就是说，这一时期的散文的风气和主流倾向是对'工农兵'代言人时代的散文创作经验的承认，但散文的蜕变、叛逆却又和这一承认同时存在"[02]。泛政治化的环境"政治第一、艺术第二"一定程度上依然是主流出版界奉行的标准。1979 年上海教育出版社出版了一套现代散文，选入了周作人的散文，编者特意向读者做出这样的说明："选入本书的某些作者，政治态度前后变化很大，如周作人等。我们根据历史唯物主义原则，对这些作者尚属新文学等阵营时期的作品，也适当地选了若干篇。"而 1982 年人民文学出版社出版《中国现代散文选（1918—1949）》时，在"编辑说明"中重申"以革命的和具有进步倾向的作品为主"的原则之后，特别说明："我们还按照唯物主义的历史观和实事求是的原则，对在政治态度上前后变化甚大的某些作家所写的具有一定价值的作品，酌情选入了一些；对个别作家如周作

[01] 李扬：《文学史写作中的现代性问题》，山西教育出版社 2006 年版，第 249 页。
[02] 范培松：《论后"工农兵"代言人时代的散文的精神特征》，《当代作家评论》2005 年第 6 期。

人，则分别选了几篇代表他前后不同思想状况的作品。"[01] 因此，批评者不无愤激地认为"对待周作人的态度成了散文审美变化的晴雨表"[02]，而周作人的"被禁"不利于散文审美多元化的实现。但是反过来看，虽然彼时对于散文创作仍然强调"政治第一"，但对于政治立场并不明朗的周作人的作品，却在新时期初便被有选择、有限度地选入，这不能不说是一个信号，所暗示的非但不是对于"多元化""审美性"的阻挠，反而预示着一个散文"审美化""个人化"时代的开启。

散文是一种边缘性文体，可以多方面地从其他文学体裁中汲取营养和长处，以丰富和发展自己。在新时期，散文创作通过对小说、诗歌戏剧、报告杂文诸多姊妹艺术的广泛吸收和借鉴，更好地发挥出抒情叙事和议论的艺术功能，因而越发异彩纷呈。介于散文与诗之间的散文诗，既可归入散文，也可归于诗歌的行列。"文革"之前，柯蓝和郭风就创作过散文诗集《早霞短笛》和《叶笛集》。在"新时期"，这两位作家继续在散文诗园地不断耕耘。郭风出版了《你是普通的花》《鲜花的早晨》等散文诗集，而柯蓝的《草原集》则在风格上转向冷静深沉、含蓄隽永。此外还有曹明华的《一个女大学生的手记》中的许多篇章，是散文诗式的散文；姜德明的散文或讲述一个有趣味的故事，或勾勒一个生动的形象，以小说的方式构造情节和营造气氛；王英琦则善于创作文化味很浓的文化散文，文气坦荡率真，骨子里透着杂感议论的犀利，并具有报告文学热烈逼真的风采。这些诞生于新时期的"实验"之作，摒弃单一化而追求多样化的艺术风格，摒弃旧有的模式套路走向自由抒写，这是新时期"个性解放"的思潮在散文创作领域的体现，其个性化、独创化的程度大大提高。一些老作家也纷纷加入了创新的行列，巴金、孙犁的作品，自然朴素，返璞归真，将"大巧"寓于无行之中，人称"无技巧"体；黄秋耘的作品则活泼通脱，将情趣与理趣巧妙融合，人称"杂感体"；曾卓的《听笛人手记》则在书评的形式中内蕴散文的内核，成为别具一格的"书评体"；叶梦的作品写潜意识，多隐喻和暗示，属于现代派气息颇浓的

[01] 转引自范松培：《中国散文史》，江苏教育出版社 2008 年版，第 558 页。
[02] 范培松：《论后"工农兵"代言人时代的散文的精神特征》，《当代作家评论》2005 年第 6 期。

"象征体"；等等。[01]

　　新时期散文的传统创作手法随着时代的发展而变化、完善，并且一定程度上吸收了现代主义艺术手法。传统的散文技法指的是用生动优美的语言，通过对客观景物、社会事物及人物、事件真实传神的描写，表达作者的某种思想感情，即借景抒情、托物言志或直抒胸臆等。"新时期"作家的表述方式已经突破了 20 世纪五六十年代甚至现代经典散文的风格与模式，大胆采纳了许多内心独白式的、不规则的自由抒情手段。如巴金的《随想录》明显是采用传统散文笔法创作的叙事怀人之作，但其中运用了大量倾诉式的写法，甚至在《怀念萧珊》等篇章中成功地描写了梦境、幻觉等意识流式的内容，以此更加真实地凸显内心过分密集强烈的情感。这类主要用传统散文笔法写作的散文作品，比起 20 世纪五六十年代模式化的散文写作，手法显然更加成熟灵活。或不拘一格，娓娓道来；或夹叙夹议，机智流畅如西方随笔，或古朴简练如古代笔记。作家也往往不再自缚于起承转合、首尾照应的匠心经营，而是依情绪之流动来安排内容。"新时期"散文笔法有一种追求"淡化"的审美倾向，特别是那些阅历丰富、知识修养高的学者型散文家，如季羡林、钱钟书、杨绛、孙犁、贾平凹、王蒙等。这些饱经沧桑的老作家对生命意识、宇宙意识的自觉，使他们常将人情世态放在整个生命历史进程中去思考，从而表现出一种宽容与超然，善于对感情做"冷处理"。在这种"冷"中，却往往包藏着火山岩浆般的大愤大痛。而在行文上，他们在有意扬弃感情与文字的浮躁的同时，追慕一种冷静与淡泊的况味。[02] 随着诸多散文创作者有意识地加入散文技法革新的行列，新时期散文创作实践呈现出日益丰富多元的局面，为 90 年代散文创作的另一次"崛起"打下了坚实基础。

---

[01] 罗守让：《关于当代散文的审视、评估和反思》，《琼州大学学报》1994 年第 1 期。

[02] 韦济木：《论新时期散文的艺术嬗变》，《当代文坛》2004 年第 1 期。

第二节　社会问题与报告文学热

　　报告文学是一种外来的文学样式，其作为一种文体的发展演变过程一定程度上联系着动荡与革命的 20 世纪。俄国十月革命之后，美国记者约翰·里德赶赴苏联进行实地考察，写下了长篇特写《震撼世界的十天》，在全世界开了报告文学的风气。其后，另一个革命阵营——"红色中国"开始出现在西方世界的媒体视域，基希的《秘密的中国》与埃德加·斯诺的《西行漫记》便是其中的名篇。可见，报告文学这一文体的发展与 20 世纪革命及社会主义的历史有着密切的关联。从文体渊源的角度看，报告文学关联着新闻和散文。报告文学从新闻中分化出来，它的文学化使之逐渐成为一种具有新质的文学形态。报告文学文学化的进程由于战争环境的制约与需要，也由于特殊的政治文化的影响主要向着通讯化的方向发展。通讯化的报告文学体式比较简短，内容比较单一，主题政治的取向明确，而"新时期"前期报告文学的文学化是这一时期报告文学这一文体的重要时代特征。[01]

　　1977 年至 1980 年，报告文学异军突起，以自觉回归、继承、

---

[01] 中国社科院文学研究所当代文学研究室主编：《新时期文学六年：1976.10—1982.9》，中国社会科学出版社 1985 年版，第 321 页。

发展"五四"时期的文学传统为旨归，重新确立现实主义传统，相应拓展报告文学的题材领域。一些作品的思想内涵与同时期社会语境中的政治、经济、文化等因素相契合，从而引起社会的轰动效应。《哥德巴赫猜想》曾经满城争睹，一时洛阳纸贵。"新时期"的报告文学，涌现出一批活跃的散文家与报告文学家，如理由、陈祖芬、罗达成、鲁光、赵丽宏、李玲修、刘真、何慧贤、李延国等等。与时代紧密贴合是"新时期"报告文学最为显著的特点，这同时也与报告文学这一文体的特征有关。如国际报告文学界的翘楚基希所说："假使有人要做好的 reporter，要做生活现实的报告者，那么非有下述的三个条件不可。就是：毫不歪曲报告的意志，强烈的社会的感情，以及企图和被压迫者紧密联系地连接的努力。"对报告文学这一文体做出特殊贡献的夏衍先生也曾强调："报告文学最可贵之处就在于真实，在于时代精神，而不在其他。"[01]《中国姑娘》的作者鲁光在作品结尾处自勉："记得，著名的法国作家巴尔扎克曾经说过这样一句名言：'从来小说家就是自己同时代人的秘书。'那么，作为一个报告文学作者，则更应该是自己同时代人的一名忠实秘书。"

　　"新时期"的报告文学在加强新闻性及社会性的同时，增强了对报告文学文学性的追求，尝试用多种艺术手法来表达历史的进步与时代的变迁，使这一阶段的报告文学出现小说化、散文化的趋向。相应地，报告文学的视野从社会生活的表层延伸到时代文化心理的深层，从当下到历史，从单一的报道到综合的分析，从纯客观的介绍到主观的介入式叙述，"新时期"报告文学完成了一个历史性的转变：从新闻、通讯的附庸转变为具有独特思想内涵与艺术品位的文学样式。[02]茅盾曾在他著名的关于报告文学的专论中，对报告文学的小说化倾向做了阐释："好的报告须要具备小说所有的艺术上的条件，人物的刻画，环境的描写，氛围的渲染，等等。"但当时及其后小说化的报告文学作品并不是很多，而到"新时期"初期，理由、陈祖芬、黄宗英、柯岩、徐迟等人的报告文学小说化的倾向已十分明显。理由曾说："我是习惯于用小说的手法来写报告文学的。就表现形式而言，我甚至感觉不到报告文学与小说的写作有什么区别。它们同属于叙事

[01] 夏衍：《关于报告文学的一封信》，《时代的报告》1983 年第 1 期。
[02] 王庆生主编：《中国当代文学（下卷）》，华中师范大学出版社 1999 年版，第 471 页。

性的文学体裁，使它们在艺术上天然接近。我认为，小说的一切技法在报告文学中都可以采用。"[01] 小说化的报告文学注重表现人物的命运历程，求取情节的相对完整，重视运用文学化的表现手法。[02]

一、归来的英雄：知识分子题材的兴起

1976 年 10 月 6 日"四人帮"的被捕标志着"文化大革命"的结束，但是一般是将 1978 年 12 月 18 日至 22 日中共十一届三中全会的召开，宣布停止"以阶级斗争为纲"和"无产阶级专政下的继续革命"作为"新时期"的起点。"新时期文学"对于"新时期"有着积极的介入和参与，对于"新时期"的创造与诠释发挥了重要作用。"新时期文学"被建构为五四的"回归"，被视为"反封建"和"人的解放"这样一些"五四"主题在新的历史条件下的重述，而"文化大革命"成为"新时期文学"最根本的创伤记忆。报告文学与社会政治、经济活动密不可分，其兴起与发展往往以社会转型时期的各种问题与机遇作为前提与契机。于是在"新时期"，通常被视为散文附庸或新闻体裁的报告文学，由于时代的馈赠和作家的自觉，在这一阶段获得空前繁荣的发展。

知识分子题材大规模地涌进报告文学领域，是"新时期"报告文学创作的一个极其显著的特点，这一局面的出现是和"新时期"政治生活的新变化、新形势分不开的。"新时期"以来，随着全国性的拨乱反正工作的开始，给予中国知识分子正确的、实事求是的评价也就自然而然地被提上日程。随着全面开创社会主义现代化建设新局面的奋斗开始，知识分子日益显示出不可或缺的社会作用，生活的进程进一步把他们推到了历史舞台的重要位置上。徐迟的《哥德巴赫猜想》是"新时期"报告文学的经典之作，同时也是知识分子题材领域的开拓性的篇章。作者满怀激情地赞美著名数学家陈景润，使在社会及文化场域中一贯受歧视、遭排挤、被打压的知识分子成为文本的主角，将那些身份可疑的"臭老九"还原并塑造成身陷囹圄仍心忧天下的"文化英雄""大写的人"。这自然与中央开始恢复、落实知识分子政策及"四化"建设需要仰仗知识分子的现实需要有关，因此，徐迟的

---

[01] 刘茵、理由：《话说"非小说"——关于报告文学的通讯》，《野绿江》1981 年第 7 期。
[02] 丁晓原：《问题转型：走向开放的新时期报告文学》，《江苏社会科学》2001 年第 3 期。

"试音"之作获得了巨大的成功，一时满城争睹，洛阳纸贵。由此为知识分子正名的作品一发而不可收，并在"新时期"盛行不衰。随后一大批写科学家、科技工作者及其他知识分子的报告文学作品不断涌现，成为"新时期"报告文学中最具有时代意识的部分。张光年在全国四项文学评奖授奖大会上的讲话中这样评价报告文学："在拨乱反正、除旧布新的伟大斗争中，报告文学异军突起，开始显示出它强大的社会功能。报告文学作家们以其强烈的社会责任感和敏锐的观察力，早先注意到我国知识分子的命运同祖国命运、人民命运的血肉联系。《哥德巴赫猜想》《一个人和他的影子》《大雁情》《船长》等名篇，以及小说《人到中年》等等，在文学创作中深刻体会了党中央的意图，最早提出了知识分子问题，大声疾呼地引起全党全国人民的注意。"[01] 这些作品之所以在当时的社会语境中引起轩然大波，是因为其试图以文学方式对社会思潮起到匡正引导之作用，同时也是此阶段报告文学努力发掘自身独特文化及文学品格的重要尝试。

报告文学发展的第一阶段便是以著名的老一代科学家为描写对象：除了徐迟的《哥德巴赫猜想》及《地质之光》，有以老科学家竺可桢为描写对象的《风云壮图》，以地质学家李四光为描写对象的《亚洲大陆的新崛起》，还有写高士其的《韧性的战斗》，写数学家华罗庚的《高山与平原》，写童第周的《让我们生活得更年轻》，写林巧稚的《她有多少孩子》，写蔡希陶的《生命之树常绿》，写周尧的《昆虫学家传奇》，写裘法祖的《生命的春风》，写谢希德的《为了四个现代化的明天》，等等。以上作品介绍了我国老一代科学家为祖国的繁荣昌盛，在科学的道路上勤奋攀登、奋斗不息的动人事迹，写他们忍辱负重，坚持不懈，凭着对祖国的忠诚使我国科学事业在举步维艰中前进。作为知识分子中的精英群体，他们身上体现了"中国牌知识分子"身处逆境仍痴心不改，刻苦钻研、无私奉献的人格魅力与性格特征。《祖国高于一切》是陈祖芬的成名作，以一个"文革"中被打成"德国特务"的

---

[01] 张光年：《社会主义文学的新发展——在全国四项文学评奖授奖大会上的讲话》，参见《全国优秀报告文学评选获奖作品集 1981—1982》，人民文学出版社 1984 年版。

老科学家的事迹为主题。作品突出的是主人公强烈的精神信念，赞美其数十年对祖国与人民的忠诚和对科学事业的执着，一定程度上迎合了当时全国展开的富国强民的科学技术现代化的历史潮流，获得新时期第一届全国优秀报告文学奖。[01]

继以老一代著名的科学家为描写对象的作品之后，大量的中青年知识分子成为主人公的作品开始出现。这些作品歌颂人物的执着追求，写人物悲剧性的生活命运和为事业所做出的巨大牺牲，并在此基础上提出了一些有重大意义的社会课题，因而也更直接地触及了社会生活的重大矛盾。祖慰发表于 1980 年的《线》，作为一篇"蘸着思想先驱者的血"写成的报告文学，作品主人公李郑生为哲学付出了生命的代价，其智慧的头颅成为愚昧的献祭，被鲜血淋漓地供奉在个人崇拜、宗教迷狂的祭坛前。黄宗英的《大雁情》描写了一个普通的女性助理研究员秦官属形象，提出了"四人帮"倒台之后知识分子的境遇为什么还没有得到改善的问题，揭露了极"左"政治对人与人之间关系的严重破坏和扭曲。刘宾雁的《一个人和他的影子》描写了一个被错划为右派的中年知识分子，渲染了他所做出的突出的贡献和他所受到的不公平待遇，从而提出了如何去认识一个人的真正的价值的问题。这些作品对知识分子所遭遇的种种偏见和歧视所做的剖析，至今仍不失其深刻的现实意义。[02]

艺术家黄宗英在报告文学方面的成就十分突出，其强烈的艺术气质渗透到她的报告文学作品中，使她的代表作显现出与众不同的文学魅力。《橘》《大雁情》都是关于新时期落实知识分子政策的作品，作品的可贵之处在于未陷入通常的乐观主义与歌功颂德的写作窠臼，而是努力地发现现实生活中的种种问题，发现在"拨乱反正、解放思想"的时代大潮之下掩盖的历史痼疾。《大雁情》将目光锁定在一个"太平凡、太普通"的女性知识分子秦官属身上——一个"有着顽强事业心的知识分子脸型"的中年女性。就是这样一个随时会淹没在芸芸众生中的普通女性科技工作者，在独具慧眼的女性作者笔下，焕发出奇异的、扑朔迷离的光彩。作者的独到之处在于她并没有直接正面

---

[01] 陈学兰：《事业·真理·祖国——论新时期知识分子题材的报告文学》，《宁夏大学学报》（社科版）1984 年第 3 期。

[02] 同 [01]。

叙写主人公如何与"文革"时代的恶势力做斗争，如何抛家别子献身科技的感人事迹，而是从围绕着主人公秦官属的众多褒贬不一、歧义丛生的评价入手，深刻而独到地提出一个如何正确看待知识分子，如何真正落实知识分子政策的重大时代命题。并且，对于秦官属这个颇具个性的知识女性，作者虽然十分欣赏，但并没有将这个复杂人物简单化，"当然，秦官属也不是没有缺点。世界观完全改造好了的人能找出几个呢？一个人的优点和缺点，往往是一面镜子的两个方面。……如今呢，秦官属同志的情况不清不楚、不明不白，虽然我的采访日记里已记了满满一本子，可还是个乱线团，没摘出个头绪来"。作者显然放弃了写作者对于人物的特权，而是要将人物本身的复杂性多方面、多维度地展示出来。对于报告文学如何把握、认识所要书写、表现的对象，作者提出了这样一种较为中肯的观点："我的工作是要用笔向社会说话，怕也白搭，悸也无用。我要尽可能地了解一个人的全部情况，以便把握住他们的基本素质。"[01]

费礼文的《戴着锁链攀登的人》与《哥德巴赫猜想》同属于颂扬科技工作者的报告文学行列，但前者主人公只是一个普通的上海姑娘。曹南薇因为政治出身问题，被剥夺了学习与受教育的机会，但她同时是一个热爱学习，并且在物理学方面颇有天赋的科学人才，在中学时代就曾攻读过日本著名物理学家坂田昌一的《新基本粒子观对话》，从此确立了向高能物理学攀登的人生目标。在漫长的"文革"岁月中，这个倔强、有天赋的姑娘，克服了一切不可想象的困难，依靠自学完成学业，受到了著名的高能物理学家何祚庥的赏识，并在"文革"结束以后，成功考入中国科学院，成为高能物理学专业的研究人员。作者将写作重心放在对曹南薇克服重重困难的巨大毅力的赞美上，并且将其学习与钻研科技的欲望自觉地与国家、共产主义事业等宏大话语相结合，如文本中曹南薇的母亲因家庭经济极度困难而不得不劝女儿放弃无出路的自学而去工作时，曹南薇对母亲说："开始选择自学这条路时，女儿的思想是不太明确的，经过几年实践之后，才了解关系到科学技术成败的基础理论研究，在我们国家是难以想象的薄弱，迫切需要大力发展；才懂得科学和共产主义是不可分割

---

[01] 黄宗英：《大雁情》，《十月》1979 年第 1 期。

的，自己所要追求的不只是谋个出路，而要肩负起建设祖国未来的责任。……"在"新时期"初始，徐迟写作《哥德巴赫猜想》之际，用大量篇幅书写当时的党内工作人员是如何关心陈景润的科研工作及个人生活的，而在《戴着锁链攀登的人》中，作者则更强调曹南薇个人奋斗甚至孤军奋战的艰难境遇，以此凸显作为"个体"的曹南薇在逆境中表现出的巨大精神力量。并且更为重要的是不同于有几分"痴"的、为研究而研究的陈景润，曹南薇的主体意识更为鲜明，对自己与国家的前途有着自信的把握，相信自己所学终有一天会被国家、社会看重，自己个人的努力终会与社会主义"四化"建设的宏大目标相勾连。

二、"大写的人"："社会主义新人"群像建构

"新时期"的改革现实不仅为小说创作也为报告文学的发展提供了丰富的素材，而报告文学又通过自身的创作实践为改革提供了某种程度上的舆论支持。正如有些研究者认为，这些报告文学作品是中国改革进程的某种忠实记录，是处于改革大潮中的中国历史／社会形象的"写真"。这一阶段的改革题材的报告文学出现了与知识分子题材报告文学互相渗透融合的局面，展示了我国现实生活的巨大变化和"四化"建设的社会图景，成为历史性的转变完成前后我国现实生活的真实写照。简单回顾一下新时期知识分子题材报告文学创作发展过程，可以发现我国社会主义生活的巨大变化及时代的变迁，这正是新时期知识分子题材报告文学的重要意义和价值所在。理由的《希望在人间》、刘宾雁的《艰难的起飞》、陈祖芬的《共产党人》都是以"新时期"的社会主义改革中涌现出的"英雄"作为主人公的，一定程度上成为"改革文学"在报告文学领域中的拓展。这些在"文革"中受到一定程度冲击的老共产党员，也是"归来"的英雄当中的一员。这些冲破重重阻力，积极推进经济或政治领域的改革的英雄形象，有力地呼应并配合了20世纪80年代初改革势在必行却又阻力重重的社会现实。无论是黄宗汉还是李日升，都是像乔光朴那样的强有力的、坚强不屈的改革家。他们集中反映了那个时代的现实焦虑与历史愿望，凝聚着时代的精神。彼时对于改革的阻力，人们开始有了一定程度的认识，并且不得不开始正视改革展开过程中的诸多困境，那些

无法克服的权力障碍，而遭滥用的权力又同某些源远流长的民族劣根性紧密纠缠，结构成一张盘根错节的网，令改革者难脱束缚。更为现实、清醒的共产党人不得不直视改革面临的诸多现实困境及改革本身滋生的拜金主义热潮，文本间充溢的具有前瞻意识的忧虑及焦虑感使其不同于洋溢着乐观主义情绪的同时代其他报告文学作品。[01]

陈祖芬的《共产党人》是在关于"归来"知识分子的颂歌中较特殊的一篇，其在刻画、凸显老共产党员张超——上海海关关长——铁面无私、宁折不弯的性格时，带出一个关于时代的隐秘讯息，即拜金主义、盲目崇洋及与之相伴生的欲望的滋生与蓬勃生长。正如文章开篇那段意味深长的描述："一艘外轮驶进黄浦江。江水在阳光下闪烁着，好似轮船撒开了一张金色的网，带来了多少迷人的梦。是的，禁锢的大门打开了，一个新奇的外部世界突现在我们面前。江边的树好像也在滋长着幻想，江边的花好像也在萌发着欲望。一切都在勃发出来——高尚的和卑俗的，文明的和野蛮的，责任感和享受欲，法制观念和违法行为……"[02] 这篇发表在 1982 年的《人民日报》上的报告文学已然嗅到了一个即将到来的为金钱与欲望充盈的时代，而张超这个老共产党员、作者笔下的"新时期"的英雄，在文本中最为重要的行动不是与"四人帮"和极"左"思潮的斗争，而是与新近崛起的"唯物主义半神"——金钱与欲望做斗争。作者在文中借主人公之口发出这样振聋发聩的疑问："难道只有让欲望之门统统敞开才是合乎人性的吗？难道自我战胜、克己奉公不是真正的英雄行为吗？"这是对一个变革的时代中出现的社会问题的追问与质疑。作者塑造的这个英雄人物极富时代特色，冲出了"伤痕文学"的自伤、自怜与自恋式的书写和想象，而是将其放置在巨变的时代大潮中，将社会主义革命及建设的历史作为一种可贵的"遗产"而非"债务"。正是这样一种在社会主义传统与历史实践中积累起来的品格与精神，成为改革开放之后中国面对西方强大的物质优势与诱惑之时可以依赖与反身汲取的精神力量。作者以上海海关这个在改革开放的过程中最先感受到时代变化的"窗口"作为切入点，张超与港商的斗智斗勇更多地令人联想

---

[01] 陈学兰：《事业·真理·祖国——论新时期知识分子题材的报告文学》，《宁夏大学学报》（社科版）1984 年第 3 期。

[02] 陈祖芬：《共产党人》，《人民日报》1982 年 6 月 28 日。

起上海作为最早的通商口岸的历史，警惕着资本主义制度及其所携带的商品拜物教思潮的卷土重来。

农民及农业题材的报告文学，是"新时期"报告文学创作的一个重要领域。代表作有王立新的《毛泽东以后的岁月》，以安徽凤阳小岗村18户农民冒着巨大的政治风险率先在中国农村实行"包产到户"的历史性事件作为写作对象；李延国的《中国农民大趋势》用报告文学的方式将发生在齐鲁大地的农村改革的沸腾场景真实地记录下来，传达了中国农民在巨变的时代要求下改变农村现状及自身命运的强烈呼声；李存葆、王光明的《沂蒙九章》回顾革命老区人民在战争时期对于中国革命的无私奉献，并"记录"了他们在新时期对于改革开放做出的贡献。此外还有《找到了金钥匙的人》《凤凰展翅》《金银梦》等等，这些关于农村改革及当代农民生活的报告文学作品，生动地展示了发生在农村的历史性的大变革，以及这样的巨变给人们带来的思想情感方面的震撼及改变，在文学及新闻的双重层面都具有重要的价值。获得第二届全国优秀报告文学奖的《三门里轶事》以"新时期"农村经济体制改革作为书写对象，其独辟蹊径之处在于由一个发生在小小的生产队的趣事轶闻，"从党群关系方面提出了共产党人在四化建设中的位置以及做什么榜样的重大问题"，其被誉为当时农村社会主义教育的"整党教材"。作为"问题型"报告文学，作品提出的是干群关系这一堪称重大严肃的问题。作者乔迈没有将共产党员的形象简单化为常见的"高大全"，相反，在这篇平易、简洁、充满乡土气息的报告文学作品中，五个曾经身陷困境、被群众抛弃的共产党员的形象极其真实，他们再度获得群众的信任并非依靠战胜非人的境遇与政治磨难，而是依靠实打实的在土地上的劳作与耕耘。作者聚焦于基层党组织及群众的日常生活及政治，写春播、夏锄、秋收，其间"乔迈显示了一种透骨的敏感。他深知那块不起眼的穷乡僻壤所发生事件的重要性，他珍视那五位普通农村共产党员陷于困境后而奋发的榜样力量，因而写起来得心应手，游刃有余"，但这一切建立在立足生活真实、不夸饰、不拔高的基础上。[01]

"新时期"报告文学中对于"社会主义新人"的表现与赞美首先

---

[01] 李炳银主编：《中国优秀报告文学读本（上卷）》，浙江文艺出版社2010年版，第285页。

体现在对体育健儿为国争光这样的题材上。在 20 世纪七八十年代，中国女排成为全国人民心目中最为崇高的形象之一。她们通过艰苦卓绝的训练，在世界体坛搏击，为中国争得荣誉，她们的体育精神成为彼时的中国希望以强者的姿态自立于世界现代民族国家之林的象征。"新时期"的中国，通过改革开放建设社会主义现代化强国成为全国人民强烈的时代愿望与诉求，而近百年中国的屈辱史始终刻着"东亚病夫"的污名，因此中国希望借以中国女排为代表的"新时期"体育健儿在世界体坛上的出色表现洗刷昔日"东亚病夫"的国耻，并以此为契机向全世界展示改革开放之际的中国作为合格的现代民族国家所体现出的巨大潜力。体育竞赛以其特有的残酷激烈与敌我分明的形式，成为中国试图加入世界市场，加入与西方强国竞逐的一个高度象征化的舞台与场域。因此，这就不难理解，在 70 年代和 80 年代之交的中国文坛上，以中国女排及其他体育健儿作为主角的报告文学层出不穷且反响热烈的原因了。其间最为脍炙人口的当数鲁光的《中国姑娘》与理由的《扬眉剑出鞘》。《中国姑娘》的独到之处不仅在于生动细致地叙写了中国女排的成长、拼搏史，更重要的是其在有限的篇幅内试图为读者树立中国女排的群像。作者写进作品的人物多达几十个，并且几乎每一个人物都颇具个性、栩栩如生。不能不说《中国姑娘》是报告文学进程中一个界标式的成就。理由的《扬眉剑出鞘》也是"新时期"体育类报告文学最重要的发轫之作之一。作品篇幅短小、凝练优美。作者以年纪不满二十岁却荣获第二十九届世界青年击剑锦标赛亚军的江南姑娘栾菊杰为主人公，塑造了一个坚忍不拔、勇往直前的体育健儿形象。作者善于利用人物心理活动，揭示人物纯洁、进取的精神世界。"当栾菊杰走下剑台，已是她受伤后的两个多小时，鲜血渗透了雪白的衬衫"，因为于她而言，最重要的是祖国的荣誉："千万不要让人知道我受伤了。只要能把五星红旗升上去，让我去死我也干。拼，拼了！"正是这种为了祖国荣誉不惜牺牲的爱国主义精神赢来了"马德里体育宫的大厅里冉冉升起鲜艳的五星红旗，这是国际剑坛升起的第一面五星红旗"。

　　"新时期"报告文学体育题材作品还同时具有弘扬民族精神的时代作用，由于体育的竞争性强，体育比赛的胜败直接与民族尊严和祖国荣誉相联，因而教练员和运动员需要更强的拼搏精神与爱国精神，体育比赛，尤其是国际性比赛赢得了国人的特殊关注。"新时期"初期的中国，在噩梦醒来之际睁眼看世界，发觉自己包括体育在内一切都落后于别人时，这种欲夺回损失、缩短距离、赶超先进的愿望就更为强烈。而"新时期"的体育报告文学就正好把握了这一时代脉搏，写出了以中国女排姑娘为代表的体坛健儿为振兴中华所进行的集体拼搏，写出了民族自信心与民族尊严，从而从一个侧面表现了中华民族奋发图强，决心自立于世界民族之林的志气和力量。在这方面，鲁光的《中国姑娘》《中国男子汉》，理由的《扬眉剑出鞘》，何慧娴、李仁臣的《三连冠》，杨丽云的《胜利女神》，以及孙晓青、张挺的《撼动王座的旋风》，等等作品可为代表。如《中国姑娘》之所以发表后风靡全国，除了适逢女排夺魁之盛外，最根本的是它写出了女排巾帼英雄为振兴中华这一崇高目标而进行的英勇顽强的集体拼搏，写出了民族自信心和民族荣誉感，表达了亿万人民自强不息，一扫祖国的贫弱，决心自立于世界民族之林的强烈愿望。作品描述了中国女排自建队以来，为了祖国的荣誉而顽强拼搏、前赴后继的战斗历程，描绘了曲培兰、曹慧英、孙晋芳、周晓兰、郎平和袁伟民等几代运动员、教练员的英雄群像。《中国男子汉》则集中描写了女排主教练袁伟民，作品深情地写道："作为一个中国男子汉的典型形象，堂堂正正地站到了世界人民的面前。在他的身上，不仅有我们民族坚忍而智慧，含蓄而大度的传统品性和气概，而且也溶进了社会主义祖国荣誉的血液。"《撼动王座的旋风》记叙了发生在 1984—1985 年的中日围棋擂台赛，以聂卫平为代表的中国运动员经过紧张、激烈的争夺终于完胜日本对手的事迹，从围棋这一体育窗口，展示了彼时中国国力的日益强盛、中华民族勇攀高峰的精神与冲出亚洲、走向世界的决心。类似题材的作品还有刘进元的《他是黄河故道的子孙》、朱巾芳的《羽球情》、陈铮的《她盼望国旗继续上升》和关鸿的《国球国魂》等等。[01]

　　"新时期"女性报告文学写作者的涌现，是"新时期"初期的报告文学创作中一个引人注目的现象。这批女作家的创作，在现当代报告文学发展史上占有相当重要的位置。其中既有茹志鹃、刘真、黄宗英、柯岩、草明等老作家，也涌现出如陈祖芬、李玲修、霍达、孟晓

[01] 章罗生：《论新时期报告文学的民族精神》，《湘潭大学学报》（哲学社科版）1996 年第 6 期。

云、何晓鲁等后起之秀，并且她们的创作得到了主流文学界的认可，"在十年来中国作协举办的四次全国优秀报告文学的评奖中，获奖的女作家有 23 人次，获奖作品 25 篇，占获奖总数的 24 强"[01]。作为女性，她们的特殊之处在于，习惯把"最大关注给予那些默默无闻的劳动者"，"把最大的赞美献给那些被泥沙、石块压在底层的坚贞者"，即她们习惯将审美、同情的目光投向生活中的普通人。因为在她们看来，"报告文学叙写普通人的生活，最能表现出我们这一时代的某些特征，最能传达出人民大众的精神风采。因此她们热心写作普通的人生"。[02] 刘真的《一片叶子》，将葛洲坝工程中一个并不起眼的推土机手马卫国作为书写对象，由于家庭成分不好，在成长的道路上，他丧失了所有的机会，受尽磨难与歧视。但是，他从不自暴自弃，而是"踏踏实实地走正路"，相信"总有一天，会走到宽阔、平坦的去处"。作者将在"文革"中受到迫害的普通劳动者纳入文学书写与表现的视野，写他们在非常岁月中如何恪守人性，执着顽强地活下去，并且不愧对自己的良心，体现出一种令人感动的至美人性。女性写作者的报告文学作品力图通过富有典型意义的人物的细致表现，以个体的言行气韵去辐射新的历史时期的整体风貌和时代精神。

三、"新时期"报告文学的文体自觉

20 世纪 80 年代中期，随着改革开放不断深入，西方思潮大量涌入，文学方法论的讨论、文学文体的实验和探索等因素也深刻影响了报告文学，报告文学创作进入一个全新时代。首先，以中长篇为主的宏观报告文学大量涌现，其内容表现出前所未有的丰富性和复杂性；其次，报告文学开始与经济学、社会学、哲学、心理学等学科逐渐产生交叉融合的势头，开始对生活与社会从政治、经济、历史、伦理、文化、生态等多角度进行审视与观照，力图反映生活及社会的整体面貌，表现历史的纵深感和特定问题的复杂性。在运用辩证思维方法的同时，作家把相关的科学思维方法引进报告文学中。"新时期"初期的报告文学中的成功之作多为"一人一事"式的微观作品。在构思上，它更多的是取短篇小说的"截取法""纵剖法"，即选择人物一生

[01] 丁晓原：《中国报告文学三十年观察》，作家出版社 2011 年版，第 25 页。
[02] 丁晓原：《中国报告文学三十年观察》，作家出版社 2011 年版，第 26 页。

中的几个重要时期，用人物最重要的经历来表现人物，或用"横断式"抓住片段与瞬间展开人物和事件。在文本上它呈现为精致化形态和闭锁式结构，在有起有止的线性推进中刻画人物和叙述事件，完成信息的传播和主题的表达。这种单线推进式结构形态及小说式构思在"新时期"之初具有普遍性，其优势在于：由于构思巧妙，它并不显得平铺直叙、拉杂烦冗，相反，它能在一个精致玲珑的结构中，集中、浓缩地写出一种人生和现实，在纵向的追溯中也可以具备一定的历史感，它的容量虽然有限，但好处是作品的展开更容易受到时空的制约。[01]

报告文学语言文学化的追求意义在于：发挥文学语言描述性、主情性特点，可以丰富生动地展示报告内容，通过增加可读性来增强读者对事实的理解，用感染力来加强它的现实作用。"新时期"报告文学彻底区别于叙事有文采的通讯，多种文学语言的运用功不可没。"报道体"则呈现出较强的客观性。大致说来，20世纪80年代中前期，报告文学以文学倾向明显的主观性叙述为主，80年代中后期以"报道体"为主。主观性叙述更多地借助了文学手段，通过形象的塑造、情节的叙述、情感的渗入，使报告文学具有强烈情感色彩和主观倾向。报告文学作为一种边缘性文体，其语言既要求有形象表现力、艺术感染力，又要求有客观呈现性，很难说某一种语言是它的正宗。在20世纪80年代前中期，文学化报告文学占主流，往往追求形象优美的文学语言。宏观报告文学特别是社会问题报告文学兴盛后，报告文学兼备了文学、新闻、调查报告、历史、社会学、政治、哲学等语言形式，成了一种独特的文体大杂烩。多种文体语言因素的糅合是"新时期"报告文学又一鲜明特征，也是其文体突破的重要标志之一。从对文学化的追求来看，"新时期"报告文学用多种文学文体语言来叙述事实，具备多种文学文体的语言特点。如用小说笔法形象化地写人绘景、再现场面和细节，将肖像、动作、语言等多元描写结合起来，且以简练的叙述予以贯通，塑造鲜活、立体的人物形象；用散文的语调娓娓道来，显得从容不迫；或者将叙述抒情、议论相结合以传

---

[01] 蔡贤富：《新时期报告文学的文体特征》，《广播电视大学学报》（哲学社会科学版）2003年第3期。

达情思，或者用比喻和象征使语言有言外之意、题外之旨。[01] 可以说，新时期报告文学形象塑造显著成熟的标志在于克服了过去描写简单的不足，积极吸收其他文体尤其是小说的长处，报告文学中有同小说一样的鲜明立体的人物形象与连贯流畅的情节，还有同诗歌一样的有节奏感和韵律感的语言，更有精妙简洁的戏剧性对白，等等。对于许多报告文学作家来说，运用文学语言成为一种自觉意识。

徐迟是从诗歌创作领域走入散文、报告文学领域的，他说："我离开了温柔的音韵的镣铐和美妙格律的束缚而投入散文的怀抱，写了一些激动的和愤怒的，主要是论战性的粗糙的东西。"[02] 但正如曾镇南的赞誉，虽然徐迟离开了诗坛，"但他却始终葆着诗之魂，他是一个诗人气质的报告文学家。他的报告文学丰润富丽、滋华焕采、潇洒雄放，具有华美的长篇叙事诗的气质，是一种诗化了的报告文学，为报告文学赢得了诗的声誉"。徐迟的报告文学的语言始终洋溢着诗情。他善于选取最适合表现作品内容的语言，以营造诗的氛围与意境。比如《生命之树常绿》中写允景洪欢迎周总理的热烈场面："凤凰树上，开满了色彩鲜丽的大花朵；凤凰树下，攒动着鲜丽色彩的傣族姑娘，皓齿玉臂，笑着舞着。到处是清脆笑声，到处是轻歌曼舞。"语言华美，对仗工整，深得古典文学的神韵。徐迟还善于用动态的语言刻画人物的情感与心理，如写尚达走入敦煌洞窟时，作者这样描写："整个都掉落在色彩的世界中。奔马在四周跳腾。天鹅在空中打旋。花草失去了重力而浮动。蛟龙和人一起飞行。热烈的红色调子是基调。千万种色彩旋转在他的周围。"其语言华美绚丽、诗意盎然，足以令人眼花缭乱。

黄宗英的报告文学作品清新灵秀，充满了诗情与神韵，且在表现技巧上不断探索创新，在紧跟时代步伐的同时又不失鲜明的个人风格。黄宗英自称"行文的音色是抒情女中音"，她的报告文学语言更多地体现了优美的诗情，体现出对于形象与诗情的不懈追求。其作品善于人物刻画，人物形象鲜活生动、诗情浓郁。作为女性作家、文人，黄宗英善写女性，如《大雁情》中极富个性的女性知识分子秦官

---

[01] 蔡贤富：《新时期报告文学的文体特征》，《广播电视大学学报》（哲学社会科学版）2003年第3期。

[02] 徐迟：《新诗与现代化——在诗歌创作座谈会上的发言》，《诗刊》1979年第3期。

属及《星》中特立独行、风华绝代的女明星上官云珠。《星》中作者写上官云珠，"穿一身裁剪考究的乔其纱镶细边的长旗袍、绣花鞋，梳得乌黑光亮的发髻上簪几朵雪白的茉莉；她轻拂一把精镂的杭檀香扇，扎过眼的耳垂上，嵌着小小的红宝石"，同时"她曾巧妙地掩护过名列国民党反动派搜捕的黑名单的革命者；她曾献出自己微薄的首饰和积蓄奔走营救入狱的共产党员；她曾参加以救济难民名义为解放区筹募医疗费用的义卖活动；她曾红着眼圈，在公共汽车上同戴着黑纱袖箍的纪念上海公共交通公司死难烈士的工友握手；她曾咬牙切齿，背着挤购来的户口米，在巷口骂街……"。作者就是这样将一个复杂、立体、多维的，独立、倔强的女性形象刻画得栩栩如生。黄宗英的作品中不仅有诗情还有画意。深受中国传统文化影响的黄宗英善于从中国古典诗歌中汲取养分，常常在寻常的自然或生活环境中自然引入物象，来比喻或象征人物的精神气质，以达到形神兼备、情景交融的艺术境界。例如，她在《大雁情》中将极具事业心的秦官属与中药"远志"巧妙对接："这小草能在岩石缝里扎根""漫山崖长着"；而后又将秦官属比作一棵大杨树："似杨枝沾土就活。效丹参红在根本，如桔梗开花漫野，怀远志感报春晖。"既切中主题，升华了人物内涵，又使文章充满了诗情画意。黄宗英还常用蒙太奇的方式结构文章，将跳跃、闪回、定格、交错等电影镜头语言运用到报告文学的创作中，富有创造性。

如果说徐迟与黄宗英将诗歌的情韵带入报告文学创作中，那么柯岩与理由则将报告文学的小说化发展到一个高峰："柯岩善于在设置悬念、情节演进及刻画人物内心世界时融入浓郁的诗情；理由则着意于截取横断面，借助于细节的展示去再现有血有肉的人物形象，寓情感、主题和倾向于形象之中。"[01] 运用悬念设计人物出场、以小说笔法推进情节发展，是柯岩擅长的报告文学写作及创新的方法。柯岩在创作中运用小说的悬念设计，使作品情节曲折、细节丰满、引人入胜。如《东方的明珠》原本要写苏州城的刺绣女工，却从购得苏绣《三猫图》的一位日本朋友家中的风波写起；《追赶太阳的人》写一位普通的税务员，却从一幅题为《路》的油画写起，由作者看画时产生的幻

---

[01] 王庆生主编：《中国当代文学（下卷）》，华中师范大学出版社 1999 年版，第 497 页。

觉，将人物从画上引出。著名的《船长》一开头便是悬念设置——中国货船的起航打破了汉堡港一百多年的生活节奏，港口几乎所有的工作人员都下海了，连他们的妻子、孩子也要看热闹。这是为什么？极大地激发了读者的好奇心。作者接着写了一系列戏剧性、跌宕起伏的事件，一气呵成令读者不忍释卷。在塑造人物方面，柯岩重视对人物内心世界的开掘，她写的是"精神的自传、心灵的记录"。她还善于在动态中雕刻人物形象，通过语言、动作、心态多层面地展示人物性格的丰富性与多面性。作者吸收了西方报告文学的写作特点，即善于捕捉人物瞬间动态的描写技巧，同时融入民族化的传统写作手法，在一系列的语言、动作、心态的串联描写中为人物造型，使人物形象具有立体感和动态感。[01]

　　理由的报告文学作品热情奔放、气宇轩昂，充溢着一股阳刚之气，他往往以生动的笔调显示出从容洒脱的气度。理由的报告文学以人物形象见长，其笔下的人物，无论是《扬眉剑出鞘》中的击剑运动员栾菊杰，《高山与平原》中的著名数学家华罗庚，还是《她有多少孩子》中的妇产科专家林巧稚，都是性格鲜明、栩栩如生、亲切生动的。如华罗庚的儒雅与倔强、林巧稚的博爱与童真、栾菊杰的刻苦与坚忍、邓汉光的敏捷与干练。理由之所以能塑造出如此鲜活动人的人物形象，一个重要的原因便在于小说手法的成功运用。理由认为报告文学具有小说的全部特征，因此他在创作中尽力将小说的表现手法运用到报告文学创作中，注重人物性格的刻画和心灵世界的挖掘，塑造出性格鲜明、极具个性的人物形象。如《扬眉剑出鞘》中，作者一开始便为读者勾勒出一个具有江南气质的清秀文静的姑娘，但当她投入比赛中的时候，当她意识到自己是参加决赛的唯一中国运动员时，却立即发出这样的心理誓言："只要能把五星红旗升上去，让我去死我也干。拼，拼了！"其外在的形象气质与内在的坚忍顽强之间形成的鲜明对比，令读者印象深刻。而在《她有多少孩子》中，作者为凸显林巧稚率真直爽的个性，选取了这样一个有意味的细节：林巧稚应邀去中南海怀仁堂参加会议时，竟脱口说出"想不到共产党这样遵守时间，看来可以跟他们走"这样的话，其从不知掩饰自己的外向性格与

[01] 王庆生主编：《中国当代文学（下卷）》，华中师范大学出版社1999年版，第492—493页。

未被时光泯灭的童真便跃然纸上了。这样富有灵性的闪光的细节在理由的作品中十分常见，作者以这样成功的细节描写使笔下人物具有立体感与生命气息。

可以说"新时期"报告文学在发展过程中吸收了诗歌、散文及小说的语言风格及叙事特征，丰富了报告文学的表现技法与手段。除了上述作家将诗歌、小说的写法引入报告文学的创作中之外，还有一些报告文学作品将"日记体"引入创作实践，或通过让笔下人物自述身世的方式，让人物与作者展开直接的交流，产生亲切生动的艺术效果，同时也将报告文学文体的真实性内涵发展到了一个全新的境界。如李秀玲的《足球教练的婚姻》、肖复兴的《海河边的意见小屋》。此外还有一种形式是将自传体形式融入报告文学的写作当中，如罗遇锦的《一个冬天的童话》。这篇作品融自传体小说、抒情散文与报告文学为一体，娓娓道来，向读者倾诉了作者在文化大革命中的个人遭遇，及她所憧憬的理想爱情的幻灭。这些各具特色、性格鲜明的作品，其在艺术结构、表现手法及叙事角度等方面呈现出的多样性，一定程度上打破了长时期以来报告文学只是以时间作为叙事顺序的传统方法，这种艺术技巧的革新使报告文学逐渐摆脱对新闻文体的依赖而走上独立的创作之路 [01]。

"新时期"报告文学在反映"文革"结束以后的社会变迁与历史转折方面，也使这一时期的报告文学蕴藏着极为丰富的社会容量。"新时期"报告文学取得的巨大成就与时代提供的机遇是分不开的。茅盾在1937年就曾经说过："每一个时代产生了它的特性的文学。'报告'是我们这匆忙而多变化的时代产生的特殊的文学样式。读者大众急不可待地要求知道生活在昨天所起的变化，作家迫切地要将社会上最新发生的现象（而这是差不多天天有的）解剖给读者大众看，刊物要有敏锐的时代感——这都是'报告'所以产生而且风靡的原因。"[02] 在新旧交替的巨变时代，报告文学作为时代的报告与记录，得以施展自身文体的特长，从而成为时代的宠儿。"新时期"报告文学抓住了时代的机遇，结束了长期徘徊于新闻与文学之间的边缘地带的

---

[01] 中国社科院文学研究所当代文学研究室主编：《新时期文学六年：1976.10—1982.9》，中国社会科学出版社1985年版，第339页。

[02] 茅盾：《关于"报告文学"》，《中流》1937年第11期。

尴尬局面，摇身一变成为日趋成熟、独立的文学式样，勃兴于当时百花竞艳的文坛。可以说，"新时期"报告文学之所以能在短时期取得巨大的突破，除了在题材选择和表现方法上有充分的自由之外，在思想内容上也表现出了强烈的独立意识。"新时期"报告文学迅速及时地向读者报告了现实生活发生的新变，记录了成长的新人新事，并由记事为主逐渐向写人为主转变，通过塑造鲜活生动的人物形象揭示与凸显时代感强烈的文学主题，在思想性、文学性上均有重大突破。在表达形式上，出现了长、中、短等不同篇幅的大量作品，在诸多写作者的努力下，报告文学出现了全景式、卡片式、系列式、板块式、意识流及蒙太奇等多种手法的综合运用，极大地拓展了报告文学的生活容量与表现空间。

第三节 戏剧探索与话剧观的新变

"新时期"戏剧文学的发展成绩虽不及小说、诗歌创作那样蔚为大观，但也在很短的时间里从文化大革命的阴影中走出，开始了逢勃发展。从 1976 年底至 1980 年初，戏剧创作开始拨乱反正、复归传统：20 世纪 80 年代是实验探索、创新拓展的阶段，现代意识、主体意识及审美意识大大加强，各种创新、实验层出不穷，戏剧发展充满生机、成就卓著。特别是从 20 世纪 80 年代初开始的探索实验戏剧潮流，以全新的戏剧观念和强烈的现代审美意识探索与拓展现代话剧自身的艺术规律，最大限度地开拓话剧自身的表现力，尝试表现多层面、多维度的更为复杂立体的社会与人生，此阶段涌现出大量有深度、有思想，并在艺术上有重要突破与创新的戏剧佳作。

一、"新时期"话剧文学综论

"新时期"戏剧以揭批"四人帮"为契机，出现了一批及时反映时代潮汛的作品，在人民群众中产生了巨大反响。《枫叶红了的时候》独具匠心地用戏剧形式辛辣嘲讽"四人帮"的倒行逆施、众叛亲离；《于无声处》《丹心谱》则是献给人民群众的赞歌，歌颂他们在逆境中的凛然正义与不屈的抗争精神；《曙光》《报童》《秋收霹雳》等将对老一辈无产阶级革命家的赞颂与对历史的反思结合起来，催人深思、发人深省；崔德智的《报春花》抨击了长期以来束缚国人精神枷锁的"血统论"；赵国庆的《救救她》用和《班主任》相似的题材，揭示彼时青少年失足犯罪的社会原因，发出"救救孩子"的振聋发聩的呼声。此外《权与法》《血，总是热的》《灰色王国的黎明》《星光啊，星光》《有这样一个小院》《谎祸》等作品，争先突破题材"禁区"，先后在广泛观众群中引起较大的反响与轰动，酝酿并推动了整个时代的反思。并且，它们之所以在当时产生了某种惊世骇俗的影响，"不仅因为提出并试图回答人们关心的现实问题，而且在于超越了揭批'四人帮'的范畴，带有更多的历史反思成分，反映出剧作家们开始由题材的拓展进入新角度、新层面的开掘"。[01]

借着当时反思历史的创作思潮，涌现出一批以表现"文革"中受迫害的老一辈无产阶级革命家历史功勋为题材的剧作，开先河者为《曙光》，此后陆续出现了《报童》《秋收霹雳》《东进！东进！》《陈毅出山》《西安事变》《朱德将军》《彭大将军》《北上》《平津战役》等作品。这些剧作都从正面描写社会主义革命史上的重大历史及政治、军事事件，写作者自觉地注重还原历史事件及场景的真实性，同时寻求艺术实践上的新突破。话剧《西安事变》《陈毅市长》《彭大将军》等优秀作品，不仅试图还原历史的真实面貌，而且极富现实针对性。随着思想解放运动的深入，话剧创作与当时的报告文学及散文创作一样，在反映领袖及英雄人物时，逐渐出现了注重人物的精神世界与情感活动的倾向，尝试将政治领袖当成普通人来写，突出其生活化、情感化、个人化的方面。

在1980年的"剧本座谈会"之后，"新时期"的戏剧创作开始以稳健的步伐向前发展与拓深。许多剧作家再度回归现实题材，关注对重大社会问题的揭示与批判，相继出现了《血，总是热的》《灰色王国的黎明》《谁是强者》《初春》《为了幸福，干杯》《分忧》《高粱红了》《被控告的人》《大幕已经拉开》《可口可笑》《哥儿们折腾记》《宋指导员的日记》《高山下的花环》等优秀之作。剧作家大胆揭露当时的社会矛盾，创作出一幕幕鲜活的社会问题剧，在社会上也产生了

---

[01] 王庆生主编：《中国当代文学（下卷）》，华中师范大学出版社1999年版，第516页。

轰动效应。《血，总是热的》堪称戏剧领域的"改革文学"，以新颖的艺术构思与表现手法抨击当时阻碍经济领域改革的官僚主义作风及以权谋私的腐败现象。《灰色王国的黎明》被称为"一篇借用戏剧形式的政治论文"，以触目惊心的事实组织戏剧冲突，较有分寸地揭露了当时存在于社会中的某些痼疾。《高山下的花环》则选择"对越自卫反击战"为题材，在谴责党内某些干部的特权意识与官僚作风的同时，塑造了具有新的时代气息的"最可爱的人"。而《张灯结彩》《赵钱孙李》《高粱红了》等反映农村生活的作品，在试图剖析农村社会的问题与矛盾之时，塑造社会主义新农民的精神风貌，在当时产生了积极的社会效应。[01] 话剧创作在它复苏的时候，像它最初出现于中国舞台上时一样，发挥了匕首和投枪的舆论作用，其立意主要在于政治内容上的拨乱反正，抨击刚刚逝去的高压政治统治，呼唤人性的苏醒。尽管它不可避免地带有前一个时期的残余色彩，直接"为政治服务"的痕迹仍然明显，但毕竟呼唤并开启了一个崭新的时代。[02]

高行健堪称"新时期"戏剧探索的第一人，他深受法国现代派戏剧的启迪，用他的小剧场戏剧三部曲《绝对信号》《车站》《野人》，改革了中国传统的话剧舞台，创作了许多优秀的、名噪一时的话剧作品。此外，《十五桩离婚案的调查剖析》《街上流行红裙子》《一个死者对生者的访问》《红房间、白房间、黑房间》《屋外有热流》《挂在墙上的老B》《魔方》《山祭》《WM·我们》等等具有创新性、实验性的戏剧作品相继问世，并出现了刘锦云《狗儿爷涅槃》这样穿透历史时空和人的精神层面的力作。著名导演黄佐临长期倡导的"写意戏剧"露出端倪，其最佳体现一是他本人导演的《中国梦》，二是徐晓钟导演的《桑树坪纪事》。随着这些剧作家的努力探索与实践，20世纪80年代的话剧的舞台形式变得异彩纷呈、光怪陆离。仔细分析其中的风格、流派成分，似乎大都染有某种西方现代派戏剧的色彩，但又绝不类同，大多获得了很大的反响。同时，继承曹禺、老舍传统的写实剧仍然在延续，如《黑色的石头》《天下第一楼》都通过运用传统手法取得成功[03]。

---

[01] 王庆生主编：《中国当代文学（下卷）》，华中师范大学出版社1999年版，第518页。

[02] 廖奔：《新时期戏剧30年轨迹》，《中国戏剧》2008年第5期。

[03] 廖奔：《新时期戏剧30年轨迹》，《中国戏剧》2008年第5期。

对这一时段的戏剧探索，可以做如下描述：在意义表达上重新回归人本原点，强调对人性的关注与瞩目，在对人性本质的揭示中融入对其社会性的描写，追寻对人的生存价值和意义的探求，追求主题的诗意和哲理性；剧作家主体意识得到确立并不断强化；在舞台表达上充分恢复戏剧的假定性和虚拟性，强调写意性和抒情性，舞台呈现开放与多元的面貌，象征、隐喻、荒诞、变形等手段的尝试，自由时空、散文化、意识流等方法的运用，对于展现和揭示人的内心世界与真实情感，起到强有力的作用。这些共同构成了这一时期戏剧的整体文化品格与艺术价值。[01]

此时的剧作家不再满足于简单、直白地揭露与展示某些社会问题，而尝试将笔触伸向社会肌体的纵深处，去发掘与透视社会、文化、历史的深层内涵，从而试图唤起观众更为深刻的哲学思考。1982 年马中骏等人编剧的《屋外有热流》与高行健的《绝对信号》《车站》是当时影响较大的探索剧。《屋外有热流》以超现实的象征手法，将屋内、屋外的世界看作截然对立的世界，构成鲜明的对比，而死者的自我牺牲的崇高与生者的卑劣、自私、无聊之间亦构成一组意蕴鲜明的对比。在这样黑白两立、截然有别的二元对立中，写作者的创作初衷得以强化并在艺术探索上得到突破。《一个死者对生者的访问》则是将一桩见义勇为的事件做了艺术化的处理，借助荒诞的形式，通过不幸蒙难的死者对生者的逐一访问，剖析现代人别样的麻木、冷漠的灵魂，"写出人与人灵魂的碰撞"。《我为什么死了》讲述的是一位天真、纯洁、乐观的青年女子被"四人帮"迫害致死的故事，剧作者让她的鬼魂出现在舞台上嬉笑怒骂，为所欲为，以表现作者对"四人帮"罪恶的无比愤慨，于是，现实的真实被心灵的真实所代替。可以说，《屋外有热流》《一个死者对生者的访问》《我为什么死了》等作品都用了类似"亡灵叙事"的前卫手法，对原本并不鲜见的社会题材重新叙述。高行健的处女作《绝对信号》描写一列货车上的五个人物，挽救将要失足的知识青年黑子及与劫车暴徒进行斗争的故事。该剧不重视人物间的戏剧冲突场景的展示，而是致力于人物内心刻画，让人物在现实、梦幻、追忆的交融混淆中陷入紧张的心理活

---

[01] 廖奔：《新时期戏剧 30 年轨迹》，《中国戏剧》2008 年第 5 期。

动，将人物内心活动转变为可观、可听、可感的舞台形象。可以说现实真实在高行健的剧本世界中只是一个契机或一个媒介，它的作用是引发出人物绵延不绝和纷繁复杂的内心活动。[01]

由此可以说，这一批探索戏剧都不再满足于肤浅地展示与现实直接相关的社会内容，不再注重题材的外在价值，而是越来越意识到主体意识的重要性，他们力求通过自己独特的思维方式、独特的生活感受和独特的审美观念去能动地表现心灵的真实。在广泛借鉴西方现代主义的象征主义、表现主义、意识流、超现实主义等多种手法的基础上，将内心世界的矛盾冲突直接转化为舞台形象，以独特的审美方式尝试恢复话剧文学创作的独立品格。这些作品在当时都取得了较大的社会反响，体现了现实主义戏剧的新发展。其余像刘树纲编剧的《十五桩离婚案的调查剖析》、费明编剧的《初恋时，我们不懂爱情》、李杰编剧的《古塔街》等，都是在现实主义的基础上广泛吸收、借鉴彼时风行的西方现代主义戏剧艺术技巧的作品。随着戏剧形式探索的深入，此时的话剧创作逐渐出现了某种多元化的趋势。早在 20 世纪 60 年代，黄佐临先生就著文指出，当今世界主要存在两种戏剧观，即造成生活幻觉的戏剧观和破除幻觉的戏剧观，或者可以称为写实的戏剧观和写意的戏剧观。但是，出于历史的原因，中华人民共和国成立十年来几乎是一边倒地学习以斯坦尼斯拉夫斯基为代表的写实的戏剧观，而对主张写意的布莱希特、梅特林克等不仅很少介绍，而且视为异端进行排斥，从而束缚和限制了剧作家发挥创造力、想象力，导致了戏剧结构的单调、贫乏。到了 80 年代，随着各方面条件的成熟（人们观念更新、思想活跃、主体意识增强、译介水平提高等），有关戏剧观的讨论才得以深入广泛地展开。而讨论的结果之一，就是许多剧作家将他们学习、借鉴的重心从斯坦尼斯拉夫斯基转向了布莱希特。[02] 表现在创作领域中，此一阶段首先是写实性话剧在稳步前进的同时尝试形式探索与突破。其中有部分作品犹如风俗小说的戏剧版，充满了醇厚的地域风情，如苏叔阳的《左邻右舍》、李云龙的《小井胡同》、何冀平的《天下第一楼》以古都北京为背景，充满了浓郁的京味；李杰的《田野又是青纱帐》、郝国忱的《榆树屯风情》则充满

[01] 曾艳兵：《新时期戏剧结构的转换与变形》，《人文杂志》1995 年第 4 期。
[02] 同 [01]。

关东风情。其次是写意类话剧也逐渐获得观众的青睐，出现了一系列有影响力的作品。著名导演黄佐临长期倡导写意戏剧，他本人导演的《中国梦》与徐晓钟导演的《桑树坪纪事》便是其中的优秀之作。[01]

二、"新时期"话剧题材领域的拓展

"新时期"话剧在题材上的拓展是多方面的。在题材上首先取得突破性成就的是白桦的《曙光》，这是新时期戏剧中第一次描写贺龙同志与"左"倾机会主义路线斗争的作品。这部剧作的出炉，为描写无产阶级革命家这一题材开了先河，从而突破了一个长期被封闭的禁区。到中华人民共和国成立三十周年献礼演出时，在 63 个获奖话剧中，关于老一辈无产阶级革命家的剧目就有 18 个之多。除《曙光》外，还有《陈毅出山》《报童》《西安事变》《东进！东进！》《滚滚的黄河》《秋收霹雳》《朱德将军》《回师北上》《八一风暴》等等。1980 年以后，又出现了《陈毅市长》《彭大将军》《北上》《平津战役》等。歌颂老一辈无产阶级革命家的戏剧创作出现如此繁盛的状况，在中国戏剧史上可谓规模空前。这些剧作通常摒弃了惯常的拔高领袖人物、对其顶礼膜拜式的写法，而尝试展示他们生活化的一面。如沙叶新的《陈毅市长》，就塑造了一个多侧面的、鲜活立体的艺术形象。他妙语连珠、诙谐风趣，同化学家齐仰之大谈"共产党人的化学"，以"老板"身份同资本家傅一乐的夫人谈贝多芬的交响乐，在轻松活泼的氛围中展现出一个杰出的政治家的超凡魅力及平易近人、和蔼可亲的性格特征。

随着 1978 年中共十一届三中全会的召开，党的工作重点逐渐转移到经济建设及社会主义建设的轨道上来。剧作家也开始将笔触伸向日益丰富多元的社会生活，以期表现出社会转型期日益丰富的生活场景与错综复杂的矛盾斗争。崔德志的《报春花》是其中的代表作，这个剧本围绕"劳模"人选问题在一个普通纺织厂引起的风波，抨击极"左"思潮对社会及人性的腐蚀。作品通过一个普通女工的命运提出一个尖锐的社会问题：评价一个人，树立一个劳动模范，究竟是看他对国家、社会做出的贡献，还是看家庭、出身和血统？青年男女之间

[01] 曾艳兵：《新时期戏剧结构的转换与变形》，《人文杂志》1995 年第 4 期。

的爱情，是应该建立在相互之间的理解与吸引的基础上，还是要依靠家庭出身来权衡定夺？[01] 陈荒煤对此剧的评价是："肃清'唯成分论'及林彪、'四人帮'反动的'血统论'的流毒，正确执行党的'重在表现'的政策，是一个解放生产力的大问题。《报春花》揭示了这一个矛盾，提出了广大人民普遍关心的一个迫切需要解决的社会问题，这还是我国戏剧创作中从来没有表现过的题材和主题。"[02] 此外，崔德志还创作了一系列以工人为主人公的反映工业改革的作品，如《刘莲英》《生活的赞歌》《春之歌》等等。赵梓雄的《未来在召唤》则取材于"新时期"工业战线上的思想解放斗争，通过两个同样经历了文化大革命的老干部在"新时期""复出"以后的不同选择，剧本着重表现了发生在"新时期"党的领导干部之间两种对立的思想斗争，在当时产生了积极的社会效应。

1978 年，文艺界曾就冲破文革"禁区"，正确面对爱情描写展开相关讨论。此后，文学界逐渐出现了《约会》《大燕和小燕》《爱情的浪花》《"炮兵司令"的儿子》《原子与爱情》《天山深处》《明月初照人》等正面描写爱情的作品。艾长绪的《爱情之歌》以明确的是非观念与对爱情生活生动健康的描写，在当时的青年当中引起强烈的反响。李斌魁的《天山深处》则通过以献身边防事业的副营长郑志桐为代表的先进青年的动人事迹，写他们的理想与爱情之间的冲突。他们渴望爱情，但最终选择为理想而献身。还有一部分关于青年的作品以部分青年的失足犯罪作为描写的主题，探讨如何挽救、教育失足青年这一严峻的社会问题，代表作有《救救她》《民警家的"贼"》《姑娘，跟我走》《假如我是真的》等等。

军事题材的戏剧在题材和主题方面均有重大突破，发轫之作是冠潮的《向前向前》和漠雁的《宋指导员的日记》。《向前向前》通过两种不同训练方法之间的矛盾，揭示了僵化保守的陈旧思想与国防现代化之间的冲突，并大胆反映了某些高级军事干部与中下级干部之间的思想分歧，从另一个侧面触及了"新时期"社会生活中的重大矛盾。青年题材的剧目取得的成绩在"新时期"十分引人注目，尤其是在爱

---

[01] 中国社科院文学研究所当代文学研究室主编：《新时期文学六年：1976.10—1982.9》，中国社会科学出版社 1985 年版，第 348—349 页。

[02] 陈荒煤：《关于〈报春花〉的一封信》，《剧本》1979 年第 11 期。

情描写方面突破了曾经的"禁区"。

"新时期"戏剧在形式上勇于创新的同时，在内容与主题上积极介入现实，将各种社会问题纳入创作的视野中，创作了大量极具现实针对性的"社会问题剧"。诸如《权与法》《血，总是热的》《灰色王国的黎明》《为了幸福，干杯！》《初春》《分忧》《重任》《路》《高粱红了》《赵钱孙李》《可口可笑》《哥儿们折腾记》等等。这些"剧作往往从题材的多样性和广泛性中体现出主题的尖锐性和深刻性。另外，广大具有社会责任感的剧作家，在复杂、尖锐的社会矛盾面前，既没有回避矛盾，粉饰现实，也没有因为厌恶社会的阴暗面便失去分寸感，把社会的面目涂得一片漆黑。他们运用唯物辩证法来观察社会，在作品中揭露社会弊端既不手软，同时又使人看到光明和希望，增强改造社会的勇气和信心"。[01]

三、"新时期"话剧艺术的创新与理论探索

艺术形式不仅是一种创作方法、一种艺术现象，更是人类体验、理解、解释世界的一种方式。现实被叙述形式加以整理和简化，按一定的原则固定了下来，不同的叙述形式是与不同的现实相适应的。在《戏剧——从易卜生到布莱希特》一文中，威廉姆斯指出：欧洲戏剧文体从"自然主义"向"表现主义"的突变，标志着一系列体现特殊情感结构的戏剧惯例、一系列公认的感知和反映现实的方式的崩溃。[02] 在"新时期"巨变的社会及文化环境中，戏剧工作者们深切地感受到时代与观众对戏剧新的审美需求，戏剧文体作为一种范式是社会精神结构的表征，自然会随着时代的巨变而产生变革需求。当时戏剧界对西方现代戏剧的大量译介，又使人们在世界戏剧的广阔视野中对彼时占据文坛主流的现实主义戏剧有了新的认识。尤其是奥尼尔、梅耶荷德、布莱希特等世界现实主义戏剧在 20 世纪以来的新发展，以及苏联文艺界关于"社会主义现实主义开放体系"的讨论，给予中国剧作家深刻的启示，一定程度上促进了戏剧艺术的变革。

[01] 中国社科院文学研究所当代文学研究室主编：《新时期文学六年：1976.10—1982.9》，中国社会科学出版社 1985 年版，第 355 页。
[02] 徐震：《启蒙？抑或审美？——新时期戏剧发展道路之反思》，《戏剧（中央戏剧学院学报）》2012 年第 4 期。

我国新时期戏剧结构的转换与变形主要表现在以下方面：

首先，戏剧结构从单一走向多元。独特的生活发现与艺术追求，需要由独特的戏剧结构去表现。剧作家们开始有意打破传统戏剧结构的整一性，戏剧结构也就出现了零散性、开放性、无序性、未完成性等特征，其具体结构形式有蒙太奇式结构、散点透视式结构、评点组合式结构、情绪式结构等。

中国新时期戏剧结构的变革是以谢民的独幕剧《我为什么死了》和马中骏、贾鸿源、瞿新华的哲理短剧《屋外有热流》为标志的。此后，戏剧结构朝着更为开放与多元的方向发展。马中骏、秦培春的《红房间、白房间、黑房间》采用了较为灵活的散点透视式结构，全剧由三条戏剧线索组成，三条线平行发展，之间没有因果联系，就像剧中三个色调不同而又相互隔离的房间。全剧既无集中的情节冲突，也无主要人物、次要人物的划分，作者仿佛是随意截取了一段生活现实的片段，不加雕饰地展示出当代城市生活面貌。这种散点透视式结构，类似于西方的意识流写作，这是对自然生活的自然记录，是将昔日的戏剧的真实还原于现实的真实。刘树纲采用全方位视点的结构完成了他的代表作《一个死者对生者的访问》，该剧通过死者逐一访问生者的荒诞故事，引出当代社会各种人物的众生相，从而聚焦光怪陆离的社会现实。该剧运用了拼凑技法，即"把音乐、歌唱、舞蹈、造型等多种手段融汇在一个戏里，甚至用戴面具来表演人物"。《血，总是热的》采用倒叙、闪回、交错等手法，形成蒙太奇式结构，变传统的纵向结构为横向结构，使社会场景像生活本身那样得以自然流动的呈现，情节组织松散、跳跃却不乏近距离，从而在十分宽广的时代环境中揭示了社会主题。《魔方》则以九个相互之间并无联系的小品，借助节目主持人的即兴点评连缀而成一种独辟蹊径的组合式结构。结构便是一只魔方，它色彩缤纷，不停地旋转，每一方之间没有逻辑上的必然联系，一切全凭节目主持人的即兴评点来分割转换。高行健的代表作《野人》被称作多声部与复调戏剧，作者自己声明："本剧将几个不同的主题交织在一起，构成一种复调，又时而和谐或不和谐地重迭在一起，形成某种对立。"此外，当代戏剧还从布莱希特的"叙述体戏剧"中受到启示，在剧作中引入叙述成分，形成以叙述贯穿全剧的小说式结构。如《狗儿爷涅槃》中，全剧由主要人物的独白来组织和展开情节，反映主人公的狭隘、自私、保守，其浓重的小农意识与对土地的眷恋，都在喋喋不休的独白过程中外化为富有戏剧性的舞台场面，使观众在这个饱经忧患的中国农民身上，清晰见证时代的变迁。[01]

其次，艺术手法逐渐多样化。由于审美意识的强化，剧作家对传统的写实手法进行改造的同时，将西方现代派戏剧中的荒诞、象征、夸张等抽象变形手法统统"拿来"，为我所用。

话剧的舞台形式变得不再统一、单调，而是异彩纷呈、五花八门、百家争鸣。正是贝克特等的荒诞戏剧、布莱希特的叙事戏剧、格洛托夫斯基的贫困戏剧、阿尔托的残酷戏剧，以及存在主义、象征主义、表现主义等戏剧及其理论的译介，尤其是各流派剧作家向传统挑战的反叛精神、弘扬个性的自我意识和对艺术创新的执着探索，对中国剧作家产生了强烈的刺激效应。

新时期戏剧对西方荒诞派戏剧的模仿与借鉴形成了一股潮流，产生了一大批有影响力的作品。荒诞派是第二次世界大战后在法国巴黎产生的一种戏剧流派，在 20 世纪五六十年代的西方剧坛盛行一时。1969 年荒诞派戏剧大师贝克特荣获诺贝尔文学奖，1970 年荒诞派戏剧的另一位主要作家尤奈斯库成为法兰西院士。在我国，1977 年朱虹撰写了长文《荒诞派戏剧述评》评介荒诞派戏剧，1980 年上海译文出版社出版了《荒诞派戏剧集》，1983 年人民文学出版社又出了一册《荒诞派戏剧选》。"新时期"探索戏剧的主将之一高行健 1962 年毕业于北京外国语学院法语系，80 年代初他曾评介过荒诞派戏剧，并翻译了尤奈斯库的荒诞名剧《秃头歌女》等，且模仿贝克特的名剧《等待戈多》创作了他的著名荒诞剧《车站》。一大批具有荒诞特色与品味的戏剧涌现出来：《我为什么死了》《一个死者对生者的访问》《狗儿爷涅槃》《挂在墙上的老 B》《寻找男子汉》《潘金莲》等等。[02]

虽然"新时期"戏剧在"欧风美雨"的浸染之下形成了主要的风格、流派，但并没有"全盘西化"。在向西方吸收、借鉴的同时，曹禺、老舍传统的写实剧仍然在延续，如《黑色的石头》《天下第一楼》等剧都是运用传统手法取得舞台成功的典范，而《桑树坪纪事》则将

[01] 王庆生主编：《中国当代文学（下卷）》，华中师范大学出版社 1999 年版，第 523—524 页。
[02] 曾艳兵：《新时期戏剧结构的转换与变形》，《人文杂志》1995 年第 4 期。

戏曲的写意与象征主义手法成功地融为一体，配之以歌舞，收到很好的艺术效果。

"新时期"戏剧艺术的繁荣发展一定程度上得益于戏剧论争的发展与戏剧理论的不断深入。从 1980 年召开全国戏曲剧目工作座谈会开始，1981 年开始全国话剧、戏曲、歌剧优秀剧本评奖并召开全国儿童剧创作座谈会，1982 年先后召开戏剧创作座谈会、军事题材戏剧创作座谈会、全国戏剧创作题材规划座谈会、全国戏剧评论与戏剧期刊工作座谈会，1984 年召开全国少数民族题材戏剧创作座谈会和举办全国现代题材戏曲、话剧、歌剧观摩演出，1987 年开始举办"中国艺术节"，1988 年开始举办"中国戏剧节"，1989 年举办小剧场戏剧节，以及 1981 年、1984 年、1988 年先后召开全国歌剧座谈会，等等，都在不同程度上为戏剧的发展注入活力。同时，"新时期"以来，与世界各国戏剧交流的机会逐渐增多，中国莎士比亚戏剧节暨学术研讨会、奥尼尔戏剧艺术研讨会、布莱希特学术讨论会成功举办，也为戏剧发展提供了丰富的艺术借鉴。对这时期戏剧思潮和戏剧运动的发展产生了更深刻影响的，是因为消费社会及影视传媒业的发达而造成的，日见严重的戏剧危机，其迫使剧作家进行反思，从而在戏剧界广泛展开了关于"戏剧观"的论争。尤其是话剧界，这种危机感更为强烈，其反思就更为痛切，论争也就更为激烈。[01]

1981 年，上海戏剧学院的陈恭敏先生在《剧本》杂志发表了一篇文章《戏剧观念问题》，旧话重提，他提及 1964 年上海导演黄佐临先生参加在广州举办的全国话剧、歌剧创作座谈会时的一篇谈戏剧观的发言。黄佐临先生的发言，以一个导演艺术家对戏剧舞台的表现方式的理解，提出并简要分析了斯坦尼斯拉夫斯基、布莱希特和梅兰芳分别代表的戏剧文化在舞台艺术创造中选择的各自的立足点，目的是突破狭隘的戏剧观，放胆尝试多种多样的戏剧手段，创造民族的演剧体系。陈恭敏先生旧话重提的目的，是引出他对当时戏剧发展状况的判断和思考。他指出："话剧在形式方面的探索，就显得拘谨多了。重要的原因在于我们对话剧的战斗传统缺乏一分为二的科学分析。剧

---

[01] 吴戈：《中国内地新时期戏剧观念论争与理论建设（上）》，《云南艺术学院学报》2010 年第 2 期。

作思想僵化、保守，不敢大胆创新，缺乏实验性探索。"[01] 一大批理论界人士参加了热烈讨论，代表如高行健、徐晓钟、胡伟民、王贵、林克欢、童道明、孙惠柱、谭霈生、杜清源、康洪兴、高鉴、马也、胡妙胜、薛殿杰等。而且，范围逐渐扩大，形成了一个全国性的剧坛热门话题。1986 年 7 月和 1988 年 9 月，中国戏剧出版社分别出版了《戏剧观争鸣集（一）》和《戏剧观争鸣集（二）》，共收录 52 篇文章。这些文章可以大致分为这样代表性的四类：第一类是通过体系描述、中西比较来说明不同戏剧间接导致不同戏剧处理生活原则的观念探讨，如黄佐临的《漫谈"戏剧观"》，陈恭敏的《戏剧观念问题》《当代戏剧观的新变化》，乔德文的《中西悲剧观探异》，孙惠柱的《三大戏剧体系探源》；第二类是对戏剧总体看法的探究，如丁扬中的《谈戏剧观的突破》，童道明的《也谈戏剧观》《我主张戏剧观念的多样化》，杜清源的《"戏剧观"的由来和争论》，高鉴的《戏剧文化的整体生存模式》；第三类是通过戏剧实践、戏剧活动的具体问题来表述对戏剧观念问题的思考，如高行健的《论戏剧观》《要什么样的戏剧》，徐晓钟的《在自己的形式中赋予自己的观念》，胡伟民的《话剧艺术革新浪潮的实质》，王贵的《戏剧·向前看》，丁一三的《"自由体戏剧"探讨》，熊源伟的《从观众的剧场意识谈戏剧形式的创新》，魏汝民的《琐议"观众学"》，姜吾民的《试论"观众学"研究之范围》，王东局的《论戏剧的隐和显》，应群的《话剧创新思潮初探》；第四类是戏剧观探讨当中就一些理论概念、认知角度分歧而产生的争鸣，如马也的《戏曲的实质是"写意"或"破除生活幻觉"的吗？——就"戏剧观"问题与佐临同志商榷》《理论的迷途与戏剧的危机——对当代话剧的思考》，谭霈生的《〈当代戏剧观念的新变化〉质疑》，曲六乙的《"反传统"不可能有真正的超越——与蓝纪先同志商榷》。论文集以外的讨论文章还有不少，如高行健 1983 年在《随笔》上连续发表的 6 篇《现代戏剧手段初探》，谭霈生的《清除戏剧中的庸俗社会学》《还戏剧以自身品格》《话剧十年——"人学"的深化与困顿》，吴戈的《论新时期戏剧观念的变化》《戏剧观种种及其他——新时期戏剧观念讨论的综述及思考》《戏剧危机与文化尴尬》《戏剧危机的三

---

[01] 吴戈：《中国内地新时期戏剧观念论争与理论建设（上）》，《云南艺术学院学报》2010 年第 2 期。

种尴尬》《历史遗症·文化选择与戏剧困顿》《生存与发展：一个困扰戏剧的主题》，高行健的《对一种现代戏剧的追求》。[01]

关于戏剧观的讨论牵涉到的问题十分广泛，戏剧艺术家、理论家不仅从戏剧艺术本身，即剧本创作、导演、表演、舞台设计、戏剧理论、戏剧发展史等内容，而且从美学、哲学、心理学及不同艺术门类等角度研究戏剧问题。论争对话剧发展的影响，主要表现为话剧的探索和现实主义话剧的深化。对于剧作家的创作而言，论争一定程度上活跃了剧作家的思想，开阔了他们的艺术视野，从而不断开拓戏剧表现生活的无限可能性，使话剧艺术进入探索的新时期。[02] 1981 年前后崛起的探索话剧，是"新时期"话剧从封闭走向开放的突出标志。很明显，西方现代戏剧在"新时期"的广泛译介，给探索话剧以直接动力。正是贝克特等的荒诞戏剧、布莱希特的叙事戏剧、格洛托夫斯基的贫困戏剧、阿尔托的残酷戏剧，以及存在主义、象征主义、表现主义等戏剧及其理论的译介，尤其是各流派剧作家向传统挑战的反叛精神、弘扬个性的自我意识和对艺术创新的执着探索，对中国剧作家产生了极为强烈的刺激效应。论争的深入一定程度上也刺激了戏剧理论的发展，1983 年，在全国戏剧理论成果评奖中产生了三本理论成果：谭霈生的《论戏剧性》（北京大学出版社，1981）、田本相的《曹禺剧作论》（中国戏剧出版社，1981）、余秋雨的《戏剧理论史稿》（上海文艺出版社，1983），它们分别代表了理论历史梳理、戏剧欣赏精要和剧作家研究三个方面。[03]

四、"新时期"戏曲艺术的发展与新变

时代大潮推动着戏剧的进步，与话剧创作的情况相似，戏剧舞台上亦是新作层出不穷、琳琅满目，剧作者的创作积极性的极度高涨，使戏曲出现了复兴繁荣的局面。改编传统戏如豫剧《唐知县审诰命》，莆仙戏《状元与乞丐》，楚剧《狱卒评冤》，昆曲《牡丹亭》《西厢记》，越剧《荆钗记》，等等；新编古代戏如越剧《五女拜寿》、高甲戏《凤

[01] 吴戈：《中国内地新时期戏剧观念论争与理论建设（上）》，《云南艺术学院学报》2010 年第 2 期。

[02] 王庆生主编：《中国当代文学（下卷）》，华中师范大学出版社 1999 年版，第 519 页、520 页。

[03] 同 [01]。

冠梦》、吉剧《三放参姑娘》、湖南花鼓戏《喜脉案》、京剧《徐九经升官记》、潮剧《袁崇焕》、壮剧《金花银花》、昆曲《南唐遗事》等；近现代内容戏如柳琴戏《小燕和大燕》，湖南花鼓戏《八品官》《牛多喜坐轿》《嘻队长》，豫剧《倒霉大叔的婚事》，商洛花鼓戏《六斤县长》，淮剧《奇婚记》，京剧《药王庙传奇》，等等，都取得了成功的舞台效应。

与 20 世纪五六十年代戏曲剧坛一个明显的不同是，"新时期"新创剧目占有明显的优势，越来越多的作者把创作而不是改编当作首选目标。一些古老剧种焕发出青春创造力，例如福建的莆仙戏和梨园戏、四川的川剧，涌现出深具现代意识的创作群体，推出众多具有时代思考力的剧目，如《新亭泪》《秋风辞》《魂断燕山》《晋宫寒月》《滕玉公主》《鸭子丑小传》等；《巴山秀才》《易胆大》《四姑娘》《变脸》《死水微澜》等，则以一部连一部的新创剧目构成一个系列，并创造性地将自身丰富的表演程式与现代舞台技术焊接，顺利实现了古老传统的现代转换，共同推动着戏曲的时代步伐。虽然取得巨大的进步，但相对于话剧来说，戏曲的舞台变迁仍慢了一个节拍，在一个较长时段里一直给人以落后于时代之感。在社会潮流的影响下，在话剧舞台的刺激下，戏曲的舞台探索谨慎而迟疑。一些有影响力的导演的探索逐渐引起人们的注意，戏曲导演余笑予、胡伟民等，都在努力打破戏曲舞台的旧有平衡支点。无论人们对之评价如何，下列一批剧目的观念与舞台形式都曾引起人们的极大兴趣：川剧《潘金莲》、壮剧《泥马泪》、川剧《四川好人》、湘剧《山鬼》、川剧《田姐与庄周》、淮剧《洪荒大裂变》等。初时的戏曲舞台形式改变还比较"隔"，给人的艺术感觉总与"拼凑"相连，但经过一个时段的过渡以后，舞台成熟感增强，成功的作品就被推出了，例如上海京剧院的《曹操与杨修》、北京京剧院的《甲申祭》，都给人以比较完美的舞台形式感。[01]

综观新时期的戏剧创作，一个非常显著的特点便是剧作家主体意识的确立与强化，他们博采众长，传统戏曲文化和西方各种戏剧流派都成为他们学习借鉴的对象，他们尽力拓展与丰富戏剧艺术的表现力与感染力，恢复戏剧尤其是话剧创作的独立品格与文化意识。这体现

---

[01] 廖奔：《新时期戏剧 30 年轨迹》，《中国戏剧》2008 年第 5 期。

在一批中青年剧作家的创作中，他们锐意进取、不断革新，按照自己的美学旨趣与哲学思考考察社会生活，多向度地思考与把握历史和现实，创作出内蕴丰富、个性鲜明的优秀剧本。其中以探索剧为代表的话剧创作，对当代话剧创作现代性转型做出了突出贡献。但在探索过程中也出现了一些在所难免的失误，如在内容与形式的关系上，强调形式而一定程度上忽视了内容；在形式革新上取得重大突破的同时，矫枉过正地走向另一个极端；在传统与革新的关系上，在大胆借鉴西方现代派戏剧艺术的表现手法时，一定程度上忽视了中国传统的戏剧法则、手法的继承与吸收。[01]

（第三章　王冰冰编撰）

[01] 王庆生主编：《中国当代文学（下卷）》，华中师范大学出版社 1999 年版，第 524—525 页。

参考文献

[1] 爱德华·W.萨义德.知识分子论[M].单德兴，译.北京：生活·读书·新知三联书店，2002.

[2] 爱德华·W.萨义德.东方学[M].王宇根，译.北京：生活·读书·新知三联书店，1999.

[3] 安德鲁·本尼特，尼古拉·罗伊尔.关键词：文学、批评与理论导论[M].汪正龙，李永新，译.桂林：广西师范大学出版社，2007.

[4] 巴赫金.巴赫金全集[M].石家庄：河北教育出版社，2009.

[5] 保罗·康纳顿.社会如何记忆[M].纳日碧力戈，译.上海：上海人民出版社，2000.

[6] 北岛，李陀.七十年代[M].北京：生活·读书·新知三联书店，2009.

[7] 本·海默尔.日常生活与文化理论导论[M].北京：商务印书馆，2008.

[8] 柄谷行人.日本现代文学的起源[M].赵京华，译.北京：生活·读书·新知三联书店，2006.

[9] 薄一波.若干重大决策与事件的回顾[M].北京：中共中央党校出版社，1991.

[10] C.赖特·米尔斯.社会学的想象力[M].陈强，陈永强，译.北京：生活·读书·新知三联书店，2005.

[11] 蔡翔.革命/叙述：中国社会主义文学——文化想象(1949—1966)[M].北京：北京大学出版社，2010.

[12] 曹文轩.中国八十年代文学现象研究[M].北京：北京大学出版社，

1988.

[13]陈国球.文学史的书写形态与文化政治[M].北京：北京大学出版社，
　　2005.

[14]陈建华.革命的现代性：中国革命话语考论[M].上海：上海古籍出版
　　社，2000.

[15]陈美兰.文学思潮与当代小说[M].武汉：武汉大学出版社，1994.

[16]陈平原.文学史的形成与建构[M].桂林：广西教育出版社，1999.

[17]陈思和.笔走龙蛇[M].济南：山东友谊出版社，1997.

[18]陈思和.中国新文学整体观[M].上海：上海文艺出版社，1987.

[19]陈思和.中国当代文学史教程[M].上海：复旦大学出版社，1999.

[20]陈顺馨.1962：夹缝中的生存[M].济南：山东教育出版社，2002.

[21]陈为人.唐达成文坛风雨五十年[M].香港：香港溪流出版社，2005.

[22]陈晓明.表意的焦虑[M].北京：中央编译出版社，2003.

[23]陈晓明.现代性与中国当代文学转型[M].昆明：云南人民出版社，
　　2003.

[24]陈映芳."青年"与中国的社会变迁[M].北京：社会科学文献出版社，
　　2007.

[25]陈映芳.在角色与非角色之间——中国的青年文化[M].南京：江苏人
　　民出版社，2002.

[26]程光炜.重返八十年代[M].北京：北京大学出版社，2009.

[27]程光炜.当代文学的"历史化"[M].北京：北京大学出版社，2011.

[28]程光炜.文学讲稿："八十年代"作为方法[M].北京：北京大学出版社，
　　2009.

[29]程光炜.文学史的多重面孔[M].北京：北京大学出版社，2009.

[30]程光炜.文学想像与文学国家——中国当代文学研究(1949—1976)[M].
　　开封：河南大学出版社，2005.

[31]戴维·E.阿普特.现代化的政治[M].上海：上海人民出版社，2011.

[32]德里克.后革命氛围[M].北京：中国社会科学出版社，1999.

[33]邓小平.邓小平文选[M].北京：人民出版社，1983.

[34]董之林.旧梦新知[M].桂林：广西师范大学出版社，2004.

[35]董之林.热风时节——当代中国"十七年"小说史论(1949—1966)[M].
　　上海：上海书店出版社，2008.

[36] 董之林.追忆燃情岁月[M].长沙：湖南人民出版社，2001.

[37] 杜赞奇.从民族国家拯救历史——民族主义话语与中国现代史研究[M].北京：中国社会科学文献出版社，2003.

[38] 恩斯特·卡西尔.人论[M].上海：上海译文出版社，1985.

[39] 佛克马，蚁布思.文学研究与文化参与[M].北京：北京大学出版社，1996.

[40] 弗雷德里克·杰姆逊.批评理论和叙事阐释[M].北京：中国人民大学出版社，2004.

[41] 杰姆逊.晚期资本主义的文化逻辑[M].北京：生活·读书·新知三联书店，1997.

[42] 杰姆逊.政治无意识[M].北京：中国社会科学出版社，1999.

[43] 甘阳.八十年代文化意识[M].上海：上海人民出版社，2006.

[44] 高秀芹.文学的中国城乡[M].西安：陕西人民教育出版社，2002.

[45] 沟口雄三.作为方法的中国[M].孙军悦，译.北京：生活·读书·新知三联书店，2011.

[46] 顾洪章.中国知识青年上山下乡始末[M].北京：人民日报出版社，2009.

[47] 郭小冬.中国叙事：中国知青文学[M].广州：花城出版社，2005.

[48] 何言宏.中国书写——当代知识分子写作与现代性问题[M].北京：中央编译出版社，2002.

[49] 韩毓海.锁链上的花环——启蒙主义文学在中国[M].北京：时代文艺出版社，1993.

[50] 何新.艺术现象的符号——文化学阐释[M].北京：人民文学出版社，1987.

[51] 贺桂梅.八十年代文学与五四传统[D].北京：北京大学博士学位论文，2000.

[52] 贺桂梅.“新启蒙”知识档案[M].北京：北京大学出版社，2010.

[53] 贺桂梅.转折的时代：40—50年代作家研究[M].济南：山东教育出版社，2003.

[54] 亨利·勒菲弗.空间与政治[M].上海：上海人民出版社，2008.

[55] 洪子诚.百花时代[M].济南：山东教育出版社，1998.

[56] 洪子诚.当代文学的概念[M].北京：北京大学出版社，2011.

[57] 洪子诚. 当代中国文学的艺术问题 [M]. 北京：北京大学出版社，2011.

[58] 洪子诚. 作家姿态与自我意识 [M]. 西安：陕西人民教育出版社，1998.

[59] 洪子诚. 中国当代文学史 [M]. 北京：北京大学出版社，1999.

[60] 洪子诚. 二十世纪中国小说理论资料：第五卷 [M]. 北京：北京大学出版社，1997.

[61] 洪子诚. 问题与方法 [M]. 北京：生活·读书·新知三联书店，2002.

[62] 洪子诚. 我的阅读史 [M]. 北京：北京大学出版社，2011.

[63] 华莱士·马丁. 当代叙事学 [M]. 北京：北京大学出版社，1990.

[64] 黄发有. 准个体时代的写作 [M]. 上海：上海三联书店，2002.

[65] 黄曼君. 中国 20 世纪文学理论批评史 [M]. 北京：中国文联出版社，2002.

[66] 黄子平. "灰阑"中的叙述 [M]. 上海：上海文艺出版社，2001.

[67] 黄子平. 沉思的老树的精灵 [M]. 杭州：浙江文艺出版社，1986.

[68] 黄子平. 幸存者的文学 [M]. 北京：远流出版公司，1991.

[69] 霍布斯鲍姆. 极端的年代：短暂的 20 世纪 [M]. 南京：江苏人民出版社，1999.

[70] 霍布斯鲍姆. 民族与民族主义 [M]. 上海：上海人民出版社，2000.

[71] 霍克海默. 霍克海默集——文明批判 [M]. 上海：上海远东出版社，2004.

[72] J. 希利斯·米勒. 小说与重复——七部英国小说 [M]. 天津：天津人民出版社，2008.

[73] 吉奥乔·阿甘本. 幼年与历史：经验的毁灭 [M]. 开封：河南大学出版社，2011.

[74] 吉尔伯特·罗伯兹. 中国的现代化 [M]. 南京：江苏人民出版社，1988.

[75] 季红真. 文明与愚昧的冲突 [M]. 杭州：浙江文艺出版社，1986.

[76] 加布里埃·施瓦布. 文学、权力与主体 [M]. 北京：中国社会科学出版社，2011.

[77] 杰奥尼瓦·阿锐基. 漫长的 20 世纪——金钱、权力和我们的根源 [M]. 南京：江苏人民出版社，2001.

[78] 金观涛，刘青峰.反思·探索·创造 [M].哈尔滨：黑龙江教育出版社，1988.

[79] 金观涛，刘青峰.兴盛与危机——中国封建社会的超稳定结构 [M].长沙：湖南人民出版社，1988.

[80] 卡尔·曼海姆.意识形态与乌托邦 [M].北京：商务印书馆，2000.

[81] 克斯汀·海斯翠普.他者的历史——社会人类学与历史制作 [M].北京：中国人民大学出版社，2010.

[82] 柯文.在中国发现历史——中国中心观在美国的兴起 [M].北京：中华书局，2002.

[83] 旷新年.写在当代文学边上 [M].上海：上海教育出版社，2005.

[84] 雷迅马.作为意识形态的现代化——社会科学与美国对第三世界政策 [M].北京：中央编译出版社，2003.

[85] 雷蒙·威廉斯.关键词：文化与社会的词汇 [M].刘建基，译.北京：生活·读书·新知三联书店，2005.

[86] 雷蒙德·威廉斯.马克思主义与文学 [M].开封：河南大学出版社，2008.

[87] 廖炳惠.关键词200：文学与批评研究的通用词汇编 [M].南京：江苏教育出版社，2006.

[88] 理查德·弗拉克斯.青年与社会变迁 [M].北京：北京日报出版社，1989.

[89] 理查德·卡尼.故事离真实有多远 [M].桂林：广西师范大学出版社，2007.

[90] 理查德·利罕.文学中的城市：知识与文化的历史 [M].上海：上海人民出版社，2009.

[91] 李陀.昨天的故事——关于重写文学史 [M].北京：生活·读书·新知三联书店，2011.

[92] 李杨.抗争宿命之路 [M].北京：时代文艺出版社，1993.

[93] 李杨，白培德.文化与文学：世纪之交的凝望——两位博士候选人的对话 [M].北京：国际文化出版公司，1993.

[94] 李杨.文学史写作中的现代性问题 [M].太原：山西教育出版社，2006.

[95] 李杨.50—70年代中国文学经典再解读 [M].济南：山东教育出版社，

2003.

[96] 李庆西.文学的当代性 [M].北京：人民文学出版社，1988.

[97] 李泽厚.中国思想史论：上、中、下 [M].合肥：安徽文艺出版社，
1999.

[98] 廖亦武.沉沦的圣殿——中国 20 世纪 70 年代地下诗歌遗照 [M].乌鲁
木齐：新疆青少年出版社，1999.

[99] 刘禾.跨语际实践——文学、民族国家与被译介的现代性 [M].北京：
生活·读书·新知三联书店，2002.

[100] 刘禾.持灯的使者 [M].香港：香港牛津大学出版社，2001.

[101] 刘锡诚.文坛旧事 [M].武汉：武汉出版社，2005.

[102] 刘锡诚.在文坛边缘上——编辑手记 [M].开封：河南大学出版社，
2004.

[103] 刘小枫.现代性社会理论绪论 [M].上海：上海三联书店，1998.

[104] 刘再复.性格组合论 [M].合肥：安徽文艺出版社，1999.

[105] 刘再复.文学的反思 [M].北京：人民文学出版社，1988.

[106] 卢卡契.卢卡契文学论文集 [M].北京：中国社会科学出版社，1980.

[107] 路易·阿尔都塞，艾蒂安·巴里巴尔.读《资本论》[M].北京：中
央编译出版社，2008.

[108] 罗贝尔·埃斯卡皮.文学社会学 [M].杭州：浙江人民出版社，1987.

[109] 罗荣渠.现代化：理论与历史经验的再探讨 [M].上海：上海译文出
版社，1993.

[110] 罗荣渠.现代化新论 [M].北京：商务印书馆，2006.

[111] 马尔库塞.爱欲与文明 [M].上海：上海译文出版社，2005.

[112] 马国川.我与八十年代（访谈录）[M].北京：生活·读书·新知三
联书店，2011.

[113] 马泰·卡林内斯库.现代性的五副面孔 [M].北京：商务印书馆，
2004.

[114] 马歇尔·伯曼.一切坚固的东西都烟消云散了——现代性体验 [M].
北京：商务印书馆，2003.

[115] 麦克法夸尔，费正清.剑桥中华人民共和国史：革命的中国的兴
起 [M].北京：中国社会科学出版社，1990.

[116] 毛泽东.毛泽东选集 [M].北京：人民出版社，1991.

[117] 毛泽东.毛泽东著作选读:上、下 [M].北京:人民出版社,1986.

[118] 孟繁华.传媒与文化领导权:当代中国的文化生产与文化认同 [M].济南:山东教育出版社,2003.

[119] 孟繁华.1978:激情岁月 [M].济南:山东教育出版社,1998.

[120] 孟繁华,程光炜.中国当代文学发展史 [M].北京:北京大学出版社,2011.

[121] 孟悦.历史与叙述 [M].西安:陕西人民教育出版社,1991.

[122] 米歇尔·福柯.知识的考掘 [M].台湾:麦田出版股份有限公司,1993.

[123] 米歇尔·福柯.规训与惩罚 [M].北京:生活·读书·新知三联书店,2003.

[124] 敏泽.主体性·创新·艺术规律 [M].北京:人民文学出版社,1988.

[125] 莫里斯·哈布瓦赫.论集体记忆 [M].上海:上海人民出版社,2002.

[126] 莫里斯·迈斯纳.马克思主义、毛泽东主义与乌托邦主义 [M].北京:中国人民大学出版社,2005.

[127] 莫里斯·迈斯纳.毛泽东的中国及后毛泽东的中国 [M].成都:四川人民出版社,1989.

[128] 南帆.冲突的文学 [M].上海:上海社会科学出版社,1992.

[129] 欧文·戈夫曼.日常生活的自我呈现 [M].北京:北京大学出版社,2008.

[130] 潘鸣啸.失落的一代:中国的上山下乡运动(1968—1980)[M].北京:中国大百科全书出版社,2010.

[131] 潘旭澜,王锦园.十年文学潮流 [M].上海:复旦大学出版社,1988.

[132] 彭波."潘晓讨论":一代中国青年的思想初恋 [M].天津:南开大学出版社,2000.

[133] 彭华生.新时期作家谈创作 [M].北京:人民文学出版社,1983.

[134] 皮亚杰.结构主义 [M].北京:商务印书馆,2009.

[135] 齐格蒙特·鲍曼.流动的现代性 [M].上海:上海三联书店,2002.

[136] 齐泽克.意识形态的崇高客体 [M].北京:中央编译出版社,2002.

[137] 钱理群,黄子平,陈平原.二十世纪中国文学三人谈·漫说文化 [M].北京:北京大学出版社,2004.

[138] 斯拉沃热·齐泽克.意识形态的崇高客体 [M].北京:中央编译出版社,

2002.

[139] 唐小兵 . 再解读：大众文艺与意识形态 [M]. 北京：北京大学出版社，
2007.

[140] 唐小兵 . 英雄与凡人的时代：解读 20 世纪 [M]. 上海：上海文艺出版
社，2001.

[141] 特里·伊格尔顿 . 审美意识形态 [M]. 桂林：广西师范大学出版社，
2001.

[142] 托马斯·伯恩斯坦 . 上山下乡：一个美国人眼中的中国知青运动 [M].
北京：警官教育出版社，1993.

[143] 托尼·本尼特 . 本尼特：文化与社会 [M]. 王杰，强东红，译 . 桂林：
广西师范大学出版社，2007.

[144] W. C. 布斯 . 小说修辞学 [M]. 北京：北京大学出版社，1987.

[145] 瓦尔特·本雅明 . 经验与贫乏 [M]. 天津：百花文艺出版社，1999.

[146] 瓦尔特·本雅明 . 本雅明论教育 [M]. 长春：吉林出版集团有限责任
公司，2011.

[147] 本雅明 . 启迪 [M]. 北京：生活·读书·新知三联书店，2008 年 .

[148] 本雅明 . 发达资本主义时代的抒情诗人 [M]. 北京：生活·读书·新
知三联书店，2007.

[149] 瓦尔特·霍恩斯泰因 . 命运与机遇 [M]. 吴峥，白珊，顾钢，等，译 .
北京：农村读物出版社，1988.

[150] 汪晖 . 别求新声——汪晖访谈录 [M]. 北京：北京大学出版社，2010.

[151] 汪晖 . 去政治化的政治：短 20 世纪的终结与 90 年代 [M]. 北京：生
活·读书·新知三联书店，2008.

[152] 汪晖 . 死火重温 [M]. 北京：人民文学出版社，2000.

[153] 汪晖 . 汪晖自选集 [M]. 桂林：广西师范大学出版社，1997.

[154] 王斑 . 历史的崇高形象 [M]. 上海：上海三联书店，2008.

[155] 王德威 . 当代小说二十家 [M]. 北京：生活·读书·新知三联书店，
2007.

[156] 王德威 . 历史与怪兽 [M]. 台湾：麦田出版股份有限公司，2004.

[157] 王若水 . 为人道主义辩护 [M]. 北京：生活·读书·新知三联书店，
1986.

[158] 王先霈，王又平 . 文学理论批评术语汇释 [M]. 北京：高等教育出版社，

2006.

[159] 王晓明.刺丛里的求索[M].上海:上海远东出版社,1995.

[160] 王晓明.20世纪中国文学史论[M].修订版.上海:东方出版中心,
2003.

[161] 王晓明.人文精神寻思录[M].北京:文汇出版社,1996.

[162] 王又平.新时期文学转型中的小说创作潮流[M].武汉:华中师范大
学出版社,2001.

[163] 温儒敏,陈晓明.现代文学新传统及其当代阐释[M].北京:北京大
学出版社,2010.

[164] 温儒敏,贺佳梅,姜涛,等.中国现当代文学学科概要[M].北京:
北京大学出版社,2005.

[165] 吴亮.批评的发现[M].桂林:漓江出版社,1983.

[166] 吴亮.文学的选择[M].杭州:浙江文艺出版社,1985.

[167] 吴义勤.文学现场——中国新时期文学观潮[M].济南:山东文艺出
版社,2001.

[168] 吴义勤.中国新时期文学的文化反思[M].南京:江苏文艺出版社,
2009.

[169] 徐刚.1950至1970年代中国文学中的城市叙述[D].北京:北京大学
博士学位论文,2011.

[170] 徐庆全.风雨送春归——新时期文坛思想解放运动记事[M].开封:
河南大学出版社,2005.

[171] 徐庆全.文坛拨乱反正实录[M].杭州:浙江人民出版社,2004.

[172] 许纪霖.中国知识分子十论[M].上海:复旦大学出版社,2003.

[173] 许子东.为了忘却的记忆——解读50篇文革小说[M].北京:生活·读
书·新知三联书店,2000.

[174] 许志英,丁帆.新时期小说主潮[M].北京:人民文学出版社,2002.

[175] 杨鼎川.1967:狂乱的文学时代[M].济南:山东教育出版社,1998.

[176] 杨健."文革"时期的地下文学[M].北京:朝华出版社,1993.

[177] 杨健.中国知青文学史[M].北京:中国工人出版社,2002.

[178] 杨庆祥."重写"的限度——"重写文学史"的想象和实践[M].北京:
北京大学出版社,2011.

[179] 姚新勇.主体的塑造与变迁——中国知青文学新论[M].广州:暨南

大学出版社，2000.

[180] 易晖."我"是谁——新时期小说中知识分子的身份意识研究 [M].
　　　南昌：百花洲文艺出版社，2004.

[181] 尹保云.什么是现代化——概念与范式的探讨 [M].北京：人民出版
　　　社，2001.

[182] 于尔根·哈贝马斯.现代性的哲学话语 [M].北京：译林出版社，
　　　2004.

[183] 约翰·伯格.观看之道 [M].桂林：广西师范大学出版社，2007.

[184] 查建英.八十年代访谈录 [M].北京：生活·读书·新知三联书店，
　　　2006.

[185] 赵园.地之子 [M].北京：北京大学出版社，2007.

[186] 张均.中国当代文学制度研究 [M].北京：北京大学出版社，2011.

[187] 张颐武.从现代性到后现代性 [M].桂林：广西教育出版社，1997.

[188] 张颐武.在边缘处追索 [M].长春：时代文艺出版社，1993.

[189] 谢冕，张颐武.大转型——后新时期文化研究 [M].沈阳：辽宁教育
　　　出版社，1995.

[190] 张永杰，程远忠.第四代人 [M].北京：东方出版社，1988.

[191] 张旭东，蔡翔.当代文学 60 年 [M].上海：上海大学出版社，2011.

[192] 本书编辑委员会，丁景唐.中国新文学大系：1949—1976·史料·索
　　　引卷一 [M].上海：上海文艺出版社，1997.

[193] 中国社会科学院文学研究所当代文学研究室.新时期文学六年 [M].
　　　北京：中国社会科学出版社，1985.

[194] 朱寨.中国当代文学思潮史 [M].北京：人民文学出版社，1987.

[195] 竹内好.近代的超克 [M].北京：生活·读书·新知三联书店，2005.